BASTEI LÜBBE

MICHAEL CLYNES
im BASTEI-LÜBBE-Programm:

13 470 Im Zeichen der weißen Rose
13 515 Das Mysterium des vergifteten Kelches

MICHAEL CLYNES

DIE MORDE DES HEILIGEN GRALS

Roman

Ins Deutsche übertragen
von Hans Freundl

BASTEI
LÜBBE

BASTEI-LÜBBE-TASCHENBUCH
Band 13 568

Erste Auflage:
August 1994

Deutsche Lizenzausgabe 1994
by Bastei-Verlag Gustav H. Lübbe
GmbH & Co., Bergisch Gladbach
Originaltitel: The Grail Murders
Titelbild: Headline Book
Umschlaggestaltung:
Quadro Grafik, Bensberg
Satz: KCS GmbH,
Buchholz/Hamburg
Druck und Verarbeitung:
Brodard & Taupin, La Flèche,
Frankreich
Printed in France

ISBN 3-404-13568-7

Der Preis dieses Bandes
versteht sich einschließlich der
gesetzlichen Mehrwertsteuer.

Gewidmet Niall Harrington –
in Erinnerung an die vielen Unterhaltungen,
die wir über ›Whodunnits‹ geführt haben

Historische Persönlichkeiten, die im Buch erwähnt werden

Richard III.: der letzte König aus dem Haus York, genannt ›der Usurpator‹. Er wurde von Heinrich Tudor im August 1485 in der Schlacht von Bosworth besiegt. Er war der Träger der weißen Rose.
Heinrich Tudor: Der Waliser. Der Große Geizkragen. Sieger von Bosworth, Begründer der Tudor-Dynastie und Vater von Heinrich VIII. Er starb 1509.
Arthur: Heinrich Tudors Erstgeborener. Er starb als Kind, daher fiel die Krone an seinen Bruder Heinrich.
Heinrich VIII.: Bluff King Hal oder der Große Mörder, das Wilde Tier, der Feiste Heinrich, der Große Bastard. Ein König, der sechs Ehefrauen und eine Schar von Mätressen hatte. Er gilt als der ›Maulwurf‹ oder der ›Große Dunkle‹, von dem der Zauberer Merlin in seinen Prophezeiungen sprach.
Katharina von Aragon: eine spanische Prinzessin, erste Gemahlin von Heinrich VIII. und Mutter von Maria Tudor.
Anne Boleyn: Tochter von Sir Thomas Boleyn, zweite Ehefrau von Heinrich VIII. und Mutter von Elisabeth Tudor.
Bessie Blount: eine der eindrucksvolleren Mätressen von Heinrich VIII.
Maria Tudor: Tochter von Katharina von Aragon und Heinrich VIII., die wegen ihrer Protestantenverfolgungen den Beinamen ›die Blutrünstige‹ bekam.

Elisabeth I.: Königin von England, Tochter von Heinrich VIII. und Anne Boleyn. Man nannte sie ›die jungfräuliche Königin‹, doch Shallot behauptet, einen Sohn von ihr zu haben.
Katharina Howard: die vierte Ehefrau von Heinrich VIII. Sie wurde wegen ihrer Seitensprünge hingerichtet.
Franz I.: König von Frankreich. Brillant, blendend und verrückt nach Sex.
Will Shakespeare: englischer Dramatiker.
Christopher Marlowe: englischer Dramatiker und Spion. Er starb bei einer Wirtshausrauferei.
Richard Tunstall: Bischof von London.
Thomas Wolsey: Sohn eines Schlachters aus Ipswich. Er ging nach Oxford und machte später eine glänzende Karriere, wurde Kardinal, Erzbischof und Lordkanzler von Heinrich VIII.
Suleiman der Prächtige: türkischer Sultan.
Maria, Königin der Schotten: Enkelin von Margarete Tudor und Mutter von König Jakob I. von England und Schottland.
Heinrich Darnley: Ehemann von Maria.
James Bothwell: Marias Geliebter.
Thomas More: Humanist und Gelehrter, Lordkanzler von Heinrich VIII. Er wurde hingerichtet, weil er sich Heinrichs Scheidung von Katharina von Aragon widersetzte.
Eduard VI.: Sohn von Heinrich VIII. und Jane Seymour, ein kränklicher Knabe, der jung starb.
Katharina von Medici: italienische Prinzessin. Verheiratet mit Heinrich II., Sohn von König Franz I. Nach dem Tode ihres Mannes herrschte sie über Frankreich. Sie war eine gerissene Intrigantin und erhielt daher auch den Spitznamen ›Madame Schlange‹.
Francis Walsingham: Spionagechef von Elisabeth I.

William und Robert Cecil: Lordkanzler von Elisabeth I.

Eduard Stafford: Herzog von Buckingham, ein einflußreicher Adeliger, den Heinrich VIII. hinrichten ließ.

Thomas Cromwell: Nachfolger von Wolsey als Lordkanzler, bis auch er in Ungnade fiel und hingerichtet wurde.

Michael Nostradamus: ein Seher und Geisterbeschwörer; er wurde häufig von Katharina von Medici herangezogen.

Prolog

Der Mord hat uns alle als Kinder Kains gebrandmarkt: Kain tötete seinen Bruder mit dem Kieferknochen eines Esels, als die Erde noch jung war, und versteckte sich dann im Wald, doch Gott spürte ihn auf, ergriff seinen Kopf und drückte ihm das Mal des Brudermörders auf die Stirn. Wir sind alle seine Kinder, habe ich nicht recht? Wenn Kain, der Sohn Adams, unser aller Vater ist, dann tragen auch wir alle sein Zeichen.

Ich bemerke, wie mein Kaplan schnieft, als habe er etwas Unangenehmes gerochen. Er schürzt seine prüden Lippen und verzieht seine kirschrote Nase. Sein großes Problem besteht darin, daß er seine Nase zu nahe an seinem Hosenlatz hat! Vertraut niemals kurzgewachsenen Männern – der Abstand zwischen ihrem Hirn und ihrem Hintern ist einfach zu gering.

Nun denn, wir sind also alle Kinder Kains. Um ehrlich zu sein, ich muß gestehen, dieser Gedanke stammt nicht von mir. Michael Nostradamus, der Wahrsager und Astrologe von Katharina von Medici, hat mir dies einmal erzählt, als ich mich in Paris vor einer Gruppe von Mördern verstecken mußte, die hinter mir her waren, aber das ist eine andere Geschichte.

Ein seltsamer Mann, dieser Nostradamus! In seiner Geheimkammer in Schloß Blois hatte er einen berühmten Spiegel. Wenn man hineinschaute, konnte man darin die Zukunft sehen. Katharina von Medici, die ausschweifende, verschlagene Katharina – Madame Schlange, wie ich sie gerne nenne –, saß oft tagelang davor.

Nostradamus behauptete auch, er habe Träume, welche die Zukunft vorhersagten: Dämonen, die ihm des Nachts erschienen, die schwarzen Augen mit Blut gefüllt, riesige Schriftrollen in ihren Fäusten, das Register der Sünden der Menschheit vom Anbeginn bis zum Ende der Welt. Nostradamus sagte auch, wenn sie ihre Dokumente entrollten, dann nähme es kein Ende. Der furchtbaren und blutigen Morde der Menschen sei kein Ende.

Ich schließe mich seiner Ansicht an, denn der Mord hat mich mein Leben lang verfolgt und meine Träume vergiftet. O nein, ich selbst bin kein Mörder, aber ich habe mein Leben damit verbracht, Mörder zu jagen. Nun habe ich dieselben Träume wie einst Nostradamus: Seltsame, erbarmungslose Teufel mit haßverzerrten Gesichtern und gebleckten Zähnen suchen mich heim. Sie entstammen der schwärzesten Finsternis, denn sie sind die Seelen von Mördern.

In jener Nacht, kurz nach dem letzten Schneefall, der die Wiesen mit einem dicken weißen Tuch überzogen hatte, weckten mich diese Geister. Ich setzte mich auf meiner Liegestatt auf, zog die Vorhänge zurück und starrte durch das große Erkerfenster hinaus, von dem aus man den Rasen vor meinem Hause überblicken kann. Der Mond schien geisterhaft weiß, und die Sterne leuchteten wie silberne Flügel am Himmel. Zu beiden Seiten von mir schnarchten Phoebe und ihre Schwester Margot, meine beiden weichen, warmen und drallen Bettgefährtinnen (Übrigens eine hervorragende Möglichkeit, sich in kalten Winternächten warm zu halten!). Ich starrte hinaus auf den Rasen, dachte an die Vergangenheit und sah den schwarzen Schatten, der sich gespensterhaft wie eine große Fledermaus bewegte. Ich wußte, dies war der Sendbote des Satans, des Herrn der Hölle.

(Mein Kaplan lacht. Der elende kleine Furzer möge

sich vorsehen! »Dabei scheint es sich eher um einen Weingeist zu handeln«, kichert er. Wenn er nicht aufpaßt, werde ich ihm das Kissen unter seinem Hintern wegreißen. O ja, das werde ich tun, und mein Homunculus, mein Gnom von einem Kaplan, wird das harte Holz unter seinem Arsche fühlen.)

Ich habe gesehen, wie die Schatten sich näherten, die Männer aus einem Alptraum, die Geister aus meiner Vergangenheit.

Am nächsten Morgen kam der Fremde an, der durch den tiefen Schnee gereist war und Briefe und Beglaubigungsschreiben bei sich trug, die ihm den Zugang zu Sir Roger Shallot ermöglichten, dem Mitglied des Geheimen Rates, Ritter des Ordens vom Bade, Ritter des Hosenbandordens, Friedensrichter, Beauftragter für das Geschworenenwesen, Marschall des Ordens von St. Michael. (Ein Herr, der sich als Zar aller Russen bezeichnete, einer der hinterhältigsten Schurken aller Zeiten, verlieh mir einst diesen Titel.)

Ich empfing den Fremden in meiner Geheimkammer hinter dem Wandteppich in der Großen Halle. Der Hauptmann meiner Wachmannschaft stand mit gezogenem Schwert neben mir, denn obwohl ich nun schon mehr als neunzig Lenze zähle, hat der alte Shallot immer noch viele Feinde. Die Geheimagenten so mancher gekrönten Häupter hoffen, sich eine Belohnung zu verdienen dadurch, daß sie mir den Hals durchschneiden und meinen Lebenssaft verströmen lassen. Also müßt Ihr Euch in acht nehmen, wenn Ihr Euch mir nähert.

Das tat dieser Mann auch: Er blieb an dem großen Tor stehen, das zu meinem Anwesen führt. Wäre er ohne Erlaubnis eingedrungen, dann hätten meine großen irischen Wolfshunde ihn in Stücke gerissen, und wenn nicht, dann hätten die übermütigen Burschen, die in meiner Wachmannschaft Dienst tun, ihn am nächsten Ast aufgeknüpft.

Nun, wie auch immer, ich empfing ihn also in meiner Geheimkammer. Nur das glühende Kohlenfeuer und die Wachskerzen, deren Flammen lang und scharf in die Dunkelheit stachen, spendeten Licht. Genügend Licht, damit ich ihn sehen konnte, aber nicht genug, um all die Kisten, Truhen, versiegelten Päckchen und verschlossenen Schachteln preiszugeben, die an den Wänden stehen und in denen der alte Shallot seine Dokumente aufbewahrt, das Vermächtnis der von Mord und Tod erfüllten Vergangenheit.

Der Fremde wirkte unauffällig, er war alt, hatte schütteres Haar, und seine Haut hatte die Farbe von nachgedunkeltem Leder angenommen, aber seine Augen gefielen mir, seine klaren und hellen Augen. Sie erinnerten mich an Benjamin Daunbey, meinen alten Meister, den Neffen des feisten Drecksacks Wolsey, in dessen Diensten wir beide viele Jahre standen.

Mein Besucher saß eine Weile wortlos da und starrte mich an.

»Ihr erinnert Euch nicht an mich?« fragte er.

Er sprach ein perfektes Englisch, wenngleich ein leichter ausländischer Akzent nicht zu verkennen war.

»Gütiger Herr!« entfuhr es mir. »Muß ich mich denn an jedermann erinnern?«

Ich betrachtete die Empfehlungsschreiben, die er mit sich führte und die auf dem Tisch vor mir lagen. Sie trugen das Siegel meiner lieben Freundin Elisabeth von England. Die grünäugige Elisabeth, Anne Boleyns Tochter (Ich nenne sie nicht Tochter Heinrichs VIII. Dieser fette Schweinehund, dieser große Mörder konnte kein neues Leben zeugen. Ich weiß, wer in Wirklichkeit Elisabeth'

Vater war, aber ich werde es Euch nicht sagen. Zumindest nicht jetzt. Vielleicht später einmal.)

»Weshalb«, frage ich, »hat Euch die Königin mit diesen Empfehlungsschreiben ausgestattet?«

Der Mann zuckte die Achseln und beugte sich näher zu mir. Der Hauptmann meiner Wache legte sein Schwert sachte auf die Schulter des Mannes, um ihm zu bedeuten, daß er nicht noch näher herankommen solle.

»Wer seid Ihr?« fragte ich.

Der Mann schlug seinen Umhang zurück, und es kamen das blutrote Wams und das weiße sechsspitzige Kreuz der Ritter des Heiligen Johannes zum Vorschein, die gemeinhin als Johanniter bekannt sind. Ich seufzte und lächelte.

»Wie ich schon sagte«, fuhr mein Gast fort, »Ihr erinnert Euch wahrscheinlich nicht an mich, Sir Roger. Ich bin Jean de Coligny, Ritter der Johanniter, Verwalter in diesem Orden, aber ich wurde im Herrenhaus von Templecombe in Somerset geboren.«

Oh, gütiger Gott! Ich starrte meinen Besucher sprachlos an, während die Erinnerungen in mir emporstiegen: der wolkenverhangene Himmel und die schneebedeckten Bäume und Wiesen von Somerset. Flammen, die um ein Bett herum tobten. Ein durchgegangenes Pferd, das seinen Reiter zu Tode schleifte. Und das eiskalte Wasser jenes Sees, in dem Benjamin und ich um unser Leben kämpften. Ich ließ meinen Tränen freien Lauf.

»Sir Roger.« Coligny machte eine Pause. »Es war nicht meine Absicht, Euch aus der Fassung zu bringen. Ihre Majestät, die Königin sagte, Ihr würdet verstehen, daß diese Angelegenheit mit größter Geheimhaltung behandelt werden muß. Ich bin Katholik und habe schon allein dadurch, daß ich meinen Fuß auf englischen Boden setze, die allerschlimmste Bestrafung zu erwarten. Ich bin gekommen, um eine Schuld zu begleichen, ein Gelübde einzulösen.«

Er öffnete sein Wams und brachte einen kleinen fleckigen Lederbeutel zum Vorschein, der an einer Schnur an seinem Hals hing. Oh, diese bittersüßen Erinnerungen! Ich wußte, was jetzt kommen würde, konnte aber nur stumm und mit tränennassen Augen den kleinen Amethystring anstarren, den der Besucher über den Tisch zu mir schob.

»Ich war noch ein Kind«, sagte er, »ein kleines Kind, als Ihr diesen Ring meiner Mutter gabt. Sie hat immer von Eurer Güte und Eurem Mut gesprochen.«

Ich wußte nicht, ob ich lachen oder weinen sollte. Hier saß jemand, der meinem Mut Respekt zollte! Mir, Roger Shallot, der zu seiner Zeit der Mann mit den schnellsten Beinen der ganzen Christenheit gewesen war, und, das dürft Ihr mir glauben, dies auch zur Genüge unter Beweis gestellt hat. Wenn Schwerter gezogen und Blut vergossen wurde, dann war der alte Shallot, um mit den Worten meines Freundes Will Shakespeare zu sprechen, ›flink wie ein Windhund‹, jederzeit bereit, das Weite zu suchen und sich in Sicherheit zu bringen. Ich hob den kleinen Ring auf und betrachtete den funkelnden Stein.

»Wie lange ist es schon her«, murmelte ich. »Wie viele grauenhafte Morde sind seitdem geschehen.«

Ich geriet ins Träumen, und Coligny zog sich zurück.

Später richtete ich ihm zu Ehren ein Festmahl aus, sonnte mich in seinem Lob und seiner Anerkennung, belohnte ihn reichlich, verschaffte ihm sicheres Geleit nach Dover und schaute ihm nach, als er abreiste. Sein Erscheinen war ein Zeichen. Eine unerbittliche Erinnerung an die Vergangenheit. Er mochte meinen Mut rühmen, aber der alte Shallot kennt die Wahrheit: Die Vergangenheit besteht aus einem Bündel von Lügen. Meine

Träume verhöhnen mich. Die Männer aus dem Alptraum werden erscheinen.

Zuerst ignorierte ich sie, doch als ich letzte Nacht erwachte, eine Hand auf Phoebes Brüsten, die andere auf denen von Margot, erblickte ich durch das Erkerfenster die Schatten, die über den harten Schnee schlichen, und ich wußte, ich würde mit meinen Aufzeichnungen fortfahren müssen. Andernfalls würden mich immer schlimmere Träume heimsuchen. Es war an der Zeit, wieder mit einer Episode zu beginnen.

Ich hatte drei Becher von dem schweren Rotwein getrunken und mich zwischen Phoebe und Margot eingekuschelt. (Liebreizende Mädchen, doch zutiefst eifersüchtig aufeinander.) Wir machten ein kleines Spielchen, dann schlief ich ein. Ich weiß nicht mehr, ob es ein Traum oder eine Vision war, aber plötzlich fand ich mich an dem Erkerfenster, preßte mein Gesicht dagegen und starrte hinaus in die Dunkelheit.

Ein Tierschädel tauchte auf, flog durch die Luft und schlug unterhalb des Fensters auf dem Boden auf. Dann ein Ritter in der Tracht der Templer, mit dunklem Gesicht und einem scharlachroten Helm, auf dem Schlangen sich um den verfaulenden Kadaver eines Huhnes ringelten. In den Händen hielt der Ritter einen abgeschlagenen grauen Kopf mit verbundenen Augen, auf dem eine Unmenge von Insekten wimmelte.

Dann kamen weitere Visionen. Sie umzingelten mich, bedrängten mich, so daß ich schreiend erwachte. Ich fand erst wieder Schlaf, nachdem Phoebe und Margot mir einen Becher Sherry gebracht und den Tanz aufgeführt hatten, den sie bei dem Maskenspiel am Maifeiertag des vergangenen Jahres gelernt hatten.

Nun, da sind wir also wieder. Da es Winter ist, sitze ich nicht im Zentrum meines Irrgartens, sondern in meiner geheimen Kammer, eingehüllt in Decken auf einem Thron mit hoher Rückenlehne. Zu meiner Linken ein Krug mit rotem Bordeaux und ein dickbauchiger Becher, zu meiner Rechten meine schwarze Eschengerte, für den Fall, daß mein Kaplan zu übermütig werden sollte. Ihr müßt wissen, dieser kleine Scheißkerl denkt, ich bilde mir alles nur ein. Er meint, ich trinke zuviel Wein, und er hält mich für einen notorischen Lügner. Und auch wenn dem so wäre, dann würde ich mich nicht im geringsten von Leuten seines Schlages unterscheiden, wie er sehr wohl weiß. O ja, ich kenne die kleinen Laster meines Kaplans. Ich sehe, wie er verstohlene Blicke auf Phoebes runde Hüften oder Margots üppige Titten wirft. Man hat mir zugetragen, daß er gerne junge Mädchen auf den Heuboden in einer meiner Scheunen mitnimmt. Er hält mich wohl für so dumm, wie er selbst aussieht! Schließlich ist ein Heuboden an einem warmen Sommerabend nicht unbedingt der ideale Ort, um junge Mädchen zu unterweisen. Doch es hängt natürlich davon ab, um welche Art von Unterweisung es sich handelt!

Ich glaube, mein Kaplan ist eifersüchtig auf mich. Er brüstet sich, ein guter Redner zu sein, eine markige Predigt halten zu können. Vor zwei Jahren wurde er an den Hof eingeladen, um vor Ihrer Majestät, der Königin, an einer Debatte über theologische Fragen teilzunehmen. Das genaue Thema habe ich vergessen – es ging irgendwie um die Existenz von Engeln.

Ein ehrenwerter Bischof eröffnete die Debatte und machte seine Sache recht gut. Er hielt mich immerhin fünf Minuten lang wach. Insgesamt schwadronierte der alte Knabe wohl eine geschlagene Stunde lang. Ich erwachte, als er die Kanzel verließ und mein Kaplan an die Reihe kam.

Ich saß neben Elisabeth. Ich stieß sie an und erklärte

mit lautem Flüstern, so daß jedermann es hören konnte: »Hier kommt eine Unterstützung für die Gegenseite.« Eine feine Anspielung, die nur die Königin und ich richtig verstehen konnten, und sie begann, aus vollem Halse zu lachen. Mein Kaplan begann mit seinem Beitrag, während seine Mitdisputanten mich anstarrten. Als alles vorüber war, trat ein älterer, mißgelaunter Bischof an mich heran.

»Es ist leicht, sich über andere zu belustigen, Sir Roger«, jammerte er. »Aber könnt Ihr auch einen solchen Vortrag halten?«

Nun, Ihr kennt doch den alten Shallot: Wenn schon, denn schon.

»Natürlich könnte ich das!« rief ich.

Ihre Majestät warf mir einen Blick zu und nickte, und alle setzten sich wider. Man half mir auf die hohe Kanzel. (Ich hatte schon ein bißchen zuviel von dem Roten getrunken.) Ich lehnte mich gegen das hölzerne Geländer und schaute verschwommenen Blickes in die Runde.

»Mein Text«, hob ich an, »lautet: Tue niemals anderen an, was du möchtest, daß die anderen dir antun. Denn vielleicht mögen die anderen das gar nicht, was du dir antust.«

Nun, daraufhin erhob sich ein Sturm des Gelächters. Der rotnasige Bischof, der schon mindestens ebensoviel Wein wie ich getrunken hatte, sprang auf.

»Wahrhaftig ein schöner Vortrag!« krähte er. »Macht Euch nur nicht lustig über uns, Sir Roger!«

Elisabeth nickte mit ihrem von einer roten Perücke besetzten Kopf und bedeutete mir, fortzufahren.

»Ein Vortrag mit einer Moral!« rief einer der Bischöfe.

»Ja«, brüllte ein anderer dazwischen. »Haltet Euch doch auch selbst an das, was Ihr predigt, Shallot! Präsentiert uns etwas Erhebendes!«

Ich stützte mich betrunken am Geländer ab und faßte diese beiden Heuchler ins Auge, die wie die zwei Backen ein und desselben Arsches aussahen.

»In Ordnung«, bellte ich zurück, während ich im Kopf in Windeseile die verschiedenen Möglichkeiten durchging.

Die Königin, das liebreizende Mädchen, biß sich auf die Unterlippe. Ihr Gesicht war braunrot geworden, und ihre Perücke war leicht verrutscht, während sie damit kämpfte, sich unter Kontrolle zu halten. Sie klatschte in die Hände und schaute mich streng an.

»Sir Roger, ich rufe Euch zur Ordnung. Haltet Euren Vortrag kurz und gebt Euren ehrenwerten Zuhörern zumindest drei Themen zur Erörterung.« Sie blinzelte mir ganz kurz zu.

»Es war einmal«, begann ich, »ein kleiner Spatz, der sich spät im Winter nach Süden aufmachte.«

Ich hielt inne und musterte das Auditorium, das sich in dieser reichlich mit Wandteppichen ausgestatteten Kapelle von Hampton Court versammelt hatte. Die Kleriker starrten mich an. Elisabeth hatte ihren Kopf gesenkt und verbarg ihr Gesicht hinter ihrer Hand. Ich glaube, sie wußte, was kommen würde. Der kleine Cecil, ihr Sekretär, blickte starr an die Decke.

»Bald«, fuhr ich fort, »bildete sich Eis auf seinen kleinen Flügeln, und er fiel über einem Bauernhof auf die Erde. Eine Kuh kam des Weges und schiß auf den kleinen Sperling. Der Spatz meinte zuerst, er müsse sterben, doch der warme Dung tat ihm wohl und taute seine Flügel wieder auf. Geborgen und glücklich in der warmen Scheiße hockend, begann der kleine Spatz wieder zu atmen und dann zu singen. Eine Katze, die vorüberkam, hörte das, schob den Dung beiseite, entdeckte den Sperling und verspeiste ihn auf der Stelle. Eure Majestät, meine Brüder und Schwestern in Christus, dies war mein Vortrag.«

»Und worin liegt die Moral der Geschichte?« kreischte der Bischof und sprang auf. »Ihre Majestät hat von Euch verlangt, drei Themen zu präsentieren, die wir erörtern können.«

»Erkennt Ihr sie denn nicht?« rief ich zurück. »Erstens, Mylord, nicht jeder, der auf Euch scheißt, ist notwendigerweise auch Euer Feind. Zweitens, nicht jeder, der Euch wieder aus der Scheiße befreit, ist notwendigerweise Euer Freund. Und drittens, wenn Ihr glücklich und zufrieden seid, und sei es unter einem Scheißhaufen, haltet am besten Euren Mund.«

Nun, das war's. Die Königin schwebte aus der Kapelle, und ich wurde in meinem Londoner Heim unter Hausarrest gestellt, bis ich dem Bischof einen überschwenglichen Entschuldigungsbrief geschrieben hatte. Danach aber erlegte man mir noch eine Geldstrafe von hundert Kronen dafür auf, daß ich geschrieben hatte, er sei eine der nettesten alten Damen, die mir jemals begegnet sind.

Ach, was soll's? Wer keinen Spaß vertragen kann, sollte sich nicht einen Christen nennen!

(Ich sehe, mein Kaplan schüttelt sich vor Lachen. Ich hoffe für ihn, daß er nicht über mich lacht, denn dann würde ich ihm seinen Hals umdrehen, falls er ihn ausnahmsweise einmal gewaschen hat. Gut, er hat sich wieder beruhigt. Er legt seine Feder auf das Papier, und wir können anfangen.)

Wir müssen weit in die Vergangenheit zurückgehen. Stellt Euch die Vergangenheit wie einen langen Korridor mit vielen Räumen vor, die alle vollgepackt sind mit Mördern. Ich muß zurückkehren in jene goldene Zeit, in der ich in den Diensten von Benjamin Daunbey stand, Neffe des großen Kardinals Wolsey. Wir waren beide Spezialagenten des Kardinals, die für ihn und zum Wohle der Krone arbeiteten. Zum Wohle der Krone! Für den fetten, mordlüsternen syphilitischen Heinrich VIII., den Dunklen Prinzen, den Maulwurf, der sein Königreich mit Strömen von Blut tränkte und die Besten und Edelsten seines Hofes unter das Henkersbeil schickte . . .

Ich bin nun bereit. Ich habe die Lederschatulle geöffnet, auf der in goldenen Lettern ›1522‹ geschrieben steht. Wir haben die Erinnerungsstücke aus dieser lange vergangenen, morderfüllten Zeit herausgenommen. Sie liegen nun vor mir auf dem Tisch. Manche haben purpurrote Flecken, wo auf ihnen ein Becher Wein umgestoßen wurde, andere zeigen ein tieferes Rot, Spuren des Blutes, das irgendein armer Teufel vergossen hat. Der Ring, den ich zurückerhalten habe, ist nicht wichtig. Meine Augen werden von den scharlachroten Fäden angezogen, den Streifen von rauher Seide, die so leicht, so zerstörbar erscheinen und doch zu ihrer Zeit Geheimnisse verborgen haben, die bis in die Zeit von König Artus zurückreichen.

Ich schließe meine Augen halb, um mir die Vergangenheit wieder ins Gedächtnis zu rufen. Fast kann ich Benjamins Stimme wieder hören, und sein dunkles, ernstes Gesicht, seine milden Augen und seine lange, gebeugte Gestalt, in der sich so viele Begabungen verbargen, erscheinen vor meinem geistigen Auge. Ah, ich war damals noch so ganz anders als heute. Noch kein großer Lord, sondern ein einfacher Mann, ein aufgeweckter Jüngling, der von Wolseys Neffen vor dem Galgen gerettet wurde, um dann in die dunklen Intrigen von Heinrichs Hof hineingezogen zu werden.

Ich schaue auf ein Bild in einem Goldrahmen, das auf der gegenüberliegenden Seite des Raumes an der Wand hängt. Ein passables Portrait von mir in meinen Jugendjahren. Will Shakespeare bat mich einmal, mich selbst zu beschreiben.

»Ich war ein hungriger, schielender Taugenichts«, antwortete ich. »Ein Scharlatan, ein Gauner, ein hohläugiger, heruntergekommener Herumtreiber.«

Will dankte mir und verwendete dies wie immer in irgendeinem seiner Stücke. Ihr könnt diese Beschreibung in seiner *Komödie der Irrungen* finden, einem Stück mit feinem Humor, das ich mit meinem Geld gefördert habe.

Aber nun keine weiteren Abschweifungen mehr. Der Vorhang ist aufgezogen, also laßt uns mit dem blutigen Drama beginnen. Es wird die Geister in meinem Kopf austreiben, die Dämonen aus meiner Seele verjagen und sie in die Hölle zurückschicken, wo sie dem Satan berichten können, daß ich sie gesandt habe. (Oh, übrigens, auch diesen Satz könnt Ihr in einem von Will Shakespeares Stücken entdecken. Auch das hat er von mir entlehnt.)

Kapitel 1

Nachdem wir im Sommer des Jahres 1521 aus Frankreich zurückgekehrt waren, wurde mein Meister Benjamin Daunbey von seinem Onkel, dem großen Kardinal Thomas Wolsey, eine Zeitlang nicht mehr behelligt. Der alte Tom hatte andere Dinge im Kopf, wie wir später herausfanden. Ihr müßt wissen, der dicke Kardinal wurde von einer großen Sorge beherrscht, nämlich wie es gelingen könne, den König unter seiner Kontrolle zu halten. Er benutzte einen magischen Ring, so sagt man, um Dämonen heraufzubeschwören, und er engagierte eine Meisterhexerin, eine Metze namens Mabel Brigge, die ihm mit Hilfe satanischer Praktiken half, den König zu beeinflussen.

Der alte Wolsey war ein Narr. Das sagte ich ihm, als er sterbend in der Abtei von Leicester lag und alle Fürsten und Heinrich im besonderen verfluchte.

Nun, Heinrich VIII., diese Ausgeburt des Satans, hatte seinen Verstand in der Hose, während in seiner Seele wilde Stürme der Gefühle tobten. Er war ein eingefleischter Katholik, doch er attackierte das hergebrachte Meßritual. Er war ein gelehrter Mann, doch er ließ den armen Tom More umbringen. Man hatte in ihm einen leidenschaftlichen Freund, bis er der Freundschaft überdrüssig wurde. Und er war ein liebevoller Ehemann, bis ihm etwas Jüngeres und Dralleres in die Augen stach.

Ihr habt vielleicht gelesen, daß Heinrich unbedingt einen männlichen Erben wollte und deshalb seine beiden Töchter ablehnte. Erstens, die bedauernswerte Maria.

(Dies war aber letztlich ihr eigenes Problem, müßt Ihr wissen. Denn Maria suchte in allen Männern, auch in mir, immer nach ihrem Vater. Das mag Euch zeigen, wie verzweifelt sie war.) Zweitens, natürlich, die große Elisabeth, Anne Boleyns Tochter. War das nicht komisch? Der Teufel lachte wahrscheinlich in der Hölle darüber. Heinrich war stets auf einen Knaben als Thronfolger aus gewesen, während seine arme, zurückgewiesene Tochter Elisabeth sich später als die größte Königin erweisen sollte, die es in England jemals gegeben hat. Das ist allerdings nicht die volle Wahrheit. Elisabeth war auch wirklich seine Erbin, seine Tochter, aber nur ich kenne den wahren Sachverhalt ... doch diese Geschichte hebe ich mir für ein anderes Mal auf.

Es ist wichtig zu erkennen, daß Heinrich von seinen Gelüsten beherrscht wurde. Er hatte wechselnde Favoritinnen: Bessie Blount, Lucy Rose, doch im Sommer des Jahres 1522 machte er eine ganz besondere Bekanntschaft. Die Frauen der Familie Howard mochte er immer schon: Elisabeth Howard, Anne Boleyns Mutter, hatte schon sein Bett geschmückt. Ebenso Annes älteste Schwester Maria. Und nun war Anne selbst, diese geheimnisvolle, sinnliche Hexe, aus Frankreich zurückgekehrt, voller Koketterie, in ihren Satinkleidern, auftragenden Spitzenunterröcken, purpurroten hochhackigen Schuhen, mit ihren dunklen Augen und wunderhübschen Händen, die wie die Flügel eines Schmetterlings umherflatterten.

Heinrich gierte nach ihr, doch diesmal war alles anders. Anne hatte Erfahrungen gesammelt unter Franz I., dem größten Lüstling aller Zeiten, an dessen Hofe man der Verführung, dem Liebesspiel und den Verstrickungen des Herzens mindestens ebensoviel Aufmerksamkeit widmete wie den Staatsangelegenheiten. Anne hatte erlebt, wie ihre ältere Schwester umworben und verführt worden war – um schließlich als ›englische Stute‹, die jedermann nach Belieben besteigen konnte, verspottet und beiseite geschoben zu werden. Anne war anders. Sie hatte nur ein einziges Ziel: Sie wollte Heinrichs Ehefrau werden.

Wolsey, der ganz mit seinen Schachzügen gegen Boleyn beschäftigt war, ließ uns in Ruhe. Also kehrten wir zu unserem außerhalb von Ipswich gelegenen Herrenhaus zurück.

Benjamin war ein seltsamer Zeitgenosse. Wir hatten zusammen die Schule besucht. Danach war er Anwaltsgehilfe geworden und hatte mich einmal vor dem Galgen gerettet. Er war scharfsinnig, schlau und verstand exzellent mit dem Schwert umzugehen, aber manchmal konnte er auch entsetzlich naiv sein; nicht kindisch, aber vertrauensselig wie ein Kind. Er war nicht der typische Grundherr, der die Bauern aussaugte und deren Töchter verführte. O nein! Benjamin glaubte wirklich an das Gute im Menschen. Gegen meinen Widerstand strich er alle Abgaben und Leistungen, die ihm als Grundherrn zustanden. Seine Pächter wurden Freibauern, die ihren eigenen Boden bestellten und ihre eigenen Ernten einbrachten. Er baute im Dorf ein kleines Krankenhaus und engagierte einen alten Arzt, der sein Handwerk verstand und sich rührend um die Kranken kümmerte.

(Eine seltene Erscheinung fürwahr! Ich traue keinem Doktor über den Weg. Sie nennen mich einen Schurken, aber ich kenne diese Quacksalber! Sie packen einen am Handgelenk, starren in den Urin, stochern im Stuhlgang herum, schütteln den Kopf und streichen sich den Bart. Denkt Ihr etwa, sie machen sich Sorgen um Euch? Den Teufel tun sie! Das einzige, was sie im Kopf haben, ist ihre Rechnung.

Das stellte ich erst neulich wieder fest, als der Schweinehund, der sich als Arzt bezeichnet, mich aufsuchte. Er brachte einen Krug mit einer Medizin mit, die aus der getrockneten Haut eines Wassermolchs und dem Kopf eines Frosches unter Zugabe eines Stückchens von einem Fledermausflügel gebraut worden war. Ich zog meinen Dolch und verlangte, er solle zuerst davon trinken. Wißt Ihr, was der elende Kurpfuscher tat? Er hustete, schaute mich streng an und meinte, wenn er es genau bedenke, dann könnten mir vielleicht ein bißchen mehr Rotwein und eine ausgiebige Nachtruhe zuträglicher sein. Laßt Euch von dem alten Shallot eines sagen: Vertraut niemals einem Arzt oder einem Anwalt! Der einzige gute Anwalt, den ich gesehen habe, baumelte an einem Galgen.)

Benjamin hatte also sein Krankenhaus eröffnet, und außerdem hatte er in der Halle des Herrenhauses auch eine Schule eingerichtet, in der all die zerlumpten kleinen Banditen aus den nahe gelegenen Dörfern kostenlosen Unterricht bekamen. Benjamin stellte einen Schulmeister an, und zwar einen richtigen Lehrer, nicht einen von diesen sadistischen Bastarden, die den Lehrberuf nur deswegen ergriffen haben, um jedes Kind, das ihnen in die Krallen kommt, so gut es geht zugrunde zu richten. Nein, dieser Mann war ein Gelehrter, der mit Colet und Erasmus studiert hatte. Er konnte Mathematik und Geographie unterrichten und sprach fließend Latein, Altgriechisch, Französisch und Italienisch. Benjamin war weich wie Teig. Er dachte nie wie ein richtiger Geschäftsmann. Allerdings habe ich, aus Respekt vor seinem Andenken, auch auf meinem Gut ähnliche Einrichtungen geschaffen.

Verwaltet wurde das Anwesen von einem sparsamen Manne namens Barker, dem Großvater des gegenwärtigen Hauptmannes meiner Wachmannschaft. (O ja, ich achte sehr darauf, daß alles möglichst immer in der Familie bleibt. Sogar mein kleiner Scheißkerl von Kaplan hier, an den ich soviel Liebe und Zuwendung verschwende, ist der Großneffe des Lehrers, den Benjamin engagiert hatte.) Da mein Meister sich also um seine Mitmenschen kümmerte und die Verwaltung des Gutes in den Händen erfahrener und tüchtiger Leute lag, begann ich mich allmählich zu langweilen.

Ich kehrte nach London zurück, um bei einem Fechtmeister Lektionen zu nehmen, einem Portugiesen, der auch Benjamin ausgebildet hatte und dem es gelungen war, sein Land noch zu verlassen, kurz bevor er der Inquisition zum Opfer gefallen wäre.

»Ihr habt ein gutes Auge und eine flinke Hand«, bemerkte dieser Mann eines Tages. »Ihr seid gewandt in der Parade, geschickt im Ausfall – aber doch fehlt noch etwas.«

»Das liegt auch ganz klar zutage!« antwortete ich. »Ich will nicht getötet werden, und ich mag es auch nicht, andere zu töten.«

Der Fechtmeister, der sich elegant auf sein Florett stützte, strich sich über seinen kurzen Ziegenbart.

»Gut!« murmelte er. »Das kennzeichnet einen guten Schwertkämpfer.« Er zeigte mit einem Finger auf mich. »Eines Tages werdet Ihr das verstehen. Wenn das Blut heiß aufwallt, werdet Ihr es erfahren. Dieses wilde, selbstlose Gefühl, das aus dem tiefsten Inneren Eurer Seele kommt: töten oder getötet werden. Euer ganzes Leben, Eure gesamte Existenz bündelt sich in dieser einen Frage.«

Natürlich hielt ich dies damals für Unsinn und nahm den Mann nicht ganz ernst. Doch er hatte recht. Viele Jahre später kämpften Benjamin und ich auf einem goldenfarbenen Strand Schwert gegen Schwert, Dolch gegen Dolch um eine Frau mit einem Gesicht, schön wie das von Helena von Troja, und einer Seele, so schwarz wie die tiefsten Gründe der Hölle. Doch auch das ist eine andere Geschichte und gehört nicht hierher.

Bald hatte ich genug über die Fechtkunst gelernt und begann, in der Stadt umherzuschweifen. London ist wahrlich eine wunderbare Stadt! Es zieht alle möglichen Schurken an: Spieler, Betrüger, Wegelagerer, Halsabschneider, Taschendiebe, Bettler, Fälscher ... Ich fühlte mich dort wirklich zu Hause. Natürlich hielt Benjamin immer ein wachsames Auge auf mich und bestand darauf, daß ich nie länger als drei Nächte hintereinander in London verbrachte. Er saß immer hinter seinem großen Schreibtisch und wedelte mit einem knochigen Finger vor mir herum.

»Roger, du bist mein Freund, aber dich zieht das Unheil genauso unwiderstehlich an wie die Milch die Katze. Entweder kommst du freiwillig zurück, oder ich hole dich. Hast du mich verstanden?«

Ich verstand ihn. Um ehrlich zu sein, Benjamin war der einzige Mensch, den ich wirklich fürchtete und den ich auch niemals belog. Nun, jedenfalls nicht vorsätzlich. Ja, Katzen lieben die Milch, und Shallot liebt das Unheil.

Ich geriet in schlechte Gesellschaft, als ich einige Herumtreiber kennenlernte, die sich im Friedhof von St. Paul aufhielten. Sie wurden von einem ehemaligen Geistlichen angeführt, einem aus dem Amt gejagten Priester. Ich habe seinen Namen vergessen, wir nannten ihn einfach nur Rattenarsch. Er hatte das unschuldige Gesicht eines Engels und ein Mundwerk, wie mir selten ein zweites untergekommen ist. Er konnte einem Schwarz als Weiß verkaufen und die Nacht als Tag!

Rattenarsch überredete mich, von unserem beinharten Bankier Waller Geld zu leihen, mit dem er in einer Gasse in der Nähe der Cook Lane einen kleinen Puff einrichten wollte. Ein exklusives Bordell, in dem Herren der gehobenen Schichten Entspannung finden sollten. Natürlich nahm er das Geld, und ich sah ihn nie wieder. Nun, lebend meine ich. Als ich zwei Jahre später einmal durch Hampstead Heath ging und an den Galgen vorbeikam, sah ich die ausgedörrte Leiche von Rattenarsch in einer Schlinge baumeln. Ich sprach ein kurzes Gebet. Er war zwar ein Schuft gewesen, aber er hatte das Herz am rechten Fleck gehabt.

Nun, der alte Waller war hinter mir her wie ein Windhund hinter einem Hasen. An jenem Nachmittag, an dem ich mich aus der Stadt davonmachen wollte, packte er mich in der Paternoster Row am Arm.

»Shallot!« kreischte er. »Wo ist mein Geld?«

(Habt Ihr das auch schon bei den Bankiers festgestellt? Wenn Ihr Geld habt, leihen sie Euch gerne noch welches. Wenn Ihr keines habt, schürzen sie die Lippen und schütteln den Kopf.)

Ich war verzweifelt. Ich blickte umher und suchte nach einer Fluchtmöglichkeit, da entdeckte ich plötzlich den alten Tunstall, den Bischof von London, der auf dem Weg zur Kathedrale von St. Paul war, um dort seine tägliche verbale Attacke auf den Allmächtigen vom Stapel zu lassen. Nun, ich hatte Tunstall kennengelernt, als ich mit Benjamin bei Hofe gewesen war, daher packte ich Waller am Handgelenk.

»Seht Ihr, wer da drüben ist?«

»Wer?« erwiderte der Geizhals.

»Seine Gnaden der Bischof von London. Er hat sich bereit erklärt, für das Geld zu bürgen, das ich dazu benutzt habe, ein paar Arme und Kranke für eine Pilgerreise zum heiligen Jakob nach Santiago de Compostela auszustatten.«

Waller bog sein säuerliches Gesicht nach hinten wie eine Viper, die sich anschickt zuzustoßen.

»Ich glaube Euch nicht!« zischte er.

»Seht her.« Ich zog meine Stiefel aus. »Haltet diese

solange, und ich werde zu ihm hingehen und es Euch beweisen.«

Waller hielt meine Stiefel in der Hand, während ich auf Zehenspitzen über das Pflaster zum Wagen des Bischofs hinübereilte.

»Mylord Bischof«, keuchte ich. »Euer Gnaden.«

Der Bischof, der von seinen Lakaien umgeben war, hielt ein und schaute zu mir herunter.

»Ja, mein Sohn?«

»Eine Petition, Mylord Bischof. Eine Petition. Kann Eure Heiligkeit sich an mich erinnern?«

Der alte Heuchler starrte säuerlich zurück und griff schon wieder zu den Zügeln, um weiterzufahren.

»Ich bin der Bedienstete von Benjamin Daunbey, dem Neffen des ehrwürdigen Kardinals.«

Nun, das brachte den Scheißkerl dazu, sich wieder mir zuzuwenden. Er rang sich ein Lächeln ab. (Habt Ihr schon einmal beobachtet, wie die Priester das anstellen? Als wären sie Gott höchstpersönlich und alle anderen nur bedauernswerte arme Würstchen.)

»Was gibt es, mein Sohn?«

Ich zeigte zu der Stelle, an der Waller wie ein Idiot stand und meine Stiefel hielt.

»Ehrwürdiger Herr Bischof, ich hatte eine heftige Auseinandersetzung mit diesem Mann über die Heilige Dreifaltigkeit, gerade als Ihr des Weges kamt, Mylord«, log ich. »Eure Reputation als Theologe wird weithin gerühmt. Daher habe ich angeboten, Euch als Schiedsrichter in unserem Disput walten zu lassen. Mein Freund wollte mir nicht glauben, deshalb habe ich ihm meine Stiefel als Sicherheit dafür überlassen, daß Ihr ihm eine Audienz gewähren und ihn auf seinen Irrtum hinweisen würdet.«

Tunstall richtete sich auf und nickte bedächtig.

»Mylord, ich weiß, daß Ihr sehr beschäftigt seid«, fuhr ich heftig atmend fort, »aber wenn Ihr Euch dazu bereitfinden könntet, eine Zeit und einen Ort zu benennen, an dem Ihr ihn . . .«

Erneut ein gravitätisches Nicken, und Tunstall winkte Waller herüber.

Der alte Schwachkopf näherte sich bibbernd und Bücklinge vollführend.

Tunstall blickte ihn tadelnd an. »Gebt Eurem Freund die Stiefel zurück«, befahl er. »Und findet Euch morgen früh um zehn Uhr bei mir ein, dann werden wir die Angelegenheit regeln.«

Waller warf sich vor Dankbarkeit beinahe auf den Boden. Der Bischof machte ein segnendes Kreuzzeichen in der Luft und fuhr weiter. Ich griff nach meinen Stiefeln und verließ London innerhalb einer Stunde.

Ich kehrte ernüchtert nach Ipswich zurück und versicherte Benjamin, mein gutes Werk, das ich an den Armen verrichtet hatte, sei jetzt beendet, und nun sei es wohl am besten, ich würde ihm wieder auf dem Gut zur Hand gehen. Er schaute mich seltsam an, strahlte mich mit seinen unschuldigen grauen Augen an und wendete sich dann wieder den Geschäftsbüchern zu, die er gerade studiert hatte.

Ich betrachtete dieses dunkle, intelligente Gesicht, das von langem schwarzem Haar umrahmt wurde, und fragte mich wieder einmal, ob mein Meister doch der gerissenste Bursche war, dem ich jemals begegnet war, oder ob er die Unschuld in Menschengestalt verkörperte.

Die Tage gingen dahin, und dann, kurz vor Allerheiligen, an einem jener letzten, wunderschönen Tage, an dem die Sonne so warm schien, daß man meinen konnte, der Sommer sei noch einmal zurückgekehrt, befand ich mich mit einem jungen Mädchen aus dem Dorf auf einem

Heuhaufen. Es war ein fröhliches, glückliches Mädchen mit einem hübschen Gesicht und einem warmen Körper. Ich versuchte, sie zu überzeugen, daß ihr Mieder zu eng geschnürt sei, aber sie schob lachend meine prüfenden Finger immer wieder beiseite. Ihr Widerstand ließ nach, und ihr Lachen steigerte sich, als ich plötzlich Benjamin nach mir rufen hörte.

»Roger, schnell, komm her!«

Ich warf einen Blick vom Heuhaufen hinunter. Mein Meister stand unten, angetan mit eleganten Beinkleidern und einem offenen weißen Hemd, hüpfte von einem Bein auf das andere und versuchte, seine Füße in Stiefel zu zwängen.

»Hier bin ich, Master!«

»Was tust du denn da oben, Roger?«

Ich zischte dem Mädchen zu, sie solle sich ruhig verhalten, während ich hinunterkletterte und dreist erklärte, ich hätte versucht, den Lauf der Sonne zu erforschen.

»Du bist doch wirklich zu neugierig, Roger«, murmelte Benjamin. »Du mußt wohl immer etwas Neues versuchen.«

Mein Meister scheuchte mich den grasbewachsenen Hügel hinauf, auf dem unser Herrenhaus stand.

»Was ist denn los?« wollte ich wissen.

Benjamin zeigte zu der staubigen Straße, die zum Haupttor führte.

»Da sind Reiter, Roger. Und ich glaube, sie kommen von meinem lieben Onkel.«

Ich legte meine Hände schattensuchend über die Augen und konnte dann die kleinen weißen Staubwölkchen erkennen sowie einen Wimpel, der im Wind flatterte, und die hellen Wamse der Reiter. Außerdem sah ich, daß der Reiter an der Spitze ganz in Schwarz gekleidet war. Mein Herz rutschte mir in die Hose. Der liebe Onkel ließ uns wieder seine Gegenwart spüren. Wenn er seinen persönlichen Sekretär und Berater schickte, den Magier Doktor Agrippa, dann war wieder irgendein blutiges Verhängnis im Anzug.

Wir nahmen die Besucher in unserer Großen Halle in Empfang, die gerade frisch gestrichen worden war, eine neue Holzvertäfelung erhalten hatte und an deren Wand die Wappen von Shallot und Benjamin Daunbey prangten. Die Reiter, die zu Wolseys Wachleuten gehörten und in die scharlachrote Uniform des Kardinals gewandet waren, wurden in die Vorratskammer geführt, wo sie ihren Durst stillen und den Mädchen schöne Augen machen konnten.

Doktor Agrippa, von Kopf bis Fuß in schwarzes Leder gekleidet, legte seinen breitkrempigen Hut auf die Knie und wartete darauf, daß die Bediensteten Glühwein und Süßigkeiten auffuhren. Die ganze Zeit lächelte er, plauderte belangloses Zeug und beäugte mich mit seinen kalten, farblosen Augen.

Ein seltsamer Mann, dieser Agrippa. Ich habe schon früher von ihm gesprochen. Er war immer kalt, und ganz gleich, wie heiß es war, ich habe ihn nie schwitzen sehen. Er war ein echter Magier. Oberflächlich betrachtet, sah er eher wie ein gewöhnlicher Dorfpfarrer aus mit seinem runden, fröhlichen Gesicht, das so süß war wie das eines Engels, seinem sauber geschnittenen schwarzen Haar und diesem Lächeln, das nie bis zu den Augen vordrang. Er alterte nicht, und auch nachdem Wolsey gestorben war, erschien er noch an den seltsamsten Orten.

Raleigh erzählte mir einmal – jawohl, dieser Freibeuter ist immer noch auf See, finanziert durch mein Geld –, er habe Agrippa in der Nähe von Jamestown in Virginia gesehen. Weiß Gott, wie er in die Neue Welt gekommen ist! Ein Spion meldete, er sei in Madrid, und als ich Jahre später auf der Flucht vor Suleimans Häschern durch die schmutzigen Straßen und Gassen von Konstantinopel hetzte, bemerkte ich sein Gesicht kurz in der Menge. Ich sah ihn auch einmal bei Hofe, und vor fünfzehn Jahren tauchte er in meinem Herrenhaus in Burpham auf, so jung und frisch, wie ich ihn aus meiner Jugend in Erinnerung habe. Ich fragte ihn, was ihn zu mir führe. Er lächelte nur und warnte mich, daß Maria, die Königin der Schotten, die in Fotheringay eingekerkert war, Pläne zur Ermordung von Elisabeth schmiede. Dann verschwand er wieder.

Agrippa besaß die Gabe, in die Zukunft zu sehen, und er sagte mir einmal, ich würde auf eine höchst unerwartete Weise sterben, und das ist auch der Grund, weshalb ich meinen kleinen Furzer von Kaplan hier stets mißtrauisch beäuge. Ja, Agrippa war ein seltsamer Mann. Vielleicht war er der ewige Jude, der dazu verurteilt ist, für immer über die Erde zu wandern? Ich befragte einmal ein paar Rabbis wegen dieser Legende. Sie blickten mich nur entsetzt an und schüttelten den Kopf.

(Übrigens, ich mag die Juden. Sie erinnern mich sehr stark an die Iren. Sie lieben das Streitgespräch, die Ehre, die Familie und haben einen ausgeprägten Sinn für Humor. Ich habe sogar eine kleine Abhandlung veröffentlicht, in der ich die These vertrat, daß die Iren der verlorene Stamm Israels seien. Meine Hauptschlußfolgerung lautete folgendermaßen: Als Moses und Aaron aus Ägypten auszogen, pferchten sie die Schurken alle im hinteren Teil der Kolonne zusammen. Nachdem die Israeliten das Rote Meer durchquert hatten, schlugen die hinteren Abteilungen eine verkehrte Richtung ein und landeten schließlich in Irland. Sehr interessant, diese Abhandlung. Ihr solltet sie Euch einmal zu Gemüte führen.)

An jenem strahlenden Tage allerdings hatte Agrippa

etwas Dringenderes auf dem Herzen. Er wartete, bis Benjamin die Bediensteten hinausgeschickt hatte, dann ließ er sich in einen hohen Sessel neben dem Feuer fallen. Als er an mir vorüberging, schnappte ich einen Hauch seines seltsamen Parfüms auf – es roch, wie wenn man eine kostbare Salbe in eine erhitzte Pfanne gegeben hätte. Seine Augen wechselten ihre Farbe, wurden dunkel und undurchdringlich, und das Lächeln verschwand von seinen Lippen. Er starrte Benjamin und mich an, nahm einen Schluck Wein und knabberte an einem Stück gewürzten Marzipan.

»Ich bitte Euch, setzt Euch doch«, sagte er mit sanfter Stimme und deutete auf zwei leere Stühle. Er dehnte und streckte seinen Hals, um die Starrheit nach dem langen Ritt abzuschütteln. »Es hat angefangen«, murmelte er.

»Was hat angefangen?« wollte Benjamin wissen.

»Das Morden«, erwiderte Agrippa. »Der Maulwurf ist in Erscheinung getreten.« Er streckte seine Hand aus und spreizte die Finger. »Jeder Mensch kann zwischen verschiedenen Wegen wählen. Auch bei König Heinrich verhält es sich nicht anders. Er konnte der größte Herrscher werden, den England jemals gehabt hat, aber statt dessen hat er es vorgezogen, der Maulwurf zu werden, der Dunkle Prinz, der sein Königreich in einem Meer von Blut ertränken wird.«

»Doktor Agrippa«, warf ich ein, »äußert Euch bitte ein wenig präziser.«

»Das werde ich tun. In zwei Tagen wird Eduard Stafford, der Herzog von Buckingham, auf Tower Hill geköpft werden.«

Benjamin blickte entgeistert, und auch ich, der ich mir noch nie etwas aus höfischer Politik gemacht hatte, konnte meine Verwunderung nicht verbergen. Stafford war ein direkter Nachkomme von Eduard III. und einer der größten Landbesitzer in England, Sohn des Herzogs von Buckingham, der die Verschwörung gegen Richard III. angeführt hatte und hingerichtet worden war, kurz bevor Heinrich Tudor eingegriffen und den Usurpator in der Schlacht bei Bosworth getötet hatte.

»Was ist geschehen?« fragte Benjamin.

Agrippa zuckte mit den Achseln. »Euer Onkel war Stafford schon immer ein Dorn im Auge. Er lächelte Benjamin an. »Er nannte ihn stets den Emporkömmling aus Ipswich, den dahergelaufenen Schlachter, der sich unter der Robe eines Kardinals verstecke.« Er verzog das Gesicht. »Nun, vor ein paar Wochen war Stafford am Hof. Er stand neben dem König, und wie es Brauch ist, bot er dem König eine mit Wasser gefüllte Silberschale an, damit dieser sich darin die Hände wasche. Als der König fertig war, tauchte Wolsey seinen Finger ebenfalls in die Wasserschale. Da schleuderte Stafford wutentbrannt das Wasser über die Kleider des Kardinals.«

Agrippa machte eine Pause und wischte ein paar Staubkörnchen von seiner schwarzen Hose.

(Ist es nicht komisch, daß sogar große Männer wegen eines Tropfen Wassers so aus der Haut fahren können?)

»Euer Onkel war außer sich«, fuhr der Doktor fort. »Er schrie, das werde er Stafford vergelten, er werde sich auf seine Gewänder setzen, stampfte triefend davon und machte einen richtigen Narren aus sich.«

Ich senkte den Kopf und dankte Gott, daß ich nicht dabeigewesen war. Ich hätte gebrüllt vor Lachen, hätte ich den großen Kardinal wie einen kleinen Jungen herumlaufen sehen, der sich angepinkelt hatte.

»Haben die Höflinge darüber gelacht?« wollte Benjamin wissen.

»O ja, sie haben alle gebrüllt. Das Gelächter hat den Palast zum Beben gebracht. Stafford verschlimmerte das

Ganze dann aber noch. Als er am nächsten Tag kam, trug er ein gewöhnliches Wams und eine gewöhnliche Hose. Der König wollte wissen, warum er das tue, und Stafford antwortete, dadurch wolle er verhindern, daß sich der Kardinal auf seine Kleider setze.« Agrippa spreizte die Hände. »Diese Bemerkung hat erneut Anlaß zu Hohn und Spott gegeben.«

»Aber wenn ein Mann seinen Kopf verlieren soll, nur weil er sich über einen Kardinal lustig gemacht hat«, warf ich ein, »dann wird der König bald keine Untertanen mehr haben.«

Benjamin lächelte ironisch, aber obwohl er seinem mächtigen Onkel große Zuneigung entgegenbrachte, machte er sich keine Illusionen über diesen Bürgerlichen mit dem scharfen Verstand, der es geschafft hatte, sich zum Kardinal und Lordkanzler von England hochzuarbeiten.

»Ah!« Agrippa beugte sich nach vorne, als fürchte er, es könnten Spione hinter der Wand lauern. »Ihr kennt Euren Onkel, Master Daunbey. Niemand beleidigt ihn ungestraft, und Stafford hat er sowieso immer schon gehaßt. Mein Lordkardinal war stets der Auffassung, daß Rache ein Gericht ist, das man am besten kalt serviert. Entgegen meinem Rat begann er, mit Heinrichs geheimen Alpträumen zu spielen.«

Agrippa betrachtete seine Fingernägel eine Weile. »Es ist immer das gleiche« murmelte er, »immer die gleichen Worte, die gleichen Töne. Heinrich mag der Sohn von Elisabeth von York sein, aber sein Vater war Heinrich Tudor, ein walisischer Bauer. Der deutsche Reformator Martin Luther verhöhnt ihn öffentlich als Junker Heinrich. Er lebt schon immer in der Furcht, daß andere, wie zum Beispiel Stafford, sich für berechtigter halten, König zu sein. Nun«, fuhr Agrippa fort, »haben die Tudors das

Bestreben, eine Dynastie zu begründen. Der Vater des gegenwärtigen Königs nannte seinen ältesten Sohn Arthur und versuchte dadurch und durch seine walisische Herkunft, an die Legenden um König Artus und die Ritter der Tafelrunde anzuknüpfen. Kennt Ihr diese Legenden?«

Ich schüttelte den Kopf. »Natürlich nicht, ich bin ja kein Gelehrter.«

»Nun«, sagte Agrippa und strich sich über das Kinn, »es geht die Sage, daß nach dem Tode des großen Königs Artus in Westengland Prophezeiungen auftauchten, die davon kündeten, er werde eines Tages zurückkehren, werde aus dem letzten Licht der untergehenden Sonne hervorreiten und alle Übel beseitigen. Der Große Geizhals wollte seine Familie als Fortsetzerin der Linie von König Artus darstellen, aber sein ältester Sohn starb vorzeitig, und jetzt ist der Feiste Heinrich König. Wie auch immer, der Traum beziehungsweise der Alptraum der Tudors geht weiter.«

»Wie bitte?« unterbrach ich. »Ihr wollt doch nicht sagen, daß unser ehrenwerter Heinrich Angst davor hat, ein mythischer König könnte mit den Rittern seiner Tafelrunde in Westminster einreiten?«

Agrippa verengte seine Augen. »Natürlich nicht, aber er fürchtet die Yorkisten, die Plantagenets, all jene, die ein höheres Anrecht auf den Thron herleiten können als er! Und Ihr wißt ja, wie abergläubisch er ist. Was würde geschehen, wenn Stafford oder ein anderer Fürst, in dessen Adern Yorkistenblut fließt, plötzlich die heiligen Reliquien präsentieren würde? Artus' magisches Schwert Excalibur oder, noch schlimmer, den Gral, der auf seinem Tisch stand, den Kelch, aus dem Jesus beim Letzten Abendmahl getrunken hat?«

(Nein, lacht nicht. Ich weiß, wir leben jetzt in einem Zeitalter der Vernunft und des gesunden Menschenverstandes, aber zu meiner Zeit habe ich die unglaublichsten

Dinge erlebt: Menschen, die hinter einem Fetzen Tuch hermarschierten oder andere, die glaubten, ein Stück des echten Kreuzes würde sie vor Pfeilen oder Kugeln schützen. Ist es nicht wundervoll, was die Leute alles glauben, wenn sie es nur wollen?)

»Ihr wollt doch nicht sagen«, spottete ich, »daß Buckingham einige von diesen Reliquien besitzt?«

»Ja und nein«, erwiderte Agrippa. »Nach Buckinghams beleidigenden Auftritten wurden Wolseys Spitzel aktiv. Der Kardinal legte sich eine Geschichte zurecht, wonach Buckingham eine Verschwörung gegen den König plane und in den Besitz dieser Reliquien zu kommen suche, um gegen ihn vorgehen zu können.«

»Aber das ist doch lächerlich!« fuhr Benjamin dazwischen. »Ich weiß, daß man vor Jahrhunderten die Gebeine von Artus in Glastonbury entdeckt hat, aber nach der Legende wurde Excalibur in einen See geworfen, und der Verbleib des Grals ist bis heute ungeklärt.«

»Oh, aber Wolsey hat Beweise«, erwiderte Agrippa. »Seine Agenten haben einen Benediktinermönch verhaftet, einen Mann namens Nicholas Hopkins, der jetzt im Tower sitzt. Dieser Hopkins stammt aus Glastonbury. Er ist auch Kaplan auf dem Anwesen der Santerres in Templecombe in Somerset. Hopkins behauptet zu wissen, wo sich das Schwert und der Gral befinden, und er hat beides Buckingham angeboten. Laut Hopkins' Aussagen wollte der Herzog sie dazu verwenden, eine Rebellion anzuzetteln, Heinrich abzusetzen und hinzurichten und selbst den Thron zu besteigen.«

»Und Buckingham hat geglaubt, dieser Schrott sei etwas Heiliges?« lachte ich. »Ist dem Geschwafel eines zerlumpten Mönchs auf den Leim gegangen!«

»Was war mit den Santerres?« wollte Benjamin wissen. »Hatten sie auch etwas damit zu tun?«

»Nein. Sie standen nur früher in den Diensten von Buckingham. Der gute Herzog reiste nach Templecombe, um Hopkins zu treffen, und er hat auch versucht, Sir John Santerre in die Verschwörung mit hineinzuziehen. Santerre weigerte sich, was wir deshalb wissen, weil Wolseys Agenten sowohl Santerres Haushalt als auch Buckinghams Gefolge unterwandert hatten. Der Herzog«, schloß Agrippa, »hatte tatsächlich Interesse an diesen Reliquien: Er sandte eine Nachricht an seinen Agenten in London, die besagte, daß er, sobald er ihrer habhaft geworden sei, eine Revolte anführen werde.«

»Das steckt noch mehr dahinter, oder?« fragte Benjamin.

Agrippa rieb sich das Gesicht. »Ja. Hinter dem Gral und dem Schwert sind auch noch andere her.«

»Wer denn noch?« wollte mein Meister wissen.

»Die Templer«, sagte Agrippa.

»Wer?« fragte ich.

»Die Templer«, fuhr er fort, »waren ein Ritterorden, der im zwölften Jahrhundert entstand, um das Heilige Land zu verteidigen. Die Templer erwarben riesige Besitztümer in England und Frankreich – Schlösser, Ländereien und Herrenhäuser. Sie waren auch im Besitz geheimen Wissens und besaßen all die großen heiligen Reliquien wie das Grabtuch, in das Jesus Christus eingewickelt war, das Mandylion, mit dem Jesus sich das Gesicht abwischte auf dem Weg nach Golgatha, und wenn man der Legende Glauben schenken darf, auch den Gral und das Schwert Excalibur.«

»Und was haben sie mit uns zu tun?« fragte Benjamin.

(Oh, was war mein Meister doch für ein Unschuldslamm! Ich konnte mir schon denken, was als nächstes kommen würde.)

»Seine Gnaden der König und der Lordkardinal möchten, daß Ihr nach Somerset reist, den Gral und das Schwert findet und, wenn möglich, diese Templer aufspürt.«

»Gibt es die denn noch?« fragte ich.

»O ja.« Agrippa rieb sich erneut das Gesicht. »Ich bin mit meiner Geschichte noch nicht zu Ende. Am Freitag, dem dreizehnten Oktober 1305, begann die blutige Verfolgung der Templer. Viele wurden verhaftet, gefoltert oder getötet, weil man sie der Ketzerei, der Sodomie und der Schwarzen Magie beschuldigte. Die meisten starben in den Verliesen oder endeten am Galgen, aber einigen gelang die Flucht, und sie organisierten sich in geheimen Zirkeln. Diese Templer sind entschlossen, zu verhindern, daß der Gral und das Schwert Heinrich in die Hände fallen, denn sie halten ihn für die Inkarnation des Bösen.«

(Nicht ganz verkehrt, dachte ich mir.)

Agrippa räusperte sich. »Es gibt Beweise, daß einige Yorkisten Mitglieder dieses Ordens waren. Hopkins sicherlich, vielleicht auch Buckingham.«

»Und unser ehrenwerter König glaubt dies alles?«

Agrippa verzog das Gesicht. »Hopkins hat es gestanden, Wolsey hat den König informiert, und Stafford tat wenig, um seine Lage zu verbessern. Er wurde auf der London Bridge verhaftet und in den Tower gebracht. Er wollte Wolseys Anschuldigungen weder bestreiten noch bestätigen.«

Doktor Agrippa formte mit seinen Fingern eine Pyramide. »Buckingham war auch noch so dumm, in seinem eigenen Haus gewisse verräterische Bemerkungen gegenüber seiner Schwester Lady Fitzwalter zu machen.«

Benjamin lächelte dünn, und ich erkannte, wie geschickt der Kardinal vorgegangen war: Heinrich hatte Buckingshams Schwester verführt, und der Herzog war wütend geworden, weil er befürchtete, der König würde sie wie eine gewöhnliche Dirne behandeln. Daraufhin konnte Wolsey zuschlagen – er konnte die bedauernswerte Frau vor den Geheimen Rat zitieren, sie unter Eid nehmen und ihr Aussagen entlocken, die er dann leicht nach seinen Bedürfnissen zurechtbiegen konnte.

»Was ist dann weiter geschehen?« fragte Benjamin.

»Gegen Buckingham wurde in Westminster vor einer Gruppe von Peers unter Vorsitz des Herzogs von Norfolk der Prozeß gemacht. Die Strafe stand von vornherein fest: Er soll auf ein Rad geflochten, zum Hinrichtungsplatz geschafft, dort gehängt und noch lebend wieder abgeschnitten werden. Dann sollen seine Genitalien abgehackt und ins Feuer geworfen und seine Eingeweide vor seinen Augen verbrannt werden. Schließlich soll ihm nach dem Willen des Königs der Kopf abgeschlagen und sein Rumpf gevierteilt werden.«

»Heinrich wird doch gewiß Gnade walten lassen?«

»Königin Katharina ist auf die Knie gesunken und hat um das Leben des Herzogs gefleht. Der König legte sich für drei Tage mit Fieber ins Bett, und die einzige Gnade, zu der er sich bereitgefunden hat, ist, daß Buckingham nur der Kopf abgehackt wird. Der Rest der unwürdigen Prozedur wird gestrichen. Buckingham soll in zwei Tagen sterben.«

»Bei Eurer Ankunft habt Ihr gesagt, das Morden würde jetzt beginnen und Heinrich sei der Maulwurf?« soufflierte ich ihm.

Agrippa blickte mich eisig an, und ich erinnerte mich daran, daß er vor Jahren schon einmal darauf hingewiesen hatte, wie krank der Geist des Königs war.

»Versteht Ihr denn nicht, Roger«, flüsterte er, »wenn Heinrich sogar den größten Würdenträger in seinem Reich umbringen lassen kann, wer ist dann noch sicher? Die europäischen Höfe haben schon protestiert. Der

König von Frankreich hat öffentlich den Kardinal verspottet und gesagt, der Hund des Schlachters habe den prächtigsten Hirschen der ganzen Christenheit zerfleischt.«

Natürlich hatte Agrippa recht. Heinrich war verrückt. Er war besessen von der Vorstellung, es würden Verschwörungen gegen ihn ausgeheckt, und er war entschlossen, jede Opposition im Keim zu ersticken. Bis zu seinem Tod soll er mindestens sechzigtausend Hinrichtungen befohlen haben. Das erscheint mir durchaus glaubhaft! Ich erlebte mit, wie der feiste Bastard alt wurde. Nie werde ich diese aufgeblasenen weißen Backen und die Schweinsaugen vergessen, in denen der Wahnsinn stand. Das offene Geschwür an seinem Bein, das wie eine Abfallgrube stank, und die Syphilis in seinem Kopf, die ihn in die Ausgeburt eines Teufels verwandelte...

Benjamin erhob sich und füllte unsere Becher nach. »Dann hat das Morden also nun wirklich angefangen?« murmelte er. »Buckingham wird sterben, und mein lieber Onkel braucht uns wieder.«

Agrippa faltete seine Hände im Schoß. Wieder einmal machte er eine dieser bemerkenswerten Charakterveränderungen durch – nun war er nicht länger der düstere Prophet, sondern der liebenswerte Priester, der Rat und Hilfe sucht.

»Ihr habt recht, Master Benjamin«, sagte er. »Buckingham wird sterben, und wir können nichts dagegen unternehmen. Aber es gibt natürlich auch noch das Geständnis von Master Nicholas. Euer Onkel braucht Euch in London. Er hat ausdrücklich befohlen, daß wir alle bei Buckinghams Hinrichtung zugegen sein sollen.«

(Oh, Herr im Himmel, jetzt ging es wieder los, Blut und Tod überall und der arme Shallot mitten drin!)

»Und was dann?« fragte Benjamin scharf.

»Wir sollen das Verhör von Master Hopkins fortsetzen und noch mehr über seine geheimnisvollen Offenbarungen herausfinden.«

»Aber Ihr habt doch gesagt, der Mann sei verrückt?«

»Oh, das ist er zweifellos, aber deswegen muß sein Geständnis nicht notwendigerweise falsch sein.«

»Glaubt Ihr, daß Buckingham wirklich Verrat begangen hat?« fragte ich.

Agrippa schüttelte den Kopf. »Nein. Aber Ihr müßt erkennen, Master Shallot, daß dieses Problem zwei Seiten hat. Buckingham wird sterben, und damit ist diese Seite erledigt. Hopkins dagegen war ein Überbringer von Nachrichten. Er muß von jemandem Anweisungen erhalten haben. Aber von wem?«

»Und mein Onkel ist entschlossen«, stellte Benjamin kategorisch fest, »die Wahrheit herauszufinden?«

»Die Wahrheit, Master Benjamin? Was ist die Wahrheit? Auch Pilatus stellte mir diese Frage, aber ich konnte sie ihm nicht beantworten.« Agrippa lächelte, als habe er einen gelungenen Witz gemacht, und ließ den Saum seines Umhangs durch seine Finger gleiten.

»Genug«, murmelte er dann. »Wir müssen sofort nach London aufbrechen.«

Kapitel 2

Benjamin stimmte widerwillig zu, daß wir sofort abreisten, und wischte meine Bedenken beiseite. Ich ging in meine Kammer, kam mir wie ein Schuljunge vor, der zu seinen Hausaufgaben gezwungen wird, und begann verärgert Kleidung und andere notwendige Dinge in Satteltaschen zu stopfen. Benjamin schlüpfte leise in meine Kammer und blieb mit dem Rücken zur Türe stehen.

»Roger, es tut mir leid, aber uns bleibt keine Wahl. Du erinnerst dich an den Eid, den wir geleistet haben, daß wir dem Kardinal zu Diensten sein wollen in Friedens- wie in Kriegszeiten?« Er winkte nonchalant mit der Hand. »Alles, was wir haben, verdanken wir ihm.«

»Wenn der Herzog von Buckingham so einfach sein Leben und seinen Besitz einbüßen kann«, rief ich, »was ist dann mit all den anderen Kreaturen, die nicht so nahe an der Futterkrippe sind?«

Benjamin zuckte mit den Schultern. »Wir können jeden Tag nur so nehmen, wie er kommt.«

»Jawohl, und wenn es dem Kardinal gefällt, dann werden vielleicht bald nicht mehr viele Tage kommen.«

Wir packten unsere Sachen; Stallknechte stellten gesattelte Pferde und Lastentiere bereit. Benjamin erteilte Barker, dem Verwalter, ausführliche Anweisungen, und am späten Nachmittag galoppierten wir schon in Richtung Süden. Ich erinnere mich gut daran. Die Sonne ging gerade unter, und es stand der Winter vor der Türe. Wer will behaupten, die Jahreszeiten seien keine Vorboten dessen, was uns erwartet?

Agrippa war nun ruhig, das heißt, er redete mit sich selbst in einer fremden Sprache, die ich nicht verstand, während seine Begleiter, die schillerndste Ansammlung von Galgenvögeln, die mir jemals untergekommen ist, unter sich blieben. Für die Nacht kehrten wir in einem Kloster ein. Agrippa war immer noch verschlossen und beschäftigte sich mit seinen eigenen Problemen. Einmal nur hielt er inne, blickte in dem verlassenen Refektorium umher und bemerkte: »Es steckt noch mehr dahinter, müßt Ihr wissen.«

»Was meint Ihr damit?« fragte Benjamin.

Agrippa schüttelte den Kopf. »Es steckt mehr dahinter«, wiederholte er. »Oh, wie sehr ist die Welt der Lüge ausgeliefert!«

(Ihr werdet diesen Satz auch in einem der Stücke des alten Shakespeare finden.)

Das Wetter verschlechterte sich zusehends, doch nachdem wir am Morgen des zweiten Tages nach unserer Abreise aus Ipswich die Abtei von Waltham verlassen hatten, kamen wir auf die Mile End Road, die sich durch verschiedene kleine Weiler nach East Smithfield wand. Die Zahl der Leute, die auf der Straße unterwegs waren, wuchs. Nicht mehr nur die üblichen Kesselflicker oder Hausierer mit ihren Handkarren oder die zerlumpten Wanderpriester, die immer auf der Suche waren nach einem schnell verdienten Penny und einem weichen Bett (Mir gefällt es zu beobachten, wie mein Kaplan zusammenzuckt!), sondern auch gewöhnliche Leute, die zum Tower Hill strömten, um mitzuerleben, wie einer der Großen des Landes vom Leben zum Tode befördert wurde.

Wir wendeten uns nach Norden zur Hog Street, passierten die Kirche von St. Mary Grace, wo wir schon die hohen grauen Zinnen des Towers sehen konnten, und trafen dann auf die dichte Menschenmenge, die sich am Fuße des Tower Hill versammelt hatte. Ihr dürft mir glauben, ganz London war auf den Beinen. Zwischen dem Tower und der Bridge Street stand alles voll.

Ich habe mich schon oft gefragt, weshalb die Leute so gern bei Hinrichtungen zusehen. Welche Art von Spaß bereitet es, mitzuerleben, wie ein Mann seinen Kopf oder seine Eier verliert? Ich fragte Agrippa.

»Wir sind als Mörder geboren«, murmelte er. »Wir haben eine Romanze mit dem Tod. Aber wenn unser König Heinrich seine Vorstellungen durchsetzen kann, dann wird unser Appetit auf Hinrichtungen und Blut zur Genüge gestillt werden.«

Wir setzten unsere Vollmachten und die Schwerter unserer Begleitmannschaft ein, um uns einen Weg nach vorne, hinauf zu der mit schwarzem Tuch ausgelegten Richtstätte zu bahnen, die auf einer Kuppe des Tower Hill lag und umringt war von königlichen Leibgardisten. Auf dem Podest stand mit verschränkten Armen der Henker, das Gesicht unter einer roten Kapuze verborgen. Neben ihm sein Knecht, der von Kopf bis Fuß in schwarzes Leder gekleidet war, ein Geweih auf dem Kopf trug und eine Hand auf die riesige Doppelaxt gelegt hatte, die an dem Holzgerüst lehnte. Ein Priester murmelte Gebete, einige Höflinge tuschelten miteinander und ließen ihre Blicke erwartungsvoll über das Meer von Gesichtern schweifen, das sie umgab.

Anfangs sieht es noch ziemlich friedlich aus, doch laßt Euch von dem alten Shallot sagen: Später einmal (ja, auch das ist eine andere Geschichte) mußte auch ich meinen Kopf auf das Schafott legen, die Axt war schon zum Schwunge erhoben – und erst in letzter Sekunde kam die Begnadigung, die mich rettete. Ich kann Euch sagen, das Warten ist viel schlimmer als das Sterben selbst. Der große Holzklotz riecht nach Blut, um sich herum sieht man die Utensilien, die bei einer Enthauptung benötigt werden: ein Laken, um das Blut aufzufangen, das in einem kräftigen Schwall aus dem Hals hervorschießt, der Korb, in den der abgeschlagene Kopf fällt, der hölzerne Sarg, in den man den Rumpf legt, und das Messer, das zum Einsatz kommt, falls es nicht auf Anhieb gelingt, die Sehnen und Muskeln zu durchtrennen. Es mag zwar alles recht schnell vonstatten gehen, dennoch ist es ein schrecklicher Tod. Als Maria, Königin der Schotten, geköpft wurde, zuckten ihre Augenlider und ihre Lippen noch mindestens eine Minute lang, nachdem der Kopf vom Körper getrennt worden war. Allerdings erkannte der Henker von Fotheringay auch nicht, daß die schottische Königin eine Perücke trug, und als der Kopf herunterfiel, kullerte er wie ein Ball umher.

Ich hatte zwar auch schon früher Hinrichtungen miterlebt, aber nie war ein derartiger zeremonieller Aufwand getrieben worden wie bei der Exekution von Buckingham. Agrippa schloß die Augen, und ich war sicher, er schlief, während Benjamin, der ganz weiß im Gesicht geworden war, unter die Bühne starrte. Ich folgte seinem Blick und sah kleine, dunkle Schatten, die sich dort bewegten.

»Was sind das für Gestalten?« fragte ich einen der Wachmänner.

»Gnome«, antwortete der Mann aus dem Mundwinkel. »Sie haben vom Bürgermeister das Recht gekauft. Wenn der Kopf abgeschlagen wird und das Blut herausschießt, tropft ein Teil davon durch die Balken nach unten. Sie fangen es mit Lumpen auf und verkaufen es dann als Reliquie oder als Andenken.« Der Mann drehte sich um und spuckte über die Schulter. »So weit ich weiß, gibt's dafür immer eine Menge Käufer.«

Die Warterei zog sich hin, und die Menge begann unruhig zu werden. Händler, die Süßigkeiten, Äpfel und sogar zerknitterte Abschriften von Buckinghams angeblichen ›Letzten Geständnissen‹ feilboten, schoben sich durch die Menge. Wasserhändler fluchten und warben um Kundschaft. Kinder schrien und wurden von ihren Eltern auf die Schultern gehoben. Die hochgestellten Persönlichkeiten, die Lords und ihre Ladies, die ebenso wie ihre Pferde mit seidenen Gewändern angetan waren, bahnten sich ihren Weg nach vorne, um bessere Sicht zu bekommen. Alles schob und drängte, und als man einen Taschendieb auf frischer Tat ertappte, machte sich die Menge unverzüglich über ihn her. Er wäre in Stücke gerissen worden, hätten die Männer des Sheriffs ihn nicht weggebracht.

Der Himmel verdüsterte sich, und große graue Wolken zogen die Themse herauf. Die Menschen nahmen sie als ein Zeichen dafür, daß Gott die Hinrichtung Buckinghams mißfalle. Ihre Verwünschungen des Kardinals nahmen an Lautstärke zu und kamen auch dann nicht zum Abklingen, als der niederprasselnde kalte Regen sie bis auf die Knochen durchnäßte.

Der Regenschauer ging vorüber, und als die Wolken wieder aufrissen, vernahmen wir einen Aufschrei aus der versammelten Menge. Eine Gruppe von Reitern war erschienen, angeführt vom Sheriff und vom Bürgermeister. In ihrer Mitte befand sich ein großer, rothaariger Mann, dessen Gesicht so bleich war wie das weiße Hemd mit offenem Kragen, das er unter seinem scharlachroten Umhang trug. Agrippa teilte uns flüsternd mit, daß dies Buckingham war.

Die Reiter ritten zum Schafott, stiegen ab, und Buckingham schritt die Stufen hinauf. Er wirkte dabei wie ein Mann, der vorhatte, eine Rede zu halten und nicht wie jemand, der gleich vor das Angesicht seines Schöpfers treten würde. Er kniete sich vor dem Priester nieder, der ihm hastig seinen Segen erteilte, wechselte ein paar Worte mit den Gehilfen des Sheriffs und beugte sich dann nach vorne zum Publikum. In demselben Augenblick, in dem er zu seiner Rede anhob, in der er seine Unschuld beteuerte, erhob sich ein Wind und wehte die Worte von seinen Lippen.

Eingekeilt zwischen den Leuten, ließ ich meinen Blick über die Reihe der Leibgardisten gleiten. Dabei erregte ein großer, dunkelhäutiger Mann mit pechschwarzem Haar und einer Adlernase meine Aufmerksamkeit. Was aber ihn und seinen rothaarigen Begleiter besonders auffällig machte, war, daß beide von Kopf bis Fuß in Schwarz gekleidet waren.

Dann fiel mir die junge Frau auf, die neben diesen beiden Männern stand. Sie hatte die Kapuze ihres Umhangs zurückgeschlagen, wodurch ihr schwarzes Haar, ihre hohe Stirn und ihr ausgesprochen hübsches Gesicht zum Vorschein kamen. Sie mußte mein Interesse bemerkt haben, denn sie schaute zu mir her – und der Blick ihrer dunklen, geheimnisvoll leuchtenden Augen traf mich mitten ins Herz. Sie bewegte ihren Umhang leicht, und ich sah, daß sie ein Kleid aus bernsteingelber Seide trug. Sie hob eine juwelenbesetzte Hand, und ich erblickte den makellos weißen Spitzenbesatz ihres Ärmels und Kragens und das Glitzern eines kleinen Diamanten, der an ihr Kleid gesteckt war, sowie einen weiteren Diamanten, der auf dem gelben Samtband saß, das ihr wunderschönes Haar zusammenhielt. Sie lächelte (was ich mir vielleicht auch nur einbildete) und begann sich dann mit einem großen blonden Mann zu unterhalten, der das gerötete Gesicht und die beleibte Statur eines wohlhabenden Gutsbesitzers hatte. Sein Arm war um die Schultern einer blassen, grauhaarigen Frau gelegt, und als die Menge sich weiterschob, sah ich, daß sie sich gegen ihn lehnte und ohnmächtig zu werden drohte angesichts dessen, was sie nun miterleben sollte.

»Wer sind diese Leute?« Ich stieß Benjamin an, der ebenso wie Agrippa im Stehen zu schlafen schien. Er schüttelte den Kopf, doch Agrippa folgte meinem Blick.

»Der blonde Mann ist Sir John Santerre, Herr von Templecombe Manor in Somerset. Bei der Dame, die jeden Augenblick in Ohnmacht zu fallen droht, handelt es sich vermutlich um seine Gemahlin.«

»Und die junge Schönheit?« fragte ich.

»Das ist Santerres Tochter Rachel.«

»Weshalb sind sie hier?« wollte ich wissen.

»Sie sind nach London gekommen, um auszusagen und ihre Unschuld unter Beweis zu stellen. Sir John muß auf Anordnung des Königs mit seiner Familie Buckinghams Hinrichtung beiwohnen.«

»Warum?«

»Das werdet Ihr schon noch herausfinden.«

Agrippas Gesicht verhärtete sich, als er seinen Blick zu den beiden schwarzgekleideten Männern wandern ließ, welche die Familie Santerre umgaben.

»Bevor Ihr weitere Fragen stellt, Master Shallot, der Mann, der so dunkel aussieht wie der Satan, ist Sir Edmund Mandeville und sein rothaariger Kamerad Master Geoffrey Southgate, und ihre beiden finsteren Gehilfen Cosmas und Damien müssen auch ganz in der Nähe sein.«

Jetzt schien es auch meinem Meister unbehaglich zu werden.

»Wer zum Teufel sind diese Leute?« flüsterte ich heiser. »Was bedeuten sie für Euch, Master?«

»Sie sind die *Agentes in Rebus*«, fuhr Agrippa fort.

Ein kalter Schauer durchfuhr mich. Von diesen unangenehmen Zeitgenossen, diesen erbarmungslosen Häschern, die als Spione und Mörder für den Kardinal arbeiteten, hatte ich schon gehört. Ihr müßt wissen, Benjamin und ich waren Emissäre des Kardinals, die mit dieser oder jener Aufgabe betraut wurden, doch bei den *Agentes in Rebus*, was eigentlich ›Verrichter der Dinge‹ bedeutet, handelte es sich um die spezielle, ganz persönliche Spionagetruppe von Wolsey.

Bei einem meiner Besuche am Hof hatte ich gehört, daß Mandeville wie eine Spinne arbeite und unbemerkt und raffiniert seine Netze wöbe, in denen sich die Feinde des Königs verfingen. Und wenn er den entscheidenden Beweis nicht erbringen konnte, dann fabrizierte er ihn selbst. Seine Agenten konnten überall auftauchen, in allen möglichen Verkleidungen: als Händler, als Quacksalber, sogar als Gaukler, die in ihren farbenprächtigen Wagen über die Straßen ziehen.

Nun, jeder König unterhält seinen Spionagedienst: die Franzosen haben die ›Luciferi‹ oder ›Lichtbewahrer‹, die Türken ihre ›Gärtner‹, die Dogen von Venedig ihre ›Secretissimi‹ und Heinrich von England seine ›Agentes in Rebus‹. Die Gruppe war von Kardinal Morton gegründet worden, dem Chefminister von Heinrichs Vater, und sie spielt bis zum heutigen Tage eine wichtige Rolle als die geheimste Organisation der Krone. Ihre Mitglieder können jahrelang als Euer Diener, als Eure Geliebte, sogar als Euer Bruder oder Eure Schwester leben. Doch wenn der Tag kommt und Euer Kopf rollen soll, dann werden sie die nötigen Beweise herbeischaffen.

»Hatten sie auch etwas mit dieser Angelegenheit zu tun?« flüsterte ich.

Agrippa wedelte mit der Hand. »Ja, ja.« Er verstummte, als Buckingham einen Schritt vom Henker wegging und plötzlich etwas sehr Seltsames tat. Er trat an die hölzerne Balustrade, beugte sich hinüber und schaute zuerst mich, dann Agrippa und schließlich Benjamin direkt an. In seinen Augen standen zwar Tränen, aber sie waren noch hell und klar.

»Ich bin unschuldig«, flüsterte er heiser. Ich verstand ihn nur schwach. »Bevor diese Stunde vorüber ist, werde ich meinem Schöpfer gegenübertreten, aber ich bin unschuldig!« Er zeigte mit dem Finger auf Agrippa. »Vergeßt das nicht!«

Irgendwo begann eine einzelne Trommel zu schlagen. Die Gardisten drängten die Menge zurück, was uns eine bessere Sicht auf das verschaffte, was nun geschehen sollte. Buckingham kniete sich erneut vor dem Priester nieder. Dann wandte sich der Henker an ihn, bat den Herzog um die übliche Vergebung und um die Gebühr. (Ich werde das nie verstehen! Wie kann jemand sagen, daß es ihm leid tut, einem dann den verdammten Kopf abhacken und auch noch eine Bezahlung dafür verlangen? Viele Jahre später, als man auch mich zum Blutgerüst schleppte, sagte ich dem Bastard, er solle sich entweder verpissen oder nicht lange fackeln.)

Schließlich beugte sich Buckingham über den Holzklotz. Ein Gehilfe band dem Herzog das Haar hoch, doch Buckingham schüttelte den Kopf, als man ihm eine Augenbinde anbot. Er legte den Kopf auf das Holzgerüst, drehte ihn leicht, streckte seine Hände aus und bewegte sie so, wie ein verletzter Vogel mit den Flügeln flattert, kurz bevor er zu Boden stürzt. Der Trommelwirbel schwoll an, die Doppelaxt wurde in einem weiten Bogen hochgehoben und sauste dann mit einem dumpfen, donnernden Geräusch hernieder. Ein hellroter Schwall Blut schoß in die Luft. Die Menge, die bis dahin in tödlichem Schweigen verharrt hatte, stöhnte auf, und die Gnome unter dem Podest machten sich an die Arbeit. Der Henker hielt Buckinghams Kopf in die Höhe und trat an die Balustrade.

»So sterben alle Verräter!« brüllte er.

Ich schaute weg. Benjamin hatte sich umgedreht.

»So sterben alle Verräter!« wiederholte der Henker.

»Verpiß dich doch!« rief eine Stimme aus der Menge.

»Du hast den falschen Kopf abgehauen«, rief eine andere. »Den Sohn des Schlachters hättest du köpfen sollen!«

Heiseres Geschrei erhob sich, während das Schafott mit verfaultem Obst und Abfall beworfen wurde. Soldaten rückten vor, und die Menge zerteilte sich.

»Kommt, Agrippa!« zischte Benjamin.

Der Magier schüttelte sich und blickte sich um.

»Ja, es wird Zeit, daß wir verschwinden.«

Wir bahnten uns einen Weg von Tower Hill hinunter und folgten der Mauer, bis wir das Wassertor erreichten, durch das wir die Festung betraten. (Ah, mein Kaplan unterbricht mich. Ja, ja, mein kleiner Liebling hat recht. Spätere Generationen sollten dieses Tor Verrätertor nennen – und welch einen stattlichen Zug von Verrätern hat es im Laufe der Zeit gesehen: Anne Boleyn, die bis zum Schluß standhaft blieb, Thomas More, der hier noch Witze riß, John Fisher, der betete, Katharina Howard, die Heinrichs sexuelle Leistungsfähigkeit verhöhnte. Oh, übrigens, da hatte sie recht, er brachte nicht allzuviel zustande! Auch ich tummelte mich mit der jungen Katharina im Bett, und wir beide brüllten vor Lachen über Heinrichs Bemühungen. Sie wurde getötet, und auch ich kam auf das Schafott, doch das ist, wie gesagt, eine andere Geschichte.)

Im Tower hielten sich nun die Soldaten und Leibgardisten auf, die zuvor die Mauern und die Ausfalltore besetzt gehalten hatten, um eingreifen zu können, falls es zu einem Aufruhr gekommen wäre. Unter Führung von Agrippa gingen wir durch die verschiedenen Türme, bis wir den Wakefield-Turm erreichten – der heute im Volksmund ›Blutiger Turm‹ genannt wird.

»Kommt!« befahl Agrippa.

Wir öffneten eine eisenbeschlagene Türe am Fuße des Blutigen Turmes und betraten einen fensterlosen Raum, der nur durch einige rauchende Fackeln erhellt wurde, die zwischen den Ziegeln verkeilt waren. Zunächst konnte ich nicht viel sehen, und das einzige, was ich hörte, war das Gemurmel von Stimmen und das Geknarze von Seilen, doch dann gewöhnten meine Augen sich an das Dämmerlicht. Ich hörte, wie mein Meister keuchte, und als ich durch den Rauch spähte, erblickte ich die halbnackten Gestalten der Folterknechte, die sich um die ›Tochter des Herzogs von Exeter‹ versammelt hatten, eine volkstümliche Bezeichnung für die Folterbank, die einst der Herzog von Exeter in England eingeführt hatte und die seitdem als probates Mittel galt, um Zungen zu lösen und der Wahrheit näher zu kommen, wie die Politiker es so treffend auszudrücken verstanden.

Der arme Teufel, der auf dieser Folterbank ausgestreckt lag, war nackt bis auf ein Leintuch, das über seine Lenden gebreitet war. Ich sah dünne weiße Haarbüschel und eine dürre, ausgezehrte Gestalt, die auf dieses Bett der Qualen geschnallt war. Die Folterknechte drehten an einem Rad, dabei streckte das Bett sich, und die Knochen, Muskeln und Sehnen des Mannes knackten.

Agrippa, der sich im Schatten hielt, winkte den Foltermeister zu sich. Der Mann, der schmierige Haare und einen struppigen Bart hatte, tappte herüber wie ein unbeholfener großer Bär. Sein nackter Oberkörper glänzte vor Schweiß, und seine abgewetzte Hose, die unten in Stiefel gestopft war, war ebenfalls schweißgetränkt. Anscheinend gefiel ihm seine Arbeit, denn er lächelte durch sein Bartgestrüpp.

»Nichts Neues bis jetzt, Master.«

»Nichts Neues?« fragte Agrippa.

»Nur, was er bisher schon gesagt hat.«

»Wie lange wird er noch standhalten?« fragte Agrippa, der sich weiterhin im Schatten hielt, während Benjamin und ich angsterfüllt diese fürchterliche Szene beobachteten. Ihr dürft mir glauben, wenn es Euch gelüstet, einen Blick in die Hölle auf Erden zu werfen, dann schaut einmal zu, wie einem Manne auf der Streckbank die Arme und die Beine immer weiter gedehnt werden, bis sie aus den Gelenkpfannen treten und sein Rumpf immer länger wird, bis seine inneren Organe bersten. Ich mußte einmal mit ansehen, wie Nicholas Owen gefoltert wurde, der bedauernswerte jesuitische Laienbruder, der in meinem Herrensitz und in vielen anderen Häusern landauf und landab den verborgenen Winkel einbaute. Der gute Owen war wirklich ein begabter Zimmermann. Man streckte ihn damals so lange, bis sein Körper auseinandersprang; sie mußten ihn mit Stahlplatten wieder notdürftig zusammenpressen, damit sie ihn von der Bank herunternehmen und aufhängen konnten. Herr im Himmel, in welch grausamen Zeiten leben wir! Bei der Folterung von Owen fiel ich in Ohnmacht, und als ich hier Master Hopkins sah, zitterte ich wie ein Hase, dem ein Wiesel schreckliche Angst eingejagt hat.

»Glaubt Ihr«, fragte Agrippa gelassen, »daß Master Hopkins etwas weiß?«

»Ja und nein«, erwiderte der Folterknecht. »Aber er will es uns nicht sagen. Er wird bald sterben, Master. Es bleibt uns nicht mehr viel Zeit.«

Agrippa führte uns zurück ans Tageslicht.

»Bleibt hier!« befahl er.

Er ging die Hauptstufen des Blutigen Turmes hinauf und kehrte mit einem Bündel von Kleidungsstücken zurück, dann suchte er abermals die Folterkammer auf. Benjamin und ich standen da wie zwei Schulbuben, die man aus dem Klassenzimmer gewiesen hat.

»Was jetzt, Master?« fragte ich.

»Leise!« flüsterte Benjamin. »Bis jetzt hat man uns erst die Eröffnungsszenen gezeigt, Roger. Ich bin mir sicher, daß mein geliebter Onkel uns bald die Handlung des Stückes erzählen wird.« Er deutete mit der Hand zur Türe der Folterkammer. »Ich kann solche Grausamkeiten nicht mit ansehen! Auch wenn Hopkins ein Verräter sein sollte, ist eine derartige Behandlung nicht gerechtfertigt.«

Das Gras war nach dem Regenguß immer noch feucht, daher geleitete mich Benjamin zu einer hölzernen Bank hinüber, die in der Nähe eines gepflasterten Platzes stand.

»Weißt du, Roger«, sagte er, nachdem wir uns gesetzt hatten, »daß in England per Gesetz solche Foltermethoden verboten sind?«

(Nun, ich war versucht, in schallendes Gelächter auszubrechen, und so ist mir immer noch zumute, wenn ich daran zurückdenke, denn der Feiste Heinrich, dieser verkommene Schweinehund, genoß es förmlich, daß er jedermann nach Belieben foltern lassen konnte. Als er seine zweite Gemahlin auf das Schafott schicken wollte, ließ er den Musiker Mark Smeaton so lange foltern, bis dieser gestand, mit ihr Ehebruch begangen zu haben, nachdem man ihm eine milde Bestrafung versprochen hatte, falls er die arme Anne beschuldigen würde.)

Ich blickte auf den kleinen Platz vor uns und bemerkte dort in der Mitte einen kleinen matten Fleck.

»Was ist das, Master?«

Benjamin stand auf. »Das ist der Ort, an dem Fürsten

sterben, Roger«, murmelte er. »Wenn jemand nicht so wichtig ist, daß es sich lohnt, ein Spektakel für die Volksmassen zu veranstalten, dann wird einfach hier ein Schafott aufgebaut und die Hinrichtung hier vollzogen.«

War das nicht seltsam? Da saß ich hier nun also nicht weit von dem Platz, an dem später Anne Boleyn, die ihren eigenen Henker aus Calais mitbrachte, ihren Kopf auf das Blutgerüst legte, ebenso wie die arme Katharina Howard, die in der Nacht vor ihrem Tod noch die Pose übte, in der sie ihren Kopf unter das Beil legen sollte. Hier starben Tom More, der alte Fisher, Margarete, die Herzogin von Salisbury und ihre drei Söhne. Ach ja!

Benjamin war in seine Gedanken vertieft, daher blickte ich umher und fragte mich, was wohl als nächstes mit uns geschehen würde, als ein Karren, der einen einfachen Holzsarg geladen hatte, in den Innenhof hereingefahren kam. Die beiden Kutscher unterhielten sich fluchend und lachend.

»Was befördert ihr denn, Freunde?« wollte ich von ihnen wissen.

Die Männer grinsten sich an, stiegen ab und legten den Pferden Fußfesseln an.

»Die eine Hälfte des Grafen von Stafford!« witzelte einer der Männer. Er sah den verblüfften Ausdruck auf meinem Gesicht. »Nun ja, der Kopf steckt noch auf der London Bridge!« fuhr der andere fort. »Und der Rest . . .« Er deutete zu der kleinen grauen Steinkirche von St. Peter ad Vincula, die Kapelle des Towers. »Der Rest wird unter die Erde kommen wie alle anderen auch.«

Er wandte sich von mir ab, als ein Bediensteter und eine Gruppe von Soldaten herbeieilten und den nur locker verschlossenen Sarg vom Karren hoben und auf dem Kiesweg in die dunkle Kapelle hineintrugen. Ein eigenartiger Ort, diese Kapelle von St. Peter! Die Leichen all der Männer und Frauen, die auf dem Tower Hill oder auf Tower Green hingerichtet wurden, liegen hier begraben. Nur noch wenige Menschen erinnern sich heute noch daran, doch unter der Kapelle verläuft ein Geheimgang, und viele Jahre später mußte ich mich einmal darin verstecken. Welch ein grauenerregender Anblick! Der Boden unter der Kapelle war übersät mit kopflosen Körpern, alle noch in den glänzenden Gewändern, die sie getragen hatten, als sie starben. Die Särge waren sehr einfach und fielen bald wieder auseinander, und daher kroch ich über die Skelette von Lord Hastings, Anne Boleyn, der de la Poles, von Katharina Howard und Thomas Cromwell. (Das war ein hinterhältiger Hundsfott! Ich gehörte zu den Männern, die ihn verhafteten, nachdem er im Tower gespeist hatte.)

Könnt Ihr Euch das vorstellen? Eingepfercht zwischen dem Fundament der Kirche und dem Erdboden ein Meer von kopflosen Leichen? Gütiger Gott, sogar heute noch erwache ich schweißgebadet, wenn ich davon träume, und dann verlangt es mich ganz dringend nach einem Becher Sherry und nach Phoebes dickem Hintern und den drallen Titten der jungen Margot. Kein Wunder, daß man sagt, der Tower werde von Geistern heimgesucht!

Einmal war ich des Nachts dort, als ich heimlich die junge Elisabeth besuchte, nachdem sie von ihrer Schwester, von Maria der Blutrünstigen, eingekerkert worden war. Als die Tore verschlossen wurden, war ich drinnen eingesperrt. Ich versteckte mich hinter einem der Rosensträucher, die an der Mauer der Kapelle von St. Peter ad Vincula stehen. Um ein Uhr in der Nacht erwachte ich, und meine Nackenhaare sträubten sich. Eine rasende Angst befiel mich, mein Herz schien zu zerspringen, und meine Eingeweide verkrampften sich. Als ich aufblickte, sah ich einen schwachen, bläulichen Schimmer hinter einem der Fenster der Kapelle und vernahm eine eigenartige Musik. Ich schwöre Euch, ich lüge nicht! Ich, Roger Shallot, der die Irrlichter über den Sümpfen glühen gesehen und die Schrecken kennengelernt hat, welche die einsamen Moore heimsuchen, erklomm die Mauer von St. Peter ad Vincula und spähte durch das Fenster. Dort zogen all die Gestalten, die auf Tower Hill ihr Leben lassen hatten müssen, in einer feierlichen Prozession zum Hochaltar. Oh, gütiger Herr, ich wäre vor Angst beinahe ohnmächtig geworden! Aber wenn Ihr mir nicht glaubt, geht selber dorthin, setzt Euch für eine halbe Stunde in die Kapelle, und Ihr werdet fühlen, wie sich die Geister um Euch herum versammeln.

An diesem weit zurückliegenden Herbsttage allerdings hatte ich mehr Angst vor den Lebenden und fragte mich, in was für ein Verhängnis der rätselhafte Doktor Agrippa uns wieder hineinziehen wollte. Wir mußten ungefähr eine Stunde wartend dort verbracht haben, niedergeschlagen und mißmutig, als der Doktor plötzlich wieder erschien, gewandet in die Kluft eines Priesters.

»Hopkins hat mir alles gesagt«, brummelte er, während er sich wie ein wohlmeinender Onkel zwischen uns setzte.

»Was meint Ihr damit?« fragte Benjamin. »Und warum habt Ihr Euch so angezogen?«

»Nun, ich habe ihm die letzte Beichte abgenommen.«

Benjamin stand überrascht auf. »Sir, Ihr habt den Mann hereingelegt! Was in der Beichte gesagt wird, ist heilig, und Ihr seid kein Priester!«

Agrippa lächelte nachsichtig. »Wer hat denn gesagt, daß ich kein Priester bin, Benjamin?« Er musterte meinen Meister gelassen. »Und ich war auch nicht an Master Hopkins' Sünden interessiert, sondern an den Informationen, die er besitzt. Ich kenne das Kirchenrecht, das fällt nicht unter das Beichtgeheimnis.«

Benjamin beruhigte sich wieder und setzte sich. »Und was hat Euch Master Hopkins verraten?«

»Nun«, sagte Agrippa und streckte seine kurzen Beine aus, »nach den Aussagen von Hopkins liegen der Gral und das Schwert Excalibur immer noch in Glastonbury.«

»Wo?« fragte ich.

»Ah!« Agrippa befeuchtete sich die Lippen. »Hättet Ihr vielleicht einen Schlauch Wein für mich, Shallot?«

»Ja, aber er ist leer.«

Er lächelte. »Nun gut, dann werde ich mich eben gedulden.« Er blickte Benjamin fragend an. »Hopkins hat gestanden. Es macht für ihn jetzt keinen Unterschied mehr. Andere Templer werden das Rätsel lösen.«

»Welches Rätsel?«

Agrippa lehnte sich zurück, schloß die Augen und murmelte:

Unter den Wassern des Jordan ruht der Kelch Christi,
Und über der Arche des Moses das Schwert, das unvergleichliche.

»Was um Himmels willen soll das bedeuten?« fragte ich.

»Ich weiß es nicht. Hopkins hat den Satz in einer geheimen Chronik in der Abtei von Glastonbury gefunden, daher schätze ich, daß wir alle dorthin werden aufbrechen müssen.« Er stampfte mit den Füßen auf, um die Kälte zu vertreiben, und blickte hinauf in den niedrig hängenden Himmel. »Es wird bald schneien«, sagte er leise. »Dichte Schneeflocken in großen Mengen. Wir sollten London so schnell wie möglich verlassen, am besten zusammen mit den Santerres. Der Schnee wird die Straßen unpassierbar machen.«

»Wir?« rief ich aus.

»O ja. Nun«, sagte Agrippa lächelnd, »zumindest ihr beide.«

»Weshalb geht Ihr nicht zurück und fragt Hopkins, was der Spruch bedeuten soll?« wollte ich wissen.

»Ich kann Hopkins nichts mehr fragen.«

»Warum nicht?«

»Er ist tot, ich habe ihm die Kehle durchgeschnitten.« Agrippa zuckte mit den Achseln. »Ich habe ihm damit einen Gefallen getan. Der Mann wäre sowieso bis zum Ende des heutigen Tages gestorben, aber er hätte noch einen fürchterlichen Todeskampf durchzumachen gehabt, und um dies abzukürzen, habe ich ihm die Kehle durchgeschnitten.« Er stand auf, vertrat sich die Beine, und als er sich umdrehte und sein Umhang uns einen Luftzug zutrieb, konnte ich wieder sein eigenartiges Parfüm riechen. »Ich muß etwas trinken«, flüsterte er heiser. »Es gibt eine vorzügliche Schänke neben dem Tor zum Tower, das Golden Turk.«

Wir gingen zurück über den Rasen. Agrippa verschwand in den königlichen Gemächern, um sich seines Priestergewandes zu entledigen, und als er zurückkehrte, wirkte er wieder so gutgelaunt wie immer, klatschte in die Hände und schwärmte uns vor, wie sehr er sich jetzt auf einen Becher feinen, blutroten Bordeaux freue. Ich musterte den verschlagenen kleinen Bastard mit seinen grinsenden Lippen und seelenlosen Augen und schwor mir, Doktor Agrippa niemals den Rücken zuzukehren.

Als wir im Golden Turk saßen, spielte er die Rolle des leutseligen Freundes weiter, bestellte mehrere Bretter voll Fleisch und Kapaunen in Limonensauce sowie einen Krug vom besten Wein des Hauses.

Nachdem er seinen Appetit befriedigt und seinen Durst gestillt hatte, lehnte Agrippa sich zurück, die Hände über dem Bauch gefaltet wie ein satter, selbstzufriedener

Gnom. Er starrte meinen Meister an, der während der gesamten Mahlzeit still und in sich gekehrt gewesen war.

»Ihr rechnet mit Unheil, Master Benjamin?«

»Ja, Sir, das tue ich.«

Agrippa machte eine wegwerfende Handbewegung. »Das solltet Ihr auch. Wollt Ihr wissen, was ich denke? Was wir bis jetzt gesehen haben, waren nur die ersten Szenen eines Stückes, und was wir noch zu Gesicht bekommen werden, wird das Schicksal von Königen, die Macht der Krone berühren und wird geheimnisvolle Ereignisse, Verrat, Intrigen und – wie Ihr später noch feststellen werdet – auch blutige Morde beinhalten!« Er nahm einen Schluck von seinem Wein und benetzte sich die Lippen. »O ja, Ihr werdet in Abgründe der Verworfenheit schauen«, keuchte er, »wie Ihr sie noch niemals zuvor gesehen habt!«

Benjamin stellte seinen Becher polternd ab und erregte dadurch die Aufmerksamkeit der Gäste am Nachbartisch, einer Gruppe von Kesselflickern, die ihren Krimskrams und ihre Waren sortierten, die sie auf dem Markt von Smithfield verkaufen wollten.

»Weshalb sagt Ihr uns denn nicht gleich alles? Und warum habt Ihr mit dieser Angelegenheit zu tun?« rief ich.

Agrippa streckte seine Hand aus und spreizte die Finger. »Viele Wege führen in das Himmelreich«, murmelte er. »Aber solange wir dorthin gelangen, braucht es uns nicht zu bekümmern, auf welchem Wege dies geschieht. Der Kardinal lenkt das Spiel, Master Shallot, und obwohl ich dies später gleich wieder abstreiten werde, ich lenke den Kardinal. Die Dinge müssen sich so entwickeln, wie es geplant ist, und ich bin hier, um sicherzustellen, daß sie es tun.« Er wedelte mit einem kurzen, dicken Wurstfinger vor uns herum und lächelte. »Und Ihr beide seid hier, um mir zu helfen, und indem wir uns als erfolgreich erweisen, werden wir uns Ruhm und Wohlstand erwerben.«

In den letzten Worten lag ein süffisanter Unterton, und ich bemerkte, daß ein hinterhältiger Ausdruck in sein Gesicht trat. Wir sind Marionetten, dachte ich, Marionetten, die an einem Faden zappeln. Aber Ihr kennt ja mittlerweile den alten Shallot: Wenn er einmal in einer Sache drinsteckt, dann ficht er sie auch aus.

»Nun gut«, fuhr Agrippa fort, »das wäre also das Rätsel des bedauernswerten Hopkins:

Unter den Wassern des Jordan ruht der Kelch Christi,
Und über der Arche des Moses das Schwert, das unvergleichliche.«

»Der Fluß Jordan fließt in Palästina«, überlegte Benjamin, »und ich vermute, mit der Arche ist die Bundeslade gemeint, die Truhe, in der die Zehn Gebote befördert wurden. Weiß Gott, wo sie sich befindet!« Er nahm einen Schluck aus seinem Becher. »Ich bin überzeugt davon, werter Doktor Agrippa, daß Ihr nichts davon in Glastonbury finden werdet. Weshalb also sollen wir uns dorthin begeben?«

Mein Meister war ziemlich aufgewühlt, der Tod von Buckingham war ihm ebenso nahegegangen wie Agrippas kaltblütige Beseitigung des armen Hopkins. Also war dies eine der seltenen Gelegenheiten, bei denen ich für ihn das Denken übernehmen mußte.

»Sie müssen aber in Glastonbury sein«, widersprach ich. »Der Fluß Jordan und die Arche des Moses beziehen sich auf irgend etwas, das sich dort befindet.«

»Was bringt dich zu dieser Annahme?« fragte Benjamin.

»Nun, der Spruch stammt aus einer Geheimchronik in Glastonbury, und bei dem Schreiber hat es sich vermutlich um einen der dortigen Mönche gehandelt. Er wird ein Rätsel gewählt haben, das nur für einige wenige verständlich ist, vielleicht für Templer, die sich auf der Flucht befinden. Der Fluß Jordan und die Arche des Moses beziehen sich wahrscheinlich auf irgendwelche Orte in oder um Glastonbury.«

Agrippa beugte sich nach vorne und drückte mir die Hand. »Shallot! Shallot!« murmelte er anerkennend. »Euer Auge mag zwar ein wenig schielen« – was auch stimmte, ein kleiner Geburtsfehler –, »doch dahinter verbirgt sich ein scharfer Verstand, der zu erstaunlichen Leistungen fähig ist. Der Lordkardinal wird erfreut sein.«

»Oh«, erwiderte ich spöttisch, »ich bin zutiefst berührt. Und was ist mit dem Verrat und dem blutigen Mord?«

»Nur Geduld«, sagte Agrippa lächelnd. »Laßt den Schatten noch ein wenig Zeit, sich zu versammeln.«

Kapitel 3

Wir verließen das Golden Turk und gingen zum Fluß hinunter. Es begann schon zu dämmern, als der Kahn, den wir mieteten, der Mitte des Stromes zusteuerte, um uns flußabwärts zum Palast von Richmond zu bringen. Benjamin kauerte sich am Bug zusammen, er wirkte ziemlich erschöpft und lustlos. Agrippa, der gutgelaunt und mit sich selbst zufrieden war, ergriff erneut meine Hand, um mich wegen meiner scharfsinnigen Bemerkungen über Hopkins' rätselhaften Spruch zu loben.

Die Ruderer trieben den Kahn um die Biegung der Themse und dann an Westminster vorbei. Der Kai war überfüllt mit Schiffen, die dort angelegt hatten: Galeonen aus Venedig, dickbauchige Koggen aus dem Baltikum und Fischerboote, die zum Auslaufen in der Nacht fertiggemacht wurden. Ein hübscher Anblick auf einer Fahrt flußabwärts an einem Abend im Spätherbst.

Agrippa, der sich ebenfalls an dieser friedlichen Szene erfreute, lächelte uns aufmunternd zu. Ihr dürft mir glauben, hätte ich gewußt, was alles auf uns zukommen sollte – mysteriöse Feuer, eine abgetrennte Hand, eine von Geistern heimgesuchte Kapelle, die Verwünschungen von Hexen und abgeschlagene Häupter, aus denen Blut tropfte – ich wäre augenblicklich über Bord gesprungen und hätte mich schwimmend ans nächstgelegene Ufer gerettet.

Meinen Meister allerdings plagten unmittelbarere Sorgen. Er blickte zunächst verträumt zurück zu den Zinnen von Westminster, die aus unserem Blickfeld verschwanden, schüttelte dann aber alle Müdigkeit ab.

»Warum?« fragte er unvermittelt.

»Warum was?« entgegnete Agrippa.

»Warum mußten wir diese Hinrichtung miterleben? Und war es nötig, daß wir Hopkins auf der Streckbank liegen sahen?«

Diese Fragen hatte ich mir auch schon gestellt, daher blickte ich interessiert zu Agrippa. Er kaute auf seinen Lippen, als er seinen Blick vom Ufer abwandte. In seine Augen war wieder Farbe zurückgekehrt. Jetzt sahen sie dunkelblau aus, nicht mehr so klar und glasartig wie immer in jenen Situationen, in denen Agrippa Gewalt oder Blutvergießen beobachtete.

»In ein paar Tagen«, sagte der gute Doktor leise, »werden wir alles wissen. Aber ich möchte Euch eines sagen: Buckingham war zwar ein Narr, doch er starb unschuldig.«

Ich starrte Agrippa überrascht an.

»O ja«, fuhr er fort. »Möglicherweise gehörte er zu einem Geheimzirkel der Templer. Vielleicht hat er sogar nach dem Gral und nach Artus' Schwert gesucht. Aber dies war, laut Hopkins, auch schon alles, was Buckingham interessierte.«

»Welchen Beweis für Buckinghams Verrat hat der König denn bei der Verhandlung ins Feld geführt?«

»Das Bekenntnis von Taplow, Buckinghams Agent in London. Allerdings«, sagte Agrippa und spähte durch den sich zusammenziehenden Nebel, »wird Buckingham nicht der einzige bleiben, der wegen dieser Angelegenheit sein Leben verliert.« Er blickte Benjamin scharf an. »Kanntet Ihr Calcraft?«

»Ein wenig.«

»Nun, er war einer von Mandevilles vertrauenswürdigsten Agenten, ein guter Mann, ein gerissener Spürhund, der es wie kein zweiter verstand, Geheimnisse zu enträtseln und jene in die Falle zu locken, die gegen die Krone Ränke schmiedeten.«

»Ja, ich weiß«, erwiderte Benjamin. »Ich bin Master Calcraft einmal begegnet. Sein Gesicht wirkte so säuerlich wie Wermut, und er war sehr geschickt darin, anderen Männern verräterische Worte in den Mund zu legen. Weshalb fragt Ihr, was führt er nun wieder im Schilde?«

»Vielleicht wagt er gerade ein Tänzchen mit dem Teufel«, antwortete Agrippa lächelnd. »Calcraft ist tot! Man hat ihn nur einen Steinwurf von Richmond entfernt erdrosselt aufgefunden.«

»Dann schlagen die Templer jetzt also gegen Mandevilles Männer zurück?«

»Möglich. Calcraft spielte eine wichtige Rolle dabei, Buckingham aufs Schafott zu bringen. Wie auch immer, er lebt nicht mehr.«

»Hat deshalb mein werter Onkel nach uns schicken lassen?«

»Natürlich. Mandeville hat noch einen weiteren Agenten, Warnham, der im Fall Buckingham Nachforschungen anstellt, aber Euer Onkel möchte Euch!«

»Und unsere Anwesenheit bei Buckinghams Hinrichtung sollte uns geistig schon ein wenig einstimmen?«

Agrippa lächelte und nickte. »Der Lordkardinal kennt die menschliche Natur sehr gut«, sagte er. »Master Benjamin, Ihr hattet Euch zurückgezogen in die Ruhe und den Frieden von Ipswich. Buckinghams Tod war das passende Präludium zu den Schrecken, die Euch möglicherweise erwarten.«

Benjamin lehnte sich auf seinem Sitz zurück und schloß die Augen, während Agrippa die Unterhaltung auf den Klatsch und die kleinen Skandale des Hofes lenkte.

Kurz vor Einbruch der Dunkelheit erreichten wir Richmond. Ein eigentümlicher Ort, obwohl der Palast noch ziemlich neu war, denn der Große Geizhals, der Vater des Feisten Heinrichs, hatte ihn 1490 wieder aufbauen lassen. Richmond bestand eigentlich nur aus einer Reihe von Türmen und Hallen, die um einige Höfe herumgebaut worden waren, in denen es jeweils einen Obst- oder Blumengarten gab. Die Mauern waren mit Spalieren aus Rosen bedeckt, roten und weißen gemischt, um jedermann daran zu erinnern, daß die Tudors das jeweils Beste aus den rivalisierenden Häusern York und Lancaster vereinigt hatten. Das Mauerwerk war mit Steinmetzarbeiten und seltsamen Markierungen, Wasserspeiern und Statuen verziert, und jeden Turm zierte eine große zwiebelförmige Kuppel. Auf dem höchsten Turm flatterten die Fahne von England und die Standarte von Wolsey, welche anzeigten, daß sich gegenwärtig sowohl der König als auch sein Chefminister im Palast aufhielten.

Agrippa überließ uns einem Bediensteten, der uns in eine ziemlich enge Kammer in einem der Türme brachte. Sie war kärglich eingerichtet mit einem Bett und ein paar Möbelstücken. An einer Wand hing ein angestoßenes Gemälde, das Noah beim Verlassen seiner Arche zeigte. Benjamin blickte umher und lächelte.

»Mein guter Onkel«, erklärte er sarkastisch, »scheint immer noch genausoviel von uns zu halten wie früher.«

Wir packten unsere Satteltaschen aus und wanderten dann über die Korridore – eine Routinemaßnahme, auf der ich immer bestand, wenn wir an einen fremden Ort kamen. Eine von Shallots goldenen Regeln lautete: Wenn du irgendwo hinkommst, wo du noch nie gewesen bist, suche immer gleich den schnellsten Weg, um von dort wieder zu verschwinden, denn du wirst ihn vielleicht brauchen. (Nur einmal vernachlässigte ich diese elementare Maxime. Eine junge adelige Dame unterhielt mich in ihrer Bettkammer. Ich war so versessen darauf, ihren goldbesetzten Unterrock und ihre scharlachroten Strumpfhalter zu Gesicht zu bekommen, daß ich vergaß, das Fenster zu überprüfen. Als ihr Bruder unerwartet zurückkam, saß ich in der Falle. Es ist alles andere als erbaulich, wenn man drei Stunden in einem muffigen Kleiderschrank stehen muß, während samtige schwarze Ratten einem über die nackten Füße huschen und dann schon hungrig daran herumzuknabbern beginnen. Ach ja, aber das ist auch eine andere Geschichte.)

Wir gelangten zur Vorratskammer, wo ein einäugiger Koch sich weigerte, uns etwas zu essen zu geben, also stieß ich ein Kohlenbecken um, und als der Mann uns den Rücken zukehrte, stibitzte ich einen gut gerösteten Kapaun und einen frischen Laib Brot. Wir saßen gerade in einem der Gärten und verzehrten unsere Beute, als Doktor Agrippa herbeigeeilt kam.

»Kommt, kommt!« befahl er uns und lief, fast ohne stehenzubleiben, gleich weiter. Benjamin und ich folgten ihm, nachdem wir noch hastig die letzten Bissen unserer gestohlenen Mahlzeit hinuntergeschlungen hatten. Agrippa führte uns aus dem Palast hinaus in einen überwucherten Garten, der, wie ich feststellte, auch als kleiner Friedhof diente. Vor der Mauer am hinteren Ende stand eine baufällige Leichenhalle, eine kleine Kammer, in der die Leichname der Bediensteten des Palastes, die hier starben, aus dem Gemeindesarg herausgehoben und in billiges Segeltuch eingeschlagen wurden.

Agrippa stieß die Türe auf und murmelte etwas vor sich hin, während er mit einem Stück Zunder eine Kerze anzündete. Auf einer kleinen Steinplatte in der Mitte des Raumes lag der Leichnam eines Mannes, eingewickelt in billiges braunes Barchent, das inzwischen von Flußwasser durchnäßt und beschmutzt worden war. Seine Stiefel hatte man ihm ausgezogen, und aus seinen zerrissenen Fußwickeln schauten mehrere Zehen hervor. Er war jung gestorben, hatte noch volles, rotbraunes Haar gehabt, aber sein Gesicht war entstellt und fast zur Gänze unkenntlich geworden; die Haut hatte sich schwarz verfärbt, aus einem Mundwinkel hing die Zunge heraus, und die Augen waren in ihren dunklen Höhlen versunken. Auf seinen Wangen sah man Bißwunden, die möglicherweise von einem Hecht oder anderen Fischen aus dem Fluß stammten. Was jedoch am meisten unsere Aufmerksamkeit erregte, war ein Band, das fest um seinen Hals geschlungen war. Die kleine Rute, mit der sein Mörder es zusammengezogen hatte, steckte in dem kunstvoll geschlungenen Knoten immer noch fest. Ich wandte mich ab und erbrach den größten Teil des soeben verzehrten Kapauns gleich wieder.

»Wer ist das?« fragte mein Meister flüsternd.

»John Warnham«, erwiderte Agrippa. »Calcraft wurde auf dieselbe Art getötet.«

Benjamin, der einen Magen aus Stahl zu haben schien, kniete sich nieder und untersuchte sorgfältig das scharlachrote Band.

»Es sieht aus wie eine Kordel«, stellte er fest. »Von einem Umhang.«

Er studierte den Knoten. Ich beobachtete ihn und versuchte dabei, das verzerrte, schwarze Gesicht nicht anschauen zu müssen. Dann stand Benjamin auf, wischte sich den Staub von den Knien und ging in den dunkel werdenden Garten hinaus. Agrippa und ich folgten ihm.

»Wann hat man ihn gefunden?«

»Früh am Morgen in einem der Karpfenteiche in der Nähe des Flusses.«

»Wie lange ist er schon tot?«

»Er ist vor zwei Tagen verschwunden.«

»Wer immer das getan hat«, stellte Benjamin fest, »verstand es meisterhaft, mit einer Garotte umzugehen.« Er berührte leicht seinen eigenen Hals und lächelte mich schwach an. »Hüte dich vor der Garotte, Roger. Das ist eine der gefährlichsten Mordwaffen. Und sogar schon ein kleines Kind kann dir eine Kordel um den Hals legen und dir in wenigen Momenten die Luft abdrehen. Hast du das gewußt?«

(Damals wußte ich das noch nicht und schüttelte deshalb den Kopf. Doch heute bin ich schlauer! In einem meiner nächsten Journale werde ich Euch berichten, wie ich den Schwarzen Eunuchen bestach, den Haremswächter in Konstantinopel. Es war ein grauenhafter Ort, mit seinen Marmorwänden, goldenen Bechern, duftenden Gärten und dem leisen Tod. Die Türken halten nicht viel von öffentlichen Hinrichtungen. Statt dessen unterhalten sie eine Truppe von Taubstummen, die ›Gärtner‹, die scharlachrote Kordeln bei sich tragen. Gibt ein Mann oder eine Frau dem Sultan Grund zum Mißfallen, wird das Signal gegeben, die ›Gärtner‹ erscheinen, und der oder die Betreffende wird innerhalb von Momenten stranguliert.

Manchmal kann dies aus einer reinen Laune heraus passieren. Einmal entschied sich ein Wesir, einer der führenden Minister des Sultans, sich seines gesamten Harems zu entledigen. Alle Mädchen wurden erdrosselt, in Säcke gesteckt, die man zusätzlich noch mit Steinen füllte, und dann im Bosporus versenkt. Eines Nachmittags, als ich aus dem Palast des Sultans floh, mußte ich mein Boot verlassen und mich schwimmend zu retten versuchen, und dabei tauchte ich hinunter in das Wasser des Bosporus. Nun, Ihr werdet es wahrscheinlich nicht glauben, aber der gesamte Meeresboden war übersät mit Säcken, deren grausiger Inhalt an den Hälsen zusammengebunden war, so daß sie aufrecht in der Strömung standen. Könnt Ihr Euch das vorstellen? Ein Meer von toten Mädchen in einem Meer. Ich sehe, mein kleiner Kaplan macht sich lustig. Er denkt, ich habe das alles erfunden. Weit gefehlt. Ich kann schwimmen wie ein Fisch und mußte dies auch oft genug unter Beweis stellen, und wenn er mir nicht glaubt, werde ich ihn zum nächstgelegenen Teich führen und ihm zeigen, wie es geht!

Nun gut, das hat ihn wieder beruhigt, aber, ich gebe es zu, ich verliere mich in Abschweifungen.)

»Warnham war auch ein Agent des Kardinals?« wollte Benjamin wissen.

Agrippa nickte. »Wie Calcraft«, sagte er. »Aber weshalb sollte man sie ermorden?« fuhr Agrippa fort, als rede er mit sich selbst. »Wem nützt es, Agenten zu töten?«

»Sie müssen irgend etwas gewußt haben«, erwiderte ich.

Agrippa schüttelte den Kopf. »Nein. Ich glaube, wir haben die Information, nach der wir suchen, schon erhalten. Buckingham ist tot, und Hopkins ebenfalls.« Er verzog das Gesicht. »Nun, mit der Zeit wird sich auch diese Frage klären.«

Er eilte davon, und wir kehrten in unsere Kammer zurück.

In den nächsten paar Tagen blieben wir uns selbst überlassen. Oh, manchmal erblickten wir aus der Ferne Wolsey in seinen scharlachroten Seidengewänder, und hin und wieder auch den König, der in der Halle an üppigen und verschwenderischen Banketten teilnahm. Das Wilde Tier ließ uns seine Gegenwart spüren.

König Heinrich sah ein wenig älter aus, wirkte aber immer noch stattlich mit seinem hellen goldenen Haar, dem gleichfarbigen Bart und jenen blauen, achatharten Augen, denen nichts zu entgehen schien. Er kleidete sich in die prunkvollsten Gewänder, trug juwelenbesetzte Wamse, silberne Beinkleider und rosenverzierte Schuhe mit hohen Absätzen, wodurch er noch hochmütiger wirkte als die Leute, die ihn umgaben. Der Große Mörder liebte es, sich zu unterhalten, und schwelgte in Festlichkeiten, auch wenn ihm oder dem Reich Gefahren drohten.

Irgendein Schwachkopf mußte ihm viel über König Artus erzählt haben, was seine Phantasie stark angeregt zu haben schien, und an unserem dritten Abend in Richmond ließ er ein wundervolles Maskenspiel aufführen. Zusammen mit den anderen Gästen (der Kardinal hatte noch nicht geruht, seinen Neffen zu empfangen) wurden wir in eine riesige Halle geführt, die von Hunderten von Wachskerzen erhellt wurde. An den Wänden funkelten die kostbaren venezianischen Teppiche scharlachrot, gelb und golden, und aus dem hinteren Ende dieser höhlenartigen Halle leuchtete ein ganz in Grün gehaltenes Gebilde hervor. Es war ein kleines Schlößchen, dessen hohe Zinnen mit Türmchen gekrönt und dessen Mauern mit Schießscharten versehen waren. Zimmerleute und Künstler hatten zwei Wochen daran gearbeitet, dieses Château Vert oder Green Castle zu bauen und das Holzgerüst mit grünem Papier, Folie und grüner Farbe zu überziehen. Das Ergebnis konnte sich sehen lassen: Das grüne Schloß schimmerte in der Kerzenbeleuchtung wie ein Geist in einer Vision.

Nun, ich möchte Euch berichten, was dann geschah. Acht hübsche Frauen, welche die Schönheit, die Ehre und andere Tugenden verkörperten, mußten das Schloß gegen acht adelige Herren verteidigen, die natürlich von dem dummen feisten Bastard höchstpersönlich angeführt wurden. Diese acht Lords, welche sich Namen wie Liebe, Jugend, Treue und so weiter zugelegt hatten, bewarfen die Verteidigerinnen des Château Vert mit Blumen und wurden dafür mit Rosenwasser übergossen und mit Süßigkeiten traktiert. Alle waren mit vollem Ernst bei der Sache. Ich aber konnte mich kaum mehr halten vor Lachen, als ich die Großen des Landes bei diesem kindischen Spielchen beobachtete.

Mein Meister saß ruhig auf seinem Platz und dachte wahrscheinlich darüber nach, was Agrippa ihm gesagt hatte. Ich interessierte mich mehr für das Essen: Hammelfleisch in Bier, Ente in Orangensauce, Gebäck und süße Plätzchen mit eingedickter Milch, dazu roter Bordeaux und Glühwein. Ich trank, als gäbe es kein Morgen mehr.

Während dieses Spieles und auch bei dem darauffolgenden Mummenschanz, als wir alle nach draußen auf den Shooters Hill gingen, um dem Feisten Heinrich zuzusehen, wie er den Robin Hood spielte, fiel mir auf, daß der König offenbar eine neue Geliebte hatte: ein dunkelhaariges, dunkeläugiges Mädchen, das sich mit verführerischer Eleganz bewegte und dem der König ständig Zeichen seiner besonderen Aufmerksamkeit zukommen ließ.

Das war Anne Boleyn, die ich an diesem Abend zum ersten Mal sah. Sie war eigentlich nicht schön, zumindest nicht im klassischen Sinne, aber sie strahlte eine Sinnlichkeit aus, welche die Blicke von Männern magnetisch anzog. Königin Katharina von Aragon, die kleine, pummelige Spanierin, nahm sich im Vergleich zu ihr aus wie ein Nachttopf gegen eine Blumenvase.

Die arme alte Katharina! Sie hatte so viele Kinder auf die Welt gebracht, von denen aber nur eines überlebte: das kleine, rothaarige, verhärmte Mädchen Maria, das ihrer Mutter überallhin folgte. Gütiger Gott, was tun wir nicht alles unseren Kindern an! Maria wuchs mit dem Haß auf ihren Vater auf und sehnte sich wie ihre Mutter ihr ganzes Leben lang nach einem lebenden Kinde. Ich weiß es. Bevor sie starb, gab sie mir ihr Gebetbuch. Ich besitze es noch immer. Eine Stelle darin, das Gebet einer Mutter, die um die Empfängnis eines gesunden Kindes bittet, war so stark von Tränen benetzt worden, daß die Tinte sich verlaufen hatte.

All diese Persönlichkeiten weilen nun nicht mehr unter den Lebenden. Ich aber sitze hier und erinnere mich daran, wie der Feiste Heinrich herumtänzelte und vorgab, Robin Hood zu sein. Im Laufe der Jahre ließ er alle Leute, die ihn umgaben, umbringen, bis er schließlich selbst ermordet wurde. Jawohl, ermordet. Ich bekenne dies hier. Ich hatte nichts damit zu tun, aber wußte davon. Einer seiner Ratgeber servierte ihm weißes Arsen, das in seinem Bauch einen Feuerball entstehen ließ. Er lag tagelang auf einem stinkenden Bett, mit blutunterlaufenen Augen und pergamentfarbener Haut, unfähig zu schlucken. Seine Haut begann sich zu schälen, und das Fett in seinem Körper verwandelte sich in Flüssigkeit, während aus seinem Magen und seinen Eingeweiden Blut austrat. Als er starb, hatte er Schaum vor dem Mund, und seine Zunge war so stark angeschwollen, daß sie den gesamten Mund ausfüllte und dieser sich nicht mehr schließen ließ. Sie mußten seinen aufgeschwemmten, verfaulenden Körper in einen Sarg pressen, so wie man ein verrottendes Bündel Stroh in einen Sack hineinstopft. Ach ja, aller Ruhm der Welt ist vergänglich.

Nach einigen Tagen im Palast von Richmond waren wir mit dem Hof schon ein wenig vertraut geworden. Wir nahmen die Familie Santerre nun bewußter wahr, ebenso die unheilverkündende Anwesenheit der *Agentes*. Diese huschten wie Schatten die Gänge entlang, und insbesondere Sir Edmund Mandeville bereitete mir Unbehagen. Er kam mir vor wie Luzifer, der Engel, der aus dem Himmel verstoßen worden war.

Er war ein gutaussehender, arroganter, südländisch

wirkender Mann. Er hatte einen olivfarbenen Teint, pechschwarzes Haar, einen gepflegten Bart und Schnurrbart, doch seine Lippen waren seltsam verzerrt, und seine Augen schienen sich über alles lustig zu machen. Er sah aus wie ein Mann, der sich selbst nicht ernst nimmt, geschweige denn irgend etwas anderes.

Geoffrey Southgate, sein Leutnant, wirkte dagegen umgänglicher. Er hatte einen roten Haarschopf, buschige Augenbrauen und eine fahle Haut. Er lispelte leicht und bewegte sich recht affektiert, aber er war der Dolch neben dem Florett seines Herrn.

Einige Tage nach unserer Ankunft in Richmond trafen wir mit diesen Leuten auf dem Brunnenhof zusammen. Benjamin las in einem Manuskript, das er aus der Bibliothek ausgeliehen hatte, während ich tödlich gelangweilt herumsaß und mir überlegte, was ich als nächstes anstellen sollte.

Zuerst lernten wir die Santerres kennen. Sir John war ein rauher, aber gewitzter Landbesitzer, der wußte, auf welcher Seite des Tisches er zu sitzen hatte. Er gehörte zu jenen Zeitgenossen, die einen zum Umtrunk in die Schänke einladen und mit unterhaltsamen Geschichten ergötzen, denen man aber keinen Fußbreit über den Weg trauen kann. Seine Augen erinnerten mich an diejenigen des Königs, sie waren ebenfalls eisig blau und sahen auch aus wie Schweinsäuglein. Lady Beatrice, die nun ihre Fassung wiedergewonnen hatte, ließ erahnen, daß sie einmal eine große Schönheit gewesen war, doch ihr bleiches Gesicht hatte einen verdorbenen, fast wollüstigen Zug. Sie lehnte wieder am Arm ihres Gemahls, als sei sie sich gewiß, daß er niemals von ihrer Seite weichen würde. Rachel, ihre Tochter, war von hinreißender Schönheit. Sie trug einen einfachen Schleier, der ihr Haar bedeckte, und ein bescheidenes blaues Kleid aus reiner Wolle, das am Hals und an den Ärmeln goldgesäumt war.

Die Santerres kamen in den Hof, als würden sie eine Erkundungstour durch den Palast unternehmen. Mein Meister schloß das Buch, in dem er gelesen hatte, und blickte ihnen aufmerksam entgegen.

»Ich habe mich schon gefragt, wann sie denn endlich kommen würden«, flüsterte er mir zu.

»Warum?«

»Wir stehen auf einer zu niedrigen Stufe, um uns selbst ihnen vorzustellen«, zischte er. »Also müssen sie zu uns kommen. Und schließlich werden wir, wenn es nach Agrippa geht, zusammen mit ihnen weiterreisen müssen. Also, Roger, komm auf die Beine und benimm dich anständig.«

Wir erhoben uns, als die Familie Santerre würdevoll heranschwebte. Man stellte sich einander vor, Hände wurden geschüttelt oder geküßt. Sir John trat einige Schritte zurück und räusperte sich.

»Man hat mir mitgeteilt«, dröhnte er und konnte dabei seinen ländlichen Tonfall nicht verbergen, »daß Ihr zusammen mit uns zurück nach Somerset reisen werdet. Dieses Wetter!« Er fuchtelte mit den Händen in der Luft herum. »Herrje! Herrje! Was soll ich dazu sagen?«

Ja, dachte ich, was sollst du sagen? Sir John war ein Mann, der auf seine große Chance wartete. Ich konnte mir gut vorstellen, wie er Buckinghams vertrauliche Mitteilungen verraten hatte.

»Ihr habt den guten Herzog sterben sehen!« platzte ich heraus.

»Den guten?« gab die Lady zurück. »Buckingham hat den König verraten. Er war ein Judas an Heinrichs Hof. Weshalb behauptet Ihr das Gegenteil?«

»Der Mann ist tot«, antwortete ich schnell. »Und seine Seele ist vor das Angesicht des Schöpfers getreten. Warum müssen wir jetzt noch schlecht über ihn sprechen?«

Santerre rieb sich die Augen und schaute mich müde an.

»Ja, ja«, krächzte er. »Er war ein guter Lord, aber er hat auf fremden Fluren gewildert.«

»Es ist ehrenwert von Master Shallot, daß er den Herzog verteidigt«, sagte Rachel Santerre mit weicher, angenehm tiefer Stimme.

Ich blickte sie an, und mein Herz machte einen Sprung. Sie hatte ihr Gesicht gehoben, das einfach unbeschreiblich hübsch war; ihre Haut war glatt wie Seide und rein wie Gold. Nur allzu gerne hätte ich ihre Wange berührt oder ihren langen, schlanken Hals liebkost. Ich suchte nach einer Spur von Arroganz oder von Sarkasmus, aber ihre dunklen Augen waren klar, und in Rachels leicht geöffneten Lippen war nicht der geringste Anflug eines spöttischen Lächelns zu entdecken. Ich wurde rot, verbeugte mich und machte einen Kratzfuß.

»Mistress, Ihr seid zu gütig.«

Benjamin stieß mich an, denn er kannte mich. Mein Verstand saß in der Hose, und wenn ich es mit schönen Frauen zu tun bekam, ließ ich alle Vorsicht fahren – und noch viel mehr, wenn es sich einrichten ließ.

»Komm, Rachel«, sagte Lady Beatrice kurz angebunden. »Dein Vater und ich haben wichtige Dinge zu erledigen.«

»Du meinst, mein Stiefvater«, erwiderte Rachel ruhig.

Nun lächelte ich sie an. Ein wenig von Rachel konnte ich auch in Lady Beatrice erkennen, und ich fragte mich, wie es diesem rotgesichtigen, speckigen Bauern gelungen war, eine solche Schönheit zu freien.

»Ich bin dein Vater«, widersprach er ihr entschieden.

Lady Beatrice griff nach der Hand ihres Mannes und schaute Benjamin an. Mich bedachte sie lediglich mit einem verächtlichen Flattern ihrer Augenlider. Aber der gute Shallot war das schon gewöhnt.

»Sir John ist mein zweiter Gemahl«, erklärte sie. »Rachels Vater starb, als sie noch ein Kind war.«

»Das würde bedeuten, Mutter«, entgegnete Rachel, »daß ich sehr lange ein Kind war. Mein Vater ist erst seit fünf Jahren tot.«

Oh, oh, dachte ich mir, da steckt einiges im Busch. Es gibt doch nichts Interessanteres als Familienzwistigkeiten. Ich starrte noch einmal Rachel an, genoß den Anblick ihrer vollendeten Gesichtszüge, und mein lasterhaftes Herz schlug vor Freude höher. Die Mutter lehnte mich zwar ab, aber vielleicht war ich bei der Tochter nicht völlig chancenlos? (Ich sehe, mein Kaplan delektiert sich schon wieder. Er denkt wohl, ich hätte nichts anderes im Sinn gehabt, als das Mädchen schnurstracks in mein Bett zu zerren? Nein, nein, das ist nicht die Art des alten Shallot. Oder zumindest nicht ganz. Ich wollte nur einfach bei ihr sein. Sie ansehen, mich in ihren dunklen, abgründigen Augen verlieren.)

Wenn ich an diese Begegnung zurückdenke, dann erscheint es mir durchaus möglich, daß es zu einer offenen Zwistigkeit zwischen den Santerres gekommen wäre, wenn nicht plötzlich die Türe des Hofes aufgegangen und Sir Edmund Mandeville mit Geoffrey Southgate und den beiden glatzköpfigen Kreaturen hereingekommen wären, die sich glichen wie ein Ei dem anderen. Sir John schnellte herum, und sein Gesicht erbleichte.

»Kommt!« flüsterte er. »Wir haben zu tun.«

Sie eilten davon, Lady Beatrice immer noch eng an den Arm ihres Ehemannes gedrückt. Rachel drehte ihr Gesicht leicht, und ich bin sicher, daß sie lächelte.

Mandeville und Southgate gingen wieder an uns vorüber, so wie sie es zuvor schon einige Male getan hatten. Ich blieb stehen und beobachtete fasziniert die beiden Gestalten, die ihnen folgten. Es handelte sich um Zwillinge, und sie erinnerten mich an Eunuchen mit ihren fetten, teigigen Gesichtern, runden Mündern und Schädeln, die so kahl waren wie Taubeneier.

Plötzlich drehte sich Mandeville um, kam auf uns zu und verbeugte sich. (Übrigens, habt Ihr das auch schon bemerkt? Daß die verkommensten Kreaturen oft die ausgesuchteste Höflichkeit an den Tag legen?)

»Master Daunbey, Master Shallot. Ich sehe, daß die Familie Santerre sich mit Euch schon bekannt gemacht hat, und es ist wahrscheinlich an der Zeit, daß wir uns alle ein wenig besser kennenlernen.« Er folgte meinem Blick. Ich beobachtete immer noch seine beiden kahlköpfigen Gefolgsmänner. »Oh, darf ich Euch Geoffrey Southgate und meine beiden Gehilfen Cosmas und Damien vorstellen?«

Die Eunuchen verbeugten sich.

»Sind sie Zwillinge?« fragte ich.

»Natürlich«, erwiderte Southgate gelangweilt.

Die beiden Eunuchen, wie ich sie für mich bezeichnete, begannen nun, mich zu beobachten. Sie hatten Augen wie Frösche, glasig und seelenlos. Weder im Gesicht noch auf dem Kopf konnte ich auch nur das kleinste Härchen entdecken.

»Können sie nicht sprechen?« wollte mein Meister wissen.

Mandeville drehte sich halb um. »Cosmas, mach deinen Mund auf!«

Ich konnte es nicht glauben. Auf Mandevilles Befehl hin öffneten beide Kreaturen ihre Münder. An der Stelle, wo früher die Zunge gewesen war, erblickte ich einen roten Fleischstummel und wendete mich vor Abscheu gleich wieder ab. Mein Meister aber, Gott beschütze ihn, schaute genauer hin.

»Was ist hier geschehen?« fragte er wie ein Familienarzt, der dazu anhebt, eine Diagnose zu stellen.

»Oh, die beiden wurden in England geboren«, entgegnete Mandeville. »Sie waren zusammen mit ihren Eltern auf einer Galeone im Mittelmeer unterwegs, als diese von türkischen Freibeutern aufgebracht wurde. Cosmas und Damien, wie ich sie jetzt nenne, brachte man nach Konstantinopel, kastrierte sie und machte aus ihnen Eunuchen.« Er tätschelte einem von ihnen wohlwollend den kahlen Schädel, so wie man einem guten Jagdhund über den Kopf streicht. »Aber sie sind sehr gut erzogen.«

Er faßte mich scharf ins Auge, aber ich wußte, daß er uns beide musterte. Aus Benjamin mochte er vielleicht nicht so schnell schlau werden, aber ich bemerkte das ironische Glitzern in seinen Augen, als er zu dem Schluß gekommen war, daß er mich als einen kleinen Schurken abtun konnte. Plötzlich hob er seinen Blick und schaute über uns hinweg zur Türe, als erwarte er, daß sich jeden Augenblick noch jemand zu uns gesellen würde. Dann trat er einen Schritt näher. Auch Southgate trat vor, als wären sie zwei Schulmeister, die ihre Schüler ermahnen wollen.

»Die *Agentes* heißen Euch willkommen«, flüsterte Mandeville, und seine Stimme wurde dabei stahlhart. »Wir haben Buckingham zur Strecke gebracht. Wir könnten auch selbst diese Templer vernichten und jene Informationen beschaffen, die Seine Gnaden der Kardinal zu erhalten wünscht, aber er besteht darauf, daß Ihr beide Euch uns anschließt.«

Ich blickte in ihre starren Gesichter, und plötzlich – aller Liebreize von Rachel Santerre zum Trotz – verlor die Aussicht auf die Reise nach Glastonbury viel von ihrer Faszination, denn wir würden sie in Begleitung dieser unheimlichen Vier absolvieren müssen. Die beiden traten wieder zurück, verbeugten sich und verließen den Hof.

Benjamin schaute ihnen nach. »Ich möchte gerne wissen, was das zu bedeuten hat«, sagte er. »Ich wünschte, mein lieber Onkel würde uns endlich aufklären.«

»Werte Herren!« rief eine Stimme. »Ich habe gehört, wie Ihr Euch unterhieltet.«

Wir drehten uns um. Ein junger Mann hatte sich leise von hinten genähert. Vielleicht hatte sein Erscheinen die *Agentes* dazu veranlaßt, sich zurückzuziehen. Er stand so stolz und keck da wie ein Gockel im Hof. Ich stöhnte leise. Der Bursche sah wie ein Unruhestifter aus mit seinem rostfarbenen Lederwams, den engen Beinkleidern, dem vorspringenden Hosenlatz, den Stiefeln mit hohen Absätzen und, am auffälligsten von allem, dem großen Schwert, auf dem er ständig mit den Fingern herumtrommelte.

Er war einer von diesen kampfeslustigen jungen Raufbolden, die an jedem Fürstenhof und auf den Adelssitzen herumhingen, berstend vor Stolz und Arroganz und jederzeit bereit, einen Streit vom Zaun zu brechen, um sich im Kampfe zu messen. (Meister Shakespeare hat meine Beschreibung dieser Zeitgenossen für seine Figur Tybalt entlehnt, den Schwertkämpfer in seinem exzellenten Stück *Romeo und Julia.*) Der Mann kam näher und lüftete seinen breitkrempigen Hut, der mit einer billigen Feder geschmückt war. Sein Gesicht war teigig, er hatte dünne, blutleere Lippen und enge Augen, die unter schweren Lidern lagen. Er schob sein Kinn nach vorne.

»Werte Herren, ich habe Euch eine Frage gestellt. Worüber habt Ihr Euch soeben unterhalten? Ich komme herüber, um mit Euch zu reden, und sofort verschwinden Eure Freunde. Habt Ihr sie darum gebeten? Findet Ihr meine Anwesenheit störend?«

Benjamin packte mich am Handgelenk. »Ruhig Blut, Roger, sei vorsichtig«, flüsterte er. »Der Bursche sucht Streit.«

Mein Meister klang so unschuldig und naiv wie immer, wenn er eine Feststellung traf, die sich auf etwas bezog, was offen zutage lag. Natürlich war ich vorsichtig. Der alte Shallot ist schließlich ein großer Feigling! Ich schaute mich schon nach einer Fluchtmöglichkeit um, als der Bursche mir den Weg verstellte und mir einen Stoß gegen die Brust gab.

»Wollt Ihr auch schon gehen, Grünschnabel?«

»Verschwindet!« zischte ich.

Der Mann wich zurück, warf seinen Hut zu Boden und zog sein Schwert zur Hälfte aus der Scheide. Benjamin trat vor mich hin.

»Wir entschuldigen uns«, sagte er. »Sir, wir wollten Euch nicht beleidigen.«

Die Augen meines Möchtegern-Gegners ließen nicht von mir ab.

»Mit Euch habe ich keinen Streit, Master Daunbey«, erwiderte er leise. »Ich habe keine Auseinandersetzung mit dem Neffen des Kardinals, aber dieser Mann hat mich beleidigt.«

»Nein, das habe ich nicht!« rief ich. »Ich fühle mich nicht gut, Sir, deswegen laßt mich vorbei!«

Benjamin trat erneut zwischen uns. »Bleibt, wo Ihr seid, Sir!« befahl er. »Wir haben keinen Streit mit Euch.«

»Nein, Ihr nicht, Master Daunbey«, wiederholte der Bursche, und mein Magen verkrampfte sich vor Erschrekken, denn offensichtlich kannte er unsere Namen. Dies war keine zufällige Begegnung. Der Mann hatte es absichtlich darauf angelegt, mich herauszufordern, und in einem solchen Fall werde ich stets von zwei Gedanken beherrscht. Erstens: Kann ich weglaufen? Und zweitens: Wenn nicht, werde ich verletzt werden?

Der Kerl zog sein Schwert nun ganz heraus und setzte dessen Spitze auf den Boden.

»Ihr könnt beide gehen«, sagte er, während er sich in den Hüften wiegte und sich über uns lustig machte. »Und bis zum Abendessen werden alle davon reden, wie mutig ›Mistress Shallot‹ ist. Mistress Shallot! Mistress Shallot!« wiederholte er in einem Singsang. »Was ist denn los, Mädchen?« spöttelte er und legte dabei den Kopf schief. »Bei deinen komischen Augen kann man ja niemals sicher sein, wo du wirklich hinschaust.« Er hielt einen Finger in die Höhe. »Wenn du dich vornüber beugst und dir mit meinem flachen Schwert ein paar Klapse auf den Hintern geben läßt, dann darfst du gehen.«

Jetzt fuhr Benjamins Hand zum Griff seines Schwertes.

»Wenn Ihr zieht, Master Benjamin«, fuhr der Raufbold fort, »werde ich einfach weggehen.«

»Bitte«, murmelte ich und blickte mich in dem verlassenen Hof um.

»Bitte«, äffte der Bursche mich nach.

»Dir bleibt keine andere Wahl«, flüsterte Benjamin.

Da stand ich nun also, mein Magen rebellierte, und meine Gedärme krampften sich zusammen. Ich legte mein Wams ab, zog mein Schwert und setzte ein entschlossenes Gesicht auf, so weit es mir möglich war. Wir stellten uns in Position. Das Salut wurde gegeben, unsere Waffen kreuzten sich, und das Duell begann. Ich bewegte mich, stieß mit meinem Schwert zu und hielt dabei ein Auge geschlossen. Der Bursche spielte mit mir, tänzelte umher, sprang nach vorne und nach hinten. Er ritzte mein Handgelenk an. Ich schloß meine Augen. Er glitt hinter mich und klatschte mir mit dem flachen Schwert auf die Arschbacken.

»Mistress Shallot!« rief er dabei.

Ich blickte zu Benjamin, doch der schaute weg. Dann geschah etwas Seltsames. Der alte Shallot hat seine Haut schon stets teuer zu Markte getragen, doch dieser Schlag auf die Arschbacken stachelte meinen Stolz auf (wo immer der sich auch verborgen hatte), und ich erinnerte mich an die Worte meines Fechtlehrers. Ich öffnete meine Augen und starrte diesen Prahlhans an, der vor mir herumtänzelte. Er verkörperte alles, was mir an meinem Leben nicht gefiel: die geringschätzige Behandlung durch Wolsey, die herablassende Haltung von Agrippa, die Spötteleien, daß ich mich unter den Rockschößen meines Meisters verkriechen wolle. Mit anderen Worten: Ich verlor meine Geduld und fand meinen Mut.

Mein Schwert sauste nieder. Ich kniff meine Augen zusammen, nahm eine richtige Fechthaltung ein, und es begann ein anderes Duell. Ich wollte diesen Mistkerl töten, und er wußte das auch: Rote Flecken erschienen auf seinen Wangen, Angst trat in seine Augen, und er brachte den Mund nicht mehr zu. Sein Atem ging in kurzen Stößen, während wir die Klingen kreuzten, Finten anwendeten und Hiebe parierten. Er war im Grunde nur ein kleiner Straßenschläger, eine arme Sau, und Gott ist mein Zeuge, ich wollte ihn eigentlich nur verwunden. Ich stieß zu, wobei ich auf seinen Arm zielte, mit dem er das Schwert führte, aber er bewegte sich mit mir, und mein Schwert fuhr ihm tief in das weiche Fleisch unterhalb des Rippenbogens.

Ich ließ meine Waffe los und sprang entsetzt zurück.

Der Bursche starrte mich an und schlug mit einer Hand gegen die Klinge meines Schwertes, während ein roter Blutschwall aus seiner Wunde schoß. Er ließ sein Schwert fallen und torkelte einen Schritt auf mich zu. Blut schoß ihm aus dem Mund und aus den Augen, die immer noch ganz ungläubig blickten, dann fiel er vornüber auf den Boden.

Benjamin drehte ihn um.

»Mausetot«, murmelte er. »Gütiger Gott, Roger, aber

du hattest keine andere Wahl.« Er lächelte mich schwach an. »Einen solchen Kampf hätte ich dir nie zugetraut.«

»Ich mir auch nicht, Master!«

Ich setzte mich auf das Gras, einer Ohnmacht nahe. Ich hatte gerade mein Schwert wieder an mich genommen, als die Türen des Hofes aufflogen und eine Gruppe von Hellebardieren des Kardinals hereingestürzt kam. Mit gesenkten Speeren umringten sie uns. Der fette Hauptmann, der einen rostroten Bart trug, riß mir das Schwert aus der Hand.

»Sir, wie heißt Ihr?«

Er schnippte mit den Fingern, und zwei seiner Leute zerrten mich hoch.

»Mein Bediensteter heißt Roger Shallot, Sir«, erklärte Benjamin. »Dieser Mann hat ihn zu einem Duell herausgefordert und wollte ihn nicht gehen lassen.«

Der Hauptmann verzog das Gesicht. »Das mag wohl sein.« Er faßte uns schärfer ins Auge. »Ihr seid Master Daunbey, der Neffe des Kardinals?«

»Das bin ich.«

»Dann, Sir, solltet Ihr wissen, daß Seine Majestät Duelle ausdrücklich verboten hat und daß es einem Hochverrat gleichkommt, in einem Palast des Königs das Schwert zu ziehen. Master Shallot, Ihr seid unter Arrest!«

Ich starrte sprachlos in Benjamins weißes Gesicht. Er zuckte hilflos die Schultern.

»Geh mit ihnen, Roger«, flüsterte er heiser. »Ich werde mit meinem Onkel sprechen.«

Umringt von den Hellebardieren wurde ich aus dem Hof hinausgestoßen. Mandeville und Southgate hatten auf einer Galerie gestanden und durch ein Fenster das ganze Spektakel mitverfolgt. Die beiden Schweinehunde kamen herunter und schienen sich gut zu unterhalten, aber Southgate hob eine Hand und brachte den Trupp dadurch zum Stehen, während Mandeville nach meinem Handgelenk griff.

»Ihr hattet keine andere Wahl, Master Shallot«, sagte er. »Deshalb auch sind wir so plötzlich gegangen. Wir sahen den Burschen herankommen und dachten, das könnte Ärger geben.«

Oh, besten Dank, sagte ich mir. Aber das ist der Lauf der Welt. Wenn irgendwo ein Scheißhaufen herumliegt, der alte Shallot stampft ganz gewiß hinein!

Mandeville und Southgate traten zur Seite, und ich wurde in einen kleinen, engen Keller hinuntergeführt, der als Kerker des Palastes diente. Man stieß mich hinein, gab mir eine Kerze, einen Becher wässerigen Wein und ein Stück von dem härtesten Brot, das in der Küche aufzutreiben gewesen war. Es war von grünem Schimmel überzogen, und als ich daran herumknabberte und über mein Schicksal nachdachte, erkannte ich, daß dieser Bastard von einem Koch offenbar entdeckt hatte, daß ich den Kapaun gestohlen hatte. Ich verbrachte mehrere Stunden in diesem Verlies.

Zuerst pulsierte mein Blut heiß durch meine Adern, und ich beteuerte gegenüber den kalten, grauen Mauern und zwei großen Ratten, die aus dem Nichts zu kommen schienen, meine Unschuld. Sie hörten sich meine Beteuerungen an, und als ich schließlich erschöpft eingeschlafen war, machten sie sich über das steinharte Brot her und vertilgten den Rest des Weines, der in dem verbeulten Becher noch übriggeblieben war. Als ich wieder erwachte, war es dunkel und kalt, und ich bekam es mit der Angst. Der Raufbold, Gott möge sich seiner Seele erbarmen, wer immer er gewesen war, hatte es mit voller Absicht auf diesen Kampf angelegt. Wer hatte ihn geschickt? Wer hatte diesen kleinen Mummenschanz inszeniert?

Dann dachte ich an den König mit seinen verschlagenen Schweinsäuglein und an den Lordkardinal, seinen Zeremonienmeister, der die Fäden in der Hand hielt – und meine Angst steigerte sich zu grausigem Entsetzen.

Kapitel 4

Freilich, der gute Shallot ist kein Hund, der für immer am Boden liegenbleibt, wenn man es ihm befiehlt. Ihr dürft mir glauben, ich war schon oft in brenzligen Situationen: Ich hing am Galgen in Montfaucon, wurde von wilden Tieren durch die Straßen von Paris und den Irrgarten von Franz I. gehetzt, bin im Bosporus um mein Leben geschwommen und wurde in den Katakomben von Rom von Horden blutrünstiger Lutheraner in die Ecke getrieben.

Mein Aufenthalt im Kerker des Palastes von Richmond ängstigte mich daher nicht allzusehr, und ich erstarrte auch nicht vor Schreck. Ich erbrach mich nur zweimal, aber meine Kniehosen trockneten schnell wieder. (Was ich für die Hosen meines Kaplans nicht unbedingt behaupten möchte, wenn er nicht aufhört, sich über mich lustig zu machen. Wußtet Ihr, daß ich immer, wenn ich sein Gesicht sehe, an das Feuer der Hölle denken muß?)

Schließlich schlief ich ein, und als ich wieder aufwachte, war mir kalt, und ich hatte Hunger. Ich linste durch das kleine Gitter, das hoch oben an der Wand angebracht war, sah, daß es schon Nacht war, und dachte, daß alle mich vergessen hätten. Aber dem war natürlich nicht so. Eine Stunde später flog die Kerkertüre auf, und Benjamin kam hereinmarschiert mit einem dampfenden Becher Posset in der Hand, einem Trank aus heißer Milch, Bier und Gewürzen. (Gott lasse ihn in Frieden ruhen. Was war er doch für ein umsichtiger Mann.) Ihm folgten einige Soldaten des Kardinals, mit gezogenen

Schwertern in den Händen und grimmigen Gesichtern und konischen Stahlhelmen.

»Komm, Roger«, flüsterte Benjamin. »Seine Eminenz der Kardinal und Seine Majestät der König wünschen uns zu empfangen.«

Er schaute mir zu, wie ich den Becher Posset austrank, und rümpfte die Nase.

»Hier drinnen riecht es aber eigenartig«, bemerkte er. »Gewiß kein angemessener Platz für einen Mann wie dich, Roger.«

(Gott erbarme sich seiner, aber er konnte manchmal einfach so naiv sein!)

Wolseys uniformierte Knechte begleiteten uns nach oben und führten uns über holzvertäfelte Gänge zu einer Kammer, die hoch oben in einem der Türme lag. Der Raum war weitgehend dunkel; nur eine Reihe von Wachskerzen auf dem kleinen ovalen Tisch spendete ein wenig Licht, so als wolle Seine diabolische Eminenz vermeiden, daß jemand erfahre, daß dieses Treffen stattfand.

Am Kopfende des Tisches lümmelte der König, angetan mit einem purpurfarbenen, ärmellosen Wams und einem Hemd aus reiner weißer Seide, das an den Stulpen und am Kragen mit Spitzen aus Brügge gesäumt war. Ich sage ›lümmelte‹, denn der König war offensichtlich betrunken. Sein feistes Gesicht war von Röte überzogen, doch seine harten Augen wirkten noch gefährlicher als sonst. (Mir fiel die dunkeläugige Anne Boleyn ein . . . was um alles in der Welt sah sie in ihm? Zwei Tage, bevor man ihr den Kopf abschlug, gestand sie mir, wenn sie ihr Leben noch einmal leben könnte, dann würde sie lieber einen Totenkopf mit einem Knochen im Mund heiraten, als sich auch nur auf eine Meile unserem fetten König zu nähern. Ich hatte Verständnis für sie.)

Heinrich war sogar jetzt zum Fürchten, da er einfach nur dasaß und mit seinen dicken Fingern auf die Tischplatte trommelte. Das Geräusch, das seine Ringe auf dem Holz verursachten, klang wie der Takt einer Todestrommel. Ihm gegenüber saß Wolsey, wie üblich in scharlachrote Seidengewänder gekleidet, das schwarze Haar gestutzt und eingeölt und mit einem undurchdringlichen Ausdruck auf seinem fleischigen Gesicht.

»Kommt herein! Kommt herein!« sagte Seine Eminenz mit leiser, weicher Stimme und deutete auf zwei Stühle am Ende des Tisches. »Liebster Neffe, lange haben wir uns nicht mehr gesehen. Ich vermute, du kennst alle Anwesenden?« Er wedelte mit der Hand.

Zur Linken des Königs saßen die *Agentes*, Mandeville, Southgate und ihre beiden unheimlichen Gehilfen. Auf der anderen Seite des Tisches, neben Wolsey, hatten die Santerres Platz genommen, die alle, auch die liebreizende Rachel, angesichts dieses mitternächtlichen Treffens sehr angespannt wirkten.

»Du bist mit den anderen Anwesenden schon zusammengetroffen?«

»Liebster Onkel«, erwiderte Benjamin, »wir sind mit allen schon zusammengetroffen bis auf Euch.«

Wolsey verstand den Wink und lächelte. »Staatsangelegenheiten, wichtige Staatsangelegenheiten, mein lieber Neffe.« Er strich sich das Haar zurück und kam zu uns herunter. Er beugte sich über den Tisch, ergriff Benjamin an der Schulter und küßte ihn herzhaft auf beide Wangen. »Sei vorsichtig, lieber Neffe. Sei vorsichtig!« hörte ich ihn flüstern. »Tu alles, was der König von dir verlangt.«

Er trat zurück, lächelte falsch und kehrte wieder zu seinem Platz am Tisch zurück. (Herr im Himmel, was war er für ein heimtückischer Bastard! Wolsey steckte seine

Finger in jedermanns Angelegenheiten. Er war so ölig, daß er am Ende der Welt, wenn alles in Flammen aufgehen wird, wahrscheinlich eine Woche länger brennen wird als alle anderen.)

»Master Daunbey«, ergriff der König das Wort, »möchtet Ihr Wein?«

Er schnippte mit den Fingern, und Agrippa trat aus dem Schatten. (Weiß Gott, wo er sich die vergangenen paar Tage versteckt hatte.)

Der werte Doktor stellte zwei Becher vor uns auf den Tisch, goß Wein in sie und ging dann wieder zur Türe zurück. Ich fing seinen warnenden Blick auf, aber er brauchte dem alten Shallot nichts zu sagen. Ich mag zwar den Mut einer Wildgans besitzen, aber ich habe mehr Verstand als ein Hund Flöhe. Der Feiste Heinrich musterte mich.

»Eine seltene Ehre für Euch, Master Shallot. Wir dulden keine Verräter in unserer Nähe – Männer, die unter unseren Augen töten.«

»Eure Majestät, ich bin provoziert worden«, erwiderte ich.

Heinrich grinste, als Wolsey sich zu ihm hinüberbeugte und ihm etwas ins Ohr flüsterte. Der König machte eine wegwerfende Handbewegung. Wolsey lächelte salbungsvoll wie ein aufgeblasener Priester, der zu dem geringsten seiner Gemeindemitglieder spricht.

»Master Shallot«, hob er an, »es freut mich, Euch wiederzusehen.«

Ich wurde noch nervöser und ließ rasch meine Blicke durch den Raum schweifen: Alle Fenster waren verriegelt, und es war keine der Fackeln angezündet. Eine dunkle Gestalt lauerte im Schatten, und ich wußte, Agrippa würde alles mithören. Wolsey nickte dem König zu, klatschte in die Hände und beugte sich dann nach vorne.

Oh, mein Gott, ich konnte es fühlen, wie die Gefahr auf mich zukam.

»Lieber Neffe, du hast gesehen, wie Buckingham starb?«

Der König schnaufte und fuhr sich mit einem spitzenverzierten Ärmel über die Augen.

»Er war ein Busenfreund«, unterbrach er, »ein Mann, der meinem Herzen sehr nahestand. Wie konnte er nur seinen Freund, den König, verraten?«

Ich starrte diesen feisten Heuchler an, während Wolsey ihn sachte am Handgelenk berührte. Er war einer der besten Schauspieler, denen ich je begegnet bin, unser Heinrich. Tränen zu vergießen war für ihn genauso einfach, wie den Zapfhahn an einem Bierfaß zu betätigen. Er lieferte stets eine beeindruckende Vorstellung ab, und man war versucht, ihm zu glauben – wenn man nicht wußte, welch dunkle Abgründe sich in seinem Herzen auftaten.

»Buckingham war ein Verräter«, erklärte Wolsey volltönend, »und er hat seinen Tod verdient. Liebster Neffe, Hopkins wurde im Tower verhört, und du kennst sein berühmtes Rätsel. Wie lautet es doch gleich. Ah, ja:

Unter den Wassern des Jordan ruht der Kelch Christi,
Und über der Arche des Moses das Schwert, das unvergleichliche.

»Ja«, murmelte er. »Sehr geschickt.«

»Agrippa hat es herausgefunden«, erwiderte Benjamin scharf.

»Ja, ja, das hat er«, säuselte Wolsey. »Aber laß uns noch einmal zum Anfang zurückkehren. Buckinghams Macht lag im Südwesten, entlang der walisischen Grenzmarken und in den Grafschaften Somerset, Devon und

Dorset. Er hatte das Blut der Yorkisten in seinen Adern, und seine Familiengeschichte wurde begleitet von Verrat, denn auch sein Vater endete unter dem Henkerbeil. Nun, sein Verrat begann, als er sich nach Templecombe begab . . .« Wolsey blickte zu Sir John Santerre. »Vielleicht wollt Ihr fortfahren, Sir?«

Santerre räusperte sich. »Lord Buckingham«, begann er und hustete, »ich meine, der Verräter Buckingham kam an einem Freitag abend im vergangenen Herbst in mein Haus. Dies erschien mir eigenartig, denn obwohl wir wegen gewisser Angelegenheiten, die seine Besitztümer betrafen, in Korrespondenz standen, reiste er nur sehr selten so weit nach Süden, aber ich wußte auch, daß er zu Vater Hopkins eine besondere Beziehung pflegte.« Santerre machte eine Pause.

»Nun«, fuhr er dann fort, »Hopkins war ein in London geborener Priester, ein Benediktinermönch, der von seinem Klostereid entbunden worden war, um als Kaplan auf Templecombe Manor zu arbeiten und die kleinen auswärtigen Höfe zu betreuen, die zur Abtei von Glastonbury gehören.« Santerre blickte hinunter auf den Tisch. »Hopkins war ein seltsamer Mann, ein Antiquar und Historiker. Er wußte Bescheid über alle Legenden, die es in Somerset und Devon gibt, und er kannte die Geschichten über König Artus in- und auswendig.«

»Hat er jemals über den Gral oder über Excalibur gesprochen?« fragte Benjamin und ignorierte das ärgerliche Stirnrunzeln seines Onkels.

»Manchmal bei Tisch hat er davon angefangen, aber die meiste Zeit verbrachte er in seiner Kammer oder mit dem, was er als seine Reisen bezeichnete. Er besuchte die Höfe, um Informationen zu sammeln.«

»Worüber?« fragte ich.

»Über Artus und den Verbleib des Grals. Seine Kammer war immer voll mit Manuskripten.«

»Wo sind diese jetzt?« wollte Benjamin wissen.

»Sie sind vernichtet worden«, unterbrach Southgate gereizt. »Der verrückte Priester hat alles verbrannt, bevor er nach London gereist ist.«

»Fahrt fort, Sir John«, befahl Wolsey.

»Werter Onkel, nur noch eine weitere Frage?«

Wolsey nickte unfreundlich.

»Sir John, war Hopkins mit Euch und Eurer Familie befreundet?«

»Nein«, erwiderte Santerre aufgeregt. »Das habe ich schon erklärt. Er zog sich ziemlich zurück. Oh, er kam durchaus seinen priesterlichen Aufgaben nach, hielt Messen und nahm Beichten ab, aber man konnte sehen, daß er nicht mit ganzem Herzen bei der Sache war. Es waren für ihn eher lästige Pflichten.« Sir John warf einen kurzen Blick zu seiner Gemahlin und seiner Tochter. »Von den Frauen schien er nicht viel zu halten. Weder ich noch meine Frau oder meine Tochter können sich erinnern, daß er einmal mit ihnen oder mit anderen Frauen ein Gespräch geführt hätte, das länger als zehn Minuten dauerte.«

»Das stimmt«, bestätigte Rachel mit weicher Stimme, und ihre dunklen Augen strahlten freundlich, was mich einen Augenblick lang vergessen ließ, daß ich mich in der Gegenwart des Großen Mörders aufhielt.

»Fahrt fort!« Heinrich schlug auf den Tisch.

»Ich weiß mittlerweile«, sagte Santerre rasch, »daß Hopkins häufig Lord Buckingham besuchte, und als der Herzog nach Templecombe kam, bat er mich um eine Unterredung in meinem Privatgemach. Der Herzog war sehr aufgeregt und behauptete, Hopkins habe ihm gesagt, der Gral und das Schwert würden immer noch existieren, und er habe höchstes Interesse daran, in deren Besitz zu kommen. Er sagte weiter, Hopkins sei der Überzeugung, wenn er einen gewissen Geheimcode entschlüsselt haben würde, dann würde der Weg zu diesen wertvollen Reliquien frei werden.«

»Dieser Geheimcode«, unterbrach ihn Benjamin, »ist der rätselhafte Spruch, den Hopkins im Tower von sich gab, bevor er starb und den der Lordkardinal soeben zitiert hat?«

»Ja, ja«, antwortete Santerre.

»Und wo hat Hopkins diesen Code entdeckt?«

»Offensichtlich auf einem Vorsatzblatt eines Buches, einer alten Chronik in der Bibliothek von Glastonbury.«

»Wir wissen nicht, ob das stimmt«, widersprach Mandeville, »aber es läßt sich nachprüfen.«

»Nun, wie auch immer«, fuhr Santerre fort, der wohl bemerkt hatte, daß der König immer ungeduldiger mit den Fingern auf die Tischplatte trommelte, »ich fragte Lord Buckingham, weshalb er diese Gegenstände in seinen Besitz bringen wolle, und er antwortete: ›Wer weiß? Vielleicht kann es einen Mann weit nach oben bringen, wenn er Artus' Schwert besitzt und aus dem Kelch trinken kann, den auch Christus schon benutzt hat?‹«

»Werter Onkel«, fragte Benjamin mit weicher Stimme, »ist dies schon Verrat? Lord Buckingham war wie alle anderen großen Männer. Auch Seine Majestät der König und Ihr selbst seid begeisterte Sammler von Reliquien.«

»Aber keine Verräter«, unterbrach ihn Mandeville. »Ihr müßt wissen, Master Daunbey, daß ich zwei meiner Männer, zwei ausgezeichnete Spürhunde, in sein Gefolge eingeschleust hatte.«

Benjamin lächelte. »Ihr meint Calcraft und Warnham, die beide erdrosselt worden sind?«

Mandeville verlor ein wenig von seiner Gelassenheit.

Sein Grinsen verschwand, und er kaute verärgert auf seinem Daumen.

»Ja.« Er nickte. »Ja, Master Daunbey, Calcraft und Warnham, die beide umgebracht wurden, aber dazu später. Damals auf Templecombe wendeten sie sich an Sir John Santerre und fragten ihn danach, was Buckingham ihm mitgeteilt hatte. Der Lord von Templecombe war so klug und so loyal, ihnen die Wahrheit zu sagen.«

»Und was geschah dann?« fragte Benjamin.

»Wir fanden heraus«, fuhr Mandeville fort, »daß Hopkins häufig einem gewissen Master Taplow in London Botschaften überbrachte. Taplow, ein lutheranischer Schneider, nutzte seine Verbindungen zu bestimmten Adeligen, um Lord Buckingham über die Vorgänge am Hof zu informieren und auch darüber, was in der Stadt geschah. Master Taplow befindet sich nun im Newgate-Gefängnis. Er hat gestanden, daß die Briefe, die Buckingham ihm geschrieben und Hopkins ihm überbracht hatte, belegen, daß der verräterische Herzog beabsichtigte, die Reliquien dazu einzusetzen, eine Rebellion gegen den König aufzustacheln. Wir haben einige dieser Briefe in unseren Besitz gebracht. Buckingham kam aufs Schafott, Taplow wird den Feuertod sterben, und Hopkins hat auch schon gebüßt für seine Verbrechen.«

»Sehr hübsch, sehr hübsch«, sagte Benjamin. »Aber was ist mit den Templern?«

Wolsey, der seinen Neffen beobachtet hatte, bedeutete uns durch einen Wink zu schweigen und flüsterte dem König etwas ins Ohr. Heinrich, der die ganze Zeit Rachel Santerre angeglotzt hatte, hob seine Augen, grinste und nickte.

»Liebster Neffe«, hob der Kardinal an, »die Templer waren ein mönchischer Kampfbund, der zur Verteidigung des Heiligen Landes gegründet wurde. Sie haben in unserem und in anderen Ländern große Reichtümer angehäuft. Am Freitag, dem dreizehnten Oktober 1305, ließ König Philip IV. in Frankreich mit dem Segen von Papst Clemens V. alle Templer festnehmen. Auch bei uns und in anderen Ländern wurden die Templer verhaftet, doch einige kamen davon. Ihre Flotte verschwand aus La Rochelle, und jene, die der Verhaftung entgehen konnten, tauchten unter. Viele gingen nach Schottland, wo sie von König Robert Bruce Schutz erhielten. Die Templer schworen allen Königshäusern Rache, von denen sie ihrer Meinung nach verraten worden waren, und das betrifft auch die Krone von England. Die geistigen Nachfahren dieser Templer bilden heute eine geheime Bruderschaft.«

Wolsey machte eine Pause und lächelte. »Die Bezeichnung ›Bruderschaft‹ darf nicht wörtlich genommen werden. Die alten Templer lebten zölibatär, aber wir wissen, daß ihrer Gemeinschaft auch Geistliche und Laien angehören, Junge und Alte, Verheiratete und zölibatär Lebende, Männer und Frauen, Engländer und Franzosen, Hohe und Niedere. Es heißt, daß auch die Yorkisten, die Feinde Seiner Majestät des Königs, Mitglieder dieser Bruderschaft waren.«

Wolsey verstummte, als Heinrich auf seinem Sitz umherzurutschen begann. Der Kardinal hatte an eine offene Wunde gerührt, denn Heinrich, der walisische Edelmann, haßte es, an die Fürsten aus dem Hause York erinnert zu werden, und (was ich auch in meinen vorhergehenden Journalen schon erwähnt habe) am Ende seines Lebens war es ihm gelungen, dieses Adelsgeschlecht mit Stumpf und Stiel auszurotten.

»Nun.« Wolsey schob seinen Becher beiseite. »Hopkins gestand, dem Geheimbund der Templer anzugehören. Er sagte auch aus, einige Mitglieder der Bruderschaft würden sich in der Umgebung des Königs aufhalten.«

Heinrichs Schweinsäuglein funkelten uns vom anderen Ende des Tisches her an, und mich durchfuhr ein kalter Schauer.

»Mein Lordkardinal hat recht«, sagte er mit belegter Stimme. »Möglicherweise befinden sich einige Mitglieder dieser Bruderschaft, dieses Verräternestes, hier am Hof. Und wenn man Master Hopkins Glauben schenken darf, dann suchen auch sie nach dem Gral und dem Schwert Excalibur. Buckingham«, er spuckte den Namen förmlich aus, »gehörte unzweifelhaft zu einem ihrer Zirkel, und unsere beiden treuen Agenten Calcraft und Warnham haben für ihre Loyalität mit dem Leben bezahlt.«

Heinrich schlug mit der Faust auf den Tisch. »Aber jetzt ist es genug!« Er stach uns mit seinem Zeigefinger entgegen. »Ihr, Master Daunbey und diese Kreatur, die Ihr als Euren Diener bezeichnet, werdet zusammen mit meinen hervorragenden Dienern Mandeville und Southgate nach Glastonbury reisen. Ihr werdet auf Templecombe Unterkunft nehmen. Ihr werdet den Plan dieser Verräter vereiteln und mir, Eurem König, sowohl den Gral als auch das Schwert Excalibur beschaffen. Ist das klar?«

»Euer Gnaden, ich habe noch viele Fragen.«

»Dann stellt sie!«

»Werter Onkel, was bringt Euch zu der Annahme, daß die Templer im Südwesten besonders aktiv sind?« fragte Benjamin.

»Sie sind überall aktiv«, erwiderte Wolsey. »In Madrid, in Rom, in Paris, in London, besonders aber in Südwestengland. Die Erinnerung an alte Zeiten verblaßt nur langsam, und die Templer hatten früher dort ihren größten Grundbesitz. Auch das Gut der Familie Santerre gehörte ihnen.«

Ich schaute zu Sir John und seiner Frau, die beide steif

und starr wie Wachsfiguren auf ihren Plätzen saßen, Rachel wie eine stumme Nonne neben ihnen.

»Dann war Templecombe also eine Hochburg der Templer?« fragte ich und brachte damit die Gedanken meines Meisters zum Ausdruck.

Lady Santerre blickte trübselig zu uns herunter. »Ja, und wir fürchten den Orden genauso wie Seine Gnaden der König. Mein Mädchenname ist Belamonte. Mein Vater war Agent des Königs in Somerset und Devon und verantwortlich für die Verhaftung der Templer und die Beschlagnahmung ihrer Besitztümer.« Dann murmelte sie noch etwas Unverständliches.

»Sprecht lauter, Mylady«, forderte Heinrich sie auf. »Sagt uns, was Ihr wißt!«

»Es heißt«, fuhr Lady Santerre fort, »daß die Belamontes verflucht sind und daß uns Unglück widerfahren werde, weil wir den Templern ihre Herrenhäuser weggenommen haben. Mein erster Ehemann starb bei einem Reitunfall.« Sie griff nach der Hand ihres zweiten Mannes. »Ich habe den Namen Santerre angenommen. Vielleicht läßt sich dadurch der Fluch bannen.«

»Es gibt keinen Fluch, Mylady«, mischte sich Mandeville ein. »Es gibt nichts unter dem Himmel, das man nicht entschlüsseln, dingfest machen und beseitigen könnte. Hier haben wir es mit einem verräterischen Geheimzirkel zu tun.«

Mein Meister wechselte abrupt das Thema. »Ihr habt gesagt, Hopkins sei in London geboren worden?«

»Ja«, antwortete Mandeville.

»Hat er dort irgendwelche Hinterbliebenen?«

»Ja, ja, eine ältere Schwester. Eine Frau von verblichener Schönheit, die in ärmlichen Verhältnissen lebt. Und, Master Daunbey, bevor Ihr weiterfragt, sie wußte nichts von den verräterischen Aktivitäten ihres Bruders.«

Mein Meister verzog das Gesicht.

»Warum fragst du danach?« wollte Wolsey wissen und schob sein Kinn angriffslustig nach vorne.

Benjamin hielt seinem Blick stand, ohne mit den Wimpern zu zucken, während ich diese Männer studierte, deren Herzen erfüllt waren von Hoffart und Stolz: Der König und Wolsey wirkten wie Teufel in Seide, Mandeville und Southgate hatten ihre Münder gehässig verzogen, und die Santerres saßen da wie eine Reihe von Kerzenhaltern.

Worauf wollt Ihr hinaus? fragte ich mich. Weshalb war ich zu diesem Duell im Hof provoziert worden? Und was würde alles auf uns zukommen? Sah unser fetter König uns lediglich als Fraß für die Raben?

»Lieber Neffe, ich habe dir eine Frage gestellt.«

»Ich habe gerade über etwas nachgedacht«, antwortete Benjamin. »Ihr habt gesagt, Buckingham habe Taplow Briefe geschrieben?«

»Ja, das habe ich gesagt.«

»Dann muß Taplow also irgend jemand anderem Botschaften überbracht haben?«

»Wie ich schon sagte, lieber Neffe«, entgegnete Wolsey und zog den silbernen Ärmel seines Gewandes zurück, »es besteht die Möglichkeit, daß Mitglieder der Templer sich hier am Hofe aufhalten.«

»Und für die Morde an Calcraft und Warnham verantwortlich sein könnten?«

»Möglicherweise.«

»Es spricht sehr vieles dafür«, beharrte Benjamin. »Irgend jemand in London hat zwei Eurer Agenten umgebracht, entweder aus Rache oder weil sie sich in etwas eingemischt haben.«

Wolsey lächelte. »Du bist wirklich sehr schnell von Begriff«, murmelte er. »Ja, ja. Warnham und Calcraft waren der Überzeugung, daß sich im Rat Seiner Gnaden ein Templer befindet, aber sie konnten nicht herausfinden, wer es ist. Master Taplow, der einem sehr strengen Verhör unterzogen wurde, konnte uns auch keine Auskunft geben.«

»Weshalb sollen wir denn nach Templecombe reisen?« fragte Benjamin scharf. »Werter Onkel, Ihr habt doch Eure eigenen Agenten.« Er deutete mit dem Kopf auf Mandeville und Southgate. »Und wer garantiert uns, daß wir nicht dasselbe Schicksal erleiden wie Calcraft und Warnham?«

Im Gesicht des Königs zogen sich Gewitterwolken zusammen.

»Weil ich es möchte!« erwiderte Wolsey schnell. »Natürlich werdet ihr dafür eine Gegenleistung erhalten – der Vorwurf des Verrats, der sich aus Master Shallots Duell in der Anwesenheit des Königs ergibt, wird fallengelassen.« Wolsey spreizte seine Finger. »Der Gnadenerweis ist schon abgefaßt.«

Hätte der feiste Bastard nicht zu mir heruntergestarrt, ich wäre in wildes Gelächter ausgebrochen. Benjamin seufzte nur darüber, wie schlau Wolsey es angestellt hatte, uns hereinzulegen.

Er lächelte matt. »In diesem Fall, werter Onkel, sind wir Eure ergebensten Diener.«

Die Atmosphäre im Raum wurde erträglicher. Mandeville, dieser Satansbraten, beugte sich nach vorne.

»Wir sehen uns geehrt durch Eure Begleitung, Master Daunbey. Ihr werdet für uns eine unschätzbare Hilfe sein.«

Wolsey stieß eine mit einer roten Schleife versehene Pergamentrolle über den Tisch zu seinem Neffen. »Hier sind weitere Informationen. Befasse dich damit, sobald du Zeit hast.«

Eine zweite Rolle folgte.

»Und dies, Master Shallot, ist Eure Begnadigung für die Tötung von Robert Brognar.« Wolsey zuckte mit den Schultern. »Er war ein stadtbekannter Raufbold, man wird ihn nicht vermissen.« Er lächelte mich an.

O nein, dachte ich, man wird den armen Brognar nicht vermissen, du elender Leuteschinder: Schon in dem Augenblick, in dem ich mein Schwert gezogen hatte, hatte ich mich des Verrats schuldig gemacht. Es tröstete mich nur wenig, daß der schlaue Wolsey wahrscheinlich in erster Linie darauf aus gewesen war, daß Brognar einen Narren aus mir machen und mich zu diesem Verrat verleiten sollte. Statt dessen aber hatte ich ihn getötet, was mir zwar das Gespött ersparte, mein ›Verbrechen‹ aber nur noch schwerer wiegen ließ.

Wolsey lächelte und klatschte in die Hände. »Wir haben nun alles Wesentliche besprochen, lieber Neffe. Ihr dürft euch zurückziehen.«

Nun, was konnte ich noch sagen? Benjamin und ich trotteten wie gut trainierte Schoßhunde zu unserer Unterkunft im Turm zurück. Ich bin mir sicher, daß Heinrich und Wolsey, nachdem auch die Santerres gegangen waren, sich vor Lachen ausschütteten über uns.

Als wir uns wieder in unserer sicheren Kammer befanden, machte ich meinem Ärger Luft.

»Kennt Euer verdammter Onkel überhaupt keine Rücksichtnahme?« schrie ich. »Sorgt er sich so um seine Verwandten? Natürlich kümmert ihn der alte Shallot einen feuchten Scheißdreck!« fügte ich bitter hinzu. »Ich bin nur ein schielender kleiner Kretin, mit dem man nach Belieben umspringen kann.«

Benjamin lächelte. »Was ich unter vielem anderem an

dir mag, Roger, ist, daß du dich so selten über etwas beschwerst. Wie mein Onkel dich behandelt hat, muß dich verletzt haben. Ich bitte um Verzeihung.«

(Herr, was war er doch für ein Unschuldslamm!)

Ich aber wollte mich nicht so schnell besänftigen lassen.

»Soll ich Euch etwas sagen?« rief ich. »Ich habe einmal mit einem Seemann gesprochen, der bis nach Neufundland gekommen war. Er hat behauptet, es würde dort große Inseln aus Eis geben, die im Meer treiben, aber so groß sie auch seien, unter Wasser würde noch viel mehr Eis liegen als über dem Wasser. Mit Eurem verdammten Onkel ist es ähnlich«, flüsterte ich heiser. »Er ist ein großer, fetter, gefährlicher Felsen!«

»Das ist wohl wahr, Roger, und es paßt auch zu der Geschichte, die er uns heute abend erzählt hat. Oder wie der Vikar über den Busen einer Dame sagte: ›Da steckt mehr dahinter, als das Auge sieht.‹« Benjamin schaute mich an. »Der Mann, der mir dies erzählt hat, hat es als Witz gemeint. Ich habe es nie richtig verstanden.«

»Das macht nichts, Master«, brummelte ich. »Mit Gleichnissen und Metaphern werden wir aus dieser Angelegenheit nicht herauskommen.«

Benjamin löste die roten Schleifen und öffnete die beiden Pergamentrollen. Er las die erste und gab sie mir weiter – mein Gnadenerweis für die Tötung von Brognar. Die zweite Rolle enthielt eine von einem anonymen Schreiber verfaßte Darstellung der alten Legenden, die sich um Glastonbury ranken: Sie beschrieb, wie einige Jahre nach Christi Tod Joseph von Arimatäa und andere Flüchtlinge, die den Christenverfolgungen der Römer entgangen waren, nach England kamen. Joseph ließ sich bei Warey Hill in der Nähe von Glastonbury nieder, wo ein weißer Rosenstrauch blühte, von dem er alljährlich zu Weihnachten einen Zweig dem König schickte.

Benjamin, der neben mir stand, deutete auf das Pergament.

»Das würde unserem edlen König gar nicht gefallen«, meinte er. »Jeder Hinweis auf weiße Rosen, das Emblem des Hauses York, löst bei ihm einen Wutanfall aus.«

»Gut!« sagte ich leise und las weiter.

Die Legenden, so der Schreiber, berichteten auch, daß Joseph den Gral mit sich geführt habe, der beim Letzten Abendmahl noch verwendet worden und heute wahrscheinlich irgendwo in der Abtei von Glastonbury vergraben sei.

Der zweite Teil des Dokuments bestand aus einem Auszug aus der Chronik des Gerald von Wales, die aus dem zwölften Jahrhundert stammte und beschrieb, wie im Jahre 1184 Mönche in einem Eichensarg in der Abtei die Gebeine von Artus und Ginevra entdeckten. Auf einem bleiernen Kreuz, das über den Sarg gelegt war, hatte gestanden: HIER RUHT DER BERÜHMTE KÖNIG ARTUS MIT SEINER GEMAHLIN GINEVRA, BEGRABEN AUF DER INSEL AVALON. Ginevras Schädel hatte noch Spuren von blondem Haar gezeigt, aber als ein Mönch ihn zu berühren versucht hatte, war er zu Staub zerfallen. Der Schreiber fügte noch hinzu, daß die sterblichen Überreste 1278 unter einer Steintafel vor dem Hochaltar der Abtei von Glastonbury wieder beigesetzt worden seien.

»Glaubt Ihr das alles?« fragte ich. »Die Ritter der Tafelrunde, magische Schwerter und mystische Kelche?«

Benjamin legte sich auf sein Bett und wickelte sich in seinen Umhang.

»Es gibt mehr Dinge zwischen Himmel und Erde, Roger, als unsere Schulweisheit sich träumen läßt.«

Ein schöner Satz, nicht wahr? Ich steckte ihn dem alten Shakespeare zu, der ihn in seinem *Hamlet* benutzte.

Kapitel 5

In jener Nacht schliefen wir beide schlecht, zweimal schreckte ich hoch, als Benjamin im Schlaf schrie. Er machte sich über unsere Reise nach Glastonbury genauso viele Sorgen wie ich, und als wir am nächsten Morgen in das Refektorium hinuntergingen, konnten wir kaum die Augen offenhalten, fühlten uns wie gerädert. Ein mürrischer Bediensteter schob uns halb gebackenes Brot und wässeriges Bier zu. So saßen wir da und hingen unseren eigenen Gedanken nach, bis die Türe aufsprang und Mandeville und Southgate hereinspazierten. Sie wirkten so taufrisch wie junge Männer beim ersten Rendezvous. (Ihr dürft dem alten Shallot glauben, die Verruchten leiden selten unter Schlaflosigkeit!) Sie ließen sich auf der Bank uns gegenüber nieder, sprachen darüber, wie kalt es geworden sei, und daß wir uns bald nach Somerset aufmachen sollten.

»Glaubt Ihr denn auch daran?« stellte ich ihnen unvermittelt die gleiche Frage, die ich an Benjamin gerichtet hatte.

»Woran sollen wir glauben?« fragte Southgate ärgerlich.

»An das Schwert von Artus und den Wunderkelch?«

»Wenn der König daran glaubt«, meinte Mandeville, »dann tue ich es auch, Master Shallot. Außerdem glauben wir an die Notwendigkeit straffer Ordnung, starker Herrschaft, an Frieden und halten nichts von sinnlosen, unnützen Aufständen.«

Seine zwei seltsamen Gehilfen betraten lautlos den

Raum und setzten sich, ohne uns eines Blickes zu würdigen, an einen anderen Tisch.

Mandeville nickte ihnen mit vollem Mund zu. »Shallot, findet Ihr uns grausam? Dann denkt an Cosmas und Damien. Oder, noch besser, an ihren älteren Bruder, der versuchte, zu entkommen. Wißt Ihr, was die Türken mit ihm machten? Sie zogen ihn nackt aus, pflockten ihn an den Boden, befestigten ein hohles Rohr an seiner Seite und nahmen eine ausgehungerte Ratte...« Mandeville schlürfte genußvoll an seinem Bier »... nicht eine von diesen Ratten, wie man sie in England kennt, sondern eine asiatische Ratte, die insgesamt zwei Fuß lang ist. Sie drängten also die Ratte in das Rohr, an dessen offenem Ende ein Feuer brannte. Für die Ratte gab es nur einen Weg: sie mußte sich durch das lebende Fleisch des Mannes hindurcharbeiten.«

Ich würgte und betrachtete die glatzköpfigen Zwillinge. Sie erschienen mir jetzt weniger abscheulich, eher bemitleidenswert. Dann verweilte mein Blick auf Mandeville und Southgate. Was auch immer man sagen mochte, sie waren die wirklichen Wahnsinnigen. Ihre Leidenschaft für Recht und Ordnung grenzte schon an Besessenheit, sie waren lebende Beispiele der Figuren aus Machiavellis Werk *Der Fürst*, denn diese Männer waren bereit, alles zu tun, was Heinrich von ihnen verlangte.

»Weshalb müssen wir nach Glastonbury?« platzte ich heraus, bevor mein Meister mich zurückhalten konnte.

Mandeville grinste hämisch, während sich seine starken Zähne in das grobkörnige Roggenbrot gruben.

»Master Shallot, Ihr und Euer Herr habt Euch großen Ruhm erworben wegen Eures schnellen Auges und Eurer Scharfsinnigkeit. Geht Ihr eigentlich zur Jagd?«

»Nicht, wenn ich es vermeiden kann.«

»Ihr solltet aber jagen, Shallot. Vor allem mit Hunden,

denn genau das tun wir in Somerset. Wir jagen Verräter und finden die Leute, die der König haben will. Wir sind die Jäger, und Ihr seid unsere Hunde.«

Ich unterdrückte eine barsche Bemerkung, als mein Meister nach meinem Ärmel griff. Wir zogen uns diskret zurück. Draußen im Flur packte ich ihn am Arm.

»Ich bin nicht der Jagdhund von irgend jemandem, Master!«

Benjamin schüttelte den Kopf. »Roger, vergiß es. Wir haben an Wichtigeres zu denken.«

»Zum Beispiel?«

»An Hopkins' Schwester und an den Schneider Taplow.«

»Master Shallot!«

Wir wirbelten beide herum. Vor uns stand Rachel Santerre, schön wie ein Sommertag, trotz der Blässe ihres Gesichts und der dunklen Ringe unter den Augen.

»Master Daunbey, Master Shallot.« Sie blickte ängstlich über die Schulter.

»Mistress, was ist los?« fragte ich und beobachtete, wie sich ihr Busen vor Aufregung hob und senkte.

»Ich weiß nicht«, stammelte sie. »Aber ich habe Angst. Buckinghams Blut klebt an Sir Johns Händen, und Mandeville und Southgate jagen mir einen Schauder über den Rücken. Sie stecken ihre Nase in Dinge, die sie nichts angehen.«

Wir sahen sie fragend an.

»Ihr versteht nicht«, flüsterte sie unterdrückt. »Ich lebe auf Templecombe. Gott vergebe mir, aber ich fühle mich dort von Geistern umgeben, den Templern.«

»Rachel! Rachel!«

Die junge Frau warf uns einen weiteren verzweifelten Blick zu, schüttelte den Kopf und verschwand dann um die Ecke, um dem Ruf ihrer Mutter zu folgen.

Benjamin versetzte den Binsen einen Tritt. »Roger, fleh zu allen Heiligen«, murmelte er, »daß wir heil und gesund von Templecombe zurückkommen.« (Als ob es dafür einer Aufforderung bedurft hätte!)

Wir kehrten in unsere Schlafkammer zurück, um unsere Umhänge und Geldbörsen zu holen. Benjamin ließ sich Zeit.

»Master, wir sollten uns beeilen.«

»Gleich, Roger, ich warte nur noch auf jemanden.«

Er war wieder in einer seiner ganz besonderen Stimmungen. Also ließ ich ihn gewähren und trat ans Fenster. Unten schleppte ein Milchmädchen Milchkrüge zwischen den Ställen und der Küche hin und her. Endlich klopfte es an die Türe, und ein junger Mann in einem abgenützten Lederwams und abgewetzten Beinkleidern trat ein. Er verneigte seinen schmuddeligen Kopf vor Benjamin, als wolle er einen hochgestellten Herrn begrüßen.

»Habt Ihr die Adresse?« wollte mein Meister wissen.

»Oh, ja, Sir.«

Unter anderen Umständen hätte mich die schnarrende Sprache des jungen Mannes zum Lachen gebracht.

»Und?«

»Hopkins' Schwester ist seit vielen Jahren Witwe«, erwiderte der Bursche. »Sie wohnt in einer kleinen engen Gasse direkt hinter Magpie and Crown, in unmittelbarer Nähe der Watling Street.«

»Danke.« Benjamin warf dem Jungen eine Münze zu und schloß die Türe hinter ihm.

»Mistress Hopkins«, fragte ich, »wohnt in der Nähe der Watling Street? Was hat sie damit zu tun, Master?«

»Vielleicht weiß sie etwas, ein bißchen Klatsch, der uns weiterhelfen kann.«

»Dann machen wir uns also auf zur Watling Street?« Benjamin lächelte. »Und zum Newgate-Gefängnis.«

Natürlich benötigten wir Doktor Agrippas Genehmigung dafür, aber schon nach einer Stunde befanden wir uns auf einem Kahn, der uns flußaufwärts brachte. Es war ein kühler, aber schöner Tag. Die Sonne stand am blauen Himmel, das Wasser war spiegelglatt, und auf beiden Seiten breitete sich vor uns die ganze Pracht Londons aus: die grünen Felder, die Obstgärten, die Stimmen der Bootsleute und Kinder, die mit ihren Reifen am Flußufer spielten. Plötzlich überkam mich Heimweh, noch bevor wir aufgebrochen waren, und innerlich empfand ich tiefen Groll über die teuflischen Pläne des königlichen Schweinehunds.

Wir landeten in East Watergate und begaben uns hinauf zur Knight Rider Street. Unser kurzer Marsch durch London heiterte mich schnell wieder auf, insbesondere die Schänken – das Raven's Watch, das Bible and Swan, das Leg and Seven Stars –, vor denen die Zecher saßen, die Becher gefüllt mit ›Engelstrank‹ oder ›Drachenmilch‹. Die Luft war erfüllt vom verführerischen Duft der köstlichen Safrankuchen mit Rosinen, die in den Backstuben gebacken wurden.

Der Vormittag war schon weit fortgeschritten, und viele der Lehrjungen und Standbesitzer legten eine kurze Pause ein, einige waren auch schon voll wie die Haubitzen. Eine Gruppe von Lehrlingen, die vor dem Death's Head an der Ecke der Old Fish Street stand, war gerade in einen heftigen Rülps-Wettbewerb vertieft. Ich hielt Ausschau nach meinen alten Freunden, vor allem nach unserem Goldschmied Waller, obgleich mein Blick abgelenkt wurde von den Lehrjungen, die ihre Mützen in die Luft warfen bei ihren Versuchen, Käufer anzulocken, von den prächtig gewandeten Stadtbeamten in ihren pelzverbrämten Gewändern und natürlich auch von den Nachtschönheiten, den hochkultivierten Kurtisanen in ihren

Seidengewändern und blumengeschmückten Schleiern. Sie gingen stolz und erhobenen Hauptes die Straße entlang und zogen die gezupften Augenbrauen hoch beim Anblick der jungen Galane und Verehrer, die prächtig anzusehen waren in ihren engen Beinkleidern, dem wattierten Wams und den unglaublich breiten Hosenlätzen.

Wir nahmen die Abkürzung durch einige Gassen. Hier waren die Straßenmädchen weniger vornehm. Eine Hure stand mit geschürztem Rock vor ihrer Wohnung. Sie war über ein offenes Kohlenfeuer gebeugt, über das sie Schwefel und Duftstoffe verstreut hatte, um sich mit Wohlgerüchen zu umgeben. Weiter unten versuchte ein Quacksalber den Kunden solcher Damen ein Mittel gegen die Syphilis zu verkaufen, das aus Eberfett, Schwefel, Rinde und Quecksilber bestand. Diese Mischung wurde mit Sirup verdickt.

Mein Meister schlenderte arglos wie ein Kind dahin, und ich mußte ihn von den Prahlhänsen fernhalten, den ehemaligen Soldaten, die nach leichter Beute Ausschau hielten, den verrückten Abraham-Männern, die nackt herumtanzten und behaupteten, geisteskrank zu sein, den Spitzbuben, die um Geld bettelten und an den ausgestreckten Armen der Leute, die töricht genug waren, ihnen etwas zu geben, Pferdefesseln befestigten. Sie ließen ihre Opfer erst dann wieder gehen, wenn diese bereit waren, ihre gesamte Geldbörse herauszurücken.

Der Lärm schwoll an, als wir in die Trinity Street einbogen, wo eine Bande von Verbrechern in einem Karren durch die Stadt kutschiert wurde. Um den Hals trugen die Kerle ein Schild, auf dem ihre Verbrechen aufgelistet waren. Es handelte sich um Diebe, um jene Gauner, die eine lange Stange mit einem Haken am Ende mit sich führten und diese in Fenster schoben, um alle möglichen Wertsachen aufzuspießen – Decken, Nachthemden oder

Töpfe. (Wegen dieser Männer verbreiteten sich die Märchen, Kobolde und Elfen würden diese Gegenstände stehlen). Jedenfalls war jetzt eine solche Bande geschnappt worden, und die Menge entlud ihren Zorn, indem sie sie mit faulen Eiern bewarf, und von den oberen Stockwerken entleerten die Hauseigentümer ihre Nachttöpfe über sie. Ein junger Mann war an die Rückseite des Karrens gekettet; er hatte sich als Priester ausgegeben. Sein Rücken war mit blutigen Striemen übersät, und die Spitzen seiner Ohren waren blutig an der Stelle, wo man sie ihm abgeschnitten hatte. Er trug eine Narrenkappe, auf der seine Lügen und Betrügereien aufgelistet waren.

Schließlich erreichten wir die Gasse hinter Magpie and Crown. Ein Bettler zeigte uns das Haus, in dem Mistress Hopkins wohnte. Es war ein schiefes, hohes Gebäude mit drei oder vier Stockwerken. Die Fenster waren alle mit Läden versehen, und überall blätterte Farbe ab. Die Türe hing schief in den Angeln, aber zu unserem Erstaunen war sie nur angelehnt. Ich klopfte mehrmals und rief laut nach Mistress Hopkins. In diesem Augenblick spürte ich die Gefahr, die Bedrohung. Es waren immer dieselben Anzeichen beim alten Shallot: ein Prickeln im Nacken, ein Rumoren in den Eingeweiden, leichte Schweißperlen auf der Stirn und dieser unwiderstehliche Drang, wegzurennen.

»Mistress Hopkins!« brüllte ich. »Mistress Hopkins!«

Die kleine Gasse lag im Schatten, war von üblem Gestank erfüllt, und meine Worte widerhallten dumpf. »Mistress Hopkins!« wiederholte ich.

Über uns knarrte und ächzte das alte Haus. Benjamin bugsierte mich hinein und ließ die Türe ins Schloß fallen. Wir tappten im Dunkeln umher, fanden eine dicke Talgkerze und zündeten sie mit einem Zunder an. Am ganzen Körper zitternd, drang ich weiter ins Haus vor, Benjamin im Schlepptau. Wir durchquerten eine kleine, schlecht aufgeräumte Kammer, stiegen staubige, morsche Treppen empor und gelangten schließlich in eine Küche. Hier sah es ein wenig reinlicher aus.

Auf dem Tisch stand ein zerbeulter Zinnkrug. Am anderen Ende saß vor einem mit Asche gefüllten Feuerrost eine Dame, den Kopf vornübergeneigt, die Schultern eingefallen, den Schleier übers Gesicht gezogen. Leichengeruch hing in der Luft.

Ich ging auf sie zu, hob ihren Kopf und unterdrückte einen Aufschrei. Mistress Hopkins, mit ihrem ausgemergelten Gesicht und ihren dünnen Haarsträhnen, war noch nie eine Schönheit gewesen, geschweige denn jetzt, da man sie brutal ermordet hatte. Ihre Augen quollen aus den Höhlen, ihre geschwollene Zunge klebte zwischen ihren lückenhaften gelben Zahnstummeln, und ihre Haut war violett verfärbt. Sie war mit einem scharlachroten Strick erdrosselt worden, der noch um ihren Hals baumelte. Benjamin hob die Hand der alten Frau an.

»Ist noch nicht erkaltet«, murmelte er. »Vermutlich ist der Tod erst vor knapp einer Stunde eingetreten.«

»Warum?« fragte ich. »Weshalb eine alte Frau?«

Benjamin breitete ein Tuch über das Gesicht der Frau und nahm am Tisch Platz. »Irgend jemand«, sagte er, »wußte, daß wir kommen würden. Aber wir hatten ja eigentlich auch kein Geheimnis daraus gemacht. Schließlich hatte ich in Richmond einen Bediensteten damit beauftragt, Mistress Hopkins' Wohnung ausfindig zu machen.« Er rieb sich das Kinn. »Ich vermute, es hat keinen Sinn, ihn zu fragen. Vielleicht hat er ganz unabsichtlich jemandem mitgeteilt, wohin wir uns begeben wollten. Nein«, seufzte er, »jemand wußte von unserem Kommen. Jemand, der über die Mentalität von Priestern Bescheid weiß. Ein Mönch, insbesondere ein Einsiedler wie Hopkins, besaß wohl nur wenige Freunde und hätte sich wohl kaum seinen Brüdern in Glastonbury anvertraut. Vielleicht hat er mit seiner Schwester darüber gesprochen?«

Benjamin trommelte mit den Fingern auf den Tisch.

»Der naheliegende Schluß ist, daß unser geheimnisvoller Mörder sich entschieden hat, die Gefahr auf alle Fälle zu beseitigen.« Er gestikulierte in dem totenstillen, von Leichengestank verpesteten Raum. »Und ich vermute, es war eine hochgestellte Persönlichkeit, vielleicht der geheimnisvolle Templer, hinter dem mein Onkel her ist. Schließlich wird Mistress Hopkins kaum jedermann die Türe geöffnet haben. Es sieht nicht nach einem Kampf aus, also war unser Mörder wohl ein willkommener Gast.« Benjamin deutete auf den Zinnkrug. »Vermutlich hat ihm Mistress Hopkins Wein angeboten.« Er bückte sich und holte unter dem Tisch einen zweiten Krug hervor. »Sie hat sich sogar selber einen Wein eingeschenkt. Der Mörder wiegte sie wohl in Sicherheit, schlich sich dann von hinten an sie heran und schlang ihr den Strick um den Hals.«

»Vielleicht hat er auch in ihren Papieren gewühlt«, fügte ich hinzu. »Vielleicht suchte er etwas, was der verrückte Mönch seiner Schwester anvertraut hatte?«

Wir untersuchten die Kammern im Untergeschoß. Sie waren auf den Kopf gestellt worden, wobei der Mörder durchaus Spuren hinterlassen hatte: Zwei zerbeulte Koffer waren aufgebrochen, wertloser Schmuck, Fetzen von Pergamentpapier und ein Stundenbuch mit Daumenabdrücken zur Seite gelegt worden. Aber das brachte uns nicht weiter. Wir stiegen die Treppe empor und wühlten in den staubigen düsteren Kammern in den ärmlichen Habseligkeiten der Ermordeten.

»Nichts«, brummelte Benjamin.

»Vielleicht ist hier überhaupt nichts zu finden«, erwiderte ich. »Vielleicht wurde Mistress Hopkins nur deshalb ermordet, weil sie etwas wußte.«

Wir verließen das Haus und gingen die Budge Row nach Cheapside hinauf, schlängelten uns durch das Marktgewühl. Von einem Ende bis zum anderen wimmelte es nur so von Ständen, Karren, Pferden und Menschen aller Schichten: Arme in ihren Lumpen, Reiche in ihren Seidengewändern.

Eine Gruppe hochgestellter Adeliger bahnte sich mit Hilfe von drei vorausgehenden bewaffneten Männern einen Weg durch die Menge. Die Männer saßen auf kraftstrotzenden Streitrossen und trugen hellrot-gelbe Banner mit eigentümlichen Mustern: mit schwarzen Geiern, scharlachroten Drachen und silbernen Hirschen.

Wir gingen weiter, vorbei am Gestank der Shambles, wo das markerschütternde Gebrüll des Viehs, das zur Schlachtbank geführt werden sollte, unsere Nerven strapazierte und unsere Ohren quälte. Schließlich kamen wir nach Newgate, dem Stadtgefängnis, einem Vorhof der Hölle, der um das Pförtnerhaus der alten Stadtmauer herum errichtet worden war. Wir durchschritten Dick Whittingtons Torbogen und begehrten vor der eisenbeschlagenen Türe Einlaß.

Ein schmieriger Dickwanst mit schütterem Haar und einem feisten roten Gesicht, das dringend der Rasur bedurft hätte, stellte sich als Wärter vor. Er wurde katzenfreundlich, als Benjamin ihm verriet, wer er war. Der Wärter wischte sich die schmutzigen Finger an seinem fleckigen Lederwams ab und klirrte mit dem Schlüsselbund.

»Nur herein, meine Herren«, forderte er uns auf, verneigte sich kriecherisch vor uns und rang sich ein Lächeln ab, das gewinnend hätte wirken sollen. »Master Taplow bleibt nicht mehr viel Zeit, er stirbt heute nachmittag um zwei Uhr.«

Er führte uns durch die vordere Kammer, zeigte uns ein teerverschmiertes, mit Schwefel eingestäubtes Wams, das an einem Haken an der Wand hing. Er blieb stehen und musterte es anerkennend.

»Master Taplows Leichentuch«, knurrte der Mistkerl, als betrachte er ein Gemälde von da Vinci oder Raffael.

»Das wird er tragen?« rief ich aus.

»Ja, natürlich«, konterte der Wächter. »Er wird hineingezwängt, damit er um so schneller im Höllenfeuer verbrennen kann.«

»Weshalb wird der arme Teufel nicht einfach gehängt?« knurrte ich.

»Oh, nein.« Der Wärter trat einen Schritt zurück und riß die Augen auf. »Oh, nein, das ist nicht möglich. Gesetz ist Gesetz. Taplow ist ein gewöhnlicher Verräter, und das Gesetz schreibt vor, daß ein solcher durch das Feuer sterben muß.«

(Wie Ihr wißt, bin ich ein verkommener alter Mann, der weiche Titten und einen guten Becher Rotwein liebt. Inzwischen bin ich wohl über fünfundneunzig Jahre alt, aber wenn ich eines Tages vor Gott stehe, möchte ich ihm eine Frage stellen, die mich mein Leben lang beschäftigt hat. Weshalb gefällt es uns Menschen, einander zu töten? Und weshalb tun wir es auf die grausamste Art und Weise? Verzeiht, ich muß meinen Stock nehmen und meinem Kaplan tüchtig eins auf die Finger geben. »Ihr werdet niemals in den Himmel kommen und vor Gott stehen«, brummelt der stinkende kleine Heuchler. »Das werde ich wohl«, entgegne ich. »Ich erzähle dem Petrus einen Witz, und wenn er sich den Bauch hält vor Lachen, schnappe ich mir seine Schlüssel.« Aber ich schweife schon wieder ab!)

Der kleine Schleimer von Wärter watschelte vor uns her, führte uns durch Gänge, die so schwarz wie die Nacht waren, über Treppen, die mit Schleim und Fäkalien beschmutzt waren, und wo es von Ratten nur so wimmelte. Der Geruch war zum Speien, der vielfach ausgebesserte Boden war mit zahlreichen Pfützen bedeckt. Schließlich erreichten wir den Block der Verdammten, also die Zellen, in denen die Todeskandidaten untergebracht waren.

»Hallo, Ihr Süßen«. Ein dümmlich feixendes Gesicht preßte sich an die Gitter. »Habt kein Mitleid mit mir«, schrie der Schwachkopf. »Ganz Tyburn ist ein schiefer Hals mit nassen Beinkleidern.«

Der Wärter bespuckte ihn mit gelbem Schleim, und das greinende Gesicht verschwand. Schließlich blieben wir vor einer Türe stehen. Der Wärter öffnete sie, nahm auf dem Gang eine Fackel von der Wand und steckte sie in der Zelle in die dafür vorgesehene Halterung. Die Zelle war jetzt schwach beleuchtet, als die Türe hinter uns ins Schloß fiel. Es stank fürchterlich, und das Stroh unter unseren Füßen war so lange nicht mehr erneuert worden, daß es sich mittlerweile in einen dunklen, feuchten Brei verwandelt hatte. In der Ecke bewegte sich plötzlich ein Haufen Lumpen, erwachte zum Leben – unter Ächzen erhob sich Taplow, behindert durch seine Ketten. Er hatte dunkles Haar, und sein gedrungener Körper starrte vor Schmutz. Durch die fahle Beleuchtung grinste er uns an.

»Willkommen in meinem Palast, die Herren. Wer seid Ihr? Gehört Ihr zu denen, die begierig sind, einen Mann an der Schwelle des Todes zu beobachten? Wollt Ihr von mir wissen, wie ich mich fühle, was ich denke?« Er betrachtete uns eingehender. »Nein, zu denen gehört Ihr nicht.«

»Wir kommen vom Kardinal«, stellte sich Benjamin

vor. »Nein, nein«, fügte er schnell hinzu. »Wir bringen leider keine Begnadigung, aber wer weiß«, fuhr er fort, »vielleicht ist es eine Gnade, eine Tüte Schießpulver um den Hals gebunden zu bekommen, Master Taplow«, redete er weiter. »Noch heute werdet Ihr in Smithfield wegen Verrats den Feuertod sterben.«

Taplow nahm im Schneidersitz auf dem Boden Platz. »Nun«, sagte er leise, »ein klägliches Ende für einen guten Schneider.«

Benjamin kauerte sich neben ihn. Ich hatte mich an die Wand gelehnt und versuchte, meine Panik zu unterdrücken, denn ich hasse Gefängnisse, vor allem Newgate. (Ja, und bevor Ihr mich fragt, ich bin schon viele Male dort gewesen. Wenn Ihr die Hölle auf Erden erleben wollt, geht in den Block der Todeskandidaten, am Abend vor der Hinrichtung. Das Singen, Kreischen und Brüllen dort – ich meinte, ich sei bereits tot und befände mich schon in der Hölle. Ah, welch eine unerbittliche Grausamkeit herrscht in dieser Welt!)

»Master Taplow«, redete Benjamin weiter, »hattet Ihr Verbindung zu dem Mönch Hopkins, habt Ihr als sein Bote fungiert?«

Der Schneider fuhr sich mit der Zunge über die Lippen. »Ja, das stimmt. Wollt Ihr bitte veranlassen, daß mir der Wärter ein wenig Wein bringt?«

»Natürlich.«

»Ah, gut.« Taplow kratzte sich am Kopf. »Ja, ich war Hopkins' Bote, habe Botschaften an Lord Buckingham überbracht und dabei vorgegeben, Gewänder zu liefern oder mich um sein Haus in London zu kümmern.«

»Hat Buckingham je darauf reagiert?«

»Nein.«

»Was habt Ihr sonst noch getan?«

Taplow rückte näher. Der Herr vergebe mir, aber er sah

aus wie ein schlammfarbener Frosch, wie er so im Dämmerlicht vor uns kauerte. Ich mußte mir die Nase zuhalten, so unerträglich war der Gestank, und ich wünschte mir, mein Meister würde bald zum Ende kommen.

»Was habt Ihr sonst noch getan?« erkundigte sich Benjamin noch einmal nachdrücklich.

»Ich habe verschiedene Botengänge für Hopkins erledigt. Hie und da eine Botschaft, aber nichts Spezielles.«

»Weshalb habt Ihr das getan?« wollte Benjamin wissen. Dabei ließ er den Mann nicht aus den Augen. »Weshalb läßt sich ein Schneider mit einem verrückten, verräterischen Mönch ein? Insbesondere ein Mann wie Ihr, Taplow, der Luthers Lehren anhängt?«

Taplow senkte den Blick.

»Ich war früher Katholik«, stotterte er, »bis meine Frau starb. Hopkins war der einzige Priester, der sich darum kümmerte.«

Ich geriet in Wallung, vergaß die Unbill der Zelle, als mir klar wurde, welchen Argwohn mein Meister hegte. Hier stimmte etwas nicht. Taplow starrte wohl vor Schmutz, sah aber wohlgenährt aus und war für einen Todeskandidaten erstaunlich ruhig und gelassen.

»Habt Ihr sonst noch jemandem Botschaften übermittelt?«

Er schüttelte den Kopf. Benjamin griff nach der Hand des Mannes.

»Master Taplow«, flüsterte er, »leider kann ich nur sehr wenig für Euch tun, außer dafür zu sorgen, daß Ihr Euren Wein bekommt. Betet um einen raschen Tod, und daß Christus im Fegefeuer Erbarmen mit Eurer Seele haben möge.«

»Ja«, sagte Taplow leise, »mein Fegefeuer möge kurz sein.« Dann kauerte er sich wieder in die Ecke der Zelle.

Wir hämmerten an die Türe, damit der Wärter uns herauslasse, und kehrten dann zum Haupttor des Gefängnisses zurück. Benjamin gab dem sadistischen Bastard eine Münze und bat ihn, für den armen Taplow alles Menschenmögliche zu tun. Dann kehrten wir dem Gefängnis den Rücken, gingen durch die Tore der Altstadt, die Mauer entlang, durch Gassen, vorbei an Kanälen, hinunter zum Kai am East Watergate. Benjamin war schweigsam und in Gedanken versunken. Erst als ich dem Bootsmann befahl, uns nach Syon zu bringen, kehrte mein Meister in die Wirklichkeit zurück.

»Eigenartig, Roger«, bemerkte er. »Wir haben gerade eine alte Dame gesehen, die erdrosselt wurde, und einen verrückten Schneider im Kerker, der in ein paar Stunden einen grauenhaften Tod durch Verbrennen erleiden wird. Überall sind wir vom Tod umgeben«, fuhr er fort, »und Mord ist ein ständiger Gast bei uns.«

Ich nahm Platz und überließ ihn seinen Gedanken. Ja, wenn ich so zurückblicke, muß ich zugeben, daß ich mich wundere – nicht darüber, daß die Menschen sich gegenseitig umbringen, sondern daß sie es aufgrund unserer angeborenen Lust am Blutvergießen nicht öfter tun. Ich stieß mit dem Stiefel gegen den Bootsgrund und beobachtete, wie auf dem Fluß riesige Kähne Berge von Müll mitten im Fluß ausleerten. Benjamin war immer noch in Gedanken versunken, aber ich spürte, wie unbehaglich er sich fühlte. Der alte Wolsey liebte es, die Menschen an der Nase herumzuführen, vor allem seinen Neffen und mich, und fand Gefallen daran, uns unbewaffnet in abgedunkelte Kammern voller Mörder zu schicken. (Wartet, bis ich diese Geschichte zu Ende geführt habe, und Ihr werdet begreifen, was ich meine!)

Endlich gelangten wir zum großen Kloster von Syon, dessen glänzend weiße Steinzinnen hoch über den grünen Baumwipfeln aufragten. Wir stiegen aus dem Boot und gingen einen Schotterweg hinauf, durch das Pförtnerhaus in die Gästekammer. Die Nonnen in ihrer weißen Tracht flatterten aufgeregt um uns herum, freuten sich, Besucher in ihrem berühmten Haus willkommen zu heißen. Syon ist ein hübscher Ort mit seinen angenehmen kühlen Fluren und Gängen, seinen Kammern mit den hohen Decken und reizenden Gärten. Im übrigen handelte es sich hier nicht um ein gewöhnliches Kloster. Die Nonnen galten als die besten Ärztinnen Europas und hatten schon so manches Menschenleben vor dem Tode bewahrt, aber der alte Heinrich machte all dem ein Ende, indem er das Kloster dem Erdboden gleichmachen ließ und seine Schätze plünderte – dieser gottverdammte Bastard!

Syon war ein lieblicher Ort, dessen Bewohnerinnen die Kranken pflegten und gar manches Heilmittel erfanden. Wie Ihr Euch erinnern werdet, konnten sie aber leider nichts für Johanna tun, die Benjamin einmal sehr viel bedeutet hatte. Ich habe sie schon in den früheren Journalen erwähnt. Sie war die Tochter eines einflußreichen Kaufmannes, wurde von einem bekannten Adeligen verführt und sitzengelassen. Später tötete ihn Benjamin im Duell. Aber Johannas Verstand hatte sich verwirrt. Ihr schönes prachtvolles Haar umrahmte ihr bleiches Gesicht, aber ihr Blick war leer.

Immer wenn Benjamin in London weilte, stattete er ihr einen Besuch ab. Er wiegte sie wie ein Kind in seinen Armen. Sie plapperte unsinniges Zeug, streute Salz in seine Wunden, weil sie glaubte, er sei der Adelige, der zurückgekommen sei, um seine Rechte bei ihr geltend zu machen. Die Begegnungen waren immer herzzerreißend. Ich konnte es nicht mitansehen und trollte mich, um mit den jungen Novizinnen zu flirten.

Endlich riß sich Benjamin dann von ihr los, und Johanna, die ihrer verlorenen Liebe nachtrauerte, wurde von den liebenswürdigen Schwestern wieder behutsam in ihre Zelle geleitet. Auch dieses Mal war es so, und mein Meister verließ Syon unter Tränen. Wie üblich griff er nach meiner Hand.

»Roger«, sagte er mit Nachdruck, »wenn mir etwas zustoßen sollte, mußt du dich unbedingt um Johanna kümmern.«

Und wie üblich schwor ich es. Keine Angst, ich habe meinen Schwur gehalten. Jahre später, als der Große Mörder die Klöster niederreißen ließ und die Klosterfrauen vertrieb, nahm ich Johanna in mein Haus auf. Ich habe sie sogar unsterblich gemacht: Mein alter Freund Will Shakespeare schrieb ein Stück über einen dänischen Prinzen namens Hamlet, der über die Bühne stolpert und überlegt, ob er seine mörderische Mutter töten soll oder nicht. Ich mag es nicht besonders, und ich empfahl Will, er solle es auf einen Akt kürzen, und Hamlet solle die blöde Hexe auf der Stelle ins Jenseits befördern. Aber Ihr kennt ja den alten Will Shakespeare. Er bedeckte schamvoll das Gesicht und lachte.

Aber ich half ihm bei einer Szene, in welcher der dänische Prinz seine Verlobte Ophelia in den Wahnsinn treibt (ich muß sagen, nachdem ich das Stück gesehen habe, wundert mich das nicht mehr). Die arme Ophelia wird zu einer tragischen Figur, die sich im Fluß ertränkt, mit Blumen in der Hand, die Haare wie einen Schleier um sich gebreitet. Nun, Ophelia war eigentlich Johanna und der Fluß die Themse. Ich finde, das stellt eine hübsche Verbindung dar.

Wir kehrten zum Kai zurück, und Benjamin war immer noch untröstlich.

»Läßt sich denn gar nichts unternehmen?« fragte ich. Ich versuchte verzweifelt, ihm wenigstens ein bißchen Trost zu spenden. »Master«, fügte ich schnell hinzu,

»einige Menschen erleben ihr Fegefeuer nach dem Tode, aber Menschen wie Taplow oder die arme Johanna durchlaufen es bereits hier auf Erden.«

(So war ich stets: Jederzeit bereit, ein taktvolles Wort des Trostes zu sagen.) Benjamin umfaßte mein Handgelenk und nickte, aber als wir gerade im Begriff waren, in das Boot zu klettern, klatschte er in die Hände.

»Das Fegefeuer«, rief er.

»Ja, Master?«

Er warf mir einen seltsamen Blick zu. »Wann soll Taplow sterben?«

Ich blickte zur Sonne hoch. »Zwei Stunden nach Mittag. Weshalb?«

Benjamin zog mich ins Boot. »Dann nichts wie los, schnell. Wir müssen zu ihm, müssen zusehen, wie er hingerichtet wird.«

Wir kamen fast zu spät. Der Marktplatz von Smithfield war bereits geräumt. Der Pferdemarkt war wie ausgestorben, die Stände waren abgebaut, die Geschäfte verwaist. Ganz London war hinaus zu dem offenen Gelände geeilt, alle Augen waren auf den Pfahl gerichtet, der am Rande eines kleinen Hügels neben einem dreiarmigen Galgen stand. Die Menge stand so dicht gedrängt, daß wir uns keinen Weg hindurch bahnen konnten. Wie gesagt, ganz London war hier versammelt, unter Lumpen, Serge und Seide entfaltete sich der Schweiß. Alle wollten unbedingt dabei sein, wenn ein Mann bei lebendigem Leibe verbrannt wurde. Über die Köpfe der Menge hinweg erhaschten wir einen Blick auf ihn.

Taplow, der auf einem hohen Hocker stand, war bereits an den Pfahl gefesselt, Arme und Beine fest aneinandergebunden, Kopf und Gesicht zum Teil durch eine weiße Narrenkappe verdeckt. Um den Hocker herum waren kleine Reisigbündel aufgeschichtet, mit getrocknetem Gras obenauf, das bis zu den Lenden des Opfers reichte. Die maskierten Henkersknechte spazierten umher, als müßten sie eine künstlerische Darbietung inszenieren und arrangierten die Reisigbündel so, daß sie noch besser zur Wirkung kamen. Die Menge, die von dicht geschlossenen Reihen von Soldaten zurückgedrängt wurde, begann bereits unruhig zu werden, und es wurden Rufe laut wie: »Fangt endlich an«, »Laßt den armen Teufel endlich sterben«.

»Wir müssen näher heran«, murmelte Benjamin.

»Weshalb, Master?« wollte ich wissen.

»Ein Mann wird sterben.«

Ich stellte mich auf Zehenspitzen. »Es ist zu spät. Der Haufen ist schon angezündet worden.«

Ich beobachtete, wie der Henker die Reisigbündel in Brand setzte, aber anscheinend war das Reisig zu frisch, denn das Feuer wollte sich nicht entwickeln. Benjamin blickte in Verzweiflung zum Pförtnerhaus der Abtei von St. Bartholomew: Auf dem Balkon standen hochgestellte gutgekleidete Persönlichkeiten, die ihre Kinder mitgebracht hatten. Außerdem hatten sie kandierte Äpfel dabei, Eintöpfe und Weinkrüge, um sich fürstlich zu amüsieren.

Benjamin zog eine von Wolseys Vollmachten aus dem Beutel, einen der alten Briefe des Kardinals, mit dem er sich überall Zugang verschaffen konnte. Mein Meister nahm mich am Arm und zog mich mit sich. Der Hauptmann der Wache vor St. Bartholomew ließ uns durch, wir schritten durch den verdunkelten Bogengang und stiegen die Treppe zur Kammer empor, die zum Balkon führte.

Benjamin zückte erneut seine Vollmacht, schob sich rücksichtslos an den murrenden Zuschauern vorbei, bis wir einen Platz gefunden hatten, von dem aus wir einen guten Blick auf die Hinrichtungsszene hatten. Die Buhrufe aus der Menge hatten sich jetzt verstärkt, man beanstandete die Stümperarbeit der Henker.

(Ihr dürft mir glauben, diese Art zu sterben ist wahrlich grauenhaft! Einmal, als ich mich gerade in Venedig aufhielt, schnappte mich die Inquisition und verurteilte mich dazu, auf dem großen Platz vor der Markuskirche öffentliche verbrannt zu werden. Ich war bereits am Pfahl festgebunden, und das Reisig loderte auf, aber wieder einmal griff das Schicksal ein. Doch auch diese Geschichte gehört nicht hierher.)

Aber wenn ich zurückdenke, kann ich nachempfinden, wie dem armen Teufel in Smithfield zumute gewesen sein muß. Die Inquisition verstand ihr Handwerk, hier aber waren Pfuscher am Werk. Erneut wurde das Reisig mit den Fackeln in Brand gesetzt, aber das Feuer umspielte lediglich die Füße und Knöchel des Opfers. Der arme Kerl schrie gottserbärmlich.

»Oh, mein Gott, Sohn Davids!«

Als er zu schreien anfing, verstummte die Menge. Benjamin stand völlig gebannt da, und ich konzentrierte mich mehr auf ihn als auf den Verurteilten. Wie ich bereits bei anderer Gelegenheit bemerkt habe, waren öffentlich Hinrichtungen für Benjamin ein Graus.

»Weshalb sind wir hier, Master?« flüsterte ich.

»Halt den Mund, Roger«, knurrte er.

Die Flammen schlugen jetzt schon so hoch auf, daß sie die beiden Beutel mit Schießpulver umzüngelten, die dem Manne um den Hals gebunden waren. Es ertönte eine laute Explosion, und die Flammen loderten noch stärker auf. Der Kopf des Opfers sackte nach hinten, und die Narrenkappe fiel herunter. Der Verurteilte stand jetzt inmitten eines brodelnden Flammenmeeres. Taplows Lippen bewegten sich, aber seine Kehle war wie zugeschnürt, so daß er keinen Laut hervorbrachte. Das Feuer hatte jetzt sein Gesicht erreicht, färbte seinen Mund schwarz, ließ seine Zunge anschwellen, die Lippen schrumpfen, so daß das Zahnfleisch sichtbar wurde. Seine Glieder lösten sich in einer schwammigen Masse aus Fett, Wasser und Blut auf.

»Christus, hab doch Erbarmen mit ihm!« flüsterte Benjamin. »Ich hätte gerne sein Gesicht noch ein letztes Mal genau betrachtet.«

Der Hinrichtungspfahl war jetzt hinter einem Feuerwall verborgen. Ich beobachtete die Menge. Sie wirkte wie ein riesiges Ungeheuer mit aufklaffendem Maul und gierigen, blutunterlaufenen Augen. Dann bemerkte ich eine Bewegung in der Nähe der großen Ulmen am anderen Ende des Platzes. (Die Zweige dieser Bäume wurden häufig als behelfsmäßige Galgen benutzt.) Ich sah, wie ein rothaariger Mann von einem Zweig sprang, als ob er ebenfalls genug von dem Schauspiel habe und sich schnellstens aus dem Staub machen wolle. Ich bemerkte die schwarze Kleidung und fragte mich, weshalb Southgate wohl solch großes Interesse an einer solchen schauerlichen Hinrichtung haben mochte. Das gleiche galt für Benjamin, mit dem ich dann durch das Hintertor von St. Bartholomew wieder zurück zum Fluß wanderte, aber mein Meister hörte mir nur mit halbem Ohr zu.

»Ich kann es dir auch nicht erklären«, brummelte er. »Noch nicht, Roger. Nicht solange wir noch in diesem Lügengewebe gefangen sind.«

Kapitel 6

Wir nahmen einen Kahn, der uns nach Richmond zurückbrachte. Der ganze Palast war in Aufruhr. Der König und der Kardinal und ihr Gefolge waren im Begriff abzureisen, und in den Höfen wimmelte es von Packpferden, Beamten und Kammerherren. Gepäckträger drängten sich auf den Treppen und eilten über die Korridore, schleppten Gepäckstücke und Säcke. Vor den Hauptportalen standen riesige vierrädrige Wagen, denen jeweils sechs Pferde vorgespannt waren. Sie beförderten den Feisten Heinrich mit Sack und Pack zu seinen anderen Palästen, damit er dort neuen Freuden frönen konnte. Die königliche Standarte flatterte nicht mehr im Wind, ein Zeichen dafür, daß Heinrich und Wolsey bereits mit einer kleinen Vorhut den Palast verlassen hatten. Zurückgeblieben war Doktor Agrippa, der in unserer Kammer auf uns wartete.

»Ich hoffe, Ihr hattet einen angenehmen Aufenthalt in der Stadt?«

»Es war sehr interessant«, erwiderte mein Meister kurz angebunden.

Agrippa, der in seiner schwarzen Kluft wie eine kleine Spinne aussah, trat auf Benjamin zu und überreichte ihm ein kleines Bündel mit Dokumenten und zwei prall gefüllten Geldbörsen.

»Euer Onkel wünscht Euch eine gute Reise. Diese Silbermünzen mögen Euch die Reise erleichtern, und hier sind auch die nötigen Beglaubigungsschreiben.«

Ich nahm unsere Satteltaschen vom Haken an der Wand und warf sie aufs Bett.

»Und Ihr, verehrter Doktor?« fragte ich, »Ihr zieht es vor, wohlbehalten in London zu bleiben?«

Agrippa trat geräuschlos an mich heran und faßte mich scharf ins Auge. Ich atmete seinen eigenartigen Geruch ein, starrte in seine hellen, glasklaren Augen.

»Ich wünschte mir, ich könnte auch gehen, Roger«, murmelte er. »Ich wünschte mir, ich könnte sterben, aber meine Zeit ist noch nicht gekommen.«

Benjamin beobachtete uns befremdet.

»Was soll denn das?« wollte ich wissen, denn ich hatte keine Lust, mich einschüchtern zu lassen. »Weshalb redet Ihr vom Tod? Agrippa, empfindet Ihr keinen Funken Freundschaft für uns? Was glaubt der Kardinal, wird wohl auf Templecombe geschehen? Und was heckt das kranke Gehirn unseres königlichen Schwachkopfes in Wirklichkeit aus?«

Agrippas Gesichtszüge entspannten sich. Er blinzelte, und als ich ihm in die Augen schaute, waren sie hellblau und blickten so unschuldig wie die eines Kindes.

»Roger, Roger«, flüsterte er, »ich bin in Krieg und Frieden dem Kardinal ergeben, zumindest für die nächsten zehn Jahre. Aber wenn die Prophezeiung erfüllt ist und die Kuh den Stier besteigt und der Schädel des Priesters zerschmettert wird, dann werde ich frei sein.«

(Zu diesem Zeitpunkt hatte ich keine Ahnung, wovon er sprach, aber im nachhinein weiß ich natürlich, daß er damit auf Anne Boleyns Einfluß auf den Feisten Heinrich anspielte und auf Wolsey, der eines Tages wie ein Stern vom Himmel der königlichen Gunst fallen sollte.)

»Bevor Ihr abreist«, fuhr Agrippa fort, »gebe ich Euch aus Freundschaft diesen Rat: *Age circumspecte*. Handelt umsichtig!« Dann machte er auf dem Absatz kehrt und verließ die Kammer.

In den darauffolgenden Tagen vergaßen wir leider

Agrippas merkwürdigen Rat. Benjamin verharrte in der trübsinnigen Stimmung, in der er sich schon seit der Hinrichtung Buckinghams befand. Wann immer möglich, griff er nach Pergamentpapier, bekritzelte es, hielt Selbstgespräche und kratzte sich dabei am Kopf.

Ich konnte meinen eigenen Plänen nachgehen, kehrte in die Stadt zurück und erwog, meine alten Lieblingsplätze aufzusuchen, aber in der Nähe von Whitefriars erkannte mich ein Falschspieler. Statt der üblichen freundlichen Begrüßung verschwand er schleunigst in einer Gasse, um seine Information an Männer wie Waller und andere zu verkaufen, bei denen ich Schulden hatte. Eine kleine Dirne mit einem niedlichen Gesicht erregte meine Aufmerksamkeit, und für ein paar Stunden war ich wieder der alte Shallot, vertrieb mir die Zeit, indem ich die haarsträubendsten Geschichten von mir gab und sie sowohl in der Schankstube als auch auf ihrer mit Federn gefüllten Matratze in ihrer Kammer oben zum Lachen brachte.

Ein bezauberndes kleines Ding! Ihre Augen glänzten wie Murmeln, sie besaß einen klugen Kopf und die herrlichsten Schultern, die ich bis dahin erblickt hatte. Ah, nun, auch sie ist dahingeschieden, denn auch die prächtigsten Mädchen und Knaben verwandeln sich irgendwann in Staub. Ein netter kleiner Satz, ich habe ihn geprägt, aber mein guter Freund Will Shakespeare hat ihn für sich verwendet. So verhält es sich nun einmal mit den Schreiberlingen. Immer benutzen sie die Zitate anderer.

Gestärkt und wieder etwas gefaßter nach meinem Liebesabenteuer, kehrte ich nach Richmond zurück, wo Benjamin mich bat, Southgate zu begleiten, um Vorräte aus dem Tower zu holen. Ich erklärte mich nur widerwillig dazu bereit, und wir gingen schweigend an der nebelverhangenen Themse entlang zu der berüchtigten Festung.

Wir mußten eine Weile warten; eine Gruppe von Soldaten absolvierte gerade ihren Drill, um irgendwann zu irgendeiner gottverlassenen Stadt in den Niederlanden verschifft zu werden, wo sie für den Feisten Heinrich einen sinnlosen Krieg führen sollten.

Nun werden Euch die alten Schwachköpfe gerne weismachen wollen, wie ihr Herz entflammt war und das Blut in ihren Adern pochte bei der Aussicht darauf, in den Krieg zu ziehen: wenn die Fahnen ungestüm im Winde flatterten; wenn Kriegspferde, die für den Kampf geschmückt waren, unruhig auf dem Boden scharrten; wenn tapfere junge Männer in glänzender Rüstung, mit scharfen Schwertern und federngeschmückten Helmen vor Eifer glühten, sich in die Schlacht zu stürzen. Es ist immer dieselbe Leier! So beginnt es immer, stets aber endet es mit verstümmelten Leibern, amputierten Gliedern, einem Meer von Blut. Grünes Gras färbt sich rostbraun, und die Flüsse quellen über von Leichen.

Haltet Euch besser an die militärische Taktik des alten Shallot: Erstens, wann immer möglich, lauft weg, so schnell Euch die Füße tragen! Zweitens, wenn dies nicht möglich ist, ergebt Euch. Drittens, denkt daran: Freiwillige kommen nie in den Genuß ihres Solds. Und ich weiß, wovon ich rede. Ich habe an zu vielen Fronten gekämpft und bei einem Kampf meinen Sohn verloren, das einzige Kind meiner dritten Frau. Ich nannte ihn Benjamin, denn er war nicht wie ich, nicht niederträchtig und gemein, sondern hochgewachsen und von edler Gesinnung. Ein tapferer Junge, o gütiger Gott, er zog mit den Armeen von Essex nach Irland und verlor in den Sümpfen von Antrim sein junges Leben. O Herr, wie sehr ich ihn immer noch vermisse! Es stimmt, was die Griechen sagen: »Wen die Götter lieben, den lassen sie jung sterben.« Dann dürfte ich ja wohl niemals sterben!

An jenem fernen Herbsttage jedenfalls bereiteten sich die jungen Männer vor dem Tower auf ihren Feldzug vor. Die Schmiede waren eifrig damit beschäftigt, die Nieten an den Rüstungen zu befestigen, sie behämmerten Helme, Lanzen, Schwerter und die ganze Ausrüstung, die zum Töten erforderlich war. Die jungen Männer übten in den staubigen Höfen, fochten mit Schwertern gegeneinander oder wichen der Stechpuppe aus, einer ausgestopften Puppe mit einer Keule auf beiden Seiten. Wenn man nicht schnell genug zur Seite wich, konnte man sich eine böse Verletzung am Kopf zuziehen. Der gute Shallot hielt sich wie immer im gebührenden Abstand von diesem Schauspiel, aber Southgate schien völlig davon gebannt zu sein. Nachdem wir erledigt hatten, weswegen wir gekommen waren, kehrten wir zum Übungsplatz zurück, und er brach sein hochmütiges Schweigen.

»Wie gern würde ich auch in den Krieg ziehen.« Seine funkelnden blauen Augen blitzten mich an. »Und Ihr, Shallot?«

»Oh, ja«, log ich, »ich denke an nichts anderes.«

Southgate grinste hinterhältig. »Wenn wir nach Templecombe gelangen, werdet Ihr Euch wünschen, Ihr wärt hier dabei.« Er deutete mit der Hand auf die schweißnassen Soldaten. »Zumindest wissen sie, mit welchem Feind sie es zu tun haben.«

Zwei Tage später brachen wir von Richmond auf, frühmorgens kurz nach der Frühmesse. Unsere kleine Gruppe eilte geschäftig im Hof in der Nähe des großen, zweifach verriegelten Palasttores umher.

Mandeville und Southgate saßen lässig auf ihren Pferden, beide trugen wattierte Lederwamse und lange Reitstiefel. Sie waren bewaffnet mit Dolchen, Schwertern und eingehüllt in lange Reiseumhänge. Hinter ihnen hatten, wie in Stein gehauen, ihre beiden Sekretäre, Cosmas und

Damien, Aufstellung genommen, die an ihren Zügeln zerrten und Mandeville nicht aus den Augen ließen. In kurzer Entfernung von ihnen befanden sich die Santerres: Sir John, der seine Befehle brüllte, und neben ihm seine Gemahlin, die im Damensitz ritt. Aus den aufgeregten Bemerkungen, die sie in Richtung ihres Ehemannes machte, wurde deutlich erkennbar, daß sie die Abreise kaum erwarten konnte. Rachel war schön wie ein Gemälde, ihr lieblicher Körper warm in einen mit grauem Hermelin besetzten Reitumhang verpackt. Schließlich brachten Bedienstete und Stallburschen unser Gepäck, das auf einen robusten vierrädrigen Wagen geladen wurde.

»Mistress Santerre sieht bezaubernd aus«, flüsterte ich Benjamin zu. »Sie beschämt uns alle. Ich sage Euch, Master, sollten wir unterwegs auf eine hübsche Maid stoßen, wird sie sich wohl eher in eines unserer Pferde verlieben als in einen von uns.«

Benjamin lachte herzlich. »Ich wünsche mir nur, daß wir heil ans Ziel gelangen, Roger«, meinte er.

»Oh, Master, natürlich möge uns der Herr bewahren! Wie Ochsen auf dünnem Eis!«

(Rückblickend wünsche ich mir, ich hätte das nicht gesagt. Eilig dahingeworfene Worte haben oft eine prophetische Bedeutung. Denn noch bevor dieser Monat verstrichen war, würden Benjamin und ich auf einem eisigen Gewässer in Somerset um unser Leben kämpfen müssen.)

Bald waren wir bereit zum Aufbruch. Mandeville, der sich als Beauftragter des Königs sah und sich deshalb selbst zum Führer ernannte, erteilte brüllend seine Befehle. Die großen Tore sprangen auf, und er führte uns hinaus. Als wir den Weg nach London einschlugen, entfaltete einer von Mandevilles Sekretären die kleine Fahne, die er an einer Stange bei sich trug. Sie zeigte das königliche Wappen von England und bewies damit aller Welt, daß wir eine eigene Vollmacht des Königs mit uns führten. Als wir vorüberzogen, blieben die Menschen zu beiden Seiten des Weges stehen; vorlaute Lehrjungen und Waschfrauen in Lederpantinen hielten in ihrem Geplapper inne und warteten, bis wir uns entfernt hatten. Wir erreichten die schmutzigen Kopfsteinpflaster der Stadt, durchquerten Bowyers Row und ritten dann hinauf in Richtung Cripplegate. An der Ecke der Carter Lane, wo die Kathedrale von St. Paul über uns aufragte, mußten wir haltmachen, da Arbeiter damit beschäftigt waren, mit Hilfe von Seilen die noch schwelenden rußgeschwärzten Balken eines ausgebrannten Gebäudes vorsichtig auf den Boden herunterzulassen, damit kein Funke auf die Nachbarhäuser überspringen konnte.

Schließlich entschied ein Beamter, der die blau und senfgelbe Amtstracht der Stadt trug, daß das ausgebrannte Gebäude ausreichend abgesichert sei, und ließ uns passieren.

Wie ich bereits erwähnte, führte Mandeville unsere Gruppe an; die Santerres kamen mit ihrem kleinen Gefolge direkt hinter ihm, und wir befanden uns hinten, unmittelbar vor dem Wagen. Ich blickte mich neugierig um und nahm den Anblick von London in mich auf: die mit grünem Samt verzierten Bibermützen der reichen Kaufleute, die schäbigen Kappen der Handwerker und vor allem den pompösen Kopfschmuck der Hofdamen, ein Gespinst aus Gaze. Die Damen waren gerade damit beschäftigt, ihre Morgeneinkäufe zu besorgen. Wir gelangten zur Kathedrale von St. Paul; der große Kupferadler auf der Wetterfahne funkelte im schwachen Sonnenlicht. (Ich erinnere mich deshalb noch so genau, weil kurz danach die Sonne hinter den Wolken verschwand und sich wochenlang nicht mehr blicken ließ.) Wir mußten auf unserem Weg innehalten, als Wagenladungen von Knochen, die auf dem Gottesacker ausgegraben worden waren, auf der Paternoster Row zum Gebeinhaus gebracht wurden.

Während wir warteten, tauchte ein zerlumpter Bengel aus der Menge auf und reichte Sir John Santerre ein Stück Pergament. Ich wollte gerade meinen Meister darauf aufmerksam machen, als aus der Kathedrale Musik ertönte. Benjamin gab mir ein Zeichen, ihm zu folgen, und wir spähten durch das offene Portal. Im Winkel eines der Stützpfeiler stand eine Gruppe von Musikanten und spielte auf dem Tamburin und der Querpfeife, während der Dechant und das Domkapitel, Girlanden aus Rosen auf den Häuptern, in feierlicher Prozession den abgetrennten Kopf eines Hirsches umkreisten, der auf einer Stange aufgepflanzt war. Seine braunen glasigen Augen blickten auf jene hinunter, die sich an seinem Tode ergötzten. Zu Füßen der Stange lag der Körper des Tieres, der noch von Leben erfüllt zu sein schien, denn aus den durchtrennten Adern seines Halses sickerte Blut. Ich warf Benjamin einen verwunderten Blick zu.

»Dies ist ein alter Brauch«, murmelte mein Meister zwischen den Zähnen. »Jeden Monat müssen die städtischen Forstmeister einen großen Hirschbock für die Küche des Dechanten liefern; zum Dank dafür führen der Dechant und das Domkapitel diesen Tanz auf.« Er räusperte sich. »Der Himmel weiß, wieso sie das tun, da sie sich doch Kirchenmänner nennen.«

Ich musterte die gutgekleideten und wohlgenährten Kleriker, die ihre lächerlichen Tanzbewegungen vollführten.

»Master, es ist schwer zu entscheiden, wer fetter ist, die Kirchenmänner oder der Bock.«

»Bleibt sich gleich«, brummelte er. »Hast du gesehen, wie unserem rauhbeinigen Sir John eine Botschaft zugesteckt wurde?«

Ich nickte.

»Roger, ich frage mich, was sie wohl enthielt?«

»Das weiß der Himmel, Master. Euer Onkel liebt ja solche undurchsichtigen Ränkespiele.«

Wir hörten, wie Mandeville nach uns rief, und setzten unseren Weg in Richtung Cripplegate fort, vorbei an den Anwälten und den Kirchendienern, die sich vor der Priorei des St.-Elsing-Spitals versammelt hatten, um am Michaelitag ihre letzte Messe im Herbstquartal zu feiern.

Wir gelangten zu den Mauern der Altstadt und schritten durch die Tore. Die vom Rumpf getrennten Häupter von Verrätern, die mit Lorbeer oder Efeu verziert waren, blickten auf uns herunter. Die Raben hatten an ihnen ganze Arbeit geleistet, denn wo zuvor die Augen und der Mund gewesen waren, klafften nur noch dunkle Höhlen. Wir mußten stehenblieben, da städtische Amtsdiener einen Selbstmörder an den Füßen vorbeizerrten, um ihn in den Stadtgraben zu werfen.

Es folgte ein Karren mit ekelhaft stinkendem Abfall, der in einen der Bäche des Vorwerks entleert werden sollte. Ein Bettler lief neben dem Karren her und kam dann mit ausgestreckten Händen flehend auf uns zugerannt. Mandeville verjagte ihn, so daß er weiter unten bei unserer Reisegruppe landete und Benjamin am Bein berührte.

»Bitte, Master, einen Penny!«

Benjamin griff nach seiner Geldbörse und holte tief Luft, als er auf den Bettler herunterblickte. Trotz des zerlumpten Äußeren und des schmutzverklebten Gesichtes erkannte ich unseren guten Doktor Agrippa.

»*Age circumspecte!*« zischte er uns zu und verschwand in der Menge.

»Was meint er damit?« fragte ich. »Das hat er schon einmal gesagt.«

»Ein Wortspiel, Roger. Ein altes lateinische Zitat, ›handelt umsichtig‹, heißt es. Vielleicht eine Warnung vor den *Agentes*.«

»Höchstwahrscheinlich«, flüsterte ich. Als ob ich das nicht schon längst begriffen hätte.

Wir erreichten Red Cross, wo die Häuser der Stadt von Feldern und Unterholz abgelöst wurden. Eine Stunde später befanden wir uns in freier Landschaft.

Ich will Euch nicht mit Einzelheiten unserer Reise quer durch Südengland langweilen. Die Straßen waren noch hart, so daß wir schnell und mühelos vorankamen, zumal Mandeville sich des königlichen Botendienstes bediente, um bei Prioreien, Klöstern, Schänken oder königlichen Landgütern gutes Essen und warme Betten für uns zu erwirken. Wir reisten in drei Gruppen: die *Agentes*, die Santerres und wir beide.

Niemand fühlte sich unbeschwert. Lady Beatrice ignorierte meinen prüfenden Blick, die junge Rachel bedachte uns mit einem scheuen Lächeln, und die *Agentes* taten sowieso, was ihnen paßte. Southgate und Mandeville, ihre beiden stummen Diener im Schlepptau, führten die Reisegesellschaft an und flüsterten eifrig miteinander. Mein Meister, dem Hopkins' Rätsel nicht aus dem Kopf ging, versuchte, zusammen mit mir dessen Bedeutung zu entschlüsseln, kam aber zu dem Ergebnis, daß wir es erst würden lösen können, wenn wir in Glastonbury oder Templecombe angelangt waren.

Wenn sich die Gelegenheit ergab, baten wir Sir John, uns mehr über die Sage von König Artus zu berichten, über den Gral und die Wunder in der Abtei von Glastonbury, aber nie erwähnten wir die Templer, als ob es sich dabei um etwas Verbotenes handelte und es einem Hochverrat gleichkäme, auch nur den Begriff in den Mund zu nehmen.

Vor zwanzig Jahren unternahm ich dieselbe Reise noch einmal, um die Ruinen von Glastonbury zu besichtigen, die der Feiste Heinrich und sein böser Geist, Thomas Cromwell, hinterlassen hatten. Wehmütig stellte ich fest, daß sich die Landschaft kaum verändert hatte. An bestimmten Stellen schloß ich die Augen, dachte zurück an die Zeit mit Benjamin und all jenen Menschen, die nun schon längst tot sind und mit denen ich mich damals an einen Ort begab, an dem Verschwörung, Verrat und plötzliche Todesfälle an der Tagesordnung waren.

Der einzige Unterschied bestand im Wetter, denn damals war es kalt und rauh. Über uns ballten sich die Wolken, als ob der Himmel vorhätte, auf die Erde herunterzukommen und alles Leben auf der Welt auszulöschen. Ein kalter, beißender Wind ließ unsere Finger erstarren und die Muskeln steif werden.

Als wir in die Grafschaft Somerset hineinritten, fiel der lange erwartete Schnee. Zuerst wirbelten nur zarte Flocken durch die Luft, aber als die Giebel, Kirchturmspitzen und Türmchen von Glastonbury in unser Blickfeld rückten, begann ein regelrechter Schneesturm zu wüten.

Heute bin ich ein alter Zyniker. Ich habe erlebt, wie Männer und Frauen, ohne mit der Wimper zu zucken, einander betrogen und töteten. (So weit so gut, aber obwohl ich an Gott glaube, fällt es mir schwer, zu akzeptieren, daß er an uns glaubt!). Glastonbury allerdings stellte auch für die hartgesottensten Gemüter eine echte Herausforderung dar, denn es war ein Ort des Mystizismus, ein Ort, der einen nicht mehr losließ und den Geist mit Alpträumen quälte.

Die Landschaft selbst ist flach, liegt tief unter dem

Meeresspiegel, und es gibt nur wenige Bäume. Die Abtei war groß und weitverzweigt; hinter den hohen Mauern befand sich ein stattlicher Palast. Vom Gipfel eines kleinen Hügels aus zeigte uns Sir John Santerre die Kapelle, die Abteikirche, die Kreuzgänge, die Halle, die Küche des Abtes, die Gasthöfe und Gärten. Alles war trotz des dichten Schneefalls deutlich zu erkennen.

Meine Aufmerksamkeit wurde vor allem von dem wuchtigen Hügel über der Abtei auf sich gezogen, der wie ein Riesenfinger zum Himmel zeigte und die kleine Kirche auf dem Gipfel zu einem Treffpunkt zwischen Gott und Mensch machte. Betrachtete man die Abtei als ein von Menschenhand geschaffenes Wunderwerk, so war der Hügel Gottes Antwort, denn in diesem flachen Land sah er aus wie eine heilige Stätte aus der Bibel, zu der die alten Patriarchen pilgerten, um mit Jahwe zu reden. Sogar Mandeville und Southgate fanden bewundernde Worte. Benjamin und ich starrten sprachlos vor Ehrfurcht zur Abtei hinunter und dann hinauf zu dem großen Hügel.

»Oh, ja«, erklärte Santerre voller Stolz. »Dies, meine Herren, ist Avalon. Die Glas- und Apfelinsel, Artus' letzter Aufenthaltsort. Einst«, fuhr er fort, »bestand das Land unterhalb des großen Hügels aus Sumpfland, Teichen und Weihern, aber die Mönche haben es trockengelegt und in einen Garten Eden verwandelt.«

Ich vergaß die Schneeflocken und den beißenden Wind.

»Was ist das?« fragte ich und deutete auf den Hügel.

»Was Ihr seht, Master Shallot. Ein heiliger Ort«, erwiderte Santerre, »ein Ort, der schon heilig war, noch bevor Christus geboren wurde: Die alten Stämme pflegten unter Führung des Fischerkönigs mit dem Boot hierherzukommen, um dem Hügel zu huldigen. Es heißt«, sagte er leise, »daß sich im Inneren des Hügels Geheimgänge, Hallen und Kammern befinden, die von den Alten benutzt worden sind. Viele Menschen sind in die versteckten Eingänge eingedrungen, haben die Geheimgänge benutzt. Entweder kehrten sie nicht wieder, oder wenn sie es schafften, dann hatte sich ihr Geist verwirrt.«

»Und weshalb ist Artus hierhergekommen?« wollte Benjamin wissen.

»Um Heilung zu suchen«, erwiderte Santerre. »Es gab hier schon immer ein Kloster, aber früher, als die Wiesen noch überflutet waren, mußte man geheime Wege benutzen, um sich Zugang zu verschaffen. Artus' große Burg befindet sich weiter nördlich in Cadbury, auf einem großen Hügel, wo immer noch die Überreste einer majestätischen Festung zu finden sind. Nach der Legende wurde Artus' Schwert in einen der Weiher geworfen, nachdem man ihm den Gral, der im Kloster aufbewahrt worden war, zu spät gebracht hatte. Hätte er daraus getrunken, wären die Wunden, die er sich in seinem letzten heftigen Kampf gegen seinen Neffen Mordred zugezogen hatte, geheilt worden. So liegt Artus heute unter der Abtei begraben.« Santerre wischte sich die Schneeflocken aus dem Gesicht und drehte sich zu uns um.

»Eine schaurige Legende«, unterbrach ihn Mandeville, dessen dunkles Gesicht von der Nässe des Schnees triefte. »Aber denkt daran, wir befinden uns hier im Auftrag des Königs, und die Legenden, die sich um diese Stätte ranken, haben Buckingham den Tod gebracht.«

Er gab seinem Pferd die Sporen, und wir ritten auf das prächtig verzierte Tor der Abtei von Glastonbury zu. Ein Pförtner ließ uns ein, und wir gelangten in einen großen Hof. Laienbrüder huschten geschäftig umher, entluden die Wagen, und wir wurden zu dem geräumigen weißen Gästehaus geleitet. Im Erdgeschoß gab es einen großen

Saal, und darüber lagen die Kammern für die Gäste des Abtes. Diener nahmen uns unsere durchnäßten Kleider ab und boten uns Glühwein an und irdene Schüsseln mit Fleischsuppe, die uns innerlich erwärmte. Vor einem gemütlich prasselnden Holzfeuer wärmten wir uns auf.

Als wir uns wieder etwas erholt und unser Gepäck verstaut hatten, suchte uns der Abt, Richard Bere, zusammen mit einem jungen Subprior und anderen Mönchen der Abtei im Gästehaus auf, um uns willkommen zu heißen. Bere war ein gebrechlicher, weißhaariger Mann. Seine blaugeäderte Hand umklammerte einen Stock aus Eschenholz, mit der anderen stützte er sich auf den Arm des Subpriors. (Bere war ein großer Mann, dem in Glastonbury viele Bauarbeiten zu verdanken sind. Sein Nachfolger war der arme, alte Richard Whitting, der durch die Hand von Cromwells Schergen einen schrecklichen Tod erlitt. Die Abtei wurde geplündert, die Schätze geraubt, die Gebäude zerstört. Dieser Ort, der einst zur Ehre Gottes errichtet worden war, verkam zu einem Tummelplatz für Füchse, Raben und Falken. Ah, genug davon!)

An diesem kalten, schneeverwehten Wintertag zeigten sich Bere und seine Mitbrüder von der freundlichsten Seite, aber das sorgenzerfurchte Gesicht des Abtes und seine kurzsichtigen Augen verrieten seine Angst über die Anwesenheit der mächtigen *Agentes* innerhalb der Klostermauer. Er war eifrig bemüht, uns gefällig zu sein, und ich haßte Mandeville seiner Arroganz wegen, wenn er seine Befehle herausbrüllte. Er teilte dem Abt mit, daß wir über Nacht im Kloster bleiben würden, unser Gepäck auf Saumtiere umladen und dann nach Templecombe reiten würden.

»Aber«, verkündete Mandeville mit dröhnender Stimme und musterte den Abt von oben herab, »wir kommen wieder, Verehrtester, um Euch Fragen über den Verräter Hopkins zu stellen. Und Ihr legt uns alle Notizen oder Bücher von ihm vor, vor allem das Manuskript mit den Sprüchen und Versen, das ihm so am Herzen lag und ihn und andere zum gemeinsten Verrat getrieben hat.«

»Wir sind die ergebenen Diener des Königs«, sagte Bere trotzig. »Bruder Hopkins, Gott hab' ihn selig, war ein Mann, der der Vergangenheit verhaftet war, aber ich übergebe Euch selbstverständlich das Manuskript, mit dem er sich beschäftigte.« Er bedachte uns alle mit einem Lächeln, Lady Beatrice mit einem höflichen Nicken und verließ dann, umgeben von seinen schweigenden Mönchen, das Gästehaus.

Am nächsten Morgen weckte uns das Geläut der Glocken der Abtei, und wir standen früh auf. Ich öffnete das mit Fensterläden versehene Fenster und blickte hinaus auf eine Schneelandschaft. Der Sturm hatte sich verzogen, aber der Himmel verhieß weitere Schneefälle. Vorsichtig lösten wir das Eis in der Waschschüssel auf, wuschen uns, wechselten unsere Kleidung und gesellten uns zu den anderen in dem kleinen Refektorium.

Ein Laienbruder holte uns ab und geleitete uns zur Frühmesse in der Abteikirche. Ihr Ruhm ist zwar jetzt verblaßt, aber Ihr dürft mir glauben, die Abteikirche von Glastonbury war jenes Bauwerk auf Erden, das dem Himmel am nächsten stand. Kühn emporstrebende Pfeiler, mit Gold verkleidete Kuppeln und Säulensimse; riesige Wände mit kostbaren Bildern, welche biblische Szenen zeigten; die Marienkapelle in blauem, rotem und goldenem Marmor; der Chorraum und Lettner aus mit Schnitzereien versehener glänzender Eiche, die im Lichte der unzähligen Kerzen schimmerte. Weihrauch verbreitete einen süßlichen Duft, der über dem Hochaltar schwebte wie die Geister der Seligen.

Alles hier war von üppiger Pracht und Geräumigkeit.

Auch das Chorgestühl wies kunstvolle Schnitzereien auf, und das Holz war auf Hochglanz poliert, daß es wie blankes Gold glänzte. Am holzgezimmerten Dach flatterten purpurfarbene, rote, grüne und blaue Wimpel; überall in der Kirche befanden sich atemberaubend schöne Statuen, die die Muttergottes darstellten. Ich kniete mich nieder und ließ meine Blicke bewundernd umherschweifen.

Aber jetzt ist alles zerstört, nichts ist übrig geblieben. Dafür haben Heinrichs Schergen gesorgt. Ich weiß, viele von Euch sind Anhänger der Reformierten Kirche, aber wenn Ihr gesehen hättet, was ich gesehen habe, würdet Ihr mit mir trauern, würdet mit mir bittere Tränen vergießen über die Zerstörung solch göttlicher Pracht.

Nach der Messe bot uns ein Laienbruder an, uns in der Kirche herumzuführen und uns die Hauptsehenswürdigkeiten der Abtei zu zeigen. Die Santerres zierten sich, Rachel gab vor, sich nicht wohl zu fühlen, aber Mandeville und Southgate schlossen sich uns eilfertig an. Man zeigte uns die große Marmorplatte, die Artus' Sarg bedeckte, und den Ziehbrunnen, aus dem die Mönche sich mit Wasser versorgten. Mein Meister starrte so intensiv hinunter, als erwarte er, dort unten eine Vision zu erblicken.

»Stimmt es«, fragte er, »daß der Gral unter dem Wasser dieses Brunnens verborgen sein soll?«

Über das zerfurchte, pergamentene Gesicht des Laienbruders breitete sich ein Grinsen aus.

»So heißt es in der Legende«, entgegnete er. »Viele haben schon danach gesucht, aber bisher immer vergeblich.«

Wir besichtigten auch den heiligen Dornbusch, einen Rosenstrauch, der vermutlich aus Joseph von Arimatäas Stock entstanden war. Ich sage Euch, die Legende stimmt.

Sogar in dieser bitteren Kälte fing die Pflanze an zu blühen. Es herrschte der Brauch, daß der Abt, wenn der Rosenstrauch an Weihnachten blühte, dem König einen Ableger sandte.

Auf Mandevilles Drängen hin führte uns der alte Mönch in die Bibliothek, einen langgezogenen Raum voller Bücherregale. Es war eine gut bestückte Bibliothek. Benjamin juckte es in den Fingern, die ledergebundenen und mit Steinen besetzten Bände in die Hand zu nehmen (mir ging es ähnlich, wenn auch aus anderen Gründen), aber Mandeville schüttelte den Kopf.

»Für heute haben wir genug gesehen«, brummte er. »Dafür muß man Zeit haben. Unser Ziel heißt Templecombe; wir müssen bis Mittag dort sein.«

Wir kehrten zum Gästehaus zurück. Unsere Begleiter waren bereits reisefertig. Draußen im Hof luden Laienbrüder das Gepäck vom Wagen auf die Packpferde, deren eisenbeschlagene Hufe auf dem Pflaster klapperten. Ihr heißer Atem hing wie Dunst in der Luft, als sie empört wieherten, da man sie aus der Wärme des Stalls geholt hatte. Ich sah mich nach Rachel um. Sie wirkte immer noch ungewöhnlich blaß, so daß ich mir ein Herz faßte und sie ansprach.

»Mistress, stimmt etwas nicht?«

Sie lächelte gezwungen. »Nein, Roger, macht Euch keine Sorgen.«

(Ich war ganz aufgeregt, weil sie mich beim Vornamen nannte!)

»Die Reise war anstrengend, und ich bin froh, daß ich wieder zu Hause bin.«

Ich hätte gerne noch etwas mit ihr geschäkert, aber der ehrwürdige Abt trat auf uns zu, um uns Lebewohl zu sagen. Mandeville war schroff wie immer. Er beugte sich vor und tätschelte den Nacken seines Pferdes.

»Pater Abt«, dröhnte er lautstark, »wir danken Euch für Eure Gastfreundschaft, aber wir kommen wieder. Es müssen noch bestimmte Fragen gestellt und wahrheitsgemäß beantwortet werden.«

Dann gab er das Zeichen zum Aufbruch und ritt uns voran zum Tore hinaus.

Unsere Reise war anstrengend, das Wetter kalt und unfreundlich. Wir sehnten uns nach den Bequemlichkeiten im Kloster zurück. Der Himmel mit den düsteren grauen Wolken verkündete weiteren Schnee, obwohl es schon in den letzten Tagen heftig geschneit hatte, so daß über dem Land eine dichte Schneedecke lag, die Gräben verschüttet und die Wege glatt und gefährlich waren. Nicht einmal im Dorf Templecombe machten wir halt, sondern durchquerten den verschlafenen Weiler, dessen Häuser mit Brettern vernagelt waren. Als einzige Lebenszeichen dienten Rauchsäulen und vereinzelte Dorfbewohner, die außerhalb des Ortes Reisig sammelten. Sie wirkten heiter – stämmige rotgesichtige Bauern, die ihre Mützen schwenkten und ihrem Gutsherrn Grußworte zuriefen, ehrlich erfreut über seine Rückkehr.

Wir schlugen den Weg zum Haupttor des Gutes ein, als plötzlich hinter den Bäumen eine häßliche alte Frau hervortrat und sich vor Mandeville aufpflanzte. Sie sah aus wie eine Hexe in ihrem schmutzigen Umhang und der Kapuze, die zur Hälfte von ihren grauen Haarbüscheln gerutscht war. Ihr Gesicht war faltig und rot, ihr zahnloser Mund schlaff, ihr Zahnfleisch dunkelrot, aber ihre Augen waren voller Leben. Sie wackelte mit ihrer triefenden Hakennase, klatschte in die Hände und kicherte. Glaubt mir, wäre ich ihr an einem anderen Ort begegnet, hätte ich sie für eine Hexe aus einem Mummenschanz gehalten. Für eine dieser alten Vetteln, die sich gerne als Bewahrerinnen von Mysterien aufspielen. Aber diese alte

Frau war unheimlicher, eine richtige Krähe, eine Vorbotin schlechter Nachrichten. Mandeville bedeutete ihr, ihm den Weg frei zu machen. Sie lachte höhnisch, trat aber einen Schritt zurück, dabei funkelten ihre Augen tückisch.

»Willkommen auf Templecombe!« Ihre Stimme klang überraschend fest und kräftig. Sie verneigte sich spöttisch. »Sir John Santerre mit seiner reizenden Gemahlin und der schönen Rachel.« Das alte Weib leckte an dem Speichel, der aus ihren Mundwinkeln trat.

»Geh mir aus dem Weg, Weib!« befahl Mandeville.

»Ja, gleich.« Die alte Hexe wich zurück. »Wenn ich Euch meine Botschaft überbracht habe.«

Mandeville beugte sich vor. »Und was ist das für eine Botschaft?«

»Es wird Tote geben«, verkündete die Alte und deutete mit ihren knochigen Fingern zu den grauen Wolken. »Tod durch Feuer! Tod durch Eisen! Tod durch den Strick! Tod durch das Wasser! Ihr sollt wissen, Sir Edmund Mandeville, Gesandter eines Königs, der kein König ist, daß die Hand des Todes auf Euch ruht! Der Mörder der Mitternacht sitzet zu Eurer Rechten, während Herr Satan zu Eurer Linken kauert. Ihr alle«, schrie sie mit feuersprühenden Augen, »Ihr alle habt das Tal des Todes betreten!«

»Was meinst du damit?« brüllte Southgate zurück. Dieses Mal vergaß er sein übliches Lispeln, wie ich bemerkte.

Die alte Frau sackte in sich zusammen und ließ den Kopf hängen. Dann warf sie uns unter ihren grauen buschigen Augenbrauen einen letzten Blick zu.

»Ich habe Euch meine Botschaft überbracht, nun ziehe ich mich zurück.«

Noch bevor einer von uns etwas unternehmen konnte, war sie wie ein Geist hinter den Bäumen verschwunden.

Mandeville funkelte Sir John Santerre wütend an. »Wer zum Teufel war das?«

»Eine Frau von einem Eurer Pächter?« fragte Southgate vorwurfsvoll.

Santerre zuckte die Achseln. »Sie ist eine verrückte alte Frau, die behauptet, Visionen zu haben. Sie lebt seit undenklichen Zeiten in einer Hütte auf einer Waldlichtung.« Er blickte finster. »Manche Leute sagen, sie sei irre, andere behaupten, sie sei Hekate, die Königin der Nacht.«

»Sie ist einfach eine alte Frau«, warf Rachel ein. Ihre Stimme klang unter dem Umhang sehr gedämpft. »Schenkt ihr keine Beachtung. Sie ist eine Kassandra, die im Flug des Sperlings Verderben und Tod erblickt.«

Mandeville spuckte Gift und Galle. »Wenn mich die Hexe noch einmal belästigt«, knurrte er, »lasse ich sie verbrennen.«

Nach diesem unerfreulichen Zwischenfall setzten wir unseren Weg fort. Ein Pförtner öffnete das doppelt verriegelte Tor, begrüßte die Santerres und führte uns den alten Fußweg entlang, vorbei an Birken, Eichen und Eiben, hinauf zum Hauseingang.

Kapitel 7

Ich möchte Euch nun ein wenig über Templecombe erzählen. Die Templer hatten es ursprünglich als ein befestigtes Herrenhaus angelegt, spätere Generationen jedoch hatten es verschönert und wohnlicher gestaltet. Es bestand aus einem massiven steinernen Gebäude, drei Stockwerke hoch und mit einem grauen Schieferdach versehen, das um einen geräumigen quadratischen Innenhof herumgebaut worden war. Es waren zwar noch die alten schießschartenartigen Fenster zu sehen, doch spätere, anspruchsvollere Eigentümer hatten abgerundete Erkerfenster, vorstehende Giebel und schmucke Schornsteine hinzugefügt. Der Stein glänzte wie frischgewaschen, und jedes Fenster war mit Glas versehen, manche ohne jedes Beiwerk, andere reich mit Wappen und Emblemen in den unterschiedlichsten Farben verziert.

Als wir ankamen, flog das große Tor auf. Die Bediensteten versammelten sich auf den Stufen, und für einen Augenblick herrschte ein großes Durcheinander, als die Verwalter, die Köche, Jäger und Pagen herbeieilten, um die Familie Santerre willkommen zu heißen. Trotz seiner Grobheit wurde Sir John, wie ich erkannte, als Grundherr durchaus respektiert, ja fast geliebt. Diener übernahmen unser Gepäck, Stallburschen führten die Pferde weg, und die Santerres geleiteten uns stolz in ihr Haus.

Obwohl es von außen recht düster wirkte, entpuppte sich das Herrenhaus von Templecombe als ein Juwel. Die Eingangshalle war mit hellem Holz vertäfelt, das mit kunstvollen Schnitzereien versehen war. Die Dielen, die breite, ausgreifende Wendeltreppe, ihre Balustrade und die Spindeln, alles war aus teuerstem Material hergestellt. Man führte uns in die Haupthalle, einen langgestreckten, hohen Raum, der von einer Stichbalkendecke überwölbt wurde und an dessen einem Ende ein farbiges Erkerfenster das Lamm Gottes zeigte, das eine Standarte trug. Die anderen großen Fenster, unter denen gepolsterte Sessel standen, waren zu beiden Seiten des geschickt angelegten offenen Kamins angeordnet, über dem ein Leinwandgemälde hing, das Adam und Eva darstellte, die von der Schlange in Versuchung geführt wurden. Ein mächtiges Holzfeuer prasselte im Herd, und der Raum wurde erhellt von dicken Wachskerzen, die in Metallhalterungen steckten und ringsherum über die Wände verteilt waren. Am hinteren Ende unter dem Erkerfenster befand sich das Podium mit dem Hohen Tisch. Der Boden war mit schwarzen und weißen Marmorplatten belegt, daß er aussah wie ein Schachbrett, und darauf hatte man die dicksten Teppiche aus Persien, Indien und der Türkei ausgebreitet. Überall standen Truhen aus Zypressen- und Zedernholz und kleine Tische, die mit Tabletts, Bechern, Zinnbehältern und Krügen beladen waren. Goldfarbene Tücher und teure Wandteppiche, deren Saum den Boden berührte, hingen an den Wänden. Alles kündete von der Macht und dem Reichtum der Familie Santerre.

»Er besitzt große, einträgliche Ländereien«, flüsterte Benjamin mir zu, »und die Wolle von seinen Schafen wird sogar in Flandern geschätzt. Sir John befaßt sich mit vielerlei Unternehmungen und ist allen Hafenmeistern an der Südküste gut bekannt.«

Dieser wohlhabende Gutsherr stand nun inmitten der Halle und schien in seinem demonstrativ zur Schau gestellten Prunk zu schwelgen, während Bedienstete Stühle mit hohen Rückenlehnen vor das Feuer stellten.

Auf Santerres Drängen hin nahmen wir Platz und wärmten uns mit heißem Wein und gezuckertem Gebäck ein wenig auf. Sogar Mandeville, der nach dem langen Ritt müde war, entspannte sich und brachte brummelnd seine Anerkennung zum Ausdruck.

Die größte Veränderung allerdings hatte sich bei Rachel vollzogen. Sie hatte ihren Umhang und auch ihren Schleier abgelegt, so daß ihr pechschwarzes Haar frei zu beiden Seiten ihres Gesichtes herunterfiel, das nun vor Zufriedenheit zu glühen begann. Ich hatte nur Augen für sie, Benjamin aber studierte mit großem Interesse die Einrichtung und ließ seine bewundernden Blicke durch die Halle schweifen.

»Kommt.« Rachel stand lächelnd vor uns. »Während meine Eltern und die anderen sich ausruhen, möchte ich Euch unser Heim zeigen.«

Während sie uns umherführte, plapperte sie aufgeregt wie ein Kind. Das Haus hatte, wie schon gesagt, drei Stockwerke, von denen jedes mit vier, sich zu einem Quadrat zusammenfügenden Galerien versehen war, von denen jeweils drei Kammern wegführten. Sogar im oberen Stockwerk, wo Rachel uns unsere Unterkunft zeigte, wurde die Luft von angenehmen Kohlenfeuern erwärmt, und die glänzenden Wandvertäfelungen, farbigen Tücher, wollenen Wandteppiche und kunstvoll verzierten Truhen und Stühle schufen eine behagliche Atmosphäre. Im Licht der Kerzen erschien alles hell und sauber. Sogar die Konsolen und die Simse an der Decke waren frisch gestrichen.

Rachel erzählte, ihr Stiefvater habe bei der Renovierung und Neueinrichtung des Hauses nicht gespart. Hin und wieder jedoch entdeckten wir Spuren seiner Templer-Vergangenheit: schwarze Beauce-Kreuze an den Wänden, welche der Zeit getrotzt hatten, alte Schießscharten, durch die man einen Blick hinaus auf die verschneiten Felder werfen konnte, kleine Wasserspeier, von denen einige geflügelte Drachen, andere die Gesichter lange verstorbener Ritter zeigten.

Allmählich erkannten wir, daß Templecombe trotz seines Reichtums, seiner Wärme und Behaglichkeit eine düstere, unheilschwangere Ausstrahlung besaß. Sogar als Rachel vor uns die Gänge und Galerien entlangschwebte, kam es mir vor, als seien hier noch andere Wesen gegenwärtig, als würden sich Geister in den Schatten verbergen, uns vorübergehen lassen und sich dann an unsere Fersen heften, um herauszufinden, wo unsere schwache Stelle lag, bei der sie uns packen konnten. Benjamin zog seine Schultern zusammen, und einmal sah ich ihn sogar erzittern.

»Ein eigenartiger Ort«, murmelte er, während Rachel vor uns herging. »Die Toten haben hier noch keine Ruhe gefunden.«

Schließlich hatte Rachel uns alles gezeigt, aber da sie noch voller Begeisterung war, sagte sie, draußen gäbe es auch noch einiges zu sehen. Benjamin und ich verbargen unsere Erschöpfung, griffen zu unseren Umhängen und folgten ihr auf den schneebedeckten Hof. Wir besichtigten die Außengebäude, die Stallungen, die Schmiede, die Bräustube und die Scheunen – wobei wir immer wieder ausglitten und stürzten, während Rachel so sicher auf den Beinen war wie eine junge Katze. Wir wanderten durch eine Gruppe von Eiben zu einer Lichtung, auf der eine kleine und einfache Kirche stand, die ein steiles Ziegeldach und ein kleines Türmchen besaß. Rachel stieß die Türe auf und bat uns herein.

Gegenüber dem Prunk des Herrenhauses wirkte die Einrichtung der Kirche dürftig. In der Nähe der Türe befand sich ein Taufbecken, zu beiden Seiten der dunklen

Querschiffe erstreckte sich eine Reihe gedrungener weißer Steinsäulen, und durch einen Lettner gelangte man in den offenen, steinernen Altarraum. An beiden Seiten standen Kirchenstühle, deren Sitze hochgeklappt waren und auf denen jeweils eine Szene aus der Bibel dargestellt war. Als Benjamin dies erblickte, entrang sich ihm ein Ausruf des Entzückens.

»Sieh nur, Roger!« Er zeigte auf einen der Stühle, auf dem vor Jahrhunderten ein Zimmermann einen Bären eingeschnitzt hatte, der auf einen Baum kletterte. Die Szene wirkte so lebendig und lebensecht, daß man meinte, jeden Augenblick werde sich der Bär bewegen oder der Baum biegen. Rachel saß auf den Stufen des Altars und beobachtete uns. »Ich liebe diese Kirche«, sagte sie, während sie zu den schwarzen Dachsparren hinaufstarrte. »Sie ist so einfach, so rein. Mein Stiefvater wollte sie niederreißen lassen, aber meine Mutter und ich haben es nicht zugelassen.« Sie lächelte uns an, dann wurde ihr Gesicht ernst, und ihre Augen weiteten sich. »Früher haben die Templer sich hier getroffen«, fuhr sie fort. »Dies war ihre Kapelle.« Sie erschauerte und zog ihren Umhang enger um sich. »Böse, verworfene Männer«, flüsterte sie, »die dunkle Praktiken vollzogen haben. Ihre Geister sind hier immer noch gegenwärtig. Meine Mutter sagt immer, hier müßte eine Teufelsaustreibung vorgenommen werden.«

»Glaubt Ihr, daß sie sich all der furchtbaren Verbrechen schuldig gemacht haben, die man ihnen zuschreibt?« fragte Benjamin sie.

Rachel stand auf. »Vielleicht, aber hier wurden sie nicht verübt. Ich möchte Euch noch etwas zeigen.«

Sie führte uns wieder aus der Kirche hinaus, um sie herum und hinein in den Wald. Die Reihen der Bäume endeten plötzlich, als der Boden abfiel und sich vor uns ein großer See auftat, dessen Wasser langsam gefror und in dessen Mitte eine kleine, nebelverhangene Insel lag. Darauf stand neben einigen Bäumen ein niedriges, dunkles Gebäude, das im Licht des schwindenden Tages düster und unheimlich wirkte.

»Das Haus der Templer«, erklärte Rachel. »Nicht mehr als ein langgestreckter steinerner Raum, aber die Legende sagt, daß die Templer ihn für ihre Rituale benutzt haben. Ich bin noch nie drüben gewesen.« Sie deutete zu dem Kahn, der zwischen den gefrorenen Binsen vertäut war. »Viele sind schon hinübergefahren, doch ich werde nicht einmal im Hochsommer einen Fuß auf diese Insel setzen! Sie macht mir angst.« Ihr Gesicht hellte sich auf. »Kommt«, fuhr sie fort, »Ihr müßt erschöpft sein, und ich plappere unablässig. Bald wird das Abendessen aufgetragen werden.«

Sie brachte uns zum Haus zurück, wo uns ein Diener zu unseren Kammern geleitete. Jeder hatte eine kleine Kammer für sich. Die meinige lag zwischen denen von Cosmas und Benjamin. Mandeville, Southgate und Damien waren auf der angrenzenden Galerie untergebracht. Früher hatte es sich bei diesen Kammern wohl um Zellen der Templer gehandelt, doch jetzt waren sie aufwendig eingerichtet. In jeder standen ein großes Himmelbett, ein eichener Kleiderschrank, ein Tisch, Schemel und Stühle, und die engen Gucklöcher waren zu richtigen Fenstern erweitert und mit getöntem Glas versehen worden. Im offenen Kamin prasselte ein Holzfeuer, und außerdem hatte man zwei abgedeckte Kohlenbecken hereingeschafft und neben die Türe gestellt.

In meiner Kammer war es so warm und roch es so duftend wie an einem Sommertag. Eine Zeitlang saß ich auf meiner Bettkante, bis Benjamin sich zu mir gesellte. Er schien müde und verwirrt zu sein, und ohne große Vorrede begann er zu rekapitulieren, was sich bisher ereignet hatte, wobei er die einzelnen wichtigen Punkte an seinen Fingern abzählte.

»Erstens, Hopkins war ein Mönch, ein Benediktiner von Glastonbury, aber er war auch als Kaplan für die Santerres hier auf Templecombe und die auswärtigen Höfe des Gutes zuständig.

Zweitens, er hatte großes Interesse an den Legenden und Überlieferungen um König Artus und war auf der Suche nach dem Gral und dem Schwert Excalibur. Er entdeckte in der Abtei von Glastonbury ein altes Manuskript, in dem ein rätselhafter Spruch enthalten war, den niemand verstand.

Drittens, Hopkins erzählte Buckingham, er sehe sich in der Lage, ihm diese wertvollen Gegenstände zu beschaffen. Lord Buckingham kam nach Templecombe, weil er dachte, die Reliquien seien hier versteckt, oder um herauszufinden, ob Hopkins die Wahrheit gesagt hatte. Buckingham wandte sich auch an Sir John Santerre, doch dieser geriet in Panik. Er vermutete, Buckinghams Interesse an diesen Gegenständen habe mit einer Verschwörung gegen den König zu tun, und informierte die *Agentes*. Dann schrieb Buckingham an Taplow in London, doch der Brief wurde von unseren Freunden Mandeville und Southgate abgefangen. Buckingham wurde festgesetzt und kam unter das Henkersbeil, während der arme Taplow in Smithfield verbrannt wurde. Auch gegen die Santerres leitete man Untersuchungen ein, aber sie konnten alle Verdachtsmomente gegen sich zerstreuen.« Benjamin machte eine Pause. »Was noch?«

»Die ermordeten Agenten?«

»Ah, ja. Viertens, zwei von Mandevilles Agenten, die in Buckinghams Gefolge untergebracht worden waren und als erste ihre Auftraggeber von Buckinghams angeblichem Verrat berichteten, wurden mit einer Garotte erwürgt, ebenso wie auch Hopkins' Schwester, aber wir haben bis jetzt keinerlei Hinweis auf den Mörder. Fünftens, es gibt einen Geheimzirkel oder eine Verschwörergruppe, die mit dem alten Templerorden in Verbindung steht und ebenfalls nach dem Gral und dem Schwert sucht. Weiß Gott, wer dahintersteht. Der Abt und seine Brüder in Glastonbury? John Santerre? Oder, was noch schlimmer wäre, Mandeville und Southgate? Wie auch immer, es besteht der Verdacht, daß der Orden über einen Komplizen im Umfeld des Königs verfügt.

Sechstens, man hat uns hierhergesandt, um den Gral und Excalibur zu finden – wenngleich die Chancen dazu nicht günstig stehen – und um unsere beiden dunklen Schattengestalten dabei zu unterstützen, diesen Templern das Handwerk zu legen.

Und schließlich gibt es noch die Warnungen der Alten. Weshalb hat sie uns dies mitgeteilt? Wer hat sie dazu angehalten? Die Mönche von Glastonbury?«

»Master, sie ist eine Hexe.«

Benjamin schüttelte den Kopf. »Unsinn, Roger. Ich glaube nicht an solche Mächte.« Er stand auf und begann, in der Kammer hin und her zu gehen.

So war er eben, mein Meister: Sobald sich einmal ein Rätsel oder ein Problem in seinem Kopf eingenistet hatte, quälte er sich damit herum und ruhte nicht eher, als bis er eine Lösung fand. Er war ein richtiger Mensch der Renaissance, mein Benjamin Daunbey. Er glaubte nicht an Hexen und Dämonen. Ich schon. Wenn man einmal mit jemandem wie Mabel Briggs zu tun gehabt hatte, war man in der Lage, jene schnell zu erkennen, die einen Pakt mit dem Teufel geschlossen und sich geheimnisvolle Kräfte angeeignet haben! Sie war ein ehrfurchtsgebietender Dämon, diese Mabel! Um jemanden zu töten, brauchte sie nur drei Tage lang zu fasten und ihre Gedanken darauf zu konzentrieren, das Leben ihres Feindes auszulöschen. Ich habe einmal miterlebt, wie sie einem der größten Adelsherren Englands auf diese Weise den Tod gebracht hat, aber das ist eine andere Geschichte.

Benjamin hörte auf, im Raum herumzulaufen.

»Stimmst du dem zu, was ich rekapituliert habe, Roger?«

»Natürlich, Master. Das ist doch alles so geschehen, oder?«

»Nein, natürlich nicht.«

»Wenn Ihr es sagt, Master.«

Benjamin kam zu mir herüber und setzte sich neben mich. »Laß deinen Sarkasmus, Roger. Wir wissen bis jetzt nur, was man uns gesagt oder gezeigt hat. Wie können wir sicher sein, daß Buckingham wirklich Verrat geübt hat? Woher wissen wir, daß er wirklich diese Briefe an Taplow geschrieben hat?«

»Weil der wahnsinnig gewordene arme Teufel es gestanden hat!« unterbrach ich ihn. »Wie haben Taplow im Kerker gesehen und miterlebt, wie er starb.«

Benjamin verzog das Gesicht. »Nein, der Mann, den wir im Kerker zu Gesicht bekommen haben, war nicht Taplow, sondern jemand anderer.« Er lächelte, als er meinen ungläubigen Gesichtsausdruck sah. »Erinnerst du dich, Roger? Denk an diesen Gefangenen mit seinen dicken Armen und Beinen. Oh, natürlich war er mit Schmutz bedeckt und hergerichtet wie ein Schauspieler, der seinen Text probt, aber er hat einen Fehler begangen. Taplow war doch angeblich ein Lutheraner, aber der Gefangene sagte, er glaube an das Fegefeuer. Das hätte kein Lutheraner gesagt.

Nun, als wir in Smithfield waren, habe ich mir den sterbenden Taplow angesehen. Oh, er hatte zwar dieselbe

Haarfarbe wie der Mann im Kerker, aber er war viel ausgezehrter.«

Ich schloß meine Augen und dachte nach. Taplow in seiner Kerkerzelle: Das Fett auf seinen Armen und Beinen, das rundliche, wohlgenährte Gesicht unter der Schmutzkruste, der Hinweis darauf, daß seine Seele nun ins Fegefeuer kommen würde, das Feuer in Smithfield, der dürre, ausgemergelte Körper, den ich dort gesehen hatte. Mein Meister hatte recht.

»Weshalb?« fragte ich.

»Laß uns Buckingham aus unseren Untersuchungen ausklammern«, erwiderte Benjamin. »Er war ein hochgestellter Edelmann mit Yorkistenblut in den Adern, und Heinrich wollte seinen Kopf. Der gute Herzog war so dumm, Nachforschungen über gewisse wertvolle Reliquien anzustellen und hat dadurch den Agenten des Königs einen Vorwand geliefert. Ich vermute, bei den Briefen an Taplow, die ihm in der Verhandlung vorgehalten wurden, handelte es sich um Fälschungen, während Taplow als Handlanger benutzt wurde und man sich dessen flüchtige Kontakte mit Buckingham zunutze machte. Du kennst ja unseren noblen König. Taplow, der arme, kleine Scheißer, wie du wahrscheinlich sagen würdest, wurde gefoltert und dazu gezwungen, zuzugeben, was er am Hof angeblich getan hatte, aber dann mußte Mandeville sicherstellen, daß er danach nicht plötzlich doch die Wahrheit sagte. Man warf ihn in irgendein abgelegenes Verlies und schaffte einen Burschen herbei, der seine Rolle spielen sollte. Mandeville dachte, wir würden uns damit abspeisen lassen. Anscheinend war es ihm gar nicht in den Sinn gekommen, daß wir zu der Hinrichtung gehen würden, oder daß wir, falls wir doch zugegen sein sollten, nicht nahe genug herankommen würden, um zu erkennen, daß der Mann, der am Pfahl verbrannt wurde, nicht derselbe war wie jener, den wir in Newgate gesehen hatten. Ich hätte auch keinen Verdacht geschöpft, hätte der falsche Taplow nicht von dem Fegefeuer angefangen. Also . . .«

»Also«, führte ich seine Gedanken zu Ende, »können wir alles vergessen, was uns der Kerl in Newgate gesagt hat.«

»Ja, das waren nichts als Lügen.« Benjamin atmete kräftig ein. »Aber wenn ein Teil des Kuchens verfault ist«, schloß er, »wie soll man dann wissen, ob der Rest noch genießbar ist? Was wäre, wenn es überhaupt keinen Gral, kein Schwert Excalibur und keine geheimen Templer gibt? Und warum wurden die beiden Agenten ermordet?«

»Vielleicht hat Mandeville sie umgebracht«, schlug ich vor. »Vielleicht wehrten sie sich dagegen, Buckingham zu beseitigen und waren nicht bereit, weiter an diesem Netz der Lügen und Täuschungen mitzuspinnen, in das sie verwickelt waren?«

»Möglich«, murmelte Benjamin. Er erhob sich und klopfte mir geistesabwesend auf die Schulter. »Doch komm jetzt, Roger, wir müssen uns waschen und die Kleidung wechseln. Unsere Gäste erwarten uns.«

Mein Meister verließ meine Kammer, und ich packte meine Habseligkeiten aus, wusch mich, zog neue Gewänder an und ging dann zu dem üppigen Bankett hinunter, das Santerre für uns vorbereitet hatte.

Der hohe Tisch war mit reinen Seidentüchern bedeckt und erstrahlte im Lichte zahlloser Wachskerzen, welche die silbernen Tranchierbretter, die Krüge, die Glaskelche, die Messer und das kostbare Zinnbesteck zum Funkeln und Glänzen brachten. Das Mahl war einfach köstlich: Pasteten aus Rinder- und Rehfleisch und eine Vielzahl unterschiedlichster Weine, vom schweren roten Bordeaux bis zum leichten weißen Rheinländer.

Die Unterhaltung schleppte sich dahin, denn wir waren alle müde, doch Mandeville erklärte, morgen werde er sein Netz auswerfen, Sir John werde einige Fragen zu beantworten haben, und dann würden wir wieder zur Abtei von Glastonbury zurückkehren. Ich ignorierte diesen verkommenen Misthund und sprach eifrig dem Weine zu, während meine Augen sich einzig und allein mit Rachel beschäftigten. In ihrem meerblauen Kleid und einer gleichfarbigen Kopfbedeckung, beides mit Perlmutt besteckt, sah sie einfach hinreißend aus!

(Ich bemerke, daß mein kleiner Kaplan schon wieder kichert, denn er weiß, daß ich auch vorhin schon von ihr gesprochen habe. Nun denn, der elende Scheißkerl will mich ermahnen, ich solle mich an die Wahrheit halten. Ich werde sie berichten.)

Ja, ich war eifersüchtig, und deshalb trank ich soviel. Es entging mir keineswegs, wie verliebt Rachel Benjamin anschaute. Die Eifersucht ist ein Feuer, das sehr schnell entbrennt, aber nur sehr schwierig wieder auszutreten ist. Nach einer Weile tat der Wein seine Wirkung. Ich begann, verdrießlich zu werden, sagte, ich fühle mich nicht wohl und trottete in meine Kammer, wo ich meine Wunden lecken und meine schlechten Manieren verbergen konnte. Ich legte mich auf mein Himmelbett, um mich in Selbstmitleid zu ergehen, aber schon nach einer Minute fiel ich in einen tiefen Schlaf. Weiß Gott, wann das Bankett zu Ende ging. Ich erinnere mich nur, daß ich irgendwann aufgeweckt wurde und mein Meister sich über mich beugte.

»Geht es dir gut, Roger? Hast du etwas Falsches gegessen?«

»Ja, ja«, brummelte ich verschlafen. »Es muß am Essen gelegen haben.«

Die nächste Störung meines Schlafes verlief weniger

glimpflich. Ich befand mich gerade mitten in meinem Lieblingstraum. Ich stand in einem Kerker und nippte genüßlich an einem Becher Roten, während maskierte Folterknechte sich über den Feisten Heinrich hermachten, der auf eine Streckbank geschnallt war. Ich roch Rauch und hörte entsetzliche Schreie. Plötzlich schreckte ich auf, denn ich erkannte, daß es kein Traum mehr war. Rauch zog unter dem Türspalt in die Kammer, und obwohl die Wände hier sehr dick waren, vernahm ich ein fürchterliches Schreien und Krachen.

»Um Himmels willen, Feuer!« schrie ich.

Ich riß die Türe auf und sprang hinaus. Die Galerie war voller Rauch, die Schreie und das krachende Geräusch kamen aus der Kammer von Cosmas. Wie üblich, überblickte ich sofort die Lage, schrie »Feuer!« und rannte in meine Kammer zurück, ausschließlich konzentriert auf einen einzigen Gedanken. Das ist eine der Grundfesten von Shallots Philosophie: Wenn Gefahr droht, raffe sofort all deine Habseligkeiten zusammen und nimm die Beine in die Hand. Ich stürzte in die Kammer meines Meisters, der schon vollständig angezogen war.

»Um Gottes willen, Roger«, rief er. »Was ist passiert?«

»Um Gottes willen, Master!« gab ich zurück. »Seht ihr das nicht? Der Schwachkopf nebenan hat ein Feuer gelegt, und ich habe keine Lust, mit ihm zu verbrennen!«

Benjamin starrte auf meinen Umhang, der vollgestopft war mit kleinen Schmuckstücken und anderen wertvollen Gegenständen, die ich aufgesammelt hatte.

»Roger, Roger, damit kannst du die Türen nicht aufbrechen.«

Er riß mir den Umhang aus der Hand und schleuderte ihn auf sein Bett. Draußen auf der Galerie hörte man, wie Türen aufgerissen wurden und Leute umhereilten. Auf

Benjamins Drängen hin half ich ihm, eine hölzerne Truhe anzuheben. Wir schleppten sie nach draußen und begannen, sie gegen die verschlossene Türe zu rammen.

Mandeville und Southgate tauchten auf, gefolgt von Damien, ihrem anderen Gehilfen. Damiens bleiches Gesicht wirkte jetzt noch gespenstischer, als er schreckerfüllt beobachtete, wie das Feuer aus der Kammer seines Bruders schlug. Er fuchtelte mit den Händen in der Luft herum und gab die markerschütterndsten Schreie von sich, zu denen er fähig war. Gott ist mein Zeuge, Mandeville behandelte ihn so zärtlich wie eine Mutter ihr Kleinkind. Er ergriff den armen Teufel beim Hals, zog ihn zu sich und schaute uns zornig an.

»Los, Ihr Memmen. Brecht endlich die verdammte Tür auf!«

Unterstützt durch Southgate und zwei verschlafene und nur notdürftig bekleidete Diener, hieben wir die Türe ein, bis sie schließlich nachgab und krachend und splitternd nach innen fiel, nachdem das Schloß gesprengt worden war. Der Rauchschwall, der uns aus der Kammer entgegenschlug, zwang uns, die Truhe sofort abzusetzen. Benjamin eilte zurück in seine Kammer und brachte wassergetränkte Tücher, die er uns zuschleuderte, damit wir sie uns vor Mund und Nase binden sollten. Weitere Bedienstete stürzten herbei, Santerre ebenfalls. Eine Kammer wurde geöffnet, und ich sah, daß Santerre wie viele andere kluge Hausbesitzer, einen Raum seines Anwesens dazu nutzte, große Bottiche mit Wasser zu lagern, um im Falle eines Brandes gerüstet zu sein.

Benjamin und ich sprangen als erste in die Kammer, in der es brannte ... Mein Meister stolperte zum nächstgelegenen Fenster und riß es auf, und als der Rauch sich langsam verzog, sahen wir, daß das große Bett ein einziges Flammenmeer war.

Dies war eines der seltsamsten Dinge, die ich jemals gesehen habe. Ihr werdet Euch erinnern, daß Templecombe aus Stein gebaut war und die Kammern im oberen Stockwerk keine Holzvertäfelungen besaßen, so daß sich das Feuer nicht weiter hatte ausbreiten können. Oh, zwei Teppiche auf dem Steinboden schwelten, aber ansonsten war das Feuer unter Kontrolle. Es sah aus, als habe sich das gesamte Bett in einen Feuerball verwandelt.

Schon als die Diener mit Kübeln voller Wasser an uns vorbeieilten, um das Feuer zu löschen, wußte ich, daß etwas nicht stimmte. Die beiden Kohlenbecken neben der Türe waren nicht angerührt worden, und das Feuer im Kamin hatte ein kleines grauweißes Aschehäufchen zurückgelassen. Wo und wie also war der Brand entstanden? Ich kam zu dem Schluß, daß ich schon genug getan hatte und wollte mich gerade verdrücken, da schob mir ein Diener einen großen Eimer Wasser zu, und ich erkannte, daß unter Santerres Anleitung eine Menschenkette gebildet worden war. Zunächst konnte das Wasser nicht viel ausrichten, aber nach und nach erstarben die Flammen, bis nur noch schwarze, schwelende Asche übrigblieb.

Mandeville trat als erster an das Bett, auf dem die verkohlten Überreste von Cosmas lagen. Sein Körper bestand nur noch aus verbranntem Fleisch, sein Gesicht war unkenntlich geworden. Ich erblickte weiße Zähne und einen aufklaffenden Kiefer, aber der Anblick der ausgelaufenen Augäpfel und schwarzen Fleisches auf der Hand des Mannes war zuviel für mich. Ich floh zurück in meine Kammer und erbrach mich. Unten in der Halle befahl Santerre brüllend, die Fenster zu öffnen und Leintücher zu bringen, und Rachel und seine Gemahlin wies er barsch an, in ihre Kammern zu gehen.

Die Flüche, die Mandeville ausstieß, vermischten sich

mit dem schrecklichen Klagegeheul des Bruders des Toten. Als ich mich wieder gefangen hatte, wusch ich mir die Hände und das Gesicht ab. Ich drehte mich um, und da stand Benjamin vor mir.

»Wodurch ist das Feuer verursacht worden?« fragte ich.

»Tod durch Verbrennen!« sagte Benjamin. »Und es war kein Unfall, Roger. Cosmas wurde ermordet. Bei lebendigem Leibe verbrannt!«

Benjamin brauchte nicht mehr zu sagen. Ich trocknete mein Gesicht und meine Hände ab und ging zusammen mit ihm zu der Kammer des Toten. Die Flammen waren nun erstickt, überall auf der obersten Galerie hatte man die Fenster geöffnet, und der Rauch verzog sich allmählich. Zwei Bedienstete, die sich Lumpen vor Mund und Nase gebunden hatten, brachten Cosmas' Überreste in einem Leinentuch weg. Das verbrannte Bett wurde in kleine Teile zerlegt, die man durch das Fenster auf den Hof hinunterwarf.

Benjamin schien stark an den beiden Kohlbecken interessiert zu sein und scharrte mit seiner Stiefelspitze in der weißen Asche im Kamin, bemerkte aber murmelnd, daß er nichts Auffälliges entdecken könne.

Als wir uns schließlich wieder zu Bett begaben, begann es schon zu dämmern. Einige Stunden später rüttelte Benjamin mich wach.

»Komm, Roger, wir müssen frühstücken. Mandeville erwartet uns unten in der Halle und redet davon, daß Gottes Zorn ihn gerichtet habe.«

Ich rieb mir die Augen. »Behauptet Ihr immer noch, daß es Mord war?« fragte ich. »Aber weshalb?«

»Die Türe war von innen verriegelt«, erwiderte Benjamin. »Cosmas war in die Bettücher gewickelt und wurde lebendig verbrannt. Er hatte nur eine Kerze bei sich, die aber nicht ausreichte, um so schnell ein derart großes Feuer zu entfachen, und im Kamin war weiße Asche.«

»Wie wäre es mit Schießpulver?«

»Wie meinst du das?«

»Nun, eine Spur aus Schießpulver, die vom Bett bis zur Türe und darunter hindurch verlief und die leicht jemand durch ein Stück Zunder in Brand setzen hätte können.«

Benjamin schüttelte den Kopf. »Es gibt eindeutig keine derartigen Spuren auf dem Boden.«

(Ich sehe, daß mein kleiner Gehilfe mit dem Kopf wackelt und in sich hineinkichert. Oh, dieser Meister der geheimen Künste hält meine Idee wohl für abwegig. Nun, laßt mich dazu eine kleine Geschichte erzählen. Viele Jahre später wurde ich als Emissär zu Maria, der Königin der Schotten, geschickt, als sie gerade ihr Techtelmechtel mit Bothwell begonnen hatte. Allerdings, versteht mich recht, ich möchte Maria keinen Vorwurf machen: Ihr Ehemann Darnley war von den Pocken derart entstellt worden, daß er ständig einen weißen Schleier über seinem Gesicht tragen mußte. Nun, ich erzählte Maria von Cosmas' Tod und vergaß die Angelegenheit danach schnell wieder. Nur einige Monate später kamen Darnley und sein Page bei einer Explosion ums Leben, als sie sich im Palast von Kirk o'Fields aufhielten. Ich habe mich oft gefragt, ob Maria diese Idee von mir hatte. Nun, wie auch immer, auch das ist eine andere Geschichte.)

Benjamin stürzte der Tod von Cosmas in Verwirrung: Er gab zu, daß es bisher nur sehr wenige ähnliche Fälle gegeben habe, in denen Menschen so plötzlich in Flammen aufgegangen seien. (Damals hielt ich diese Vermutung für lächerlich, doch viele Jahre später erlebte ich einmal in einer Kirche in Holborn, wie der Vikar, während er gerade eine flammende Strafpredigt hielt, plötzlich Feuer fing. Noch nie habe ich gesehen, daß eine Kirche sich schneller geleert hätte.) Nun, an jenem winterlichen Morgen jedenfalls, als Benjamin und ich weiter vordrangen in das Tal des Todes, blieb der Mord an Cosmas vorerst ein nicht zu klärendes Rätsel. Nur eines stand fest: Benjamin sagte, es gebe einen Brandfleck an der Türe von Cosmas' Kammer, meinte aber, dieser könne auch schon älter sein. Ansonsten sei nichts Außergewöhnliches festzustellen gewesen. Er wedelte niedergeschlagen mit den Händen.

»Wer weiß«, seufzte er, »vielleicht war es ein Akt Gottes.«

Ich stand auf, wusch mich, kleidete mich an, und Benjamin und ich gingen die breite hölzerne Wendeltreppe nach unten. Aus der Halle vernahmen wir laute Stimmen, doch Benjamin bestand darauf, daß wir uns zuerst in den Vorbau hinausbegeben sollten, um die frische Morgenluft einzuatmen. Wir standen auf der obersten Stufe der Treppe, wo der eisige Wind die letzten Spuren des Schlafes aus unseren Augen und unserem Gesicht verjagte, und schauten über die schneebedeckten Felder. Krähen hockten auf den dunklen Bäumen, die das Haus umgaben, mir aber erschienen sie wie Dämonen, die auf den Zweigen nisteten und sich über uns lustig machten. Southgate trat durch die Türe hinter uns.

»Sir Edmund Mandeville erwartet Euch.«

»Oh, herrje«, rief ich. »Gott kann durchaus warten, aber Sir Edmund . . .«

Mit übertriebener Eile lief ich wieder ins Haus, während Benjamin mir ein wenig langsamer folgte. Am Eingang der Großen Halle holte Southgate mich wieder ein, und ich erblickte Santerre und die anderen, die um den hohen Tisch versammelt waren.

»Eines Tages«, zischte mir Southgate ins Ohr, »wird Euch Eure Unverschämtheit an den Galgen bringen,

Master Shallot. Oder jemand wird Euch mit seinem Schwert aufspießen!«

»Eines Tages, eines Tages«, gab ich zurück. »Es ist wirklich seltsam, Master Southgate, aber Ihr seid nicht der erste, der mir dies sagt. Und, was noch seltsamer ist, die meisten, die mir dieses Schicksal prophezeit haben, sind selber eines gewaltsamen Todes gestorben.« Ich drehte mich um und blickte ihm scharf ins Gesicht. »Versucht nicht, mir zu drohen«, flüsterte ich in gespieltem Draufgängertum. »Mit mir ist nicht zu spaßen.«

(Herr im Himmel, zu welchen Lügen habe ich schon Zuflucht genommen!)

»Euer schiefes Auge paßt gut zu Eurem Aussehen«, bemerkte Southgate grinsend.

(O ja, ich wirkte dadurch besonders beeindruckend, war großgewachsen, hatte pechschwarzes Haar und einen olivfarbenen Teint, aber eines meiner Augen schielte leicht, was mir, wovon ich immer überzeugt war, ein recht verwegenes Aussehen gab.)

Ich bemerkte, daß Southgate eine Hand auf den Griff seines Dolches gelegt hatte. Ich schluckte und spähte über meine Schulter, um mich zu vergewissern, daß Benjamin hinter mir war.

»Wenn diese Angelegenheit hier vorüber ist«, stieß ich verächtlich hervor, »könnt Ihr Eure Waffe ziehen. Aber, wie Ihr ja schon gesagt habt, Euer göttlicher Herr, Sir Edmund Mandeville, erwartet uns.«

Kapitel 8

Die um den Hohen Tisch Versammelten – Sir John, Lady Beatrice, Rachel und Mandeville und der bleiche Damien – hatten ihr Frühstück schon zu sich genommen. Sir John schnippte mit den Fingern, und die Bediensteten stellten ein Holzbrett vor mich hin, auf dem sich Streifen von getrocknetem Schinken, kleine, weiße Brotlaibe und ein Topf mit cremiger, dicker Butter befanden; dazu kamen noch Lederbecher mit Bier.

Ich blickte in die Runde und bemerkte, wie blaß und mitgenommen alle Anwesenden wirkten. Ich lächelte freundlich, wünschte allerseits einen guten Morgen und begann, mir das Essen in den Mund zu stopfen. Benjamin freilich war um einiges höflicher. (Er war eben ein richtiger Höfling, mein Meister. Er legte allergrößten Wert auf gute Tischmanieren.) Er nahm einen Schluck aus seinem Becher und schaute Mandeville an.

»Sir, ich möchte Euch mein Beileid aussprechen zum Tode Eures Sekretärs.«

Mandeville nickte leicht. »Zum Tode, Master Daunbey, zum Tode?«

Benjamin hustete. »Nein, Sir, Ihr habt recht. Das richtige Wort ist Mord.«

»Aber wie?« stotterte Sir John. »Wie in Gottes Namen und in meinem Haus? Die Kammer des Mannes war verschlossen. Es gibt auch keine geheimen Türen oder Durchgänge.« Er schaute zur Seite. »Zumindest nicht in dieser Kammer.«

Benjamin lächelte. »Woanders also schon?«

»Nun, natürlich«, stammelte Santerre. Er scharrte nervös mit den Füßen. »Hier unter uns liegen die Keller und Gänge. Die Templer haben sie häufig benutzt.« Er lächelte matt. »Jetzt lagere ich dort meinen Wein, das Feuerholz und die Kohlen, das ist nichts Ungewöhnliches.«

»Weshalb meint Ihr, daß es sich um Mord handelt?« fragte Mandeville scharf.

»Weil Betten nicht einfach in Flammen aufgehen, Sir«, erwiderte Benjamin. »Wenn meine Beobachtungen richtig sind, haben sich die Matratze und die Decken binnen Sekunden in ein prasselndes Inferno verwandelt. Die Kohlenbecken waren nicht angefacht worden, das Feuer im Ofen war tot. Die Kerze war ausgegangen. Und dennoch muß in kürzester Zeit ein gewaltiges Feuer entzündet worden sein, so daß der arme Cosmas überhaupt keine Zeit mehr fand, das Bett zu verlassen.« Benjamin nahm einen Schluck. »Aber das Wie und das Warum«, fuhr er fort, »ist mir genauso ein Rätsel wie Euch, Sir Edmund.

Wie Ihr schon sagtet, war die Türe versperrt, außer Cosmas hielt sich niemand in der Kammer auf, und das Feuer sollte ihn schnell töten, ohne jemand anderem Schaden zuzufügen. Geht hin und seht nach in der Kammer. Die Decke ist aus Gips und würde Stunden brauchen, sich zu entzünden. Die Wände und der Boden bestehen aus Stein. In jedem anderen Haus hätte sich das Feuer über das gesamte obere Stockwerk ausgebreitet, aber nicht hier. Und das wußte unser Mörder!«

»Aber das Bett und die Decken«, unterbrach ich (der gute Shallot war stets darauf aus, zu zeigen, daß er auch zu etwas nütze war), »waren trocken wie Zunder.«

»Und weshalb ist Cosmas nicht aus dem Bett herausgesprungen?« fragte Santerre.

»Weil er schon schwer verletzt war«, erwiderte Benjamin. »Aber wie ist das Ganze vor sich gegangen?« Er schüttelte den Kopf.

»Ihr glaubt also wirklich, er wurde ermordet?« fragte Santerre.

»Ja, das habe ich gesagt, aber . . .«

Mandeville ließ seinen Krug auf den Tisch krachen und blickte Santerre vorwurfsvoll an. »Die Frage lautet also, wer steckt hinter diesem Anschlag?«

Sir John schob seinen Stuhl zurück, sein rotes Gesicht bebte vor Zorn. »Wollt Ihr mich beschuldigen, Sir Edmund, oder meine Familie oder meine Bediensteten? Wenn dem so ist, dann sagt es frei heraus!« Er zog geräuschvoll die Luft ein. »Erinnert Euch, wo wir hier sind, Sir Edmund. Dies ist nicht London, sondern Südwestengland. Alte Erinnerungen halten sich lange hier. Eduard Stafford, der verstorbene Lord Buckingham, wurde hier sehr geliebt und respektiert, vergeßt das nicht. Ich kann mich für die Loyalität meiner Bediensteten und Pächter nicht mehr verbürgen als Seine Majestät der König oder der Lordkardinal sich für die Loyalität eines jeden beliebigen Engländers verbürgen können. Zweitens . . .« Santerre machte eine Pause, um zu überlegen, was er noch vorbringen konnte.

»Genug«, ging Southgate besänftigend dazwischen. Der Schweinehund schien sich wirklich zu amüsieren.

»Zweitens«, fuhr Santerre hastig fort und ignorierte den warnenden Blick seiner Gemahlin, »leben hier immer noch die Erinnerungen an die Templer. Zu ihrer Zeit galten sie als große Magier, die Wohlstand in diese Gegend brachten. Sie waren angesehen als Heiler, als Herren, die sich im Besitz der Geheimnisse des Himmels und der Erde befanden. Glaubt Ihr denn«, fragte Santerre und blickte Mandeville scharf an, was mir Bewunderung für den Mut dieses Mannes abnötigte, »glaubt Ihr denn wirklich, Sir Edmund Mandeville, daß die Leute hier in der Gegend nicht den wahren Grund für Eure Anwesenheit kennen? Daß sie nicht wissen, hinter was Ihr wirklich her seid und daß Ihr die letzten Spuren dieses alten Ordens auslöschen wollt? Schließlich dürfte auch bekannt sein, welche Rolle Ihr bei der Hinrichtung von Lord Buckingham gespielt habt, und ich, Gott sei mein Zeuge, weiß auch, was ich dazu beigetragen habe.«

»Wollt Ihr damit zum Ausdruck bringen«, fuhr ihn Southgate an, »daß Ihr mit dem toten Herzog Mitleid habt?«

»Nein, Sir, das will ich damit nicht sagen«, bellte Santerre. »Legt mir nicht irgendwelche Worte in den Mund. Lord Buckingham kam hierher. Er saß an eben diesem Tische, und nachdem er wieder abgereist war, kamen Eure beiden Gehilfen und fragten mich, wovon er gesprochen habe. Ich habe ihnen die Wahrheit gesagt. Der Rest war Eure Angelegenheit.«

Santerre zog seinen Stuhl wieder zurück zum Tisch. »Gott weiß«, schloß er sanft, »daß auch an meinen Händen ein wenig von dem Blut des alten Herzogs klebt.« Er blickte in der Halle umher. »Ich stamme nicht aus dieser Gegend. Ich wurde in Hampshire geboren.« Santerre umklammerte die Hand seiner Frau. »Aber als ich Lady Beatrice heiratete, übernahm sie meinen Namen und ich ihr Haus. Ich kam hierher in der Absicht, ein guter Grundherr und ein treuer Diener des Königs zu sein. Vergeßt das nicht, Sir Edmund, bevor Ihr Euch an meinen Tisch setzt und Vermutungen darüber in die Welt setzt, wer für den Tod Eures Sekretärs verantwortlich sein könnte! Gott weiß, daß ich und die Meinen damit nichts zu tun haben!«

Southgate lächelte spöttisch. Mandeville strich sich

über sein dunkles Gesicht, als überlege er sich seine nächsten Schritte.

»Werte Herren«, ging Benjamin vorsichtig dazwischen, »bevor wir zu irgendwelchen Urteilen kommen, müssen wir anerkennen, daß Sir Johns Ausführungen der Wahrheit entsprechen. Lord Buckingham stammte aus dieser Gegend. Wir sind hierhergekommen, um Legenden zu zerstören, die seit alters her mit diesem Land verbunden sind. Sir Edmund Mandeville, denkt darüber nach. Vielleicht sind Eure beiden Agenten Calcraft und Warnham von einem Mitglied des Gefolges des Herzogs oder von einem dieser Geheimbündler nach London verfolgt und dort umgebracht worden. Man kann von Sir John nicht verlangen, daß er für jeden seiner Gefolgsleute und seiner Bediensteten die Hand ins Feuer legt. Der Tod von Cosmas, Gott erbarme sich seiner, bleibt also ein Rätsel.«

»Was mich erstaunt«, sagte ich, »ist, daß die Hexe, die wir gestern getroffen haben, einen solchen Tod prophezeit hat. Erinnert Ihr Euch nicht, Sir Edmund? Tod durch Feuer, Tod durch den Strick, durch Stahl und durch Wasser? Und darf ich Euch daran erinnern, daß niemand von uns von diesem Fluch ausgenommen wurde?«

»Ich hätte diese Hexe festsetzen lassen sollen«, schimpfte Mandeville.

»Die Hexe kann nichts dafür«, entgegnete Rachel leise. »Sie hat nur die Wahrheit gesprochen: In diesem Haus spukt es. Die Geister der Templer wandern über die Gänge und Galerien. Cosmas' Tod ist nicht die einzige Tragödie, die sich hier zugetragen hat.« Ihr Gesicht verhärtete sich. »O ja, es hat hier schon viele andere Todesfälle gegeben, nicht wahr, Mutter?« Sie wartete nicht auf eine Antwort. »Mein eigener Vater kam bei einem Reitunfall ums Leben. Bedienstete sind die Treppen hinuntergestürzt. Eine alte Krankenschwester hat sich in einer der

Scheunen erhängt. Einen Gärtner fand man ertrunken im See. Alles Selbstmorde, wie der Coroner erklärte.«

Rachels düstere Worte machten uns frösteln.

»Stimmt das?« fragte Benjamin ihre Eltern.

Santerre nickte. Lady Beatrice rieb sich mit den Händen das Gesicht, sie wirkte niedergeschlagen und begann allmählich ihre frostige Selbstbeherrschung zu verlieren.

»Ja«, antwortete sie widerstrebend. »Viele Leute meinen, daß dieses Haus verwunschen ist. Sie machen nicht mich oder meinen Ehemann für den Sturz von Buckingham verantwortlich, aber sie sagen, daß sein Schicksal unter einem ungünstigen Stern stand, nachdem er dieses Haus aufgesucht hatte. Manchmal, ja manchmal wünsche ich mir, ich könnte das Gebäude bis auf die Grundmauern niederbrennen!«

»Ein Anfang ist ja schon gemacht worden«, warf Southgate ein.

»Unsinn!« rief Benjamin. »Gut, ich akzeptiere, daß wir umstellt sind von Legionen des Bösen. Wir kämpfen, wie der heilige Paulus sagt, gegen einen unsichtbaren Feind. Geister mögen unter uns umherwandeln, aber auch Mörder sind unterwegs. Der Tod von Cosmas hat mehr mit Fleisch und Blut zu tun als mit Verwünschungen, Hexen oder Geistern.« Er lächelte Rachel an. »Doch ich räume ein, daß diese alte Hexe eine außergewöhnliche Begabung für Prophezeiungen besitzt. Sir Edmund Mandeville hat recht – möglicherweise hätte man sie einem ausführlichen Verhör unterziehen sollen. Nun, wie auch immer, bevor wir weiter darüber nachdenken, laßt uns herausfinden, ob jemand Cosmas' Kammer betreten hat.«

Der stumme Damien hatte intensiv die Lippen meines Meisters beobachtet. Er zog mich am Ärmel und deutete auf Santerres Ehefrau.

»Lady Beatrice, habt Ihr Cosmas' Kammer gestern noch betreten?« fragte Mandeville.

»Ja, früher am Abend. Ich bin die Herrin des Hauses und muß überprüfen, ob alles seine Ordnung hat.«

»Und ich war auch in der Kammer«, ergänzte Sir John. »Aus demselben Grund.«

»Ich habe eine Magd hineingehen sehen«, erklärte Southgate. »Ein braunhaariges Mädchen mit einer weißen Haube auf dem Kopf. Sie hatte Decken und Leintücher bei sich.«

»Das war Mathilda«, erwiderte Sir John. »Sie ist ein einfaches Mädchen vom Lande, das sich kaum viele Gedanken macht. Dennoch, ich werde sie befragen.«

»Ich glaube nicht«, sagte Benjamin, »daß eine Magd einen Mord aushecken könnte. Sir John, wie lange hat gestern das Abendessen gedauert.«

»Ungefähr zwei Stunden.«

Benjamin schaute hinunter auf den Tisch. »Roger ist als erster gegangen, dann Ihr, Master Southgate, gefolgt von Lady Beatrice und Sir John. Schließlich Ihr, Sir«, sagte er und deutete zu Mandeville, »mit Euren zwei Gehilfen.«

»Und wann seid Ihr gegangen?« wollte Southgate wissen.

Benjamin wurde rot. »Gar nicht. Ich blieb noch hier bei Lady Rachel. Sie holte aus der Bibliothek ihres Vaters ein Buch über die Artus-Legende, Mallorys *Arthur of Britain and the Knights of the Round Table*.«

Mein Herz machte einen Sprung, und ich biß mir auf die Lippen vor Enttäuschung. Rachel schaute zwar zu mir her, aber sie schien viel mehr an meinem Meister als an mir interessiert zu sein.

»Worauf wollt Ihr hinaus?« fragte Mandeville.

»Ich will auf überhaupt nichts hinaus. Ich möchte nur erfahren, ob irgend jemand später noch Cosmas' Kammer betreten hat.«

Einmütige Verneinung war die Antwort auf seine Frage. Mandeville stand auf und griff nach seinem Umhang, der über einer Stuhllehne lag.

»Wir sollten heute eigentlich nach Glastonbury aufbrechen, aber jetzt muß ich mich zuerst mit diesem furchtbaren Ereignis befassen. Sir John, ich brauche irgend etwas, das ich als Sarg für den armen Cosmas verwenden kann. Er kann zunächst in Eure Kapelle gestellt werden, und vielleicht können wir ihn morgen, auf unserem Weg nach Glastonbury, zur Dorfkirche bringen. Ich muß auch noch einige Briefe schreiben. Seine Gnaden der König wird nicht sehr erfreut sein über das, was ich ihm zu berichten habe. Master Southgate?«

Die beiden *Agentes* gingen hinaus, gefolgt von dem stummen, traurigen Damien.

Lady Beatrice und Rachel brachten murmelnd ihre Entschuldigungen vor, während Sir John sich streckte, brummelte, daß alles ganz fürchterlich sei, er sich aber nun um sein Gut kümmern müsse.

Benjamin beobachtete ihn, als er den Raum verließ. »Ich möchte gerne wissen, wo Sir John wirklich hingeht?« murmelte er.

»Wenn er nur einen Funken Verstand hätte, würde er hierbleiben und auf seine Tochter aufpassen«, gab ich zurück. »Ihr habt mir nicht gesagt, Master, daß Ihr hier unten in der Halle die ganze Nacht mit Mistress Rachel verbracht habt.«

Benjamin lächelte. »Sie ist sehr hübsch, Roger, nicht? Aber sie ist nicht für dich bestimmt und ganz gewiß auch nicht für mich. Dies hier ist kein Spiel. Wir sind umgeben von Tod, von Mord, von Verschwörungen und Gegenverschwörungen. Dies ist keine Zeit für Tändeleien. Vertraue niemandem außer mir, bis diese Angelegenheit erledigt ist.«

Er blickte sich um. »Roger, trotz der wattierten Kissen, der goldenen Uhren, der silbernen Löffel und der venezianischen Kelche, dieses Haus hat den Geruch des Todes an sich. Ich wollte ihr nicht offen vor den anderen zustimmen, aber Mistress Rachel hat recht. Irgend etwas an diesem Haus riecht nach alten, vergangenen Sünden. Je schneller unser Auftrag erledigt ist, desto besser.«

»Glaubt Ihr, daß die geheimen Templer wirklich existieren?« fragte ich.

»Möglich. Derartige Gesellschaften oder Zirkel schotten sich ab. Sie schaffen sich eine eigene Welt, und obwohl wir grüne Felder und liebliche Dörfer sehen, der König hat recht – England kocht vor Unzufriedenheit. Große Herren, in deren Adern das Blut der Yorkisten fließt, bekleiden hohe Positionen. Die Kirche kommt zunehmend in Verruf. Die Schotten stellen im Norden weiterhin eine Gefahr dar, und in Europa werden Bündnisse geschmiedet, aus denen England ausgeschlossen ist. In einer derartigen Situation gedeihen Geheimbünde wie die Templer. Das kräftigste Unkraut wächst immer auf dem Dung.«

»Und der Gral und Excalibur?«

Benjamin zuckte mit den Schultern. »Der König möchte sie haben, oder, was noch wichtiger ist, wenn er diese Gegenstände nicht bekommen kann, dann möchte er sicherstellen, daß sie auch niemand anderem in die Hände fallen können. Ich werde aus diesem Spruch nicht schlau. Was ist mit den Wassern des Jordan gemeint?« Er verzog das Gesicht. »Aus diesem Grund habe ich mich letzte Nacht auch mit unserer jungen Schönheit unterhalten. Ich wollte von ihr wissen, ob es in dieser gottverlassenen Gegend irgendeinen Ort, einen Strom, einen Fluß gibt, der den Namen Jordan trägt? Und wo die Arche des Moses sein könnte?«

»Und konnte sie Euch helfen?«

»Nein, und auch ihr Vater nicht – das sagte mir jedenfalls Mandeville gestern abend, nachdem du gegangen warst. Das Rätsel von Hopkins bleibt also weiterhin ungelöst.«

»Hat er irgendwelche Papiere hinterlassen?«

»Nein, nichts dergleichen. Laut Aussage von Mandeville räumte Hopkins vor seiner schicksalhaften Reise nach London seine Kammer aus, genau jene, in der du zur Zeit untergebracht bist.« Benjamin deutete zu dem wärmenden Feuer, das im Kamin flackerte. »Er schaffte alles heraus, und alles, was zu verbrennen war, vernichtete er.«

»Sehr seltsam.«

Benjamin zuckte mit den Schultern. »Vielleicht hatte er eine Vorahnung darauf, was in London geschehen würde. Oder vielleicht hat ihn auch jemand gewarnt. Möglicherweise wußte er auch, daß Warnham und Calcraft Agenten des Königs waren.« Benjamin seufzte. »Wie auch immer, Master Hopkins hat sein Geheimnis mit ins Grab genommen.« Er beugte sich näher heran. »Roger«, flüsterte er, »Ich möchte hierbleiben, aber du gehst zurück in deine Kammer, holst deine Stiefel, deinen Umhang und den breitkrempigen Hut, den du manchmal trägst. Sir John wird binnen einer Stunde das Haus verlassen. Wenn er gegangen ist, möchte ich, daß du ihm in einiger Entfernung folgst. Ich weiß, daß dies in der schneebedeckten Landschaft nicht leicht sein wird, aber finde heraus, wo er hinreitet.«

Diese Aufgabe behagte mir gar nicht, aber auch die Aussicht, weiter auf Templecombe herumzulungern, gefiel mir nicht sonderlich. Also eilte ich nach oben zu meiner Kammer, achtete diesmal aber sorgfältiger auf meine Umgebung, insbesondere auf die kleinen Wasserspeierköpfe, mit denen die Gesimse verziert waren und auf die großen schwarzen Beauce-Kreuze. Weshalb waren sie im Laufe der Zeit nicht verblichen? Wurden sie ständig nachgemalt und als eine Art Erinnerung an den alten Orden gehandelt? Als ich bei meiner Kammer ankam, sah ich, daß die Türe halb offen war, und ich verfluchte mich wegen meiner Dummheit. Ich traue mir selbst nicht, und abgesehen von Benjamin vertraute ich in diesem Hause niemandem, aber dennoch hatte ich vergessen, den Schlüssel mitzunehmen.

Ich drückte die Türe leise auf. Eine junge Frau saß mit dem Rücken zu mir am hinteren Ende des großen Himmelbettes. Ihr Kopf war von einer weißen Haube und einem weißen Schal bedeckt, der die Form eines Dreiecks hatte und wie ein Schultertuch ihren Rücken hinunterfiel. Ich hörte den Klang von Münzen, lächelte und schlich auf Zehenspitzen zum Bett. »Guten Morgen, Mistress«, sagte ich und lehnte mich gegen einen Bettpfosten. Ich erblickte meine Geldbörse auf ihrem Schoß und die Münzen, die auf dem Bettuch verstreut waren. »Schulde ich Euch etwas?«

Die junge Frau schaute mich wie ein verängstigtes Kaninchen an. Ich sah ihr rotbraunes Haar und große blaue Augen in einem von der Sonne gebräunten Gesicht. Sie mußte ungefähr siebzehn oder achtzehn Jahre alt sein.

»Ich habe Euch eine Frage gestellt, Mistress. Schulde ich Euch Geld? Wenn nicht«, fuhr ich sarkastisch fort, »könnt Ihr mir dann sagen, weshalb Ihr meine Geldbörse an Euch genommen habt?«

Ich trat näher, die junge Frau sprang auf, um zu flüchten, aber ich packte sie am Handgelenk. Sie wehrte sich.

»Es tut mir leid«, rief sie, und ihr Akzent verriet mir, daß sie vom Lande kam. »Oh, Sir, es tut mir wirklich leid, aber ich habe die Geldbörse da liegen gesehen, und die Versuchung war einfach zu groß für mich.«

Ich zog das Mädchen näher zu mir, nahm einen schwachen Lavendel- und Rosenduft an ihr wahr und bemerkte, wie sich unter der braunen Bluse ihre vollen Brüste aufgeregt hoben und senkten.

»Du bist Mathilda, habe ich recht?«

»Ja, Sir. Ich bin die Kammerzofe und bin auch für den Wäscheschrank verantwortlich.«

»Und du bereitest die Betten für die Gäste von Sir John vor?«

Das Mädchen nickte, ihre Augen waren immer noch weit aufgerissen.

»Auch das Bett des Mannes, der gestern ums Leben gekommen ist?«

Nun erblaßte das Gesicht des Mädchens. »Ja, Sir, aber wie ich Sir John und Master Devil . . .«

Ich mußte lachen wegen des Wortspiels, das sie unbeabsichtigt mit Mandevilles Namen angestellt hatte. Mit seiner schwarzen Kluft, den italienischen Gesichtszügen und dem schlimmen Ruf, den er genoß, konnte Sir Edmund den Bauern von Templecombe durchaus als der Teufel höchstpersönlich erscheinen.

»Mir ist nichts Besonderes aufgefallen«, sagte sie. »Ihr tut mir weh, Sir, laßt mein Handgelenk los!«

»Warum sollte ich? Du bist eine Diebin. Ich könnte dich hängen lassen für das, was du getan hast.« Ich blickte sie mit gespielter Strenge an. Sie entdeckte den Schalk in meinen Augen und drückte sich an mich.

»Oh, bitte, Sir«, sagte sie. »Vielleicht könntet Ihr mir eine von diesen Münzen geben und mich mit einer Tracht Prügel davonkommen lassen. Ich bin ein schlimmes Mädchen.«

Sie drückte sich noch fester an mich. Ich konnte ihre

weichen Brüste fühlen und bemerkte, wie lang und schlank ihr Hals war. Ich ließ ihre Hand los und griff nach ihren kleinen, aber voll ausgebildeten Arschbacken. Sie berührte den Ledergurt, den ich um die Hüften trug.

»Ihr könnt Euch bedienen«, sagte sie mit belegter Stimme.

Nun, Ihr kennt ja den alten Shallot. Meine Lanze war bereit, wie diejenige eines Ritters, der sich zum Turnierkampfe rüstet. Meine Hand glitt an dem schlanken, kurvenreichen Körper des jungen Mädchens entlang und begann, die Bänder ihres Leibchens zu lösen. Doch dann kam ich wieder zur Vernunft. Eine Regel von Shallot lautet: Mache dir nie gewaltsam eine Frau gefügig. Und als der romantische Narr, der ich war, dachte ich, Mathilda würde sich aus reiner Verzweiflung mir anbieten. Ich tätschelte sie sanft, nahm eine Silbermünze und drückte sie ihr in die weiche, warme Hand.

»Tu das nie wieder!« knurrte ich. »Und jetzt troll dich.«

Ich hörte, wie sie durch die Kammer lief und die Türe hinter sich schloß. Ich stand mit geschlossenen Augen da und beglückwünschte mich zu meiner neu gewonnene Tugendhaftigkeit – und fluchte dann gleich wieder, weil es hart an der Türe klopfte. Ich ging hinüber und riß sie auf, verärgert darüber, daß dieser weihevolle Augenblick so brutal zerstört worden war. Da stand Mathilda. Sie hatte ihr Leibchen geöffnet, und ihre reifen Brüste lugten aus der Bluse.

»Ich glaube wirklich«, sagte sie verschmitzt, »daß ich eine Bestrafung verdient habe.«

Nun, was sollte ich da sagen? Der alte Shallot hat noch eine zweite Regel: Widerstehe einer Versuchung nie zweimal. Binnen fünf Minuten waren wir beide pudelnackt und tollten vergnügt auf dem großen Himmelbett umher. Sie war jung und leidenschaftlich, eine warme und wohlgestaltete Maid, und was ihr an Können fehlte, machte sie durch Begeisterung wett. Sie lachte und kreischte, bis ich ihr mit meinen Küssen den Mund stopfte. Sogar jetzt noch, so viele Jahre später, entsinne ich mich der armen Mathilda. Sie war ein kleiner warmer Sonnenstrahl an diesem unheimlichen, mörderischen Ort.

Irgendwann später, als ich angenehm erschöpft war, holte ich mein Pferd aus dem Stall, sattelte es und führte es den Weg zum Hoftor hinunter. In der Nacht hatte es wieder geschneit, und der kalte Wind brachte den Neuschnee zum Gefrieren. Das Land sah aus wie eine Vision der Hölle: weiße, schweigende Felder und schwarze Bäume, die von dem grauen Himmel abstachen. Saatkrähen krächzten, während sie hungrig nach Fressen suchten, aber davon abgesehen lag über dem Land, das der Winter fest in seinem Griff hielt, eine unheilvolle, tödliche Stille. Der Herr verschone mich, aber ich hätte einen Beutel Silber für das Gelärme und die Gerüche von Cheapside gegeben. Vom Stallburschen hatte ich erfahren, daß Sir John das Haus noch nicht verlassen hatte, und als ich zu einer kleinen Gruppe von Bäumen gelangte, versteckte ich mein Pferd darunter, band es fest und setzte mich auf einen Felsblock. Ich nahm einen Schluck aus einem Schlauch Wein und dachte noch einmal an Mathilda, während ich auf Sir John wartete. Allmählich begann mir der Arsch abzufrieren, und ich überlegte schon, ob ich nicht wieder ins Haus zurückkehren sollte, als ich das Geräusch von Pferdehufen vernahm und Sir John eilig vorüberreiten sah.

Trotz des eisigen Bodens trieb er seinen großen Rotschimmel unerbittlich vorwärts. Nach einigen Minuten folgte ich ihm, wobei ich Senken und Biegungen des Weges ausnutzte, um nicht gesehen zu werden. Er erreichte die Weggabelung, die verlassen lag bis auf einen einsamen Galgen, an dem der verfaulende, jetzt aber gefrorene Leichnam eines Gehängten baumelte. Ich sah, daß Sir John den Weg nach Glastonbury einschlug und wußte, daß ich ihn nun nicht weiter zu verfolgen brauchte. Der Gutsherr hatte uns offensichtlich angelogen. Er mußte etwas Dringendes mit den Mönchen der Abtei zu besprechen haben, daß er sich zu dieser kalten, einsamen Reise aufmachte.

Ich wendete mein Pferd, freute mich schon auf die Wärme, die mich im Haus erwarten würde und fühlte mich nach meinen Leibesübungen mit der jungen Mathilda rechtschaffen müde. Die Zinnen und Giebel des Hauses waren schon fast zwischen den Bäumen zu sehen, als mein Pferd wieherte und mich wieder wachrüttelte. Eine Gruppe von maskierten Männern war Geistern gleich von den Bäumen links und rechts des Weges heruntergeglitten. Sie waren alle schwarz gekleidet, aber ich erspähte auch das dreizackige Kreuz, das die Templer auf den Schultern ihrer Umhänge angebracht hatten. »Was wollt Ihr?« rief ich, während ich verzweifelt versuchte, mein Pferd zu wenden, um mir einen Fluchtweg zu eröffnen.

Eine der Gestalten bewegte sich. Ich hörte das Klicken einer Armbrust, und ein Pfeil zischte warnend über meinem Kopf hinweg. Der Mann mit der Armbrust kam näher; seine Stimme, die durch seine Maske gedämpft wurde, befahl mir, abzusteigen.

»Verpißt Euch!« schrie ich. Meine Hand fuhr zu meinem Schwert, aber da mein Magen sich vor Furcht umdrehte, bekam ich den Griff nicht zu fassen.

»Steigt ab!«

Die Männer rückten näher. Ich erblickte blanken Stahl, und dies hat, wie Ihr mittlerweile wißt, beim alten Shallot immer dieselbe Wirkung. Es überkommt mich ein unwiderstehlicher Drang, Reißaus zu nehmen. Einer der Maskierten versuchte, nach dem Zaumzeug meines Pferdes zu greifen.

»Ihr verdammten Hunde!« schrie ich, trieb mein Pferd vorwärts und brachte ihn mit einem Fußtritt ins Straucheln.

Hände packten meine Beine, und mein Pferd, das nun vollkommen verschüchtert war, wieherte und schlug wild mit den eisenbesetzten Hufen aus. Ich hatte inzwischen mein bißchen Mut teilweise wiedergefunden, zog mein Schwert und wirbelte es gleich Sir Lancelot über meinem Kopf umher. Mein einziges Trachten ging danach, diese furchterregenden Gestalten auf Distanz zu halten, während ich verzweifelt nach einer Lücke in dem Ring von Schwertern suchte, der mich umgab. Ich spürte, wie mein Schwert durch Fleisch fuhr, hörte einen schmerzerfüllten Aufschrei und stach gleich noch einmal zu. Ich weiß nicht, was wirklich geschah, denn ich hielt meine Augen geschlossen, während ich mit meinem Schwert Hiebe austeilte. Mein Pferd, das mehr Mut besaß als ich, kümmerte sich indessen um sich selbst.

Als ich den Hufschlag vernahm, öffnete ich ein Auge und sah, daß die Angreifer in den Wald hinein flohen, zwei von ihnen allerdings nicht so schnell, wie sie wohl gerne gewollt hätten. Ich muß zugeben, ich zitterte vor Angst, und dies machte sich beim guten Shallot auf die übliche Weise bemerkbar: Schwämme in den Knien, ein übles Gefühl im Bauch, stoßweiser Atem und schiere Panik. Als mein Meister mich erreichte, fand er mich auf dem verschneiten Boden kauernd, auf den ich gerade den Inhalt meines Magens entleerte. Benjamin hörte noch das schwache Knacken im Unterholz, aber nachdem er einen Blick auf mich geworfen hatte, gab er den Gedanken auf, sich an die Verfolgung zu machen. Statt dessen holte er den Schlauch Wein von meinem Sattel und zwang mich, etwas zu trinken. Er blickte umher und entdeckte die roten Flecken im Schnee.

»War es ein schlimmer Kampf, Roger?«

(Mein Gott, wie naiv und unbedarft er manchmal sein konnte!)

»Ich habe mein Bestes gegeben, Master«, antwortete ich mit schwacher Stimme. »Es müssen mindestens ein Dutzend Männer gewesen sein«, log ich in gespielter Bescheidenheit, »und ich bezweifle, ob vier von ihnen noch den morgigen Tag erleben werden.«

»Wer waren sie?«

»Woher soll ich das wissen?« gab ich schnarrend zurück. »Sie waren maskiert und hatten Kapuzen auf, obwohl ein paar von ihnen einfache Templerkreuze auf ihre Umhänge aufgenäht hatten. Ich glaube, das waren nicht einfach nur marodierende Banditen.«

Benjamin trat zwischen die Bäume und blickte in die Dunkelheit.

»Ein Dutzend, sagst du, Roger?«

»Mindestens, Master.«

»Warum haben sie dich dann nicht auf der Stelle umgebracht?«

»Das weiß ich nicht!« gab ich zurück. »Aber wenn sie zurückkommen, dann werde ich sie fragen.«

»Nein, nein, Roger, du hast deine Tapferkeit schon zur Genüge unter Beweis gestellt. Ich glaube, sie wollten dich entweder etwas fragen oder dich warnen. Und dies beweist«, fuhr Benjamin fort, »daß sie das Herrenhaus beobachtet haben. Sie müssen gesehen habe, daß du Santerre gefolgt bist.« Er blickte über die Schulter zu mir. »Und weshalb hast du ihn nicht weiter verfolgt?«

»Das war nicht notwendig. Aus irgendeinem Grund hat sich der alte Bastard entschieden, nach Glastonbury zu reiten. Er muß etwas Wichtiges dort zu erledigen haben. Vielleicht«, fügte ich hinzu, »gehört Santerre auch zu den Templern und ist jetzt unterwegs, um seinen Herrn zu informieren, daß einer von Mandevilles Männern schon umgekommen ist.«

Ich stand auf und trank den Rest des Weines.

»Ich würde einen Beutel Gold dafür geben, zu erfahren, was Santerre nach Glastonbury getrieben hat«, meinte Benjamin. »Vielleicht hättest du ihm doch folgen sollen.«

»Und was hätte ich dort tun sollen?« rief ich, während meine Knie immer noch vor Angst schlotterten. »Hätte ich in das Kloster hineingehen und sagen sollen: ›Oh, welch ein Zufall! Was tut Ihr denn hier, Sir John?‹ Wie auch immer«, sagte ich und deutete mit einem Kopfnicken zu den Bäumen, »vielleicht hätten diese Wegelagerer auch zugeschlagen, bevor ich nach Glastonbury gekommen wäre. In diesem gottverlassenen Land gibt es genügend Wälder, Sümpfe und Moore, um eine ganze Armee hier zu verstecken!« Ich tätschelte mein Pferd, flüsterte ihm Dankesworte ins Ohr und stieg dann wieder auf. »Ich reite zurück nach Templecombe«, sagte ich. »Ich bin müde, durchnäßt und fühle mich hundeelend. Es reicht mir für heute, Master!« Ich schaute ihn böse an. »Und überhaupt, weshalb seid Ihr eigentlich hier?«

Benjamin stieg ebenfalls auf sein Pferd und grinste mich an. »Diese Hexe geht mir immer noch im Kopf um. Ich versuchte gerade den Platz zu finden, wo wir sie gestern morgen getroffen haben, als ich dich schreien hörte. Daraufhin bin ich sofort hierhergeritten.« Er lenkte sein Pferd näher zu mir heran und packte mich am Arm. Sein langes, dunkles Gesicht, das sonst meist einen feierlichen Ausdruck hatte, strahlte über alle Maßen.

»Komm, mein kriegerischer Prinz«, sagte er leise. »Was

sind ein paar Fußstapfen für einen Mann wie Shallot, wie?«

(Ich war versucht, ihm zu erzählen, daß diese Banditen wesentlich älter gewesen waren als ich, aber ich vermute, wir müssen alle den Anschein der Tapferkeit wahren.)

»Komm!« Benjamin trieb sein Pferd vorwärts. »Versuchen wir, die alte Hexe ausfindig zu machen.«

Jammernd und brummelnd ritt ich an seiner Seite her. Wir befanden uns schon ziemlich nahe vor den Toren von Templecombe, als wir jene Lücke in den Reihen der Bäume entdeckten, durch welche die Alte gestern unserer Erinnerung nach verschwunden war. Trotz meiner Warnungen bestand Benjamin darauf, dort hineinzureiten.

Wenn die alte Hexe prophetisch begabt war, dann war ich es auch, denn kaum waren wir eine Bogenlänge in den Wald eingedrungen, erklärte Benjamin, er habe die Orientierung verloren. Der Wald war ziemlich dicht, das Unterholz von Schnee bedeckt. Sogar im Sommer wäre es schwierig gewesen, dem Pfad zu folgen. Es begann schon zu dämmern, deshalb entschied sich Benjamin zu meiner Erleichterung, wieder umzukehren.

Kapitel 9

Auf Templecombe waren alle mit ihren eigenen Angelegenheiten beschäftigt. Nachdem wir unsere Pferde in den Stall gebracht hatten, sagte mein Meister, er habe etwas zu erledigen und zog sich in seine Kammer zurück. Ich suchte nach Mathilda und fand sie in der Vorratskammer, wo sie zusammen mit anderen Mägden arbeitete. Sie warf mir einen warnenden Blick zu und sagte mir mit ihren Augen, ich solle ihr fernbleiben. Von einem dicklichen Koch erbettelte ich einen Krug Bier, mit dem ich mich vor das Feuer in der großen Halle setzte, um mich aufzuwärmen, bis mein Meister mich aufstöberte.

»Komm, Roger, auf uns wartet Arbeit. Ich habe über diesen rätselhaften Spruch nachgedacht. Vielleicht kann uns die alte Kapelle der Templer weiterhelfen.«

Ich hatte es hier warm und gemütlich, doch mein Meister ließ nicht locker. Mir blieb nichts anderes übrig, als ihm den gewünschten Gefallen zu tun, daher griff ich nach meinem Umhang und begleitete ihn zu der Kapelle. Die Türe war offen. Innen standen Mandeville und Southgate vor dem Taufbecken.

»Der Wanderer ist also wieder zurückgekehrt?« fragte Southgate höhnisch. »Was führt Euch hierher?«

»Das Rätsel«, antwortete Benjamin.

»Wir haben auch schon daran gedacht«, brummelte Mandeville. »Aber hier gibt es kein Wasser des Jordans und auch keine Arche von Moses.« Er deutete das Kirchenschiff entlang. »Damien ist im Altarraum. Wir haben eine Fichtenholztruhe beschaffen können.« Mandeville biß sich auf die Lippen. »Was von dem bedauernswerten Cosmas noch übrig war, wurde in Tücher eingeschlagen, in den Sarg gelegt und ist jetzt vor dem Altar aufgebahrt. Das war das mindeste, was wir für ihn tun konnten.« Er zwang ein Lächeln auf seine Lippen. »Ich wäre Euch sehr verbunden, Master Daunbey, wenn Ihr nach vorne gehen, ein kurzes Gebet sprechen und Damien Euer Beileid bezeugen würdet.«

Benjamin akzeptierte. Wir gingen das dunkle, schmutzige Hauptschiff entlang und unter dem einfachen Lettner hindurch, bis wir im Altarraum standen. Der behelfsmäßige Sarg ruhte auf Holzböcken vor dem Altar. Sechs purpurfarbene Kerzen, drei an jeder Seite, flackerten in ihren schweren Eisenhaltern. Jemand hatte ein Kruzifix auf den Deckel des Sarges genagelt und darunter in Schwarz den Namen ›Cosmas‹ aufgemalt. Vor einem Betpult am Fuße des Sarges kniete der Bruder des Toten; sein glattrasierter Kopf war nach vorne gebeugt, und seine Schultern erbebten unter seinem leisen Schluchzen. Mandeville war uns gefolgt.

»Der Sarg wird diese Nacht noch hierbleiben«, flüsterte er. »Morgen werden wir ihn zur Dorfkirche hinunterbringen.« Er entfernte sich wieder, als Damien sich umdrehte, die Augen gerötet vom Weinen und das weiße Gesicht aufgeschwollen. Zuvor hatte er stets furchterregend gewirkt, doch jetzt machte er einen bemitleidenswerten Eindruck mit seinen tränennassen Wangen, den traurigen Augen und dem aufklaffenden Mund, der nur gurgelnde Laute von sich geben konnte, als Benjamin ihn an der Hand faßte und versuchte, ihm unser Beileid auszudrücken.

Der arme Teufel nickte, sein Gesicht verzog sich zu einem schwachen Lächeln, doch als er mich erblickte, verengten sich seine Augen. O nein, dachte ich, geht es schon wieder los. Wieder einmal wird dem guten Shallot die Schuld zugeschoben. Ich versuchte, eine mitleidsvolle Miene aufzusetzen, aber das verschlimmerte alles nur noch. Der Mann fuchtelte mit der Hand in der Luft herum, um uns zu sagen, daß wir verschwinden sollten, und nachdem er uns den Rücken zugekehrt hatte, begann er wieder zu beten.

Als wir gingen, folgte er uns bis zur Kirchentüre. Wir hörten, wie sie hinter uns zufiel und der Schlüssel im Schloß umgedreht wurde.

»Der arme Kerl möchte allein sein«, bemerkte Benjamin.

»Das kann ich gut verstehen«, erwiderte ich. »Aber muß er mich deswegen anschauen, als wäre ich der Mörder?«

Benjamin hakte sich bei mir unter, und wir kehrten zum Herrenhaus zurück.

»Ich kenne die Wahrheit, Roger. Sie aber sehen es anders. Du bist nach dem Essen schließlich als erster gegangen. Du hättest das Feuer vorbereiten und dich dann zu Bett legen können.«

»Wie denn?« schrie ich. »Und außerdem, Master«, sagte ich und entzog ihm meinen Arm, »war Cosmas, wie Ihr wißt, ein berufsmäßiger Spion, ein Agent. Hatte er denn die Türe zu seiner Kammer nicht verschlossen?«

»Unglücklicherweise nicht«, antwortete Benjamin. Er schaute mich an mit seinen unschuldigen Augen. »Vergiß nicht, Roger, der Schlüssel steckte innen im Schloß. Cosmas dachte, er wäre hier sicher. Schließlich stand er unter dem Schutz des königlichen Chefagenten. Erinnere dich an das alte Sprichwort: ›Ein Jäger vergißt schnell, wie leicht er zum Gejagten werden kann.‹ Übrigens«, meinte er und packte mich am Arm, »schließt du denn immer deine Kammer ab?«

Ich fragte mich, ob mein Meister etwas von meinem Techtelmechtel mit der Magd mitbekommen hatte, aber er trug seinen distanzierten, unschuldigen Gesichtsausdruck zur Schau. Benjamin, der Undurchdringliche.

»Habt Ihr wirklich geglaubt«, fragte ich, um das Thema zu wechseln, »daß wir in der Kapelle einen Anhaltspunkt finden würden, um Hopkins' Rätsel zu lösen?«

»Eigentlich nicht, aber irgendwie muß der Spruch sich auf einen Ort beziehen. Entweder auf Templecombe oder, was wahrscheinlicher ist, auf Glastonbury.«

»Es gibt noch eine weitere Möglichkeit, Master.«

»Und die wäre?«

»Das Haus auf der Insel.«

Benjamins Gesicht erstrahlte vor Überraschung. »Natürlich«, stieß er hervor, drehte sich um und ging an der Kapelle vorbei zum See hinunter.

Wir starrten über das Wasser zu der in Nebel gehüllten Insel hinüber. Welch ein trostloser Ort. Das Wasser war von einer dünnen Eisschicht überzogen, über die graue Nebelschwaden hinwegzogen. Die Insel und das eigenartige Gebäude der Templer waren davon fast völlig verschluckt, und wir konnten nur einige Ziegel auf seinem Dach erspähen.

»Ich möchte gerne wissen, was dort drüben geschehen ist«, sinnierte Benjamin.

Mich fröstelte, und ich stampfte mit den Füßen auf. Man mußte nicht mit dichterischer Phantasie ausgestattet sein, um sich auszumalen, was dort drüben passiert sein könnte. Vor meinem geistigen Auge zogen Templer mit ihren gesichtslosen, konischen Helmen herauf, die rote und weiße Kreuze auf ihre Umhänge genäht hatten und in stockfinsterer Nacht zu der Insel übersetzten. Ihre Kähne wurden geräuschlos vorangetrieben, und an Bug und Heck erhellten riesige Fackeln die Dunkelheit. Weshalb wohl waren sie hinübergefahren? fragte ich mich. Wollten sie böse Geister beschwören? Oder dort verbotene sexuelle Freuden genießen?

»Wir sollten hinübergehen«, meinte Benjamin.

»Nicht jetzt, Master«, entgegnete ich und versuchte, meine Angst zu verbergen. »Es wird schon dunkel. Wer weiß, wie dick das Eis ist. Und wenn wir schon hinüber müssen, dann möchte ich gerne eine Waffe bei mir tragen.«

Gott sei Dank stimmte Benjamin meinem Vorschlag zu, und wir kehrten zum Haus zurück. Ich war starr vor Kälte und begab mich daher gleich in meine Kammer, um mich aufzuwärmen. Ich lag eine Zeitlang auf meinem Bett und dachte darüber nach, ob Mathilda wohl zurückkehren würde, bevor ich in einen unruhigen Schlaf hinüberdämmerte, der von grauenerregenden, maskierten und kapuzentragenden Gestalten erfüllt war, die auf einer einsamen Insel vor einem furchterregenden Dämonengott tanzten.

Benjamin rüttelte mich wach.

»Santerre ist zurück«, flüsterte er. »Laß uns hinuntergehen und herausfinden, wo er wirklich gewesen ist.«

Wir fanden Sir John und seine Familie in der Großen Halle vor. Sie saßen auf Stühlen vor dem wärmenden Feuer. Santerre schien ziemlich guter Laune zu sein, scharrte mit den Füßen, rieb sich die Hände und erklärte mit lauter Stimme, wie gut es doch sei, wieder hier in seinem warmen, gemütlichen Heim mit seiner Familie zusammenzusein. Er lächelte und winkte uns herbei.

»Das war ein guter Tag«, bellte er. »Trotz des Schnees. Alles scheint in Ordnung zu sein.« Er nahm einen randvoll gefüllten Kelch Wein von einem Tablett neben sich. »Und Ihr, werte Herren, habt Ihr Euch hier schon ein wenig eingelebt?«

Benjamin antwortete mit den üblichen Höflichkeitsfloskeln. Ich starrte einfach nur in Santerres fröhliches Gesicht. Was ist dieser Mann doch für ein eiskalter Heuchler, dachte ich bei mir. Dieser Schweinehund mit seiner großspurigen Art, seinen lustigen Augen und seiner aufgesetzten Gastfreundschaft hätte mich heute morgen um ein Haar umgebracht. Santerre tätschelte seinen Bauch.

»Weiß Gott, ich habe heute wirklich einen gesunden Appetit!« dröhnte er und schleckte sich über die Lippen. Er grinste seine Ehefrau an. »Ein feines Essen, nicht wahr, Frau?« Lady Beatrice kannte ihren Gemahl und lachte. »Nur das Beste für den Herrn und Meister.«

»Schwein in Limonensauce gebraten, mit Streifen von Hammelfleisch, und alles kräftig gewürzt.« Santerre rieb sich über den Wanst. »Dieses kalte Wetter macht einen hungrig wie einen Wolf, habe ich recht, Master Shallot? Einen Becher Roten und danach ein Würfelspiel?«

Mandeville und Southgate kamen steifbeinig in die Halle marschiert. Beiden Männern gefiel es gar nicht, daß Santerre in dieser Zeit der Trauer so hochgestimmt war.

»Habt Ihr Damien gesehen?« fragte Mandeville kurz angebunden.

»Ja«, antwortete Benjamin. »Vor zwei oder drei Stunden.«

»Aber das war in der Kapelle.«

Benjamin zuckte mit den Schultern. »Ihr habt gefragt, ich habe geantwortet.«

Mandeville starrte in das Feuer. Vielleicht verfüge ich wirklich über einen sechsten Sinn, denn in diesem Augenblick fühlte ich eine Angst in mir aufsteigen, und meine Nackenhaare sträubten sich.

»Er kann unmöglich noch beim Beten sein«, sagte Southgate.

Die hochgemute Stimmung verflog aus Santerres Gesicht. Rachel und ihre Mutter wirkten aufgeregt. Benjamin sprang mit einem Satz auf.

»Reden hilft uns nichts. Laßt uns zur Kapelle gehen. Vielleicht hat er einen Spaziergang unternommen?«

Wir alle eilten durch die Küche hinaus in den Hof und dann den Weg zur Kirche entlang. Die Türe war immer noch verschlossen, und als ich durch die zugeklappten Fensterläden spähte, konnte ich keine Anzeichen von Kerzenlicht wahrnehmen.

»Damien!« brüllte Mandeville. Er drückte den Türgriff herunter, aber der Eingang war zugesperrt. »Damien!« brüllte Mandeville abermals. Er verlor die Geduld und begann mit den Fäusten gegen die metallbeschlagene Tür zu donnern.

»Mutter!« rief Rachel. »Komm mit mir!« Die beiden Frauen liefen an der Mauer der Kirche entlang und riefen Damiens Namen durch die Fensterläden. Mandeville trommelte weiterhin an die Türe. Santerre ließ einige seiner Bediensteten kommen, die dann auf seine Anweisung hin einen riesigen Baumstamm aus den Scheunen herbeiholten, der dort zum Trocknen aufbewahrt wurde.

Mandeville kommandierte sie herum, als befehlige er die Erstürmung einer Festung. Taue wurden um den Stamm geschlungen, und dann schwangen ihn die Bediensteten vorwärts und rückwärts und ließen ihn gegen die Kirchentüre krachen, die allmählich nachgab und schließlich aus den Angeln sprang.

»Jeder bleibt, wo er ist!« Mandeville wischte sich den Schweiß von der Stirn. »Niemand betritt die Kirche, bevor ich es sage!« Er ging hinein. »Der Schlüssel steckt noch im Schloß!« rief er. »Und auch die Riegel waren noch vorgelegt!« Er ging weiter und rief Southgate zu sich.

Wir anderen verharrten erwartungsvoll vor dem Eingang, bis ein lautes Aufstöhnen von Mandeville und der verzweifelte Ausruf »O nein!« uns veranlaßten, in die Kirche zu eilen. Im Hauptschiff schien alles in Ordnung zu sein. Santerre ließ Fackeln bringen, um die Kirche zu erhellen. Im Altarraum fanden wir Damien über das Betpult hingestreckt. Ein kleiner Bolzen von einer Armbrust war ihm von hinten in den Schädel gedrungen. Er war dadurch gewaltsam nach vorne geschleudert worden, und das Blut, das aus seiner Nase und seinem Mund gespritzt war, hatte sich über den unteren Teil des Sarges seines Bruders ergossen. Mandeville zog die Leiche zurück und drehte ihn in seinen Armen so zärtlich um, wie es eine Mutter mit ihrem Kind getan hätte.

Im flackernden Fackelschein wirkte Damiens Gesicht grauenhaft: die Augen waren halb geöffnet, der Mund für immer geschlossen, und das ganze Gesicht war blutverschmiert. Mandeville legte den Leichnam behutsam auf den Boden.

»Irgendein elender Bastard wird dafür bezahlen!« stieß er mit einem gefährlichen Funkeln in den Augen hervor.

Santerre trat zurück und hob abwehrend die Hände. »Sir, droht mir nicht. Ihr habt gesehen, daß die Türe von innen verriegelt war.«

»Wo ist der andere Schlüssel?«

»An einem Bund an meinem Gürtel. Ich habe ihn immer bei mir.«

Southgate beugte sich herüber und klopfte Benjamin auf die Brust. »Ihr habt Damien als letzter gesehen?«

»Was wollt Ihr damit sagen?« gab mein Meister scharf zurück. »Wollt Ihr mich oder Shallot des Mordes beschuldigen? Und falls ja, wie hätten wir es tun sollen?« Benjamin deutete auf den Toten. »Er hat uns aus der Kirche geleitet und dann hinter uns abgeschlossen.«

Benjamin schnellte herum, nahm Santerre die Fackel aus der Hand und begann, das Kirchenschiff hinunterzugehen, nachdem er mir gewinkt hatte, ihm zu folgen. Wir blieben unter dem Chorboden stehen, wo es eine Nische gab mit einer Stiege, die zum Turm hinaufführte. »Sir Edmund«, rief Benjamin, »legt den Toten wieder so hin, wie Ihr ihn gefunden habt und kommt her zu uns!«

Die beiden *Agentes* wollten schon widersprechen, begriffen aber, was Benjamin vorhatte und begaben sich zu uns, während Benjamin den Santerres zurief, sie sollten zurückbleiben.

»Seht Ihr das, Sir Edmund?« stieß Benjamin hervor. »Irgend jemand konnte sich hier versteckt haben, als wir heute in die Kirche kamen. Wir unterhielten uns, Ihr seid gegangen, und dann hat uns Damien aus der Kirche getrieben und ist wieder zu seinem Betpult zurückgekehrt. Jetzt nehmen wir einmal an, wir seien der Mörder und stehen hier in der Nische mit einer Armbrust, die in den Altarraum zielt.«

Er hob die Fackel, und Mandeville folgte seinem Blick.

»Ja, ja«, murmelte er. »Ich begreife, Master Daunbey. Der arme Damien kniete am Eingang zum Altarraum und bot ein gutes Ziel für jemanden, der hier mit einer Armbrust lauerte.«

Benjamin senkte die Fackel hinunter zu dem Steinboden und tastete ihn mit den Fingern ab.

»Im Fackelschein sieht es aus, als wäre hier ein dunkler Fleck. Ich gebe zu, es ist schwierig, ihn von unseren Fußabdrücken zu unterscheiden, aber dieser Fleck, die Feuchtigkeit am Boden, zeigen, daß hier jemand für längere Zeit gestanden haben muß, dessen Umhang und Stiefel von Schnee bedeckt waren. Er muß schon vor Damien hergekommen sein. Nachdem wir alle gegangen waren und Damien die Türe hinter uns verriegelt hatte, hat der Mörder zugeschlagen.«

Southgate klatschte leise in die Hände. »Sehr gut gemacht, lieber Daunbey. Aber wie ist der Mörder entkommen?«

Benjamin rief den Santerres zu, sie sollten nun durch das Schiff zu uns nach vorne kommen.

»Sir John, gibt es zu dieser Kirche irgendwelche geheimen Eingänge?«

»Nein«, antwortete Rachel. »Um Gottes willen, Master Daunbey, seht doch selbst.«

Benjamin ließ noch weitere Fackeln bringen, und wir gingen die Wände entlang, wobei wir aufmerksam den Boden studierten. Nichts als harter Stein. Es gab nur noch einen einzigen weiteren Eingang, eine kleine Türe links neben dem Altarraum, aber sie war durch ein verrostetes Vorhängeschloß versperrt und war ganz offensichtlich seit Jahren nicht mehr geöffnet worden.

»Es gibt keine Sakristei hier?« wollte Benjamin wissen.

»Nein, gibt es nicht«, erwiderte Sir John. »Als die Templer diese Kirche benutzten, legten die Priester entweder im Herrenhaus oder hier im Altarraum ihre Meßgewänder an.«

Benjamin nahm seine Fackel und untersuchte die Läden eines jeden Fensters. Alle waren geschlossen und ihre Riegel fest eingelegt.

»Das ist wirklich ein Rätsel«, murmelte er. »Der Mörder war hier eingeschlossen. Wie also konnte er hinauskommen? Sir John, diese Fensterläden sind alle von innen verschließbar?«

»Und von außen«, rief Santerre.

»Oh, gütiger Himmel!« stieß Benjamin hervor.

Er führte die Gruppe aus der Kirche hinaus und untersuchte dann im Schein unserer Fackeln jedes Fenster und den Schnee darunter. Doch dadurch wurde die Angelegenheit nur noch mysteriöser, denn auch die äußeren Riegel waren alle eingelegt, und abgesehen von den frischen Fußabdrücken von Lady Beatrice und Rachel gab es keine Anzeichen, daß jemand über eines der Fenster die Kirche betreten oder verlassen hätte.

»Nun«, meinte Southgate, als wir uns wieder vor der Kirche versammelten, »Damien ist tot, ist ermordet worden!«

»Tod durch Stahl«, sagte ich. »Erinnert Euch an die Prophezeiung der Hexe.«

»Das ist Hexerei«, polterte Mandeville. »Ich werde die alte Hexe binnen einer Woche verbrennen lassen!« Er warf einen Blick zu Rachel. »Ihr habt recht, Mistress, dieses Haus ist verflucht. Zwei der ergebensten Diener des Königs sind hier umgekommen, wurden brutal ermordet. Man sollte alles hier niederbrennen.«

»Unsinn!« widersprach Benjamin. »Damien wurde durch den Bolzen einer Armbrust getötet, und Geister hinterlassen keine nassen Flecken auf dem Fußboden. Wir wissen, wie der Mörder hineingekommen ist und wo er sich versteckt hat. Unklar ist aber noch, wie er wieder hinausgelangen konnte.« Benjamin richtete sich auf, so daß seine Schultern nicht mehr eingefallen wirkten. »Versteht Ihr denn nicht, was geschehen ist?« rief er. »Der Mörder hat für uns alle den Tod vorgesehen, aber zunächst spielt er noch mit uns wie eine Katze mit einer Maus. Die Angst vor dem Tod ist oft schlimmer als der Tod selbst. Die Morde an Cosmas und Damien sollen uns quälen und bestrafen, uns nervös machen und uns von unserer Aufgabe ablenken. Zwei Männer sind tot. Doch, Sir Edmund, ich bin zuversichtlich, daß der Mörder einen Fehler begehen wird.«

Mandeville stieß seine Stiefelspitze ärgerlich in den

Schnee. »Aber wann, Master Daunbey, wann?« Er schaute seinen Leutnant an. »Southgate, laßt den Leichnam von Damien wegbringen. Sir John, ich brauche eine weitere Truhe. Morgen werdet Ihr die beiden Toten hinunter in die Dorfkirche schaffen.«

Mandeville entfernte sich, blieb dann stehen und drehte sich noch einmal um. »Southgate, räumt zuvor noch Damiens Kammer aus, alle Papiere und Dokumente. Sir John, schickt die Diener weg. Ich möchte Euch alle in der Halle sehen.«

Wir taten, wie er uns geheißen hatte, und versammelten uns in einem düsteren Halbkreis um das Feuer. Niemand dachte an Essen oder Trinken, während Mandeville vor uns hin und her lief, so zornerfüllt, daß auch das Prasseln der Flammen hinter ihm ihn nicht ablenken zu können schien.

»Morgen«, hob er an, »müssen wir uns nach Glastonbury aufmachen. Es liegt zwar dicker Schnee über dem Land, aber er ist nicht tief genug, um den Lauf der Gerechtigkeit aufzuhalten.« Er wischte sich den Mund mit dem Handrücken ab. »Ich könnte natürlich fragen, wo jeder von Euch sich heute aufgehalten hat, doch was könnte das nützen?«

Ich warf einen raschen Blick auf Sir John. Abgesehen von Benjamin und mir war er der einzige, der das Haus verlassen hatte, daher hätten sein Umhang und seine Stiefel durchaus mit Schnee bedeckt sein können. War er wirklich nach Glastonbury geritten oder auf einem geheimen Weg wieder nach Templecombe zurückgekehrt, um sich dann in der Kirche auf die Lauer zu legen? Oder war der Mörder schon hier gewesen? Konnte es einer der Wegelagerer sein, die mich überfallen hatten? Ich blickte auf. Mandeville starrte mich an, als versuche er, meine Gedanken zu lesen.

»Wir müssen umsichtig sein«, murmelte er und atmete tief ein, um sich zu beruhigen. »Wir dürfen jetzt nicht beginnen, uns gegenseitig als Mörder zu beschuldigen. Jeder Eurer Pächter, Sir John, und ich sage dies, ohne Euch damit zu nahezutreten, kann der Mörder sein. Vielleicht hat Master Shallot recht. Wir dürfen diese verdammte Hexe nicht vergessen.«

»Möglicherweise weiß sie etwas, Sir Edmund«, unterbrach ihn Benjamin behutsam. »Doch der Mörder von Cosmas und Damien muß sich in diesem Hause befinden.«

Mandeville stimmte ihm zu. »Sir John, ich möchte, daß morgen beim ersten Licht des Tages alle Eure Bediensteten hier in der Großen Halle Aufstellung nehmen. Und, Sir, ich empfehle Euch, sträubt Euch nicht. Dies ist eine Angelegenheit, die den König betrifft.«

Er lief an unseren Stühlen vorbei und strebte aus der Halle. Benjamin nickte Sir John entschuldigend zu, machte mir ein Zeichen und folgte Mandeville eilig. Dieser hatte schon die Hälfte der Treppe zurückgelegt.

»Sir Edmund!« rief mein Master. »Noch ein Wort!«

Mandeville blickte herunter. Seine Augen blitzten wutentbrannt.

»Haut ab, Daunbey! Hier drinnen muß ich höflich sein, aber ich werde nie vergessen, daß Ihr und diese Kreatur, die Ihr Euren Diener nennt, die letzten wart, die meinen Gehilfen lebend gesehen haben.« Er kam die Stufen wieder herunter. »Ihr haltet das für ein Spiel, nicht wahr?« knurrte er. »Ich habe zwei meiner besten Männer verloren. Vier, wenn man Warnham und Calcraft noch dazurechnet.« Mandeville schob sein Gesicht ganz nahe an das von Benjamin. »Ihr mögt nicht, was wir tun. Ihr mögt uns nicht, weil wir die Agenten des Königs sind, seine Werkzeuge, seine Spione. Ihr mögt vielleicht auch den König nicht, doch er trägt die Krone des Bekenners. Ein einziger starker Fürst ist ungleich besser als zehn starke Fürsten, die um die Krone kämpfen.«

»Da stimme ich Euch zu«, erwiderte Benjamin ruhig. »Doch darum geht es hier nicht.«

Mandeville schaute zur Seite. »Ihr habt recht«, stieß er hervor. »Darum geht es nicht. Ich habe schon viele Männer verloren, doch Cosmas und Damien waren wie mein eigenes Fleisch und Blut. Ich betrauere ihren Tod zutiefst.«

»Dann, Sir«, rief ich, »wäre es an der Zeit, ehrlich zu sein.«

Ich trat näher und schüttelte Benjamin ab, der mich warnend am Ärmel zog. »Wir sind die einzigen, denen Ihr vertrauen könnt. Warnham und Calcraft starben, bevor wir ins Spiel kamen. Also möchte ich Euch offen heraus fragen: Der Mann, den wir in Newgate gesehen haben, war nicht Taplow, habe ich recht?«

Der Zorn wich aus Mandevilles Gesicht. Er bedeutete uns, ihm die Galerie hinunter zu folgen, und zog uns dann zu einem der Schießscharten-Fenster, wo uns niemand belauschen konnte. Er starrte durch das getönte Glas und lächelte entschuldigend.

»Ihr habt recht, Master Shallot. Taplow starb in Smithfield, aber der Mann, den man Euch gezeigt hat, war nicht der Schneider.«

»Warum?« wollte ich wissen.

»Befehl des Königs.«

»Und die Briefe, die Buckingham geschrieben haben soll?«

Nun erbleichte Mandevilles Gesicht. Offenbar besaß er doch noch einen Funken Moral.

»Unser König war immer schon darauf aus, Buckingham hinzurichten, ebenso der Lordkardinal. Es war nur die Frage, wie man es am besten anstellen konnte, ihm die Schlinge um den Hals zu legen.«

»Und Hopkins?« fragte ich.

»Ein dummer Priester, der möglicherweise dem Zirkel der Templer angehörte und Zugang zu dem geheimen Wissen hatte.«

»Und all das andere . . . der Gral, Excalibur, die Templer?«

»Oh, das hat alles seine Richtigkeit.«

»Kommt, Sir Edmund«, forderte Benjamin ihn auf, »sagt uns die volle Wahrheit!«

Mandeville lehnte sich gegen die Wand und begann, die einzelnen Punkte an seinen Fingern abzuzählen. »Erstens«, flüsterte er, »der König wollte, daß Buckingham sterben sollte. Er war einflußreich, hatte einen großen Anhang und Yorkistenblut in seinen Adern. Er haßte den König, weil Heinrich seine Schwester verführt hatte. Zweitens, Buckingham war hinter diesen Reliquien her, hinter dem Gral und dem Schwert Excalibur. Weiß Gott, aus welchem Grunde. Vielleicht war er nur neugierig, vielleicht wollte er sie auch als Talismane bei einer Verschwörung gegen den König nutzen. Drittens, Buckingham war möglicherweise kein Verräter, aber er hegte unbezweifelbar verräterische Gedanken, vielleicht gehörte er auch zu den Templern. Viertens, Hopkins war ein hinterhältiger Priester, möglicherweise ein Templer, der den König offen verabscheute. Fünftens, Taplow, der Schneider, war Lutheraner und ebenfalls in verräterische Bestrebungen verwickelt.«

»In welche zum Beispiel?« fragte ich.

»Er unterhielt enge Beziehungen zu Buckingham und auch zu Master Hopkins. Ich gebe zu, daß die Briefe, die Buckingham ihm angeblich schrieb, gefälscht sind, ebenso wie Taplows Geständnis im Prozeß gegen Buckingham. Den armen Teufel hat man so stark gefoltert, daß er alles gestanden hätte.«

»Weshalb also«, wollte Benjamin wissen, »habt Ihr uns dann nicht erlaubt, den wirklichen Taplow zu befragen?«

Mandeville starrte aus dem Fenster.

»Meine Frage, Sir Edmund?«

»Taplow hatte man sein Leben versprochen, falls er uns helfen würde, Buckingham zu Fall zu bringen, aber im Gefängnis von Newgate hat er angefangen, sein Geständnis zu widerrufen.« Der Chefspion zuckte mit den Achseln. »Für eine kurze Zeit trat einer meiner Agenten an seine Stelle.« Mandeville lächelte bitter. »Ich war mir nicht sicher, ob es funktionieren würde. Was hat in Euch den Verdacht geweckt, er könnte nicht derjenige sein, als der er sich ausgab?«

»Die Lutheraner glauben nicht an das Fegefeuer, wohl aber jener Taplow, den man uns gezeigt hat.«

Mandeville schnaubte verächtlich.

»Wißt Ihr, daß Mistress Hopkins ermordet wurde?« fragte Benjamin.

Mandeville schüttelte den Kopf. »Wir hielten sie nicht für wichtig genug, sie unter Beobachtung zu stellen.«

»Nun, jemand anderer hielt sie offenbar schon für wichtig und ermordete sie mit einer Garotte. Übrigens, habt Ihr schon herausgefunden, wer Warnham und Calcraft umgebracht hat?«

»Wenn ich das wüßte«, entgegnete Mandeville kurz angebunden, »dann würde der Mörder schon längst in Smithfield am Galgen baumeln!«

»Wieviel von all dem anderen entspricht also Eurer Einschätzung nach der Wahrheit?« fragte ich.

»Oh, der Gral und Excalibur existieren. Der König hegt das größte Interesse an ihnen.«

»Und die Templer?«

»O ja. Wir verfolgen sie seit Jahren. Sie sind eine Geheimorganisation, die aus kleinen Zirkeln von sechs oder sieben Mitgliedern besteht. Jeder Zirkel weiß kaum etwas von den anderen, aber sie sind mächtig und haben Frankreich, Spanien, Schottland und England wie ein Netz überzogen. Insbesondere hier im Südwesten sind sie sehr stark.«

»Wer ist ihr Führer?«

»Ein Großmeister, aber wir wissen nicht, wie er heißt und in welchem Land er sich aufhält.«

Plötzlich legte Mandeville einen Finger an die Lippen und trat aus der Fensternische heraus. Er blickte die Galerie entlang und sah, daß die Santerres nun vor dem Eingang der Großen Halle standen.

»Sir John«, rief Mandeville, »ich wäre Euch sehr verbunden, wenn Ihr in der Halle bleiben würdet. Ich habe noch einige Fragen zu stellen.«

»Nun«, fuhr Benjamin fort, »weshalb interessieren sich der König und seine Agenten so stark für diese Geheimgesellschaft?«

Mandeville wartete, bis die Santerres sich wieder zurückgezogen hatten, bevor er antwortete. »Die Templer sind erbitterte Feinde des Königs und haben die Yorkistenaufstände unterstützt. Sie verbreiten, die Prinzen im Tower seien immer noch am Leben, und während der Regentschaft des Vaters unseres gegenwärtigen Königs unterstützten sie die Erhebungen von Lambert Simnel und Perkin Warbeck, die ihm den Thron streitig machen wollten. Wenn Ihr zurückdenkt in der Geschichte, Master Daunbey, dann werdet Ihr Euch erinnern, daß es die erbittertsten Rebellionen immer hier im Südwesten gegeben hat. Als der König noch ein Knabe war, zwangen ihn Rebellen aus dem West Country, aus der Stadt zu fliehen, während der Thronprätendent Perkin Warbeck Exeter belagerte.«

»Steht Santerre unter Verdacht?«

»Ja und nein. Santerre hat sich als ein äußerst loyaler Untertan Seiner Majestät erwiesen, aber Hopkins diente ihm als Kaplan, und Buckingham kam hierher auf seiner Suche nach den kultischen Gegenständen.« Mandeville lachte bitter. »Die beiden jüngsten Morde haben uns jedenfalls nicht weitergebracht.«

»Und Lady Beatrice? Ihr Mädchenname ist Belamonte. Ihr erster Ehemann, der Herr von Templecombe, war Sir Roger Mortimer.«

Mandeville schüttelte den Kopf. »Ihre Loyalität steht außer Frage. Schließlich hat Lady Beatrice Santerre dazu gedrängt, meinen beiden Agenten alles über Buckingham zu erzählen.«

»Und die Mönche von Glastonbury?«

Mandeville lächelte schwach. »Eine ziemlich undurchsichtige Situation. Wahrscheinlich bestanden früher enge Verbindungen zwischen den Templern und der Abtei. Hopkins stammte aus diesem Kloster, die Mönche hüten die Überreste von König Artus, und dieser rätselhafte Spruch wurde in einem Buch aus ihrer Bibliothek entdeckt.« Mandeville kaute auf seinen Lippen. »Ich bin aufrichtig zu Euch gewesen. Nun, Sir, sagt mir auch, was Ihr in Erfahrung gebracht habt.«

Mein Meister erzählte, was heute auf dem Waldweg vorgefallen war.

»Wahrscheinlich waren das Mitglieder eines Templerzirkels«, bemerkte Mandeville. »Vielleicht haben sie auch Cosmas und Damien umgebracht«, schlug ich vor.

»Wir müssen die Morde aufklären«, sagte Benjamin. »Unter den Bediensteten dieses Hauses kann sich der Mörder oder dessen Handlanger verstecken.«

»Wir werden uns morgen früh mit ihnen befassen«, sagte Mandeville kurz.

»Es gibt noch etwas«, fuhr Benjamin fort. »Sir Edmund, wir müssen auch den Spruch entschlüsseln. Aber soweit ich sehe, gibt es weder in diesem Haus noch in der Kapelle irgend etwas, das einen Bezug zu den Wassern des Jordan oder der Arche von Moses haben könnte.« Er zuckte entschuldigend mit den Schultern. »Ich habe mich auf den Galerien umgesehen, aber ich konnte kein Gemälde und auch keine Holzschnitzerei entdecken, die meine Neugier geweckt hätten. Es bleiben daher nur noch zwei Orte: die Abtei von Glastonbury und das Gebäude auf der kleinen, verlassenen Insel im See.«

»Als wir in Glastonbury waren«, sagte Mandeville und rieb sich eine Backe, »habe ich den Abt gebeten, einen seiner Laienbrüder mit einer Botschaft zum Sheriff nach Taunton zu senden. Er soll bewaffnete Männer nach Templecombe schicken. Ich erwarte sie morgen früh. Sobald sie eingetroffen sind, werden wir die Bediensteten befragen, uns auf die Insel begeben und diese verdammte Hexe dingfest machen.«

»Und die beiden Morde?« fragte ich. »Gibt es noch irgendwelche weiteren Anhaltspunkte?«

»Nein, nichts«, antwortete Benjamin rasch. »Ein Mann stirbt in seinem Bett, das auf rätselhafte Weise Feuer fängt. Der andere wird durch einen Bolzen aus einer Armbrust getötet, aber die Türen und Fenster sind verriegelt. Wir haben herausgefunden, daß der Mörder im Schnee unterwegs gewesen sein muß, doch Lady Beatrice und Rachel tragen noch dieselbe Kleidung wie heute morgen, und soweit ich weiß, hat niemand das Haus verlassen.«

»Doch, Ihr beide«, erwiderte Mandeville scharf.

»Aber weshalb sollten wir Damien umbringen? Es waren noch andere Leute im Haus.«

Mandeville bemerkte, daß Benjamin ihn unverwandt anschaute. »Nun, bevor Ihr danach fragt, Master Daunbey, ich war hier, doch Southgate ist ausgeritten.«

Er neigte den Kopf und blickte die Galerie entlang. »Und natürlich«, flüsterte er, »gibt es da auch immer noch Sir John Santerre.«

Ich warf einen schnellen Blick zu meinem Meister. Er zog an seinem Ohrläppchen, ein Zeichen, das zwischen uns verabredet war und mit dem der eine dem anderen mitteilte, daß er schweigen solle. Benjamin traute Mandeville nicht vollständig und war nicht bereit, ihm mitzuteilen, daß er wußte, daß Sir John nach Glastonbury geritten war.

Unsere Unterredung war zu Ende. Mandeville ging wieder zurück in die Halle, und wir begaben uns in unsere Kammern. Benjamin verlor sich in seinen Gedanken, daher ließ ich ihn allein, legte mich auf mein Bett und dachte an Mathilda, bis die Glocke zum Abendessen rief.

Trotz der üppig gedeckten Tafel erwies sich das Mahl als eine ziemlich trostlose Angelegenheit. Benjamin versuchte sein Bestes, eine kleine Unterhaltung zustande zu bringen, doch Mandeville und Southgate waren vollkommen in sich gekehrt, Sir John hing ebenfalls seinen eigenen Gedanken nach, Lady Beatrice machte einen beunruhigten Eindruck, und die blasse Rachel stocherte lustlos in ihrem Essen herum. Als der Tisch abgeräumt war und alle sich zum Gehen anschickten, sprang Benjamin plötzlich auf.

»Das ganze Haus muß durchsucht werden!« verlangte er. »Jeder Raum, jeder Schrank.«

»Weshalb?« fragte Mandeville überrascht.

»Das werde ich erst wissen, wenn ich das sehe, wonach ich suche.«

Santerre schnaubte vor Wut.

»Ihr dürft uns begleiten«, fügte Benjamin sanft hinzu.

»Muß es denn gleich jetzt sein?« fragte Lady Beatrice.

»Ich bin einverstanden«, sagte Mandeville. »Entweder gleich oder morgen, wenn Sir Henry Boywer mit den Bewaffneten aus Taunton eintrifft.«

Sir John zuckte zusammen. »Ist das denn wirklich nötig?«

»Ja, ich habe die Botschaft in Glastonbury abgeschickt. Die Männer des Sheriffs werden uns unterstützen. Nun, nachdem zwei meiner Gehilfen umgebracht worden sind, benötige ich sie schon zu meinem eigenen Schutz. Doch ich vermute, Ihr zieht es vor, daß ich und Master Daunbey Euer Haus durchsuchen anstatt trampelnde Soldaten?«

Sir John machte keine weiteren Einwendungen, bestand aber darauf, uns zu begleiten. Diener brachten Fackeln und Lampen, und wir begannen mit unserer Suche. Templecombe war viel größer, als ich mir vorgestellt hatte. Das Kellergewölbe war riesig und reichte tief hinunter, aber es fand sich dort nichts Bemerkenswertes, nur Bierfässer, Weinbottiche, Holzscheite, Kohlen und andere Vorräte. Am hinteren Ende des Kellers stießen wir auf eine Kammer, deren Türe mit einem Vorhängeschloß versperrt und mit Balken verbarrikadiert war. Santerre beeilte sich, sie zu öffnen, sagte aber, wir sollten keine Fackeln mit hineinnehmen.

»Hier lagern wir Schießpulver und Öl«, erklärte er. »Damit sprengen wir Gestein aus den Steinbrüchen der Gegend.«

Die Türe wurde geöffnet, und ich trat ein. Der Raum war eigentlich nur eine trockene, muffige Zelle. Benjamin folgte mir, musterte die eingerollten Zündschnüre, die Kannen mit Öl und die kleinen Fässer mit Schießpulver, die an der Wand aufeinandergestapelt waren. Er legte seinen Kopf schief, und ich bemerkte, daß irgend etwas seine Aufmerksamkeit gefunden hatte.

»Was ist, Master?«

»Nichts, gar nichts.«

Wir setzten unsere Suche fort, und das eine kann ich Euch sagen: Wenn es jemals ein verwunschenes Haus gegeben hat, dann waren es die Gemäuer von Templecombe, insbesondere dieses Kellergewölbe. Dann kehrten wir nach oben zurück, schritten einen Raum nach dem anderen ab, konnten aber nichts Außergewöhnliches entdecken.

Schließlich beendete Mandeville unsere Suchaktion, rieb sich die Augen und gähnte.

»Wir haben getan, was wir konnten«, meinte er. »Morgen werden wir uns die Kirche vornehmen und uns auf die Insel begeben.«

Benjamin widersprach ihm. »Es gibt noch die Quartiere der Bediensteten.«

Mandeville verzog das Gesicht. »Die Männer des Sheriffs sollen sich mit ihnen befassen. Ein Fehlschlag reicht für diesen Tag.« Wir kehrten zu unseren Kammern zurück, und Benjamin gesellte sich zu mir. Er setzte sich auf die Bettkante und begann, alles vorzutragen, was er wußte, so als rezitiere er ein Gedicht. »Buckingham stirbt, die Agenten sterben, durch eine Garotte zum Tode befördert.« Er blickte auf. »Weißt du, daß man einen Menschen in Sekundenschnelle mit einer Garotte umbringen kann?«

»Ist das hier wichtig?« stellte ich die Gegenfrage. Ich war so müde, daß ich nur noch schlafen wollte.

»Nein, nein«, murmelte Benjamin geistesabwesend. »Dann kommen wir hierher, und eine Hexe warnt uns, prophezeit uns Tod auf vielerlei Art. Cosmas wird im

Bett verbrannt, Damien durch einen geheimnisvollen Armbrustschützen getötet, der scheinbar durch dicke Mauern verschwinden kann. Aber es gibt noch keinen Anhaltspunkt, der uns bei der Entschlüsselung des Rätsels weiterbringen würde. Die Templer haben sich noch nicht gezeigt, und wir haben noch nicht die leiseste Ahnung, wo sich der Gral und das Schwert Excalibur befinden können.« Er rieb sich das Kinn. »Aber es muß eine Lösung geben. Vielleicht können uns die Männer des Sheriffs helfen.«

Kapitel 10

Am nächsten Morgen wurden wir durch die polternde Ankunft von Sir Henry Bowyer geweckt, der von mindestens einem Dutzend rauhbeinigen Gesellen begleitet wurde, die alle ziemlich ähnlich aussahen. Es handelte sich nicht um Burschen vom Lande, sondern um berufsmäßige Soldaten, die den Sheriff bei der Verfolgung von Verbrechen unterstützten. Bowyer war ein kleiner, gedrungener Mann, der nur noch sehr wenige Haare und ein kirschrotes Gesicht hatte. Er lächelte in einem fort und begrüßte uns überschwenglich, als wir in der Halle unser Frühstück einnahmen.

Trotzdem, er war ein Mann, dem man nicht trauen konnte. Er hatte kleine, verengte Äuglein, einen stinkenden Atem und verfaulte Zähne, und gegenüber Mandeville legte er eine Einstellung an den Tag, die man nur als servil bezeichnen konnte. Er gehörte zu jener Sorte von Männern, denen der Erfolg den Kopf verdreht hatte und die nun ständig in die falsche Richtung starrten.

Bowyers Männer machten es sich, wie es berufsmäßige Soldaten so an sich haben, im Hof und in den Außengebäuden schnell bequem und fühlten sich bald wie zu Hause. Schon nach einer Stunde erreichten Sir John Beschwerden darüber, daß Essen aus der Küche gestohlen worden sei, daß Krüge voller Wein sich auf geheimnisvolle Weise plötzlich geleert hätten und daß Hühnchen, die am Abend zuvor noch putzmunter gewesen waren, nun getötet, gerupft und über schnell angezündeten Feuern gebraten worden seien. Santerre beschäftigten allerdings auch noch eigene Probleme, als Mandeville mit Unterstützung von Southgate und Bowyers die Große Halle ausräumte und in einen Gerichtssaal verwandelte. Er und Bowyer nahmen am Hohen Tisch Platz, die Santerres und wir wurden als Zuschauer behandelt. Dann ließ Mandeville alle Bediensteten, Köche, Kammerzofen – auch Mathilda war dabei – und sogar die Stallburschen hereinholen. Er richtete in kurzen, markigen Sätzen das Wort an sie und begann dann sogleich mit der Befragung eines jeden einzelnen.

»Wie lange bist du schon hier beschäftigt?« – »Sagt dir das Wort ›Templer‹ irgend etwas?« – »Ist gestern nachmittag jemand zur Kapelle gegangen?«

Die Bediensteten waren gute, einfache Leute, Bauern aus der Gegend, die einfach nur die Köpfe schüttelten und mit weit aufgerissenen Augen diesen mächtigen Herrn aus London anstarrten. Dennoch, ich bewunderte Mandevilles Geschick, denn während er seine Fragen stellte, bemerkte ich bei einigen der Leute Unbehagen. Es war eigentlich nichts wirklich Auffälliges: ein Blinzeln der Augen, eine leichte Blässe, die ins Gesicht trat. Antworten, die ein wenig zu schnell und zu bereitwillig gegeben wurden. Insbesondere Mathilda schien sich ziemlich unbehaglich zu fühlen, denn sie trat von einem Bein auf das andere. Mandeville bemerkte dies natürlich auch und begann, sich wie ein Habicht auf die Beute zu stürzen.

»Du bist die Wäschemagd?«

Mathilda nickte.

»Bist du nicht neugierig, etwas über die Fremden zu erfahren, die im Hause deines Herrn abgestiegen sind?«

Sie schüttelte den Kopf.

»Dann hast du deine Position also nicht mißbraucht, unsere Sachen zu durchwühlen?«

Mathilda warf einen raschen Blick zu mir.

»Nein, Master«, murmelte sie.

»Ich kann mich dafür verbürgen«, platzte ich heraus. »Das Mädchen wußte nicht, daß ich in meiner Kammer war, als sie kam, um die Wäsche zu wechseln. Sie ist das akkurate Gegenteil von mir, Sir Edmund, sie ist so ehrlich, wie der Tag lang ist.«

Benjamin schaute mich befremdet an, doch aufbrausendes Gelächter löste die Spannung, und Mathilda wurde weggeschickt. Dann kamen die nächsten an die Reihe. Mandeville, manchmal auch Southgate, stellten die Fragen. Gelegentlich auch herrschte der Sheriff die Leute an, um seine Macht zu zeigen, doch Mandeville hielt ihn gut unter Kontrolle. Als die Befragung beendet war, ordnete Mandeville noch an, die Quartiere der Bediensteten zu durchsuchen. Sir John und Lady Beatrice legten dagegen vehementen Protest ein, daher erbot sich Benjamin, die Soldaten zu beaufsichtigen und sicherzustellen, daß diese die Durchsuchung nicht als Gelegenheit zu Diebstahl und Plünderung nutzten.

Diese Suchaktion erwies sich als ebenso ergebnislos wie die Befragung, und Mandeville schickte die Bediensteten verärgert weg. Ich beobachtete, wie sie die Halle verließen, wobei ich besonders auf Mathilda achtete, die einen gedrungenen Mann mit struppigen Haaren am Arm führte, der ihr Vater zu sein schien. Mir fiel auf, daß er leicht hinkte. Ich erinnerte mich an den Überfall am Tag vorher und an die Verletzungen, die ich den Angreifern zugefügt hatte, entschloß mich aber, die Angelegenheit für mich zu behalten. Danach durchsuchten wir gründlich die Kapelle, überprüften die Wände, die Steinplatten und den Altar, aber wir fanden nichts. Wir schauten sogar unter dem alten Chorgestühl nach, auf dem die Templer einst gesessen hatten, und ich muß gestehen, daß ich (wie es eben die Angewohnheit des guten Shallot ist) mich dabei nicht allzusehr ins Zeug legte, sondern lieber die kunstvollen Schnitzereien bewunderte, mit denen die Miserikordien der Sitze versehen waren. Schon die ersten drei begeisterten mich: ein Mann, der sich an ein Gestell klammerte und dem sein Eheweib den Hintern versohlte, ein Zecher beim Trinken und zwei Bauern, die ein geschlachtetes Schwein ausweideten. Jede Schnitzerei war ein atemberaubendes kleines Kunstwerk. Benjamin gesellte sich zu mir.

»Die Templer traten in das Chorgestühl«, erklärte er, »und klappten die Sitze hoch. Die Schnitzereien wurden an der Unterseite, an den stützenden Miserikordien, angebracht, nicht nur aus dekorativen Gründen, sondern auch, um die Sitze schwerer zu machen.« Er grinste und deutete auf das Bild von der Frau, die ihren Ehemann verprügelte. »Die Handwerker der Gegend haben sich wahrscheinlich immer köstlich amüsiert, wenn sie Szenen darstellen durften, die keinen besonders sakralen Charakter hatten.«

Mandeville hatte nun seine Suche beendet, die genauso wenig erbracht hatte wie die gestrige, und forderte uns zum Gehen auf. Gemeinsam verließen wir die Kirche und gingen zum See hinunter, der hell glänzte, doch die Insel lag immer noch im Nebel. Unter den Bäumen am Ufer waren einige Kähne vertäut, und Mandeville befahl, sie startklar zu machen. Sie wurden von gefrorenem Schlamm befreit, wir kletterten an Bord, und Bowyers Männer ruderten uns hinüber.

Gott ist mein Zeuge, dies war die geheimnisvollste Insel, die ich jemals untersucht habe. Es war feucht, kalt, düster und unheimlich. Die Bäume standen sehr dicht beieinander, und der schneebedeckte Stechginster, der ein Eigenleben zu entfalten schien, verstellte uns mit seinen dicken Stielen den Weg. Wir kämpften uns hindurch und wurden dabei naß bis auf die Haut.

»Ist dir irgend etwas aufgefallen?« flüsterte Benjamin atemlos. Er blieb stehen und betrachtete das Gewirr der dürren Zweige über uns. »Es gibt keine Vögel hier! Keine Krähen, keine Raben, nichts!« Ich blieb stehen und lauschte, strengte meine Ohren an, um noch irgend etwas anderes wahrzunehmen außer dem Krachen der Soldatenstiefel und den unterdrückten Flüchen der Männer, die auf dem eisglatten Boden ausrutschten. Dieser rauhe Lärm schien die bedrückende Stille der Insel nur noch zu unterstreichen und erinnerte mich an eine Geschichte, die mir einmal ein Reisender erzählt hatte, der behauptet hatte, über den Westlichen Ozean gesegelt zu sein und Inseln aufgesucht zu haben, auf denen die Geister toter Seeleute lebten.

Mich fröstelte, und ich fluchte leise. Mandeville und die anderen hatten mittlerweile ihre Schwerter gezogen und schlugen sich den Weg frei. Insbesondere die *Agentes* schienen durch die düstere Stimmung dieser Insel beeinflußt zu werden und bekämpften ihre Angst, indem sie mit ihren Schwertern Hiebe austeilten.

Schließlich gelangten wir zu der Lichtung, auf der das verlassene Gebäude stand, das man vom Ufer aus sah. Es bestand aus gelbem Sandstein und hatte ein Dach aus roten Ziegeln. Es gab keine Fenster, sondern nur schmale Schießscharten in den Mauern. Die eisenbeschlagene Türe war mit einem Vorhängeschloß versehen. Santerre entschuldigte sich, daß er keinen Schlüssel besaß. Southgate zerschlug daher das Schloß mit einigen Hieben und stieß die Türe auf. Wir traten in das Gebäude und entzündeten die mitgebrachten Fackeln.

Ihr dürft mir glauben, die düstere Atmosphäre dieses Ortes war wie ein lebendes Wesen, welches das Herz umklammerte und den Geist lähmte. Nichts besonders Auffälliges, nur eine gähnende Leere, eine kalte frostige Luft, die nicht viel zu tun hatte mit dem Eis und dem Schnee draußen.

»Eine Stätte des Todes«, murmelte ich.

»Oder ein besonders heiliger Ort«, erwiderte Benjamin.

Mandeville befahl den Soldaten, entlang der Wände Aufstellung zu nehmen und mit ihren Fackeln, die tapfer gegen die Dunkelheit ankämpften, den Raum zu erhellen. Ich hatte die kindische Vorstellung, es könnte uns nichts passieren, solange wir uns innerhalb des Lichterkranzes der Fackeln bewegten, doch im Schatten lauerten dunkle Kräfte, die nur darauf warteten, uns an der Gurgel zu packen. Der Fußboden bestand aus harten Steinplatten, die Wände waren gekalkt, und im ganzen Raum gab es nicht ein einziges Möbelstück.

Den Soldaten wurde es unheimlich, und sie begannen zu murren, daher schrie Mandeville sie an, sie sollten mit der Suche anfangen. Diese Männer waren ausgebildete Spürhunde, und wenn es irgendwo eine lockere Steinplatte oder einen Geheimgang gegeben hätte, dann wären sie darauf gestoßen, aber sie fanden nichts. Benjamin sprang wie eine Spinne von einer Steinplatte zur anderen. Plötzlich blieb er stehen, gab einen überraschten Ausruf von sich, und wir eilten zu ihm, während er mit den Fingern auf dem Boden herumkratzte.

»Kerzenwachs«, stellte er fest. »Jemand muß erst vor kurzem hiergewesen sein.«

Bis auf einige weitere Wachstropfen war nichts zu entdecken, und Mandeville blies die Suche ab. Ich hatte ein aufmerksames Auge auf Santerre, denn dieser großspurige Gutsherr, den sonst nicht so leicht etwas zu erschrecken schien, hielt sich die ganze Zeit nahe am Eingang auf wie ein kleines Kind, das Angst hat vor einem dunklen, fremden Raum.

»Stimmt etwas nicht?« fragte ich ihn.

Santerre schüttelte den Kopf, aber sein Gesicht war bleich, und ich bemerkte Schweißperlen auf seinen Wangen.

»Was ist denn los?« beharrte ich.

Die Soldaten eilten an uns vorüber, froh, wieder aus dem Gebäude herauszukommen. Santerre schüttelte den Kopf.

»Nichts«, murmelte er.

»Seid Ihr sicher?« fragte Benjamin, der neben ihn getreten war.

Santerre nickte. Benjamin blickte auf die weißgekalkte Wand über der Türe. Er wartete, bis alle anderen gegangen waren.

»Sir John. Ich glaube, daß irgend etwas hier nicht stimmt und daß Mandeville es in seiner Eile übersehen hat.«

Santerre starrte ihn nur an.

»Es sind die Wände«, fuhr Benjamin fort. »Sie wurden erst vor kurzer Zeit weißgekalkt. Warum hat man das gemacht?«

»Ich weiß es nicht«, murmelte Santerre und wandte sich ab, den anderen zu folgen.

Wir setzten wieder zum Festland über. Kaum war Mandeville ausgestiegen, begann er, Southgate Befehle zu erteilen. Aus dem Hof kam ein Soldat mit einem Wagen herausgefahren, auf den man die beiden Särge aufgeladen hatte, die zur Dorfkirche hinuntergebracht werden sollten. Dort würde der Priester eine Totenmesse abhalten, bevor man die beiden Brüder auf dem Dorffriedhof beisetzte, wo sie nach einiger Zeit dem Vergessen anheimfallen würden. Mandeville rüstete sich ebenfalls zum Aufbruch. Der aufgeblasene Bowyer wurde angewiesen, beim Herrenhaus zu bleiben, und uns winkte Sir Edmund zu sich.

»Ihr werdet mit uns nach Glastonbury reisen, aber zuvor haben wir noch eine kleine Aufgabe zu erledigen.«

Er wollte sich nicht näher dazu äußern, daher holten wir unsere Reitstiefel, Hüte und Umhänge aus unseren Kammern. Eine bleiche Mathilda lief auf der Galerie an mir vorbei, aber da Benjamin nach mir rief, entschied ich mich, sie nicht anzusprechen.

Wir bestiegen unsere Pferde, verabschiedeten uns von Santerre und galoppierten dann den gefrorenen Weg entlang. Mandeville wollte offenbar keine Zeit verlieren und noch vor Einbruch der Dunkelheit in Glastonbury sein. Nachdem wir schon ein gutes Stück geritten waren, verlangsamte Mandeville das Tempo, lehnte sich zu Southgate hinüber und unterhielt sich leise mit ihm. Schließlich hielten sie an.

Southgate sagte: »Ja, hier ist es gewesen.« Ich begriff, daß wir uns auf einer Hexenjagd befanden. Wir stiegen ab. Ein Soldat wurde damit beauftragt, auf die Pferde aufzupassen, einen anderen, einen schlanken Mann mit lederner Haut und meerblauen Augen, winkte Mandeville zu sich. Sir Edmund legte dem Mann die Hand auf die Schulter und stellte ihn uns vor.

»Bowyer nennt diesen Mann Pointer, denn er ist ein gewiefter Jäger und Fährtensucher. Wenn jemand hier über die Waldpfade den Weg dorthin finden kann, wo die Hexe lebt, dann er!«

Der Mann grinste verschlagen und zeigte dabei seine gezackten Zähne. Er trug seinen Namen zurecht. Allerdings habe ich schon besser aussehende Jagdhunde gesehen. Mandeville griff in seine Tasche, brachte eine Silbermünze zum Vorschein und ließ sie zwischen seinen

Fingern hin und her rollen. Pointer beobachtete sie gierig.

»Wenn du die Hütte dieser alten Hexe findest, kriegst du zwei davon.«

Pointer brauchte keine weitere Aufforderung, und ich war zu aufgeregt, um gegen den Marsch hinein in den froststarrenden Wald zu protestieren. Pointer sprang behende und mit großen Sätzen zwischen den Bäumen hindurch. Weiß Gott, woher er seine Sicherheit nahm, denn durch die Schneedecke war das Unterholz noch trügerischer geworden als sonst. Kein einziges Mal schien Pointer unsicher oder im Zweifel zu sein, sondern führte uns zielstrebig voran, unbeeindruckt von dem knöcheltiefen Schnee und dem plötzlichen Gestöber, das durch herunterbrechende Zweige ausgelöst wurde.

(Rückblickend kann ich sagen, daß Männer wie Pointer gar nicht so selten sind. Einmal, es war eine der grauenhaftesten Erfahrungen in meinen Leben, wurde ich in den weiten, dunklen Wäldern hinter Moskau von Männern mit Hunden gejagt. Irgendein verrückter russischer Fürst hatte mich zu einem Bankett eingeladen. Was ich aber nicht wußte, war, daß ich danach zur Unterhaltung der übrigen Gäste dienen sollte! Bevor die Jagd begann, sagte der Schweinehund noch zu mir, falls die gelbhaarigen Doggen mich nicht zerfleischen würden, dann würde er mich von Pferden auseinanderreißen lassen. Ihr könnt versichert sein, daß man mich in dieser Situation nicht ein zweites Mal auffordern mußte, meine Beine in die Hand zu nehmen, aber davon ein andermal.)

Nun halte ich mich im Hochsommer nicht gerne auf dem Lande auf, doch auch dieser winterliche Wald schien verhext zu sein. Ich schimpfte lauthals über die Dunkelheit, die Fallen der Natur und dachte vor allem immer wieder an die Männer, die mich am vorhergegangenen Tage überfallen hatten.

»Ein idealer Platz für einen Hinterhalt«, rief ich.

Mandeville grinste und wischte sich den Schweiß vom Gesicht.

»Deshalb habe ich niemandem im Haus von unserer Absicht erzählt. Ich möchte dieser alten Hexe die Überraschung ihres Lebens bereiten.«

Schließlich gelangten wir zu einer Lichtung. An deren hinterem Ende lag ein kleiner felsiger Hügel, der aussah, als hätte hier eine gewaltige mystische Hand zwei riesige Felshügel zusammengepreßt. Am Fuße dieses Hügels befand sich eine große Höhle. Mandeville zog sein Schwert, und wir folgten ihm auf den Fersen. Wir pirschten uns vorsichtig näher, als erwarteten wir, daß die Alte plötzlich im Eingang der Höhle erscheinen und Flüche und Verwünschungen ausstoßen würde, aber es blieb alles ruhig.

Benjamin blieb stehen und zeigte zum Eingang. Es hatte in der Nacht leicht geschneit, und es sah aus, als wäre vor kurzem noch jemand anderer hier gewesen, der die Hexe besucht und sich dann wieder durch die Bäume entfernt hatte, wobei er einige abgebrochene Zweige hinter sich hergezogen hatte, um seine Fußspuren zu verwischen. Wir traten in die Höhle. Das Feuer, das neben dem Eingang flackern hätte sollen, war nur noch ein Häufchen nasser Asche, und die mit Öl eingeriebenen Fackeln waren erloschen. Mandeville entzündete eine von ihnen, und wir drangen weiter in die Höhle vor.

Ein eigenartiger Ort – an den Wänden waren Zeichen eingeritzt, die, wie Benjamin bemerkte, schon Jahrhunderte alt sein mußten. In der Höhle war es überraschend warm, und wir erkannten, daß wir durch eine Art Galerie schritten, die uns zu einer geräumigen und hohen Unterhöhle führte. Sie war eingerichtet wie eine gewöhnliche Kammer. Die Binsenmatten auf dem Boden waren sauber und mit Kräutern bestreut. Ein Kochtopf hing an einem Dreifuß, doch das Holz darunter hatte sich schon in schwarze Asche verwandelt. Ich erblickte eine Truhe, einen Schrank sowie einen Tisch und Stühle. In der hinteren Ecke stand ein Bett, und daneben lag die Hexe, hingestreckt wie eine Puppe, die man achtlos weggeworfen hatte. Benjamin eilte hinüber und packte die Frau an der Schulter.

Er drehte sie um. Ihre Arme fielen schlaff herunter, der Kopf klappte nach hinten, und ihre Augen waren offen, ebenso ihr Mund – aber es war sicher, daß sie damit nie mehr Prophezeiungen von sich geben würde, denn man hatte ihr durch eine rote Garotte, die um ihren dürren Hals geschlungen war, die Luft abgedreht.

Mandeville fluchte und trat gegen einen der Hocker. Southgate kauerte sich neben meinem Meister auf den Boden und befühlte das Genick der alten Frau, wobei er versuchte, nicht in ihre aufgerissenen Augen zu schauen.

»Sie ist schon seit einigen Stunden tot«, stellte er fest. »Die Haut ist eiskalt.«

Er stand auf und wischte sich die Hände ab. »Sir Edmund, die alte Hexe hat offensichtlich ihre Pflicht und Schuldigkeit getan, und jetzt hat man auch sie beseitigt.«

»Das sehe ich auch so«, sagte Benjamin.

»Aber wer hat sie umgebracht?« rief Mandeville.

»Ich vermute, es waren dieselben Leute, die auch für den Tod von Cosmas und Damien und für die Morde an Euren Agenten in London verantwortlich sind.«

Benjamin deutete auf die Leiche. »Sie wurde bezahlt für ihre Rolle, eine arme alte Frau. Der Mörder wußte, daß wir sie zum Reden bringen würden. Wahrscheinlich ist sie irgendwann in den letzten zwei Tagen umgebracht worden.«

»Ihr meint, es war jemand aus Templecombe?« fragte Southgate.

»Möglicherweise«, erwiderte Benjamin. »Jemand aus der Familie oder ein Bediensteter oder vielleicht sogar die Templer.« Mein Meister zuckte mit den Achseln. »Wir sind fremd hier, und wie lange haben wir gebraucht, um hierher zu gelangen – zehn, fünfzehn Minuten? Aber vermutlich gibt es auch noch Geheimpfade durch den Wald. Der Mörder hat diese benutzt, hat die alte Frau getötet und ist dann wieder zurückgekehrt, wobei er versuchte, seine Spuren soweit wie möglich zu verwischen.«

Hier konnten wir weiter nichts unternehmen. Mandeville sagte, er werde nach unserer Rückkehr nach Templecombe vom Tod der alten Frau berichten, und wir setzten unsere ungemütliche Reise durch die kalte und düstere Landschaft von Somerset fort.

Kurz nach Einbruch der Dunkelheit erreichten wir Glastonbury. Die Wege waren nun schier unpassierbar geworden und das Wetter so eisig kalt, daß wir uns kaum mehr unterhalten hatten können. Mandeville entrang sich ein Ausruf der Erleichterung, als die Mauern der Abtei vor uns auftauchten.

Ein Laienbruder ließ uns durch ein Hintertor hinein, und andere Brüder kümmerten sich um unsere Pferde und unser Gepäck. Erneut kam Abt Bere ins Gästehaus, um uns zu begrüßen. Er wurde begleitet von einem Mönch, den wir bei unserem ersten Besuch noch nicht gesehen hatten. Es war ein lebhafter junger Mann mit einem geröteten Gesicht und hellen Augen, der sehr gelehrsam und zuvorkommend wirkte. Ich mochte ihn, und auch Benjamin verstand sich mit ihm auf Anhieb.

»Das ist Bruder Eadred, unser Archivar und Bibliothekar«, erklärte Abt Bere. »Er wird Euch bei Euren Nachforschungen unterstützen. Er kennt sich bei unseren Büchern und Manuskripten bestens aus und ist ein *Peritus*, ein theologischer Sachverständiger und Experte für das Leben von König Artus.«

»Habt Ihr Hopkins gekannt?« fragte Southgate unvermittelt, während er seinen Umhang ablegte und die Feuchtigkeit abschüttelte.

»Ja«, erwiderte Eadred. »Bruder Hopkins lebte nicht im Frieden mit sich und seinem Orden. Er war kein Historiker, sondern ein Sammler von Legenden. Er empfand die Regeln des Klosterlebens als sehr hart und verbrachte jede freie Minute in der Bibliothek.«

Eadred klopfte dem alten Abt leicht auf die Schulter. »Vater Bere hat für Bruder Hopkins getan, was er konnte. Er sorgte dafür, daß Hopkins von seinen Gelöbnissen entbunden wurde und als Kaplan auf Templecombe und den benachbarten Höfen und Weilern arbeiten konnte.« In das Gesicht des Bibliothekars trat ein kindliches Lächeln. »Aber auch diese Aufgaben waren nicht nach seinem Geschmack: Er behauptete, den Schlüssel zu alten Geheimnissen gefunden zu haben und berichtete unverzüglich Mylord Buckingham davon.« Er wurde wieder ernst. »Am Ende zerstörte Hopkins sich selbst und andere und zog den Zorn des Königs auf diese Gemeinschaft.« Er starrte die *Agentes* an. »Doch eines möchte ich Euch sagen, werte Herren: Sir John Santerre ist ein loyaler Untertan des Königs.«

Ich unterdrückte meine Frage, als Mandeville aufzuführen begann, was er am nächsten Morgen alles zu sehen wünschte: das Grab von Artus, das Manuskript, in dem Hopkins den Spruch gefunden hatte, und alle anderen Dinge, von denen der Abt oder Bruder Eadred annahmen, daß sie uns bei unserer Suche behilflich sein könnten.

Eadred erklärte sich einverstanden, informierte uns darüber, daß uns das Essen herübergebracht werden würde, und entbot uns höflich eine gute Nacht.

»Ich mag ihn nicht«, erklärte Southgate, sobald der Mönch gegangen war. »Ich mag dieses ganze Kloster nicht, und ich glaube, es gibt eine gewisse Verbindung zwischen diesem Ort und Sir John Santerre.«

»Warum?« wollte ich wissen. »Welche Beweise habt Ihr?«

»Nun, nachdem Sir Edmund heute morgen seine Befragungen beendet hatte, habe ich mich noch mit einigen der Bediensteten unterhalten, mit Männern von den auswärtigen Höfen. Santerre hat gestern nicht, wie er behauptete, die Runde um sein Gut gemacht. Wo war er also, frage ich mich?« Wir schwiegen, und Mandeville und Southgate stapften davon. Wir richteten uns ein, verzehrten das einfache Abendmahl, das man uns von der Klosterküche herüberbrachte, und begaben uns zu Bette.

Am nächsten Morgen nahm Benjamin an der Frühmesse in der Abteikirche teil und weckte mich danach. Wir frühstückten in dem kleinen Refektorium des Gästehauses mit leichtem Bier und gewürztem Haferbrei, der mit heißer Milch erhitzt worden war. Mandeville und Southgate gesellten sich zu uns, während die Soldaten, die uns begleiteten, anderwärtig verpflegt wurden. Die beiden *Agentes* gaben sich ziemlich selbstbewußt und anmaßend und waren begierig darauf, in diesem berühmten Kloster ihre Macht zu demonstrieren. Daher verlangte Mandeville sogleich, nachdem Bruder Eadred zu uns gestoßen war, er solle uns die Bibliothek zeigen.

Wir verließen das Gästehaus und gingen durch die Gänge, die mit Steingewölben versehen waren, in den

Klostergarten. Die Arbeitsnischen waren wegen des kalten Wetters nicht besetzt: Schnee und Eis überzogen den verlassenen Garten, doch aus der Kirche der Abtei vernahmen wir Gesänge.

In der Bibliothek war es angenehm warm, denn sie wurde auf eine sehr einfallsreiche Weise durch heiße Rohre beheizt, die auch das Abwasser in die Latrinen leiteten. Ich erinnere mich sehr gut daran, denn etwas Ähnliches habe ich seitdem nicht mehr gesehen.

Später allerdings diskutierte ich darüber einmal mit Sir John Harington, dem Enkel der Königin, der ein System der Wasserspülung entwickelt hatte, das es ermöglichte, einen Abort dadurch zu reinigen, daß man an einer Kette zog und Wasser herunterfließen ließ. Ziemlich umständlich, aber dennoch habe ich eine derartige Wasserspülung hier auf Burpham installieren lassen.

Natürlich fühlte Benjamin sich in der Bibliothek sogleich wie zu Hause, gab Ausrufe des Entzückens von sich, als er den Geruch von Pergament, von Bimsstein, Tinte und frisch behandeltem Velin wahrnahm. Er holte einige Bände von den Regalen, löste ihre Klammern und plapperte begeistert wie ein Kind darauflos, um uns auf die Schönheit der Kalligraphie hinzuweisen. Einige der Manuskripte enthielten kunstvolle Abbildungen von geflügelten Drachen, Zentauren und anderen mystischen Tieren. Mandeville und Southgate beobachteten ihn gönnerhaft, bis Sir Edmund schließlich mit den Fingern schnippte.

»Ich möchte Hopkins' Manuskripte sehen.« Eadred schaute ihn mit gespielter Unschuld an. »Es gibt keine derartigen Bücher, Sir Edmund.«

»Treibt keine Spielchen mit mir!« bellte Mandeville. »Ich kenne die verdammten Titel nicht, aber ich möchte die Bücher sehen, die Hopkins studiert hat!«

»Oh, Ihr meint die *Legends of Avalon*?«

Eadred ging zu einem großen, eisenbeschlagenen Schrank, aus dem er einen dicken, ledergebundenen Folianten herausholte, der von zwei Klammern zusammengehalten wurde. Er legte den Band behutsam auf den Tisch, und wir versammelten uns alle darum.

»Es ist eigentlich kein Buch«, erklärte Eadred. »Es ist mehr eine Sammlung von Legenden über Glastonbury und die Gegend hier.«

»Und was hat Hopkins darin entdeckt?«

Mandeville löste die Klammern und schlug den Ledereinband zurück. Zuerst konnten wir auf der weißen Rückseite des Einbands überhaupt nichts sehen, doch als dann Eadred eine Kerze brachte, sie über die Seite hielt, aber nicht so nahe, daß sie das Pergament verkohlte, begann eine meergrüne Schrift sichtbar zu werden.

»Eine ausgeklügelte Technik«, sagte Eadred leise. »Weiß Gott, wie man das zustandegebracht hat.«

Er fuhr mit der Kerze hin und her, und die Schrift wurde für eine Weile deutlich lesbar. Benjamin ließ sich eine Feder und ein Stück Pergament geben und schrieb den Text ab, Wort für Wort. Es war derselbe Satz, den Agrippa zitiert hatte:

Unter den Wassern des Jordan ruht der Kelch Christi.
Und über der Arche des Moses das Schwert, das unvergleichliche.

Mandeville trug ihn vor, wie ein Kind, das ein Gedicht auswendig lernt.

»Was zum Teufel soll das bedeuten?« fügte er hinzu.

Eadred bat uns, am Tisch Platz zu nehmen.

»Wie hat Hopkins das entdeckt?« wollte Benjamin wissen.

Der Mönch spreizte die Hände. »Wahrscheinlich durch Zufall, denn in diesem Manuskript werden zwar berühmte Legenden dargestellt, aber es enthält nichts Neues. Ich vermute, er wollte die Bindung des Buches untersuchen und hat deshalb die Kerze näher herangezogen, um feststellen zu können, ob es zwischen dem Einband und der Rückenverstärkung einen Spalt gibt, und unter dem Licht der Kerze muß die Schrift erschienen sein.« Eadred zeigte auf die weiße Seite, auf der die Schrift schon wieder zu verblassen begann. »Ich war zugegen, als Hopkins es entdeckt hat. Er sagte mir nichts davon, wurde aber so aufgeregt und nervös, daß er das Buch offen liegen ließ mit ein paar Wachstropfen darauf. Ich wiederholte die Handgriffe, die ich bei ihm beobachtet hatte. Den Rest kennt Ihr.«

Mandeville beugte sich herüber und berührte das Buch. »Und sonst gibt es hier nichts, was für uns von Bedeutung wäre?«

»Überhaupt nichts.«

»Dann«, sagte Mandeville und deutete auf Southgate, »wird mein Kollege hier, der ein Experte für Geheimschriften, Codes und Chiffren ist, das Manuskript an einem anderen Tisch sorgfältig untersuchen.«

Ich schaute Southgate in gespielter Überraschung an. »Ihr könnte lesen!« rief ich. »Ihr könnt wirklich lesen?«

Nun, das brachte den Bastard gehörig in Rage.

»Ich habe in Oriel studiert!« brüllte er. »Theologie, Philosophie, Logik und Mathematik!«

»Dann bitte ich Euch um Verzeihung, Sir.« Ich schlug mir auf die Hand. »Das ist doch wieder einmal ein Beweis dafür, daß man ein Buch nicht nach seinem Einband beurteilen sollte, habe ich recht?«

Southgate nahm das Manuskript und stapfte davon.

Mandeville funkelte mich an, während Eadred und Benjamin intensiv mit ihren Fingern beschäftigt zu sein schienen.

»Diese Angelegenheit hier ist nicht zum Spaßen, Master Shallot«, erklärte Sir Edmund. »Bruder Eadred, bei Eurer Verpflichtung dem König gegenüber, kennt Ihr die Bedeutung dieses Spruches.«

»Nein, Sir Edmund, so wahr mir Gott helfe.«

»Gibt es in dieser Abtei irgend etwas, das auch nur im entferntesten eine Beziehung zu den Wassern des Jordans oder zur Arche von Moses besitzt?«

Eadred fuhr mit den Fingern die Tischkante entlang. »Der Fluß Jordan ist in Palästina«, erwiderte er. »Was, im Namen Gottes, Sir Edmund, soll dieser Fluß mit einer Abtei in Somerset zu tun haben? Und was die Arche von Moses betrifft, so handelte es sich dabei um die geheiligte Bundeslade, die am Fuße des Berges Sinai gefertigt wurde und in der man die heiligen Gesetzestafeln aufbewahrte. Wo um Himmels willen soll es hier etwas dergleichen geben?«

Doch Sir Edmund ließ nicht so einfach locker.

»Ihr habt doch hier einen Rosenstrauch«, gab er zurück, »den, wie Ihr behauptet, Joseph von Arimatäa gepflanzt haben soll. Treibt keine Spielchen mit mir, Mönch. Eure Abtei rühmt sich, daß Joseph von Arimatäa den Gral mitbrachte, als er hierherkam. Nach dem Legendenbuch, das Ihr uns soeben gezeigt habt, kam König Arthus hierher, um aus dem Gral zu trinken, während einer seiner Ritter, Sir Bedivere, angeblich das Schwert Excalibur nach Narepool brachte, das rund drei Meilen von Glastonbury entfernt liegt. Das Gut gehört immer noch der Abtei, und laut den Jahresabrechnungen, die ihr dem Schatzamt schickt, liefert es jährlich rund fünftausend Aale an die Klosterküche.« Sir

Edmund erhob sich halb aus seinem Stuhl und brachte seinen Zeigefinger direkt vor das Gesicht des Mönches. »Bei Gott, Sir«, drohte er mit heiserer Stimme, »wenn ich in dieser Abtei hier oder an einem anderen Ort, der zu ihr gehört, auch nur den entferntesten Hinweis auf die Arche oder die Wasser des Jordans finde, dann werde ich dafür sorgen, daß Ihr Euch vor dem königlichen Gericht in London wegen Hochverrats zu verantworten haben werdet!«

»Dann beschafft diese Beweise, Sir Edmund«, erwiderte Eadred kühl.

Mandeville schob seinen Stuhl zurück und ging zur Türe.

»Ich werde die Abtei persönlich durchsuchen!« rief er über die Schulter. »Southgate, wenn Ihr mit dem Manuskript fertig seid, schaut Euch hier sorgfältig um.« Er ging hinaus und ließ die Türe krachend hinter sich zufallen.

Eadred schienen Mandevilles Drohungen unbeeindruckt gelassen zu haben.

»Vielleicht sollten wir auch gehen«, flüsterte er, während er einen Seitenblick auf Southgate warf, der über dem Buch brütete. »Sir Edmund glaubt mir nicht, aber er wird in dieser Abtei und auch anderswo nichts finden.«

Wir verließen die Bibliothek, umrundeten den Nordflügel der Kirche und betraten dann die Abteikirche durch die Frauenkapelle, die mit Tüchern ausgekleidet und deren Boden stark verstaubt war.

»Abt Bere«, erklärte Eadred, »läßt gerade eine Krypta bauen. Diese wird unter der Frauenkapelle und der Galiläa-Vorhalle verlaufen.«

Er schob die Tücher beiseite und führte uns einige Stufen hinunter. Die Krypta war ein hoher, gewölbter Raum. Ihre Decke wurde von dünnen Steinpfeilern getragen, die im Zentrum ihren Ausgang nahmen und den Eindruck eines berstenden Sternes erweckten. Die Krypta war noch nicht fertig und schien seltsamerweise der einzige Ort in dieser Abtei zu sein, an dem Eadred Unbehagen empfand und an dem er nicht gerne lange verweilen wollte. Wir kehrten in die Galiläa-Vorhalle zurück, durchquerten eine weitere kleine Kapelle und gelangten schließlich in das große, weißgepflasterte Hauptschiff. Wir schauten uns im nördlichen und südlichen Querschiff um und traten unter dem verzierten Lettner hindurch in den Altarraum, unter dem das Grab von Artus lag.

»Gibt es irgendeinen Zugang zu dem Grab?« wollte Benjamin wissen.

Eadred schüttelte den Kopf. »Natürlich nicht. Der Sarg ist in eine große Gruft eingeschlossen. Nur der Heilige Vater kann die Erlaubnis geben, ein solches Grab zu öffnen.« Eadred wedelte mit den Händen. »Und weshalb sollte man es auch öffnen? Der Gral und Excalibur sind noch Jahrhunderte nach Artus' Tod gesehen worden, und die Mönche, welche die Gebeine hier beigesetzt haben, hätten diese wertvollen Gegenstände wohl kaum mit in das Grab gegeben.«

Wir stimmten ihm zu und verließen die Kirche wieder. Auf schneebedeckten Wegen passierten wir den Kapitelsaal, den Schlafsaal, die Küche und erreichten dann den Garten des Abtes. Dieser Garten war von einer hohen Ziegelmauer eingefaßt und jetzt von einer Schneedecke überzogen, aber im Sommer mußte er sehr schön sein. Mein Blick wurde allerdings mehr von dem großen Tor gefesselt, der über der Abtei aufragte, und von der kleinen Kirche von St. Michael, die auf dessen Gipfel thronte.

»Könnten wir vielleicht dort oben etwas finden?« fragte ich.

Eadred lächelte und schüttelte den Kopf. »Dieser Gedanke ist naheliegend, aber verglichen mit der Abtei ist die Kirche dort oben noch ziemlich neu. Ihr seid herzlich eingeladen, zu ihr hinaufzusteigen, aber diese Mühe wird vergeblich sein. Ich empfehle Euch, diese anstrengende Übung Euren beiden Begleitern zu überlassen, die sich zweifellos schon dieselbe Frage gestellt haben werden.«

Kapitel 11

Wir kehrten zum Gästehaus zurück, und Eadred bestellte Glühwein aus der Küche, damit wir uns aufwärmen konnten. Er und Benjamin waren bald in ein eifriges Gespräch über Alchemie und den Stein der Weisen vertieft. Der Bibliothekar erbot sich auch, meinem Meister Narepool zu zeigen, unter dessen Boden, der Legende nach, immer noch Artus' Schwert ruhen sollte. Ich langweilte mich und schlenderte zur Bibliothek.

Zum Glück war Southgate schon gegangen. Einige der Brüder waren im Schreibzimmer über ihre Pergamente gebeugt, begrüßten mich höflich und hatten nichts dagegen einzuwenden, als ich das Manuskript durchblätterte, das Southgate auf dem Tisch hatte liegen lassen.

Bruder Eadred hatte recht. Das Manuskript enthielt eine Sammlung von Schriften, welche die Legenden von Glastonbury, Avalon, Artus und dem Schmieden von Excalibur darstellten, ja sogar die kuriose Geschichte, wie Joseph von Arimatäa den Knaben Jesus nach Glastonbury gebracht habe, um von den Bewohnern Zinn und kostbare Öle zu kaufen. Außerdem waren im Buch topographische Beschreibungen und allgemeine Darstellungen biblischer Geschichten enthalten; eine Eintragung erweckte schließlich meine besondere Aufmerksamkeit. Ich erinnerte mich an Agrippas Worte, und ein leiser Verdacht keimte in mir auf.

Ich schlug das Buch hastig zu und überlegte, versuchte, meine Entdeckung in einen Zusammenhang mit dem mörderischen Labyrinth zu bringen, in dem ich mich befand, entschloß mich aber, Stillschweigen darüber zu bewahren.

(Oh, entschuldigt mich einen Augenblick, mein kleiner Kaplan hüpft aufgeregt umher und bespritzt das Pergament mit Tinte. »Oh, Gott, o Gott«, wimmert er. »Es gibt keine Anhaltspunkte, keinen Hinweis, keine Lösung des Geheimnisses!« Ich nehme meinen schwarzen Stock und gebe ihm tüchtig eins auf die Finger. Hat er denn nicht das Buch *Jesus Sirach* gelesen? »Unter dem Himmel hat ein jedes seine Zeit und seinen Ort.« So laßt mich denn meine Geschichte weiter erzählen. Dem kleinen Furzer würde es nie einfallen, bei einem von Shakespeares Stücken aufzustehen und zu rufen »Erzählt uns, was passiert!« Er würde mit faulen Tomaten bombardiert werden, was übrigens gar kein schlechter Einfall ist. ... Wenn er nicht aufpaßt, bekommt er meinen leeren Weinbecher auf seinen kleinen, mickrigen Hinterkopf. Ah, gut, das hat einiges geklärt.)

Wir verbrachten zwei nutzlose Tage in Glastonbury und reisten dann genauso ab, wie wir gekommen waren, lediglich mit zwei bruchstückhaften Informationen: daß Hopkins Mönch in der Abtei gewesen war und dort sein berühmtes Rätsel entdeckt hatte. Bruder Eadred begleitete uns zwei bis drei Meilen weit zu Pferd. An der Weggabelung verschiedete er sich von uns und drückte herzlich Benjamins Hand. Mein Meister wandte sich uns zu.

»Bitte, reitet schon weiter«, bat er uns. »Ich habe noch etwas Persönliches mit Bruder Eadred zu besprechen.«

Ich war gekränkt und Mandeville außer sich.

»Worum geht es?« belferte er.

»Sir Edmund«, beharrte Benjamin in aller Ruhe, »es ist eine vertrauliche Angelegenheit, eine Gewissensfrage.«

Nun, wer wollte noch widersprechen? Sir Edmund gab ein Zeichen, und die Soldaten, ich eingeschlossen, folgten ihm den Weg hinunter. Ich wandte mich um und sah, wie sich mein Meister angeregt mit dem Mönch unterhielt. Seine Worte schienen den Bibliothekar aufzuwühlen, denn sogar aus der Ferne konnte ich erkennen, daß Eadred ziemlich aufgeregt wirkte. Nach einer Weile holte uns Benjamin wieder ein.

»Was war los, Meister?«

»Nicht jetzt, Roger«, flüsterte er.

Wir setzten unsere Reise nach Templecombe fort. Seit unserem Aufenthalt in Glastonbury war kein Schnee mehr gefallen, aber am Himmel waren graue, düstere Wolken aufgezogen, die sich zusammenballten. Als wir das Dorf hinter uns gelassen und den Weg zur Hauptstraße eingeschlagen hatten, befahl Sir Edmund, der sich an meine Geschichte von dem Überfall aus dem Hinterhalt erinnerte, den Soldaten, vorauszureiten. Wir zogen langsamer hinterher. Ein beißender Wind brannte auf unseren Wangen, verwandelte unsere Finger in starre Eiszapfen, während sich die Pferde bemühten, Halt unter den Füßen zu bekommen. Plötzlich, als wir um die Biegung ritten und die Giebel und Türme von Templecombe vor uns auftauchten, kam einer der Soldaten so schnell zurückgeritten, daß sein Pferd auf dem rutschigen Boden schlitterte und rutschte und fast mit Mandevilles Pferd zusammengeprallt wäre.

»Was ist denn los, Mann?« schnarrte Southgate.

Das Gesicht des Soldaten war leichenblaß. Er wollte etwas sagen, brachte aber kein Wort hervor und deutete auf den Weg, den er gekommen war. Mandeville trieb sein Pferd voran, und wir bogen um die Kurve. Zuerst konnten wir in dem schwindenden Tageslicht außer dem eisglatten Weg, der links und rechts von schneebedeckten Bäumen gesäumt wurde, nichts erkennen, aber dann bemerkten wir das Flackern einer Kerzenflamme.

Sie schien mitten im Schnee zu stehen, eine kleine Metallkappe schien sie gegen den heftigen Wind zu schützen, aber als wir uns näherten, drehte sich mir der Magen um. Unsere Pferde wurden unruhig. Mandeville und Southgate fluchten laut, denn die schmutzige weiße Kerze wurde von einer grün-gräulichen abgetrennten Hand gehalten.

»Das ist Hexerei!« keuchte Mandeville.

»Daran gehe ich nicht vorbei!« rief einer der Soldaten.

»Schafft sie weg!« befahl Mandeville Southgate.

»In diesem Fall, Sir Edmund, würde ich lieber nichts tun.«

»Los, Roger!« befahl Benjamin.

Wir stiegen beide ab und näherten uns dem grausigen Fund. Die Hand war schon am Verfaulen, der blutige Stumpf des Handgelenkes hatte sich in eine schwarze, geronnene Masse verwandelt. Die Nägel waren farblos, die Finger fingen bereits an, sich zu zersetzen. Der Wind drehte, und wir atmeten den Gestank der Verwesung.

»Was ist das?« fragte Benjamin.

(Oh, ich wußte sehr wohl, was das war. Bereits als unschuldiger junger Mann war der gute Shallot den schaurigsten und furchterregendsten Hexenmeistern, Zauberern und Hexen begegnet: Menschen, die dunkle Mächte benutzten, um den Geist ihrer Gegner zu zerrütten. Nehmt Shallots Rat an: Die Kraft der Hexerei liegt in dem, was ihr anderen Menschen vorgaukelt. Vor kurzem trug ich eine solche Theorie vor, als ich Will Shakespeare und Richard Burbage im Globe traf. Der alte Will, der Herr segne seine freundlichen Augen, war tatsächlich von dieser Idee sehr angetan. In einem Stück, an dem er gerade eifrig schreibt, kommt eine Szene vor, in der Hexen auf einem verfluchten Flecken in Schottland einem mörderischen Edelmann namens Macbeth heimtückische Gedanken einflößen.)

Ich starrte auf das groteske Gebilde, das hier neben der gefrorenen Straße im Schnee lag; die Hand schien die Erde zu durchstoßen, als ob ein Ghoul versuchte, aus dem Grab emporzusteigen.

»Das ist die Hand des Ruhmes«, erklärte ich.

Benjamin blickte verwirrt drein.

»Ein mächtiger Talisman, Master«, fuhr ich fort. »Die Hexe hackt einem ermordeten Mann die Hand ab und formt aus dem menschlichen Fett eine Kerze, die angezündet und dem Manne in die Hand gedrückt wird. Es ist eine Methode, die Dämonen zu beschwören, ein Fluch und eine Warnung zugleich.«

Benjamin rückte näher. »Glaubst du, es funktioniert?«

Ich zuckte die Schulter. »Oh, ich könnte damit Satan aus der Hölle emporzitieren, Master.«

Benjamin starrte mich an.

»Aber ob er kommen würde, das steht wohl auf einem anderen Blatt.«

(Einst sagte ich dies auch zu Will Shakespeare, es kommt sogar in einem seiner Stücke vor. Ich glaube, in *Heinrich IV., Teil I*, wo sich der Heißsporn und Glendower über Zauberei unterhalten.)

»Nun«, meinte Benjamin und stand auf, »wenn es aus der Hölle kommt, kann es auch dorthin zurückkehren!« Und er versetzte der Kerze und der Hand einen Tritt, so daß beides im Unterholz landete. Die Flamme verglühte zischend, als Mandeville und Southgate abstiegen und zu uns herantraten. Sie waren beide aschfahl, und jeglicher Schwung schien sie verlassen zu haben. Mandeville starrte in die Dunkelheit und dann zu den Krähen hoch, die krächzend über uns kreisten.

»Dies hier ist ein Ort der Hölle«, murmelte er und versetzte dem Schnee, dort wo die Hand gelegen hatte, einen Tritt. »Vielleicht sollten wir aufgeben, nach London zurückkehren und im Frühling mit Soldaten wiederkommen?« Er kaute an der Unterlippe. »Ich könnte alle meine Agenten in der Gegend sammeln, um herauszubekommen, was hier tatsächlich vor sich geht.«

»Und was wird der König sagen?« fragte Benjamin. »Vor allem, was wird mein lieber Onkel denken, wenn wir jetzt mit leeren Händen heimkommen, um Cosmas' und Damiens' Tod zu melden? Ich möchte Gerechtigkeit, Sir Edmund, und Ihr wollt Rache. Mord ist ein Glücksspiel. Bis jetzt hat der geheimnisvolle Mörder jeden Zug gewonnen, aber früher oder später wird er einen Fehler machen.«

(Dies zeigt, wie sich die Zeiten geändert haben. Mandeville und Southgate, Gott habe sie selig, mochten niederträchtig und gemein sein, echte Speichellecker des Königs. Trotzdem besaßen sie noch so etwas wie ein Gewissen. Sie waren nicht wie Walsingham und die folgende Generation von Spionen und ›agents provocateurs‹. Man betrachte nur einen Mann wie Christopher Marlowe: Ich war bei ihm, als er in dem besagten Wirtshaus ermordet wurde. Er und sein Mörder, Männer wie Frizier und Skeres, ganz zu schweigen von Poley, waren leibhaftige Teufel, die weder Gott noch sonst jemanden fürchteten. Armer Kit! Er war ein schlechter Mensch, aber ein begnadeter Dichter, der viel zu früh starb.)

Wir setzten unseren Ritt zurück nach Templecombe fort. Die Santerres warteten mit Bowyer auf uns, der aussah, als habe er es sich richtig gemütlich gemacht. Sein Hemd war am Kragen offen, seine kleinen Füße steckten in Halbstiefeln, sein feistes Gesicht war vom Trinken gerötet, und sein Atem roch wie eine Weinpresse. Er und Sir John schienen jetzt Busenfreunde zu sein, und ich fragte mich insgeheim, ob die Santerres vielleicht diesen wankenden Diener der Krone bestochen hatten. Mandeville jedoch war keineswegs davon angetan, den Sheriff hier so frohgemut vorzufinden, und bedachte ihn mit einem vernichtenden Blick.

»Hat sich Euer Besuch in Glastonbury gelohnt?« fragte Sir John, als wir uns vor dem großen Feuer aufwärmten, während Lady Beatrice und Rachel gewürzten Wein servierten.

Mandeville fluchte durch die Zähne, und Southgate hätte wohl geharnischte Bemerkungen über die Abtei gemacht, wenn Sir Edmund ihm nicht zu verstehen gegeben hätte, er solle den Mund halten und seinen Wein trinken. Sir John, der voll von sich eingenommen war, versuchte, sie ein wenig aufzuheitern.

»Morgen«, sagte er, »wollen wir eine Pause von den Staatsgeschäften einlegen. Es hat nicht mehr geschneit, und ich weiß, wo meine Hunde einen prächtigen Hirsch aufstöbern könnten.«

Bowyer und Southgate bekamen bei der Aussicht auf eine schöne Treibjagd sofort bessere Laune. Sogar Mandeville zeigte sich einverstanden; und aus der Unterhaltung, die dann folgte, schloß ich, daß beide Agenten leidenschaftliche Jäger waren und ihnen eine Treibjagd außergewöhnliches Vergnügen zu bereiten schien.

Ich überlegte auch, ob Sir John Santerre trotz seiner gutmütig-derben Jovialität geschickt und beschlagen genug war, die Schwächen eines Menschen zu erkennen und sie auszunutzen. Hatte er auch meine Schwächen herausgefunden? fragte ich mich. War Mathilda vielleicht absichtlich in meine Kammer geschickt worden?

Ich ließ meinen Blick zu Rachel wandern, deren rehbraune Augen gerade Benjamin zulächelten. Spielte auch sie eine Rolle? Wurden wir alle bestochen? Ich mit Mathilda, Benjamin mit Rachel, Bowyer mit gutem Essen und Trinken, und die *Agentes* mit der Aussicht auf einen vergnüglichen Jagdausflug? Ich erinnerte mich an Mandevilles Worte. Zeigte jetzt der unheilvolle Einfluß der Templer seine Wirkung?

Ich kann Euch eines sagen: Ich bin als Schurke geboren und aufgewachsen und habe stets große Schwierigkeiten, zwischen meinem Hab und Gut und dem von anderen zu unterscheiden, oder zumindest war es früher so, aber ich mag es nicht, als Dummkopf verkauft zu werden.

Tatsache war, daß wir in Glastonbury nichts herausbekommen hatten, auch nicht, weshalb Cosmas und Damien ermordet worden waren. Ich blickte mich um. Bowyer war betrunken, Benjamin hing seinen Gedanken nach oder war fasziniert von Rachels Schmeicheleien, Mandeville und Southgate schwelgten in der Gastfreundschaft, die ihnen hier zuteil wurde, während Santerre, dessen Verhalten verdächtig war, um es milde auszudrücken, die Rolle des lächelnden Gastgebers übernommen hatte.

Ich kippte meinen Becher Wein hinunter und stand auf. Bowyers und Southgates Unterhaltung über die bevorstehende Jagd stockte und erstarb ganz, als ich aufstand und meinen Rücken am Feuer wärmte.

»Roger?« fragte mich Benjamin überrascht. »Was ist los?«

Ich blickte in die Runde. »Ich bin müde«, begann ich, »mir ist kalt, und ich bin erschöpft.« Ich hielt die Hand hoch, spreizte die Finger, zählte sie ab, wie ein Lehrer vor der Klasse. »Cosmas ist tot. Damien ist tot.« Ich musterte Santerre. »Die alte Hexe ist tot. Wenn Ihr Männer in den Wald entsendet, werdet Ihr ihren erfrorenen Leichnam in der Höhle finden, die sie ihr Heim nannte. Und schließlich hat man uns bei unserer Rückkehr von Glastonbury durch Hexerei einzuschüchtern versucht.«

Santerre gab einen überraschten Laut von sich. Bowyer schaute mich aus blutunterlaufenen Augen an. Ich nahm die *Agentes* und Benjamin ins Visier.

»Nun, wollt Ihr's ihm nicht sagen?«

»Roger«, mischte sich Benjamin ein, »vergiß nicht, höflich zu bleiben.«

»Scheiße«, erwiderte ich. »Als wir den Weg zu Eurem Haus heraufritten, Sir John, fanden wir eine Hand des Ruhmes mit einer brennenden Kerze in den Fingern.«

Die Santerres starrten mich offenen Mundes an.

»Ich habe eine Höllenangst«, rief ich. »In den stinkenden Gassen von Southwark und Whitefriars ist die Hand des Ruhmes ein mächtiger Talisman, eine Warnung für uns alle. Jemand hier wünscht unseren Tod. Jemand auf Templecombe oder auf den Gütern der Umgebung. Und ich habe keine Lust, das Wild zu sein, das gejagt wird.«

Ich stapfte aus der Halle, war recht zufrieden mit mir und begab mich in meine Kammer. Ein paar Minuten später folgte mir Benjamin. Er schlüpfte durch die Türe und setzte sich auf einen Hocker neben meinem Bett, auf dem ich mich ausgestreckt hatte.

»Roger, weshalb dieser Ausbruch?«

Ich stützte mich auf die Ellbogen und schaute ihm fest in die Augen.

»Draußen ist es dunkel und kalt, und es hat wieder geschneit. Bowyer ist sturzbesoffen, Mandeville und Southgate haben Angst, und Ihr scheint nur Augen für Rachel zu haben.«

Benjamin lächelte und bewegte seine Füße. »Liegt hier das Problem, Roger? Bist du eifersüchtig?«

Ich ließ mich lachend aufs Bett fallen. Er packte mich bei der Hand.

»Sag mir, weshalb du so reagiert hast, Roger! Gewöhnlich bist du doch ein sehr höflicher Mensch. Der pflichtbewußte, scharfsinnige Diener, der alles sieht und schweigt.«

Ich starrte in die Dunkelheit. »Vielleicht habt Ihr recht, Master, aber ich habe Angst. Wir werden bedroht, angegriffen, zwei unserer Gefährten wurden ermordet. Wir irren in dieser eisklirrenden, finsteren Gegend herum und finden nichts heraus. Ja, ich wünschte mir, Rachel würde mir die Blicke zuwerfen, die sie Euch zuwirft.« Ich blickte ihn verständnisheischend an. »Aber hier fühle ich mich wie ein Fisch auf dem Trockenen, Master. Wenn dies hier die Gassen von Paris oder die Kanäle von London wären, könnte ich mich verbergen oder zurückschlagen. Aber was ist, wenn man uns hierher geschickt hat, damit wir hier sterben, einer nach dem anderen?«

Benjamin erschauerte und verschränkte die Arme. »Etwas haben wir doch entdeckt«, erwiderte er. »Ich habe den Ausdruck auf deinem Gesicht gesehen, als wir in Gladstone aufbrachen.«

»Was hat Eadred Euch erzählt?« entgegnete ich.

»Ich habe ihn gefragt, weshalb Sir John Santerre so enge Beziehungen zu Glastonbury unterhielt.«

»Und?«

»Zuerst versuchte Eadred zu bluffen, behauptete, Sir John sei einfach nur ein Grundbesitzer der Gegend, aber dann gestand er, daß Santerre den Bau der Krypta finanziert, meinte aber, wenn ich mehr wissen wolle, solle ich entweder Sir John oder den Abt fragen. So«, fuhr Benjamin fort und lächelte, »was hast du herausgefunden, Roger?«

Ich berichtete ihm von meiner Entdeckung. Vielleicht lag es am Licht, aber ich stellte fest, daß Benjamin blaß wurde. (Entschuldigt mich einen Augenblick, mein kleiner Schreiber besteht wieder darauf, daß ich solche Indizien sofort verrate, aber das tue ich nicht. Wie Shakespeare sagte: ›Jede Erzählung hat ihr eigenes Versmaß.‹ Er wird wohl oder übel warten müssen!) Ich will ehrlich sein: Zu diesem Zeitpunkt erkannte ich den wahren Wert meiner Entdeckung noch nicht, wohl aber Benjamin.

»Master«, bat ich ihn, »ergibt das einen Sinn für Euch?«

»Ja und nein«, erwiderte Benjamin zögernd. »Als wir die Gemächer auf Templecombe durchsuchten, kam mir ein leiser Verdacht, wie Cosmas gestorben sein könnte. Ich erinnerte mich auch an etwas in der Kirche an dem Nachmittag, als Damien ermordet wurde.« Er kniff die Augen zusammen und schüttelte den Kopf. »Aber das sind nur Bruchstücke, Roger, für sich allein bedeuten sie gar nichts.«

Er überließ mich meinen trüben Gedanken, bis ein Diener auftauchte und verkündete, das Abendessen sei fertig. Ich ging in die Halle hinunter. Santerre war nach wie vor damit beschäftigt, seine Gäste mit seiner Gastfreundschaft zu verwöhnen. Der Hohe Tisch war mit einem Damasttuch bedeckt, man hatte bestes Kristallglas und Silberbesteck aufgelegt. Köstliche Düfte aus der Küche stiegen uns in die Nase, schmeichelten unserem Gaumen mit dem verführerischen Geruch von gebratener Ente, Fleischpasteten, Quittentörtchen und frischem Marzipan.

Santerre trug jetzt ein Wams und silbergraue Beinkleider, während seine Frau und Tochter in kostbare, golddurchwirkte Seidengewänder gekleidet waren. Santerres Wortschwall sprudelte wie ein Bächlein im Frühling. Er versicherte dem betrunkenen Bowyer, er sei jederzeit auf Templecombe willkommen, was mich an die Freundschaft zwischen Pilatus und Herodes denken ließ. Southgate stand ebenfalls unter Alkohol, Mandeville aber wirkte zahm wie ein Lamm und musterte uns aufmerksam, als ob mein Ausbruch eine Seite meines Charakters enthüllt hätte, die er vorher noch nicht wahrgenommen hatte.

Das Mahl war schon fast beendet, und ich hatte mindestens vier große Becher Rotwein hinuntergekippt, als der kleine rote Fleck auf der Tischdecke erschien. Zuerst dachte ich, es sei verschütteter Wein, aber dann verbreiterte er sich, und ich bemerkte kleine Spritzer, die von der Decke über uns heruntertropften. Ich blickte hoch in die Dunkelheit, aber die Deckenbalken waren tiefschwarz.

Du hast zuviel getrunken, sagte ich mir, aber dann bemerkte auch Benjamin den immer größer werdenden Fleck und die Spritzer.

»Schaut!« rief er und deutete auf den scharlachroten Fleck, der sich immer mehr ausweitete. Das Geplaudere und Gelächter um uns herum erstarb. Wir alle saßen wie erstarrt da und beobachteten die fallenden Tropfen und den roten Fleck. Benjamin fing sich als erster wieder, stand auf und schob seinen Stuhl zurück.

»Was ist über uns, Sir John?«

»Eine kleine Kammer mit Blick nach Osten. Wir benutzen sie nur im Sommer.«

Benjamin rannte aus der Halle und ich hinterher. Hinter uns wurden die Schreie und Rufe immer lauter, da der scharlachrote Fleck sich immer noch vergrößerte. Wir rannten die Treppe hoch und schubsten verblüffte Diener zur Seite. Ich erspähte Mathildas fahles Gesicht, rannte die Galerie entlang und stieß die Türe zu der Kammer auf.

Der Raum war kalt und düster, die Fensterläden waren geschlossen. Benjamin fluchte wegen der Dunkelheit, aber wie in jedem ordentlichen Haushalt standen direkt neben der Türe Behälter, die Binsenlichter und Kerzen enthielten. Benjamin zündete eine Kerze an, und wir drangen weiter in die Kammer vor.

Zuerst konnten wir noch nichts sehen, als wir uns wie Krabben kriechend vorwärts bewegten und den weichen Wollteppich unter uns spürten. Ich stieß an etwas Feuchtes, Klebriges. Benjamin kam mit dem Licht näher. Der Herr vergebe mir, aber ich schrie vor Entsetzen. In der Mitte des Teppichs lag, fein säuberlich am Hals abgetrennt, der Kopf der Hexe, deren Augen aus den Höhlen getreten waren.

Durch die beginnende Verwesung hatte sich das Gesicht grünlich verfärbt. Ein grotesker Anblick! Das allmählich gerinnende Blut aus der durchtrennten Arterie des schneefeuchten Kopfes sickerte durch die Bodenbretter. Mein Magen rebellierte. Wir hörten, wie sich hinter uns die Türe öffnete, aber Benjamin schrie, es dürfe keiner hereinkommen.

»Los, Roger«, flüsterte er. »Wir können hier nichts mehr tun.«

Draußen berichtete Benjamin den anderen, was wir in der Kammer vorgefunden hatten. Lady Beatrice bekam einen hysterischen Anfall, stützte sich gegen die Wand und vergrub das Gesicht in den Händen, während Rachel versuchte, sie zu beruhigen. Santerre wurde auf einen Schlag stocknüchtern, während Sir Edmund und Southgate zwischen Ärger und Furcht hin- und hergerissen waren.

»Beseitigt die Schweinerei!« zischte Benjamin Santerre zu. »Rollt den Teppich auf und befördert ihn samt seinem schauerlichen Inhalt hinunter und verbrennt ihn. Der Boden muß gescheuert werden.« Er warf Sir Edmund einen Blick zu. »Roger hat recht. Der Engel des Todes sucht dieses verfluchte Haus heim.«

»Wer könnte so etwas anstellen?« brummelte Southgate.

»Einer der Diener, jemand, den wir nicht kennen«,

erwiderte Benjamin. »Aber der Kopf und die Hand des Ruhmes stammen von dem armen alten Weib. Oh, wo ist übrigens unser ehrenwerter Sheriff Bowyer?«

»Betrunken wie ein Fuhrknecht«, knurrte Mandeville. »Schläft jetzt unten wie ein Baby in der Wiege.«

Benjamin schickte sich an, wegzugehen.

»Master Daunbey«, redete ihn Mandeville an, der ihn an der Biegung der Galerie einholte. »Um Himmels willen, was soll ich nur tun? Meine Aufgabe ist es, Verschwörer, Intriganten zu fangen . . . und nicht in der Dunkelheit nach einem geheimnisvollen Mörder zu jagen.«

Benjamin murmelte etwas vor sich hin. »Was geht hier nur vor sich, Daunbey?«

Mein Meister blickte hoch, mit eiserner Miene und angespannten Zügen. »Ich dachte gerade an das, was Ihr gesagt habt, Sir Edmund. Dahinter steckt nicht der bedauernswerte Buckingham, nicht wahr? Oder ein bemitleidenswerter Schneider wie Taplow, der in seinem kleinen Käfig gefangen und zum Schlachthaus geführt wurde. Und Templecombe ist nicht irgendeine Abtei, wo man kurz mit den Fingern schnipst und den großen Herrn spielt. Was ist das also für ein Gefühl, Sir Edmund, selbst das Wild zu sein anstatt der Jäger?«

Mein Meister machte auf dem Absatz kehrt und stapfte zu seiner Kammer.

(Mein kleiner Schreiber mault, Benjamin habe sich daneben benommen. Das stimmt nicht! Benjamin war ein freundlicher, sanfter Mann. Er hatte immer etwas gegen brutale Kerle, und er hat sich hier richtig verhalten. Mandeville und Southgate waren nach Templecombe gekommen, um alle nach ihrer Pfeife tanzen zu lassen. Aber dabei waren sie in eine regelrechte Schlangengrube gefallen.)

Ich wanderte durch die Gänge, denn das Abendessen

war uns ja gründlich verdorben worden. Dann entdeckte ich meine quirlige kleine Mathilda, die sich jede Menge Decken auf ihre kräftigen Arme geladen hatte und vollkommen unbekümmert umherlief. Ich folgte ihr auf eines der oberen Stockwerke und berührte sie am Ellbogen.

»Mathilda, meine Süße, einen Augenblick.«

Sie wirbelte herum, wirkte aber völlig arglos, und ich entdeckte, wie ihre Augen triumphierend funkelten. Ich zog sie in eine dunkle Fensternische.

»Du hast doch wohl nicht wieder nach Gold gesucht, oder?«

Sie zog einen Schmollmund.

»Das Geld war doch wohl zweitrangig, habe ich recht?« fuhr ich fort. »Was hast du denn gesucht? Hast du den Mann durch das Feuer getötet? Welche Geheimformel hast du dazu benutzt?«

Sie seufzte und nahm am Fenster Platz.

»Master Shallot, Ihr und Eure anmaßenden Begleiter seid hierher nach Templecombe gekommen.« Sie blickte hinaus in die eisige Dunkelheit. »Ihr befindet Euch Hunderte von Meilen von London entfernt, mit ein paar armseligen Soldaten zum Schutz. Der Teufel und sein Gehilfe haben Lord Buckingham in die Falle gelockt, einen Mann, der hier sehr beliebt war. Er wurde nach London geschafft, wo ihm erbarmungslos der Kopf abgeschnitten worden ist, wie wir es nicht einmal bei einem Huhn machen würden. Seine Ländereien wurden beschlagnahmt und die Mönche in Glastonbury schlimmer schikaniert als Häftlinge im Kerker.«

Sie schaute mir fest in die Augen. »O ja, wir haben davon gehört.« Sie wanderte auf und ab. »Und was erwartet Ihr? Ihr reitet einfach hier durch, ohne um Erlaubnis zum bitten. Das hier ist altehrwürdiger Boden, Master Shallot. Artus und seine Ritter hielten sich hier auf, wie uns Master Hopkins erzählt hat. Die Templer sind sehr gefürchtet, aber wegen ihres Wissens auch sehr geachtet.«

Nun, von jeder schönen Frau kann ich eine Strafpredigt ertragen, und Mathilda bildete da keine Ausnahme, aber ich hörte auch die Drohung aus ihren Worten heraus. Ich klatschte spöttisch in die Hände. »Und was hat das alles für dich zu bedeuten, Mathilda, meine Süße? Eine Diebin, die nach Gold sucht?« Sogar in der Dunkelheit konnte ich erkennen, daß sie errötete. »Ich bin keine Diebin«, keifte sie und richtete sich auf. »Ich bin eine arme Witwe. Mein Mann ist vor zwei Jahren an der Schwitzkrankheit gestorben. Ja, Roger, in Somerset heiratet man jung. Ich habe auch ein Kind.«

»Du hast auch einen Vater«, entgegnete ich.

Sie biß sich auf die Lippen.

»Du hast einen Vater«, fuhr ich behutsam fort. »Einen hochgewachsenen, kraushaarigen Kerl, der auffallend hinkt. Wo hat er sich seine Verletzung geholt?«

»Es war ein Unfall.«

»Unsinn«, knurrte ich. »Soll ich Mandeville und Southgate holen und ihn in die Halle bringen lassen? Ich wette ein Goldstück, daß diese Wunde durch ein Schwert verursacht worden ist. Dein Vater gehört zu den Männern, die mich überfallen haben.«

Sie murmelte etwas Unverständliches.

»Was war das?«

»Wenn sie Euch hätten töten wollen«, flüsterte sie, »hätten sie es getan. Wir haben keinen Streit mit Euch oder Eurem Meister. Sie wollten Euch lediglich Angst einjagen.« Sie nahm meine Hand. »Bitte, Roger, laßt meinen Vater in Ruhe.« Sie starrte durch das Fenster. »Dieser Ort ist voller Geister«, murmelte sie.

»Und die Templer?«

Sie ließ den Kopf sinken. Ich zog meinen kurzen Dolch heraus und hielt ihn zwischen den Fingern.

»Nichts auf der Welt ist umsonst«, flüsterte ich. »Du und dein Vater, ihr seid keine Gefahr für mich, aber jene, für die ihr arbeitet.«

Mathilda schüttelte den Kopf. Ich steckte meinen Dolch zurück und stand auf.

»Wartet«, sagte sie und griff nach meiner Hand. »Roger, wir sind winzige Flöhe auf einem riesigen Hund. Wir nehmen unsere Befehle entgegen, die hie und da flüsternd ausgesprochen werden.«

»Und wo haust der Hund?« wollte ich wissen.

Mathilda spähte angstvoll in den Garten hinunter und stand ebenfalls auf. »Wenn Ihr den Hund kennenlernen wollt«, flüsterte sie, »findet Ihr ihn auf der Insel . . .« Und wie ein Geist verschwand sie im Schatten und rannte die Treppe hinunter.

Ich stand am Fenster, starrte hinaus in den unangenehmen Nebel, der sich immer mehr verdichtete, und dachte über Mathildas Geister nach, die in ihre wurmzerfressenen Betten zurückkrochen. Ich hatte genug erfahren und kehrte in meine Kammer zurück, schloß ab und legte mich voll angekleidet auf das Bett, um mich durch den Schlaf zu erquicken.

Kapitel 12

Am nächsten Morgen standen wir zeitig auf und nahmen ein schnelles Frühstück zu uns, denn trotz der schaurigen Warnung in der Nacht zuvor war Southgate entschlossen, auf die Jagd zu gehen, auch wenn Bowyer noch stark unter den Einwirkungen des allzu reichlich genossenen Rotweines stand. Mandeville, herrisch wie immer, übersah uns, als er seinem triefäugigen Sheriff die Anweisung erteilte, nach mehr Männern zu schicken. Gegenüber Santerre verhielt er sich betont kühl.

Als wir uns hinaus zu den Ställen begaben, hörte ich, wie Sir Edmund Santerre zuflüsterte, die Angelegenheiten auf Templecombe würden seine Kompetenzen überschreiten, deshalb wolle er nach London zurückkehren, wo er dem König empfehlen werde, Richter hierher zu schicken. Wenn er vorgehabt hatte, Sir John dadurch einzuschüchtern, dann gelang ihm dies. Wenn die Richter der Krone in den Südwesten kommen würden, würden sie Truppen und gerichtliche Verfügungen mitbringen, würden in der Umgebung Hilfssoldaten ausheben, Geschworene auswählen, Beweise sammeln und nicht eher weiterziehen, bis die Angelegenheit geregelt und die Morde aufgeklärt sein würden. Santerre wollte gerade protestieren, aber Mandeville deutete ihm mit einer knappen Bewegung seiner behandschuhten Hand an, daß er sich zurückziehen könne.

»Diese Dinge können warten«, belferte er. »Heute gehen wir auf die Jagd, morgen sehen wir weiter.«

Die anderen warteten im Hof auf uns, wo ein mörderisches Hundegekläff herrschte; magere langbeinige Windhunde, weiße, schwarze und gefleckte, zerrten an ihren Leinen. Auf der anderen Seite des Hofes tummelte sich eine Meute von englischen Doggen, die sich winselnd gegen die Maulkörbe über ihren grauen Schnauzen und die Hiebe ihrer Piköre empörten. Hausmädchen eilten mit Bechern von gewürztem Wein umher, und Stallknechte schrien durcheinander, während sie die Pferde herausbrachten und sattelten. Southgates und Bowyers Pferde waren heißblütig, überschäumend und wühlten mit ihren Hufen die Erde auf. Ihre Herren hatten alle Mühe, sie zu bändigen.

Schließlich waren wir alle aufgestiegen und leerten noch einen letzten Becher des köstlichen Weines. Die Treiber wurden ausgeschickt, und das Gebell der Hunde durchschnitt die Stille des Winters.

Es war kein neuer Schnee mehr gefallen, der Himmel war immer noch bewölkt, aber die Luft war frisch und schon ein wenig wärmer. Wir ritten zum hinteren Tor hinaus und schlugen einen Waldweg ein. Anfangs ritten wir zusammen, aber da die Pferde ziemlich ungestüm waren, besonders die von Bowyer und Southgate, mußten wir unsere Gruppe auflösen. Wir durchquerten unbehindert den Wald und machten dann auf einem kleinen Hügel halt, von dem aus man die schneebedeckten Felder überblicken konnte, die hie und da durch kleine Hügel und Wälder unterbrochen wurden. Die Fährtensucher und Treiber waren bereits versammelt, und die Jäger ritten, umgeben von aufwirbelndem Schnee, Gebrüll und Gebell, auf sie zu.

Benjamin und ich blieben auf dem Hügel zurück, blickten den anderen nach, wie sie im Wald verschwanden. Es herrschte einen Augenblick Stille, dann schwoll das Gebell der Hunde zu einem wilden Gekläff an. Schreie und der Klang der Jagdhörner drangen zu uns hoch, als ein mächtiger Hirsch und zwei Hirschkühe aus dem Wald herausbrachen und durch den pudrigen Schnee über die Wiese stoben. Santerre stieß ins Horn und ließ die aufgeregten Jäger den Hügel hinunterreiten. Der Hirsch hatte bereits ein Feld hinter sich gebracht. Hinter ihm hoben sich die Hunde wie dunkle Schatten vom Schnee ab. Die Jagd war eröffnet.

Es ist schwierig, im einzelnen zu beschreiben, was dann geschah. Wir waren eine Gruppe von Reitern, die den Hügel hinunterpreschten. Santerre, der Oberwaidmann, Bowyer, Southgate, Mandeville, Benjamin und ich, auch Lady Beatrice und Rachel hatten sich dazu herbeigelassen, an der Jagd teilzunehmen. Bowyer und Southgate lösten sich als erste aus der Gruppe, da ihre Pferde sich anscheinend austoben wollten.

Wir gaben unseren Gäulen die Sporen, als wir am Fuß des Hügels angelangt waren, um im Rhythmus zu bleiben, denn der Schnee unter uns erschwerte das Vorankommen. Unvermutet gingen Bowyers und Southgates Pferde los. Sie bäumten sich auf und schossen wie Pfeile davon. Benjamin und ich ritten ihnen eiligst hinterher, denn es sah ganz so aus, als hätten sie die Kontrolle über ihre Tiere verloren. Ich stellte fest, daß hier etwas nicht stimmen konnte, denn wie ihr jungen Männer ja wohl wißt, ist es am besten, so schnell wie möglich abzusteigen, wenn ein Pferd außer Rand und Band geraten ist. Bowyer und Southgate versuchten es, aber es schien ihnen nicht zu gelingen, aus den Steigbügeln zu schlüpfen, und inzwischen waren ihnen auch die Zügel entglitten.

Southgate schaffte es, seinen linken Fuß aus dem Bügel zu lösen, und er schwang sein Bein herüber, aber sein echter Fuß hing immer noch wie festgeschweißt im Steigbügel. Das Pferd bäumte sich auf, Southgate wurde aus dem Sattel geworfen und mitgeschleift, einen Fuß immer noch im Steigbügel. Bowyers Pferd galoppierte jetzt noch schneller, geradewegs auf die Bäume zu. Benjamin schrie Santerre und Mandeville zu, sie sollten dem Sheriff folgen, und beide jagten wir Southgate hinterher, der wie eine Stoffpuppe hin- und hergezerrt wurde. Benjamin hatte jetzt Southgate eingeholt und vollbrachte ein echtes Reiterkunststück, als er sich hinunterbeugte und mit einem Dolch auf das Pferd zielte, um Southgates Steigbügel zu durchtrennen.

Wir stiegen ab und beugte uns über ihn. Er war übel zugerichtet: Sein Hinterkopf und seine Beine waren mit Wunden übersät. Er stöhnte, öffnete die Augen, fiel aber dann in Ohnmacht. Bowyer hatte nicht so viel Glück gehabt. Als sein Pferd den Wald erreicht hatte, war er von einem dicken, niedrig hängenden Ast getroffen und aus dem Sattel geworfen worden. Während sein Pferd noch tiefer in den Wald eindrang, zerrte es ihn durch die Brombeersträucher und das Unterholz mit sich, und sein Körper wurde mit voller Wucht gegen die Bäume geschleudert.

Die Jagd wurde abgeblasen, die Waidmänner und Piköre konnten gehen. Benjamin befahl ihnen, zum Gut zu reiten und zwei Tragen, Wein und Verbandszeug zu holen.

Mandeville und Santerre kehrten bald aus dem Wald zurück; letzterer trug eine Armbrust in der Hand, und über seinem Sattelkamm hing Bowyers Leichnam. Worte erübrigten sich: Bowyers Körper war von oben bis unten aufgerissen, sein Gesicht durch unzählige Wunden entstellt, und sein Genick war gebrochen. Mandeville mußte das rasende Pferd erschießen, um ihn freizubekommen. »Southgate?« fragte er erschöpft.

»Er wird überleben«, erwiderte Benjamin. »Oder

zumindest nehme ich das an.« Er deutete auf Southgates linkes Bein. »Ein sauberer Bruch, auch ein Arm ist gebrochen. Der Himmel weiß, was er sonst noch für Verletzungen abbekommen hat.«

Mandeville kauerte im Schnee neben seinem Stellvertreter. Er bot ein Bild des Jammers.

»Das ist das Ende«, jammerte er. »Das wird mir der König nicht verzeihen.«

Benjamin drängte ihm einen Weinschlauch zwischen die Lippen und zwang ihn zu trinken.

Bowyers Leiche wurde auf Templecombe in Laken gehüllt, in eine Kiste aus Kiefernholz gepackt, mit Schnee beladen und in einen Wagen gehievt, der den Sarg nach Taunton brachte.

Im Haus lief Mandeville, der inzwischen seinen Schock wieder überwunden hatte, wie ein gereizter Tiger auf und ab, beschimpfte Santerre, hieß Lady Beatrice, mit dem Heulen aufzuhören, und befahl den Bediensteten, ins Dorf zu gehen und die weisen Frauen zu holen, damit sie Southgate pflegten. Der verletzte Mann wurde in seine Kammer gebracht.

Als im Laufe des Tages die Frauen eintrafen, versprach ihnen der leichenblasse Mandeville alles nur Erdenkliche, wenn sie seinen Gefährten gesundpflegen würden. Dann packte er seine Sachen zusammen, sagte, er werde nicht länger auf Templecombe bleiben und ließ die Wagen herrichten, um zur Abtei von Glastonbury zu fahren.

Der letzte Hauch von Fröhlichkeit hatte Templecombe verlassen. Die Santerres gingen Mandeville aus dem Weg, der über die Gänge stampfte und den Bediensteten und Soldaten des toten Sheriffs Befehle zubrüllte. Einmal lief er zufällig Santerre über den Weg, der sich in der Großen Halle befand. Mandeville richtete klagend den Finger auf ihn.

»Ich breche jetzt auf, Sir John, aber im Frühling komme ich mit den Richtern Seiner Majestät und mit tausend Lanzenreitern zurück.«

»Sir Edmund?« wandte sich Benjamin an ihn.

»Was ist los, Daunbey?« knurrte Mandeville, der es nicht einmal für nötig hielt, ihn anzusehen.

»Ihr begebt Euch nach Glastonbury?«

»Ja, ich verlasse dieses Höllenloch hier und empfehle Euch, das gleiche zu tun.«

»Southgate kann nicht transportiert werden.«

»Wenn er hier bleibt, wird er unweigerlich umkommen«, zischte Mandeville.

»Vielleicht sollte man ihn ins Dorf bringen oder ins Haus des Priesters, wo er von den Soldaten bewacht werden kann. Sir Edmund, ich flehe Euch an, wartet noch eine Weile. Wir können hier nicht weg«, beharrte Benjamin. »Auch wenn kein neuer Schnee gefallen ist, sind die Wege gefroren. Southgate wird sterben, noch bevor er im Dorf angekommen ist. Zudem, was wird der König sagen?«

Mandeville starrte in die Flammen des Feuers.

»Ich hätte Bowyer nicht hierher holen dürfen«, jammerte er. »Ich hatte die Geschichte mit Buckingham ganz vergessen.« Er kaute an der Unterlippe und musterte Benjamin. »Bowyer war an der Vernichtung der Herzogs beteiligt, war ein gezeichneter Mann. Aber wie«, fuhr er fort, »wurden die Pferde dazu gebracht, durchzugehen? Wenn Ihr das herausfindet, Master Daunbey, verspreche ich Euch zu bleiben, bis die Angelegenheit erledigt ist.«

»Meine Herren!«

Wir wirbelten auf dem Absatz herum. Im Türbogen der Halle stand Rachel, wunderschön anzusehen in ihrem dunkelroten Gewand.

»Werte Herren«, begrüßte sie uns und trat mit entschlossenem Gesichtsausdruck auf uns zu. »Meine Herren, besonders Ihr, Sir Edmund. Mein Vater ist außer sich, meine Mutter ist hysterisch. Es mißhagt mir, daß Ihr hier umherrennt und unsere Bediensteten wie ein Freibeuter anbrüllt. Auch wir betrauern Bowyers Tod, und Master Southgates Wunden werden gut versorgt.« Sie blickte Benjamin flehentlich an. »Wir tun unser möglichstes«, fuhr sie sanft fort. »Southgate wird wieder gesund werden, Gott, was hatte er für ein Glück. Ein gebrochenes Bein, ein gebrochener Arm und ein paar weitere Verletzungen, die aber schnell heilen werden.«

Benjamin spreizte hilflos die Finger. »Aber alles ist hier passiert, Mistress.« Er berührte Mandeville leicht an der Schulter. »Nur Mut, Sir Edmund, wir werden Master Hopkins' Rätsel schon noch lösen.«

Mandeville blickte hoch, machte große Augen. Rachel wirkte verwirrt, aber Benjamin schüttelte den Kopf.

»Aber nicht jetzt, es gibt dringendere Dinge zu erledigen.« Er gab mir ein Zeichen, und wir verließen die Halle.

»Was wolltet Ihr damit sagen, Master?«

»Alles zu seiner Zeit, Shallot. Ich möchte mir jetzt Southgates Pferd ansehen.«

Das arme Tier stand fest angebunden und mit Fußfesseln versehen in einem kleinen, feuchten Stall. Der Sattel war ihm abgenommen worden, aber sein Fell war immer noch mit einer dicken Schaumschicht bedeckt, obwohl es sich mittlerweile wieder beruhigt hatte. Benjamin ignorierte meine Warnung; er betrat die Box, sprach beruhigend auf das Pferd ein und streichelte es, während er es von allen Seiten untersuchte. Dabei hörte er nicht auf zu reden.

»Genauso habe ich es mir gedacht«, murmelte Benjamin. »Southgate hat ihm die Sporen gegeben.«

»Das habe ich auch getan, aber meines ist nicht wie von der Tarantel gestochen davongeschossen.«

Benjamin schaute sich im Hof um, wo Bedienstete Wagen umherschoben und Pferde anschirrten; argwöhnisch beobachtet von Bowyers Soldaten. Benjamin zog mich in den Schatten, als Mandeville herauskam und anordnete, den Leichnam des Sheriffs ins Dorf zu bringen. Ferner teilte er den Soldaten mit, daß er noch eine Weile auf Templecombe bleiben werde. Als er wieder ins Haus gegangen war, kehrten Benjamin und ich in den Stall zurück.

Benjamin zog einen Apfel aus der Tasche – weiß der Himmel, wo er ihn aufgetrieben hatte – und gab ihn dem Pferd, das ihn genußvoll mampfte. Dann griff Benjamin in die leere Futterkrippe und holte die Überreste des Pferdefutters heraus. Er untersuchte es aufmerksam, wobei er auf meine Fragen nicht reagierte. Danach begab er sich in den angrenzenden Stall, wo sein eigenes Pferd untergebracht war, und vollführte hier dieselbe Prozedur. Er murmelte vor sich hin, wischte sich die Hände ab und schüttelte den Kopf.

»Genial«, meinte er dann. »Los, Roger.« Er nahm mich am Arm. »Noch ein letzter Besuch.«

Er ging mit mir ins Haus zurück und hinauf in Southgates Kammer. Der bedauernswerte Mann lag jetzt in einem großen Himmelbett, und die beiden alten Frauen schnatterten und murmelten vor sich hin, während sie Schienen an seinen Beinen befestigten und seinen nackten, mit Wunden übersäten Körper sorgfältig wuschen. Benjamin schenkte ihnen keine Beachtung, sondern schaute sich in der Kammer um.

»Southgates Stiefel«, flüsterte er.

Ich entdeckte einen davon unter der Kommode, zog ihn behutsam hervor und achtete darauf, daß der Sporn nicht meine Finger berührte. Benjamin verbarg ihn unter seinem Umhang und eilte flink wie ein Schuljunge, der Süßes geklaut hatte, in seine Kammer. Er verriegelte die Türe hinter uns, setzte sich auf das Bett und untersuchte den Sporn sorgfältig im Licht des Kerzenscheins.

»Vielleicht ist es bereits weggewaschen«, murmelte er. »Aber, wie Pythagoras schon sagte: ›Die Wahrheit läßt sich nur durch Experimentieren herausfinden.‹« Ganz sachte drückte er einen Finger gegen den Sporn, keuchte auf, tauchte ihn schnell in die Wasserschüssel auf dem Waschtisch und goß dann etwas Wein darüber.

»Das tut weh«, maulte er und zog ein Gesicht.

»Master, wollt Ihr mir nicht sagen, worum es geht?« fragte ich.

Benjamin umwickelte den verletzten Finger mit einem feuchten Stoffetzen und grinste breit.

»Roger, ich sage dir, der menschliche Geist ist genial, wenn es darum geht, die Vernichtung eines anderen Menschenlebens auszuhecken. Als ich Southgates Pferd untersuchte, habe ich die Spuren der Sporen entdeckt. Als ich dann die Futterkrippe in Augenschein nahm, habe ich dort Hafer und Kleie gefunden. In der Futterkrippe meines Pferdes dagegen lag nur Heu. Und Master Southgates Sporen waren an den Kanten mit Quecksilber beträufelt worden.«

»So?« stammelte ich und versuchte, alle diese Tatsachen zu ordnen.

»Also«, fuhr Benjamin fort, »vermute ich, daß Bowyers und Southgates Pferde gestern abend und heute morgen Hafer und Kleie zu fressen bekommen haben. Kannst du dir vorstellen, welche Wirkung dies auf ein leicht erregbares Pferd hat, das wenig Auslauf hat? Es wird ungestüm und unruhig, was ich schon bemerkt habe, als Bowyer und Southgate zur Jagd aufbrachen. Was denkst du wohl, wird geschehen, wenn ein solches Pferd mit Sporen angestachelt wird, die man mit Quecksilber bestrichen hat?«

»Es wird sich wohl aufbäumen und durchgehen.«

»Und genau das ist ja passiert.«

»Aber, Master, Bowyer und Southgate waren trotz all ihrer unangenehmen Seiten erfahrene Reiter. Weshalb sind sie denn nicht abgestiegen?«

»Ah! Ja, aber wie läge der Fall, wenn man ihre Steigbügel verändert, kürzer gezurrt hätte? Wenn man aufsteigt, schlüpft man einfach mit den Stiefeln in die Steigbügel. Das ist kein Problem. Das verhält sich in vielen Bereichen so: Man kann einen kleinen Ring sehr wohl überstreifen, aber wie bekommt man ihn wieder herunter? Bowyers und Southgates Stiefel waren feucht, und da schwillt das Leder ein wenig an. Als sie von Templecombe aufbrachen, paßten die Stiefel hervorragend. Sie hatten nichts dagegen, daß die Stiefel gut saßen, im Gegenteil, das hätte ihnen geholfen, die unruhigen Pferde unter Kontrolle zu halten, aber als sie ihnen die Sporen gegeben hatten und die Pferde sich aufbäumten, da ist es passiert.« Er schüttelte den Kopf. »Es gibt keinen Beweis. Bowyers und Southgates Sättel wurden wieder in die Ställe zurückgebracht und die ursprünglichen Steigbügel vermutlich ausgetauscht. Aber ich glaube, so ist es gewesen.«

»Aber die Sporen werden sie doch wohl in ihren eigenen Kammern aufbewahrt haben?«

Benjamin schüttelte den Kopf. »Ich glaube nicht, daß wir uns darüber Gedanken zu machen brauchen. Vermutlich gibt es hier für jede Kammer Schlüssel. Man braucht nur ein paar Minuten, um eine Türe zu öffnen, die Reitstiefel zu nehmen und ein wenig Quecksilber über jeden Sporn zu gießen.«

»Und der Mörder?«

»Ich habe bis jetzt nur einen vagen Verdacht, aber ich sage dir: Wenn der Mörder das nächste Mal zuschlägt, sind wir an der Reihe. Sei also auf der Hut!«

»Und wie steht's mit Mandeville?«

Benjamin starrte mich an.

»Er könnte doch durchaus der Mörder sein, Master. Er wußte, wo sich die Agenten in London befanden und wo Mistress Hopkins wohnte. Vielleicht hat er auch seine eigenen Männer, Cosmas und Damien, ermordet. Jedenfalls hat er die Jagd unbeschadet überstanden.«

»Eine Vermutung ist noch kein Beweis«, konterte Benjamin.

»Und das Rätsel? Habt Ihr es wirklich gelöst?«

»Vielleicht. Ich habe mich an meine Schulzeit erinnert. Das Taufwasser nennt man oft auch ›Jordanwasser‹, nach dem Fluß, in dem Christus selbst die Taufe erhalten hat.« Benjamin amüsierte sich über meine Verwunderung. »Aber lassen wir das vorerst. Wichtiger ist, daß ich beweisen kann, wie Cosmas und Damien umkamen. Es war dabei kein Geist im Spiel, sondern ein höchst raffinierter Mörder.« Er faßte mich an der Schulter. »Hör zu, Roger, mach einen Spaziergang im Hof, besänftige Mandevilles aufgewühltes Gemüt. Besuch den guten Southgate, flirte mit Mathilda, aber komme wieder hierher zurück«, Benjamin blickte aus dem Fenster, »sagen wir, in ungefähr zwei Stunden.«

Ich tat, wie mein Meister mir geheißen hatte, huschte wie ein Geist im Haus umher, aber keiner wollte mit mir reden. Rachel hatte sich in ihre Kammer zurückgezogen. Santerre und seine Gemahlin hielten Kriegsrat ab. Mandeville stapfte immer noch durch die Halle, und die alten Weiber in Southgates Kammer kicherten und fragten mich, ob sie mich auch waschen sollten. Mathilda war weit und breit nicht zu sehen, und ich stellte fest, daß Bowyers Tod dazu geführt hatte, daß einige erschreckte Diener Templecombe verlassen wollten.

Ich ging zum See hinunter und wandte meine Aufmerksamkeit der geheimnisvollen Insel zu. Ich überlegte, ob ich ein Boot nehmen und hinüberfahren sollte, aber immer noch lag dichter Nebel über dem Wasser. Ich fror und ängstigte mich und kehrte, Benjamins Aufforderung folgend, in meine Kammer zurück.

Die Türe war unverschlossen, obwohl ich meinem Meister den Schlüssel gegeben hatte. Das Licht war schwach, aber ich sah, daß nichts durchwühlt worden war. Also legte ich mich auf das Bett und wickelte mich in die Decken. Ich war leicht eingedöst, als ich plötzlich Brandgeruch wahrnahm. Unter meinem Bett hörte ich einen leichten Knall, der mich hochschrecken ließ. Ich sprang aus dem Bett und rannte aus dem Raum, wo mich Benjamin grinsend empfing.

»Um Himmels willen, Master, was tut ihr da?« rief ich.

Benjamin tätschelte meine Schulter. »Nur ruhig, Roger. Ich hätte dich in die Luft sprengen können, habe es aber nicht getan. Los«, sagte er und kehrte mit mir in meine Kammer zurück, »hilf mir, das Bett zur Seite zu schieben.«

Wir machten uns so lange an dem Bett zu schaffen, bis es sich von der Stelle bewegte, und ich entdeckte einen kleinen Brandfleck auf dem Steinboden. Benjamin deutete darauf.

»Ich glaube, so ist Cosmas umgekommen. Seine Türe war verschlossen, aber ich glaube, bevor er zu Bett ging, hat sich jemand hineingeschlichen und Öl zwischen der Matratze und dem Bettgestell verteilt und eine kleine Tüte Schießpulver angebracht.«

»Und wie wurde sie entzündet?«

»Oh, mit Hilfe einer Zündschnur!«

»Oh, ich verstehe«, erwiderte ich. »Sie haben einfach an die Türe geklopft und Cosmas gefragt, ob sie eine Zündschnur unter dem Bett anbringen dürfen?«

»Nein, nein, sie haben schon vorher eine Zündschnur mit dem Schießpulver verbunden und sie zusammengerollt liegengelassen.«

»Und?«

»Als der arme Teufel eingeschlafen war, kam jemand die Treppe herauf und zog an dem Faden, der an der Zündschnur befestigt war und bis auf die Galerie hinausreichte. Die Zündschnur rollte sich wie eine Schlange auf. Der Mörder zog sie langsam über den Boden, bis das Ende unter der Türe erschien. Ein Zunder wurde entfacht und an die Zündschnur gehalten. Als das Feuer das Schießpulver erreichte, kam es zur Explosion, und das Feuer brach aus, in dem Cosmas starb.«

»Aber so kann es nicht abgelaufen sein. Cosmas hätte es bemerkt.«

»Nein, genausowenig wie du. Du hast deine Kammer betreten und nicht darauf geachtet, ob ein fast unsichtbarer Faden unterhalb der Türe bis zu deinem Bett verlief. Auch wenn du ihn in dem spärlichen Licht entdeckt hättest, hättest du ihn nicht beachtet. Der Mörder brauchte nur den Faden so zu nehmen, wie ich es getan habe und langsam daran zu ziehen, was kaum ein Geräusch verursacht, und der Mord konnte ausgeführt werden. Genau wie du hat auch Cosmas nicht gehört, was passierte. Die Zündschnur brennt langsam, aber auch lautlos. Der einzige Unterschied in deinem Fall besteht darin, daß ich nur zwei Körner Schießpulver genommen habe und kein Öl. Bei Cosmas war es anders.«

»Aber wir haben in der Kammer nichts gesehen.

Gewiß, die Zündschnur brennt langsam und lautlos, aber sie hätte doch auch den Boden versengen müssen?«

»Nein, sie sendet keine Funken aus. Und vergiß nicht, Roger, der Faden war ja entfernt worden, die Zündschnur hat sich selbst vernichtet, und die Leute, die in die Kammer stürmen und sehen, daß das Bett in hellen Flammen steht, schöpfen doch keinen Verdacht, wenn sie einen Brandfleck auf dem Boden entdecken.«

»Wie habt Ihr den Fleck eigentlich entdeckt?«

»Was mich alarmierte, war der Brandfleck außerhalb der Kammer auf der anderen Seite des Gangs und der Schaden an dem schweren Bettgestell. Ein glanzvolles Mörderstück, Roger. Der Mörder brauchte nicht einmal den Raum zu betreten und konnte bei der Ermordung von Cosmas zugleich alle Beweise vernichten, mit Ausnahme des kleinen Brandflecks auf der anderen Seite des Gangs.«

»Der Mörder hätte das ganze Haus zerstören können.«

»Nein, denn, wie du vorher schon bemerkt hast, sind in allen Kammern Steinböden, und es gab kein brennbares Material in der Nähe. Nur das Bett würde bei diesem Vorgehen in Brand geraten, und der Mann, der darin schlief, würde sterben, aber man würde das Feuer noch rechtzeitig entdecken, um die Flammen ersticken zu können.«

»Weshalb ist Cosmas nicht aufgesprungen?«

»Genau das habe ich mich auch gefragt, bis ich mich an das Schießpulver erinnerte. Vermutlich war soviel davon vorhanden, daß er durch die Explosion eine ernsthafte Verletzung davontrug. Erinnerst du dich an die Leiche? Die untere Hälfte der Beine war ja völlig verbrannt worden. Die Explosion tötete den Armen entweder gleich oder verursachte zumindest so schlimme Verletzungen, daß er ohnmächtig wurde und nicht mehr davon aufwachte. Inzwischen entzündete sich das Öl. Das Bett besteht aus altem Holz und hat deshalb wohl so schnell Feuer gefangen wie Reisig in einem trockenen Sommer.«

Ich starrte auf mein Bett hinunter und mußte mich Benjamins Schlußfolgerungen anschließen. Die Zündschnur hatte sich selbst aufgezehrt, das Schießpulver war explodiert, wodurch die Beine des armen Cosmas versengt wurden, und selbst wenn er gewollt hätte, wäre er nicht mehr aus dem Bett herausgekommen, da sich das Feuer in Windeseile ausbreitete.

»Nun«, sagte Benjamin und blickte sich im Raum um, »hier ist alles sicher, oder? Kein Feuer mehr, keine Flammen. Laß uns jetzt in die Kirche gehen, und ich zeige dir, wie Damien gestorben ist.«

Wir verließen das Haus und begaben uns zur grabesstillen Kapelle. Benjamin drängte mich hinein, schloß die Türe hinter uns und zündete zwei Fackeln an. Das aufflammende Licht machte den Ort durch die flackernden Schatten noch schauriger.

»Laß uns annehmen«, fing Benjamin an, »ich sei der Mörder. Ich bin in diese Kapelle gekommen, um einen Mord zu begehen. Cosmas' Leiche ist vorne aufgebahrt, und sein bemitleidenswerter Bruder möchte die Totenwache halten. Leider kommen auch noch andere Besucher: Mandeville, Southgate und dann auch noch wir. Schließlich verlassen wir die Kirche, und der Mörder, der sich auf der Stiege, die zum Turm führt, versteckt hält, bekommt noch einen weiteren Vorteil zugespielt, da Damien die Türe verriegelt.« Benjamin ging am Taufbecken vorbei und blickte zum Altarraum.

»Ich habe alles gut vorbereitet. Die Bolzen und die Armbrust sind gut versteckt. Ich habe auch die äußeren und inneren Haken an einem der Fenster geöffnet.« Benjamin nahm die Haltung eines Bogenschützen ein und tat so, als würde er mit einer Armbrust schießen. »Damien ist tot. Ich vergewissere mich, dann schicke ich mich an zu verschwinden, aber ich möchte, daß es so aussieht, als habe ich wie ein Geist die Kirche betreten und sie genauso wieder verlassen. Das geht dann so.«

Benjamin begab sich zu einem der kleinen Querschiffe und blieb unter dem Fenster stehen. Er öffnete es und holte aus der Dunkelheit eine lange, schmale Leiter, wie sie die Soldaten benutzen, wenn sie eine Burgmauer hinaufklettern, oder der Dachdecker, wenn er am Dach arbeitet. Benjamin rückte sie heran, schwang sich durch das Fenster, zog die Leiter nach und kletterte dann draußen ächzend und keuchend hinunter. Ich hörte ein Kratzen, als die Leiter weggenommen wurde, und vernahm dann seine triumphierende Stimme.

»Siehst du, Roger, so ist der Mörder verschwunden.«

»Sehr schön«, rief ich. »Aber wie verschließt Ihr die Haken von innen und außen?«

»Oh, ganz einfach«, erwiderte mein Meister. »Tritt zurück.«

Ich tat, wie er geheißen. Die Riegel fielen herunter, und ich hörte sogar, wie sie einrasteten. Ich rannte hinaus. Benjamin stand ein paar Yards von der Kirche entfernt und hielt immer noch die Leiter umklammert. Es war offensichtlich, daß er damit die Riegel herunterschnappen hatte lassen. Ich ging auf ihn zu. Er stand da, begeistert wie ein Schuljunge, grinste und klatschte in die Hände.

»Du siehst also, Roger, ich habe die Leiter dazu benutzt, aus der Kirche herauszukommen. Ich hinterlasse keine Fußspuren unter dem Fenster und benutze dieselbe Leiter, um auch das Fenster zu schließen.« Er rieb sich die erstarrten Finger. »Den äußeren Riegel hätte ich genauso auch öffnen können.«

»Aber, wie steht's mit dem inneren?«

Benjamin zuckte die Schultern. »Das ist nicht zu klären. Erinnerst du dich, wie wir mit Mandeville und den anderen die Kirche betreten haben? Es war dunkel, jeder hätte die Riegel hochziehen können. Und vergiß nicht, Roger«, fügte Benjamin hinzu, »beim Schließen des Fensters und beim Einrasten des äußeren Riegels kann der innere Riegel automatisch zuschnappen.« Er nahm die Leiter und schleuderte sie in die schneebedeckten Büsche.

»Und was jetzt, Master?«

Er legte einen Arm um meine Schulter. »Um ganz ehrlich zu sein, mein lieber Roger: Ich weiß es auch nicht. Aber geh in deine Kammer zurück und warte dort, bis ich komme.«

In meiner Kammer wartete schon Mathilda auf mich. Ich grinste und griff nach ihr, aber sie war nicht in Stimmung. Sie sah sich angstvoll im Raum um, und ich überlegte, ob wohl Gucklöcher in der Wand eingelassen worden waren.

»Hört«, zischte sie mir zu. »Ihr habt meinem Vater nichts getan, so hört also zu. Heute nacht treffen sich die Templer auf der Insel.«

Ich schüttelte ungläubig den Kopf.

»Ja«, beharrte sie. »Es ist die Wahrheit. Mehr kann ich Euch nicht sagen. Geht zum See hinunter. Dort wartet ein Boot auf Euch, aber fahrt nicht los, bevor die Lichter zu erkennen sind. Beobachtet die Insel genau, und Ihr werdet sie entdecken.« Sie stieß mich zurück. »Mehr sage ich nicht«, wiederholte sie und verließ die Kammer.

Mein Meister kehrte zurück, leicht verwirrt und in Gedanken versunken, und ich mußte ihm mehrere Male erzählen, was Mathilda mit berichtet hatte. Er kaute auf der Unterlippe und schaute mich an.

»Wie können wir wissen, daß es keine Falle ist?«

»Das glaube ich nicht. Es klingt logisch, Master. Diese Insel, dieses furchteinflößende langgezogene Haus ... Wir beide wissen, daß dort die Lösung für das Rätsel zu suchen ist.«

»Wirklich?« fragte Benjamin. »Wirklich?« Dann ging er.

Kapitel 13

Im Hause der Santerres herrschte eine ziemlich bedrückte Stimmung. Niemandem stand der Sinn nach festlichen Banketten oder großen Mahlzeiten. Mandeville war in sich gekehrt, machte sich Sorgen wegen Southgate und darüber, wann die zusätzlichen Soldaten eintreffen würden. Also schlangen wir schnell ein paar Bissen kaltes Essen hinunter und kehrten wieder in unsere Kammer zurück, um dort die Zeit bis Mitternacht zu verbringen. Es schien sich eine Ewigkeit hinzuziehen. Wir beobachteten aufmerksam die Stundenkerze, deren Flamme einen Wachsring nach dem anderen vertilgte.

Als sie den zwölften Ring erreichte, zogen Benjamin und ich unsere Stiefel und Umhänge an, schnallten unsere Schwertgürtel um und verließen leise unsere Kammern. Das Haus schien zu schlafen, doch es hatte, wie ich schon gesagt habe, ein Eigenleben. Von Zeit zu Zeit blieben wir klopfenden Herzens stehen, wenn sich unsere Nackenhaare sträubten und wir voller Angst auf die unheimlichen knarrenden Laute lauschten, die fast jede unserer Bewegungen zu begleiten schienen. Wir stiegen langsam die Treppe in die Halle hinunter, durchquerten die Küche und schlüpften durch eine Hintertüre hinaus.

Die Nacht war so finster, wie der Teufel es sich nur wünschen konnte. Kein Mond, keine Sterne, nur ein kalter beißender Wind, der durch die Bäume strich und ihre schneebeladenen Zweige schüttelte, so daß deren eiskalte Last auf unsere Köpfe rieselte. Ich hätte gerne unsere Fackeln angezündet, aber Benjamin war dagegen.

»Wir jagen die Geschöpfe der Nacht, Roger. Deswegen müssen wir so werden wie sie.«

Wir brachten stolpernd und schlitternd den Stallhof hinter uns, passierten die Templerkirche und steuerten dann auf den schimmernden See zu. Wir hockten uns auf die Fersen, zwei dunkle Gestalten vor dem hellen Schnee, und starrten durch den Nebel auf die nur schwach sichtbaren Konturen der Insel. Zuerst konnten wir nichts erkennen, unsere Augen schmerzten aufgrund des angestrengten Sehens in der beißend kalten Nachtluft. Dann packte mich Benjamin am Arm.

»War dort nicht etwas«, raunte er.

Ich versuchte, mit meinen Augen die Dunkelheit zu durchdringen. Immer noch konnte ich nichts sehen, aber dann erblickte ich Fackelschein. Eine, vielleicht zwei Fackeln. Die Flammen flackerten, als würde sich auf der Insel jemand bewegen.

»Los, Roger!«

Benjamin und ich rutschten die Uferböschung hinunter. Wir sahen den Kahn, dessen Stange am Heck ruhte, als warte irgendein geisterhafter Bootsmann darauf, uns hinüberzubringen. Wir stiegen ein. Benjamin setzte sich in den Bug, während ich die Stange ergriff, das Eis abkratzte und versuchte, meinen Geist und meine Sinne vor dem kalten Wind und den wogenden Wellen des Sees abzuschotten.

Anfänglich war ich noch ziemlich unbeholfen, doch dann kehrte meine alte Gewandtheit zurück. (Ihr dürft nicht vergessen, ich bin in Norfolk aufgewachsen, wo es genauso zum Alltagsleben gehört, einen Kahn mit einer Stange vorwärtszutreiben als zu Fuß zu gehen.) Dennoch muß ich eines bekennen: Benjamin und ich waren töricht. Hin und wieder begingen wir derartige Fehler. Das Ungestüm und die Unbesonnenheit der Jugend.

Manchmal hätten uns solche Fehler fast das Leben gekostet, und auch in dieser Nacht auf dem kalten See, war es nicht anders. Ich hatte schon zwei oder drei Stöße mit der Stange gemacht, als ich plötzlich etwas Feuchtes unter mir spürte. Benjamin schnellte herum, sein Gesicht glich in der Dunkelheit einer weißen Maske. Auch er hatte bemerkt, daß Wasser in das Boot sickerte, und aufgrund meiner kräftigen Stöße und des Windes, der den See aufwühlte, hatten wir uns schon mehrere Yards vom Ufer entfernt.

»Roger, das Boot hat ein Loch!«

Ich ließ die Stange sausen, kauerte mich nieder und fuhr mit den Händen über den Boden des Kahns. Es gab mir vor Entsetzen einen Stich ins Herz, als ich feststellte, daß das eisige Wasser schon ungefähr ein Inch hoch im Boot stand. Ich kroch auf den Knien im Kahn umher, um das Loch zu suchen.

Nun, meine Fähigkeiten als Fährmann retteten uns in dieser Situation das Leben. Ihr müßt wissen, an den Küsten von Norfolk und Suffolk sind solche Unfälle an der Tagesordnung, und die Unbedachten begehen immer einen von zwei Fehlern oder auch alle beide. Sie versuchen entweder, noch schnell das Ziel zu erreichen, das sie ansteuerten, oder sie wollen gleich wieder ans Ufer zurückkehren. Manchmal versuchen sie aus Angst oder Panik heraus beides gleichzeitig. Doch laßt Euch vom alten Shallot einen Rat geben: Wenn Ihr Euch in einem Boot befindet, das ein Loch hat, insbesondere wenn es sich um ein schlimmes Loch handelt, hört sofort auf zu rudern oder das Boot zu bewegen, denn jede Bewegung treibt noch mehr Wasser in das Boot.

Schließlich fand ich das Lock am Heck des Bootes, ein Loch so groß wie eine Männerfaust, als habe jemand mit einem Hammer gegen den Boden des Kahns geschlagen.

Ich riß meinen Umhang herunter und begann sofort, damit das Loch abzudichten. Mein Meister, der ein ähnliches Loch am Bug gefunden hatte, versuchte zuerst auch, seinen Umgang hineinzustopfen, fluchte aber dann, als dieser ihm entglitt und in den See fiel, so daß er den Absatz seines Stiefels gegen das Loch pressen mußte. Einige Sekunden lang, die uns wie Stunden vorkamen, kauerten wir am Boden und schauten uns hilflos an, während das Boot auf der schimmernden Wasseroberfläche tanzte. Ich warf einen schnellen Blick zu der Insel, wo das sirenenhafte Licht uns immer noch lockte.

»Es tut mir leid, Master«, jammerte ich.

»Ach, halt den Mund, Roger!« zischte Benjamin.

Ich hielt meine Hand weiterhin auf das Loch am Boden des Bootes gepreßt, und meine Finger froren in dem eisigen Wasser, das uns umspülte, aber ich bemerkte, daß das Boot nicht tiefer sank.

»Master?«

»Ja«, knurrte Benjamin. »Nun, Roger, mein Freund, dreh dieses Boot um und bring es ans Ufer, und zwar schnell. Nutze deine Fähigkeiten. Wenn es noch ein weiteres Loch hat und wir untergehen, dann werden wir in dem eiskalten Wasser nicht lange überleben.«

Nun, Ihr kennt ja den guten Shallot. Mein Herz klopfte wild, und mein Magen rebellierte heftigst. Ich wollte schreien, weinen und den Allmächtigen um Erbarmen anflehen. Aber statt dessen packte ich die verdammte Stange und wendete das Boot, während ich das Wasser unter mir gurgeln und umherschwappen hörte, als würde es boshaft über mich lachen und nur darauf warten, uns in seinen frostigen Griff zu nehmen. Ich schloß meine Augen und begann zu staken.

»Roger!« kreischte mein Meister. »Du fährst in die verkehrte Richtung!«

Ich öffnete meine Augen und sah, daß das Boot sich nur halb gewendet hatte und wir uns nun parallel zum Ufer und zur Insel bewegten. Ich begann, wie ein Berserker mit der Stange zu arbeiten und gleichzeitig mit einer Inbrunst zu beten, die jeden Mönch in ungläubiges Staunen versetzt hätte.

Zwischen den einzelnen Stoßgebeten fluchte ich und stieß alle schmutzigen Wörter heraus, die ich kannte, bis der gottverdammte Kahn sich wieder dem Ufer zuzubewegen begann. Das Wasser stand um meine Fußknöchel. Wir hatten zwar kein drittes oder viertes Loch entdeckt, aber trotzdem stieg das Wasser weiter.

Mein Meister schaufelte mit den Händen das eiskalte Wasser aus dem Boot und rief mir zu, schneller zu staken. Wir glitten über diesen verfluchten See, während sich um uns herum die Geister der Hölle versammelten. Das Wasser stieg weiter, aber dann, als der Mut des guten Shallot schon von wilder Panik hinweggefegt zu werden drohte, kam der Kahn am Ufer zum Halten. Mein Meister und ich sprangen hinaus auf die Böschung, dankbar und glücklich, wieder festen Boden unter den Füßen zu haben.

Mein Meister kauerte sich auf den Boden und atmete tief durch, um sich zu beruhigen, während der gute Shallot mit dieser Bedrohung in der üblichen Weise fertig wurde.

»Ihr elenden, dreckigen Bastarde!« schrie ich, während ich am Ufer hin und her sprang und die Faust gegen die Insel schüttelte. »Ihr mörderischen, verfluchten Sauhunde! Kommt, Master!« Ich packte Benjamin am Arm.

Er lief atemlos neben mir her, während ich wie ein Wahnsinniger durch den Schnee zurück zu diesem verdammten Herrenhaus eilte.

»Roger, was hast du vor?«

»Ich werde dieser Hure die Kehle durchschneiden!«

»Roger, nicht!«

»In Ordnung, ich werd' ihr den Kopf abschneiden. Master, ich habe nichts dagegen, beschossen, gejagt, in die Falle gelockt oder überfallen zu werden – aber ich will nicht mitten in der Nacht auf einem eiskalten See verrecken!«

»Roger!« Benjamin packte mich am Wams. »Hör zu! Mathilda wird schon verschwunden sein. Glaubst du, sie wartet auf dich, bis du zurückkommst? Immerhin bestand die Möglichkeit, daß du davonkommen würdest. Nein, hör zu, ich weiß, wer der Mörder ist. Ich weiß, wo sich der Gral und Artus' Schwert befinden könnten.«

Ich blieb stehen. »Warum habt Ihr mir das nicht schon früher gesagt?«

»Ich mußte noch damit warten. Ich vermutete, der Mörder würde gegen uns losschlagen, und was hier auf dem See geschehen ist, hat es bewiesen. Roger, ich bitte dich, kehren wir in unsere Kammern zurück, wärmen uns auf und schlafen ein paar Stunden. Morgen beim Frühstück in der Großen Halle werde ich den Mörder zur Rede stellen.«

Natürlich gab ich nach. Und bis wir unsere Kammern erreichten, war mein Zorn dem Entsetzen darüber gewichen, welcher Gefahr wir auf dem See ausgesetzt gewesen waren. All die wohlbekannten Symptome traten wieder auf: ich fühlte mich schwach, meine Knie zitterten, und ich mußte drei große Becher Roten trinken, bevor ich mich auch nur daran erinnern konnte, welchen Wochentag wir hatten. Natürlich fragte ich meinen Meister danach, was er in Erfahrung gebracht hatte, er aber schüttelte nur den Kopf, sagte, ich solle schlafen und es sei am besten, wenn wir diese Nacht zusammen in einer Kammer verbrächten.

Als wir am nächsten Morgen aufwachten, waren wir immer noch gezeichnet von unserem furchtbaren Erlebnis. Benjamin bestand darauf, daß wir uns rasierten, wuschen und unsere Unterwäsche und Wamse wechselten, bevor wir nach unten in die Halle gingen. Auf dem Weg hielt ich nach Mathilda Ausschau, aber Benjamin hatte recht gehabt: Das kleine Biest war weit und breit nicht zu sehen.

Die Familie Santerre hatte bereits am Tisch Platz genommen, Mandeville ebenfalls. Mein Meister wartete, bis ein Küchengehilfe uns bedient hatte, stand dann plötzlich auf und verschloß die großen Eingangstüren der Halle und auch jene zur Küche und zum Vorratsraum. Mandeville erwachte aus seinen Grübeleien. Sir John starrte uns an, nur noch ein Gespenst seiner selbst. Lady Beatrice schaute verängstigt drein, und Rachel saß auf ihrem Stuhl wie ein unschuldiges Kind, das darauf wartet, daß das Spiel beginnt.

»Daunbey, was soll das?« zürnte Mandeville.

Nun hatte Benjamin schon vielen Mördern die Maske vom Gesicht gerissen und sie zu Geständnissen getrieben. Manchmal spielte er mit ihnen, verwickelte die Mörder in einen verbalen Schlagabtausch, in dessen Verlauf sie ihre Tat gestanden. Aber dieses Mal ging er anders vor. Er umrundete einmal, zweimal den Tisch auf dem Podium und blieb hinter jedem Stuhl einige Sekunden lang stehen. Dann drehte er noch einmal eine Runde, machte schließlich zwischen John Santerre und Rachel halt und legte dem Mann sacht eine Hand auf die Schulter.

»Sir John, seid Ihr der Mörder?«

Santerre zuckte auf seinem Stuhl herum. Wenn das Gesicht eines Mannes innerhalb von Sekunden altern kann, dann tat es hier das seine.

»Was wollt Ihr damit sagen?« stotterte er.

»Am ersten Tage unseres Aufenthalts hier habt Ihr behauptet, Ihr wolltet das Haus verlassen, um eine Inspektionsrunde um das Gut zu machen. Aber das habt Ihr nicht getan. Ihr seid statt dessen nach Glastonbury geritten.«

»Das ist kein Verbrechen.«

»Und weshalb hat Euch damals, kurz bevor wir London verließen, dieser Bettler eine Nachricht zugesteckt?«

»Ich . . .«

»Wenn Ihr mich belügt«, erwiderte Benjamin scharf, »wird diese Angelegenheit dem königlichen Gericht in London vorgelegt werden.«

Sir John beugte sich über den Tisch und füllte sich, trotz der frühen Morgenstunde, den Kelch randvoll mit Wein. Dann trank er ihn so gierig aus, wie ein Verdurstender einen Becher Wasser in sich hineingeschüttet hätte. Mandeville war nun hellwach und verfolgte das Geschehen aufmerksam wie ein Jagdhund.

»Beantwortet die Frage, Santerre!«

Sir John stellte seinen Kelch ab. »Als ich in London war, habe ich einige Leute dafür bezahlt, nachzuforschen, ob es in der Templerkirche in der Nähe der Fleet Street irgend etwas gibt, das mit dem Fluß Jordan oder der Arche des Moses zu tun hat.«

»Und hat sich etwas ergeben?«

»Nein.«

»Und in der Abtei von Glastonbury?«

Sir John leckte sich über die Lippen. »Sowohl Abt Bere als auch ich wollten diesem Unsinn ein Ende machen.« Er warf einen Blick zu Mandeville. »Ich möchte Euch nicht beleidigen, Sir Edmund, aber kein Grundbesitzer hat es gern, wenn Ihr und Euresgleichen auf seinem Gut herumschnüffelt. Ich habe mit meinem Geld den Bau der

Krypta in Glastonbury unterstützt. Ich hoffte, man würde etwas finden.«

»Und hat man etwas gefunden?«

»Nein, nichts dergleichen.«

Benjamin trat neben Lady Beatrice, die starr und unbeweglich auf ihrem Stuhl saß.

»Lady Beatrice, was wißt Ihr von dieser Angelegenheit?«

Der Mund der Frau öffnete sich und schloß sich gleich wieder. Sie schüttelte den Kopf.

»O doch, Ihr wißt etwas. Euer erster Ehemann hieß doch Mortimer?«

Lady Beatrice nickte.

»Er stammte von Kreuzrittern ab, die schon seit undenklichen Zeiten Herren über Templecombe waren?«

Sie nickte erneut.

»Und das Familienmotto der Mortimers lautete: *Age circumspecte*, habe ich recht?« Benjamin schaute mich an. »Shallot hat dies im Buch der Legenden in der Abtei von Glastonbury entdeckt.«

»Ja«, flüsterte sie.

»Was hat das alles mit uns zu tun?« unterbrach Mandeville.

»War Euer Gemahl Mitglied der Templer?«

Die schreckerfüllten Augen von Lady Beatrice starrten die Halle entlang.

»Ich glaube, daß er zu ihnen gehörte«, fuhr Benjamin mit leiser Stimme fort und beugte sich zu ihr hinunter. »Als die Templer vor gut zweihundert Jahren aufgelöst wurden, entkamen einige von ihnen den Verhaftungen, nahmen andere Namen an, heirateten und ließen sich nieder. Der Vorfahr Eures Gemahls war einer von Ihnen. Dennoch, die Templer organisierten sich in geheimen Zirkeln, von denen jede eine eigene kleine Gemeinschaft bildete und in denen die Geheimnisse des Ordens von Generation zu Generation weitergegeben wurden.« Er drehte sich leicht und legte eine Hand auf Rachels Schulter. »Auch Ihr seid in diese Geheimnisse eingeweiht, Rachel?«

Das Mädchen lächelte einfach nur und spielte mit dem Ring an ihrem Finger.

»Ihr gehört zu den Templern, nicht?« flüsterte Benjamin. »Euer Vater hat Euch in die Geheimnisse eingeweiht. Zu gegebener Zeit solltet Ihr heiraten und das geheime Wissen an Euren Erstgeborenen weitergeben. Seit Generationen«, fuhr Benjamin fort und hob seine Stimme, »sind die Herren von Templecombe Mitglieder des Templerordens.« Er machte eine Pause. »O nein, Ihr nicht, Sir John, und auch nicht Lady Beatrice, aber ich glaube, daß Ihr beide einen Verdacht hattet.«

»Unmöglich!« rief Mandeville. »Sie ist ja noch ein halbes Kind.«

»Sie zählt achtzehn Lenze«, gab Benjamin zurück. »Und wenn Ihr Euch noch ein wenig in Geduld fassen wollt, Sir Edmund, werde ich erzählen, was geschehen ist.«

Er ging um den Tisch herum, trat vom Podest herunter und stellte sich so hin, daß er uns alle im Auge hatte. Santerre und seine Ehefrau wirkten wie Wachsfiguren, doch Rachel, deren Gesicht leicht gerötet war, lehnte sich nach vorne und sah aus, als könne sie kein Wässerchen trüben.

»Die Herren von Templecombe«, hob Benjamin an, »waren traditionell Mitglieder des Templerordens. Sie bewahrten das geheime Wissen des Ordens, und ihre Gehilfen trafen sich in geheimen Zirkeln, vermutlich in diesem düsteren Haus auf der gottverlassenen Insel. Nun, die meiste Zeit waren diese Templer wie eine schlafende Saat in der Erde, doch manchmal keimten sie auf, erwachten zum Leben, insbesondere wenn es um Aufstände und Rebellionen gegen das Haus Tudor ging. Doch im allgemeinen gaben sie sich damit zufrieden, die Geschehnisse zu beobachten und zu warten. Einer von ihnen war auch Hopkins, wie verwirrt sein Geist auch gewesen sein mag.«

Benjamin legte eine Pause ein, um seine Gedanken zu sammeln. »Die Templer versuchten schon immer, die berühmten Reliquien, den Gral und Artus' Schwert Excalibur, an sich zu bringen, doch die Gegenstände blieben verschollen. Sie konnten sich damit abfinden, vorausgesetzt, daß niemand anderer in den Besitz dieser Gegenstände gelangte.«

Benjamin warf einen Blick zu Mandeville. »Mit Hopkins begann das Verhängnis. Er hatte ein leidenschaftliches Interesse an diesen Reliquien entwickelt und glaubte, ihre Entdeckung würde den Orden stärken. Lord Buckingham, ebenfalls ein Templer, wurde in diese Aktivitäten hineingezogen. Er erhielt eine Nachricht von Hopkins und kam nach Templecombe, tappte dann jedoch in die Falle, die der Lordkardinal ihm gestellt hatte. Hopkins und Buckingham verloren ihr Leben.« Benjamin schaute Rachel an.

»Ich vermute, daß die Templer sich an gewissen Prinzipien orientieren. Niemand, der ihre Interessen verletzt, soll ungeschoren davonkommen. Es erwuchs jedoch noch eine viel größere Gefahr: Seine Gnaden der König zeigte sich nun ebenfalls interessiert an diesen Gegenständen und bestand darauf, daß gründlich nach ihnen gesucht wurde. Also haben die Templer losgeschlagen.«

Mandeville klopfte mit den Fingerknöcheln auf den Tisch.

»Ihr sagt, Buckingham war ein Templer?«

Benjamin lächelte matt. »Ach, Sir Edmund, er hätte doch auch ein römischer Kardinal sein können und wäre doch auf dieselbe Weise zu Tode gekommen. Treibt keine Spielchen. Buckingham hat man einen Köder hingeworfen, ihm eine Falle gestellt und ihn schließlich getötet, weil mein Onkel ihn haßte und weil königliches Blut in seinen Adern floß.« Benjamin funkelte ihn an. »Hopkins war ein Verräter, der vielleicht den Tod verdient hatte, doch Buckingham war unschuldig. Sein Tod war ein legalisierter Mord.«

»Diese Äußerung werde ich dem Kardinal berichten.«

Benjamin zuckte mit den Achseln. »Tut es. Mein werter Onkel wird darüber lachen und es meiner jugendlichen Unbesonnenheit zugute halten. Ich spreche nur aus, was Tausende denken.«

Mandeville blickte zu Rachel, die mit gefalteten Händen dasaß, wie eine Novizin beim Gebet. Sie schien von Benjamin fasziniert zu sein, als würde er an einem kalten Winterabend eine geheimnisvolle Geschichte erzählen. Sie wirkte wie eine aufmerksame Zuhörerin, gar nicht wie jemand, der eine tragende Rolle in dieser Geschichte spielte.

»Ich kann einfach nicht glauben«, stieß Mandeville hervor, »daß dieses Mädchen meine beiden erfahrenen Agenten Calcraft und Warnham erdrosselt haben soll.«

»Ach, kommt, Sir Edmund«, erwiderte Benjamin, »ich habe gehört, daß in Spanien schon Bettlerkinder so geübt sind mit der Garotte, daß sie einen ausgewachsenen Mann binnen Sekunden umbringen können. Rachel konnte das sehr leicht bewerkstelligen.« Benjamin breitete die Hände aus. »Calcraft und später auch Warnham wurden in eine Schänke unten am Fluß eingeladen, wo Mistress Rachel wartete, um sich mit ihnen zu unterhalten. Nachdem sie sie mit koketten Blicken bedacht und ihnen reichlich Wein spendiert hatte, lockte sie sie nach draußen unter dem Vorwand, dort würde man sicher sein vor verborgenen Lauschern. Vielleicht haben sie sich niedergesetzt. Mistress Rachel brauchte sich nicht sonderlich anzustrengen: ein menschenleerer Ort, die Kordel, die sie als Garotte benutzten wollte, in ihrer Hand und die angetrunkenen Männer vor sich. Es dauert nur ein paar Sekunden, Sir Edmund, bis das Band um den Hals gelegt ist.

Die überrumpelten Männer werden sich zwar gewehrt haben, aber es wird nicht lange gedauert haben, bis sie das Bewußtsein verloren. Wenn die Garotte sie nicht umbrachte, dann das kalte Wasser der Themse. Danach konnte Mistress Rachel schnell wieder zurückhuschen zu Schloß Richmond.«

»Habt Ihr Beweise dafür?« rief Sir John empört, doch seine Augen verrieten ihn.

»Ja und nein«, erwiderte Benjamin. »Ich wunderte mich, daß ein scharlachrotes Band benutzt worden war. Bevor wir London verließen, ging ich damit zu einer Zofe in Schloß Richmond, und wißt Ihr, was sie mir gesagt hat?«

Santerre schüttelte den Kopf.

»Aus diesem Material machen Frauen Paspeln für ihre Kleider, Roben und Umhänge. Damals vergaß ich das wieder, aber später erwies sich diese Information als jenes Teilchen, das im Puzzle noch gefehlt hatte.«

Rachel, die ihre Unterlippe zwischen ihren Zähnen eingezwängt hatte, schüttelte ungläubig den Kopf. In mir stieg ein Gefühl der Angst auf, als ich sah, daß sie sich angesichts dessen, was mein Meister gegen sie vorbrachte, so vollkommen unbeeindruckt zeigte.

»Hopkins' Schwester«, unterbrach ich, »fiel ebenfalls der Garotte zum Opfer. Rachel belauschte uns, als wir die Halle im Palast von Richmond verließen. Sie hat uns in die Irre geführt, indem sie vorgab, sie würde sich Sorgen darüber machen, welche Gefahren uns hier auf Templecombe erwarten würden.«

»Weshalb hätte sie denn Hopkins' Schwester umbringen sollen?« fragte Mandeville.

»Weil immer noch die Gefahr bestand«, antwortete ich, »daß Hopkins, der sich nur sehr wenigen Leuten anvertraut hatte, seiner Schwester etwas erzählt haben konnte. Und es war ja alles ziemlich einfach.« Ich breitete meine Hände aus.

»Rachel schlüpfte aus dem Palast und eilte flink zu dem Haus, in dem Hopkins' Schwester wohnte, die sie natürlich freundlich willkommen hieß, die Tochter des Lords, dem ihr toter Bruder gedient hatte. Rachel wiegte sie in Sicherheit, sie tranken vielleicht sogar einen Becher Wein miteinander, bevor Rachel ihr dann die Kordel um den Hals schlang. Die alte Frau starb, Rachel durchsuchte das Haus nach irgendwelchen Dingen, die sie belasten konnten, und verschwand wieder.«

»Die arme Alte wurde also ermordet«, fuhr Benjamin fort, »nicht weil sie irgend etwas Falsches gesagt oder getan hatte, sondern einfach nur, weil die Möglichkeit bestand, daß sie etwas wußte. Was wir hier ausführen, entspricht doch der Wahrheit, Rachel, oder?«

Das Mädchen starrte ihn stumm an.

»Nachdem wir London verlassen hatten«, setzte Benjamin fort, »begann der wirkliche Tanz, habe ich recht, Roger?«

»O ja«, antwortete ich. »Als wir in Glastonbury Station machten, sandte Mistress Rachel eine Nachricht – weiß Gott, auf welchem Weg – zu der alten Hexe, die uns abpaßte, um uns ihre Prophezeiungen mitzuteilen. Daß es so gewesen sein muß, liegt auf der Hand«, fuhr ich fort. »Kein Mann und keine Frau konnte die kommenden Ereignisse so genau vorhersagen. Noch bevor wir nach Templecombe gelangten, war unser Tod also schon beschlossene Sache. Die alte Hexe war nur eine Mimin, die Sätze wiedergab, welche man ihr eingebleut hatte, und nachdem sie ihre Aufgabe erfüllt hatte, mußte auch sie sterben. Auch dies war nicht schwierig zu bewerkstelligen. Es muß geheime Gänge und Türen aus dem Herrenhaus hinaus geben, und diese hat Mistress Rachel benutzt, zunächst, um die alte Hexe zum Schweigen zu bringen, und dann auch, um ihr den Kopf und die Hände abzuhacken, damit sie uns bei unserer Rückkehr von Glastonbury einen Schrecken einjagen konnte.«

»Und die Morde an Cosmas und Damien?« fragte Mandeville.

Benjamin schilderte ausführlich, wie die beiden Männer zu Tode gekommen waren.

»Bei Cosmas war es am einfachsten«, schloß er. »An unserem ersen Abend hier, nachdem Ihr alle Euch schon zurückgezogen hattet, verließ Rachel die Halle, angeblich, um ein Manuskript zu holen. Ich bin sicher, sie ging zur Kammer des bedauernswerten Cosmas hinauf, zog mit Hilfe des Fadens die Zündschnur unter der Tür heraus, entzündete sie mit Zunder und kam dann wieder zu mir nach unten.«

»Konnte sie denn gewiß sein, daß Shallot aufwachen würde?« fragte Mandeville zweifelnd.

»Oh, wenn Roger nicht wach geworden wäre, dann hätte sie ja immer noch mich gehabt. Nachdem sie zurückgekehrt war, konnte sie Schläfrigkeit vortäuschen und sagen, sie wolle sich zurückziehen. Ich wäre zu meiner Kammer gegangen, die auf derselben Etage wie jene von Cosmas lag, und hätte natürlich bemerkt, daß etwas nicht stimmte. Wie auch immer«, sagte Benjamin und blickte zu Rachel, wobei sein Gesicht erkennen ließ, daß es ihn schmerzte, von ihr mißbraucht worden zu sein,

»erst nachdem ich nach dem Tod von Damien die Templerkirche durchsucht hatte, begann ich Mistress Rachel zu verdächtigen. Ihr müßt wissen, unter einem der Fenster in der Kapelle entdeckte ich kleine Holzteilchen, die dort liegengeblieben waren und von einer Leiter stammen mußten. Nur ein Mitglied des Haushalts der Familie Santerre konnte Zugang zu solch einer Leiter haben.

Zweitens, als ich rekonstruierte, was sie getan hatte, stellte ich fest, daß das Fenster ziemlich schmal war. Sogar für mich, der ich schon ziemlich schlank bin, war es schwierig, mich hindurchzuzwängen.« Er machte eine Pause. »Es mußte sich also um jemanden handeln, der jung und ziemlich gelenkig war, und dafür kam nur Rachel in Frage.

Schließlich gab es noch etwas anderes. Habt Ihr bemerkt, Sir Edmund, daß Rachel und ihre Mutter, als wir die Kirchentüre aufzubrechen versuchten, an der Außenmauer entlangzulaufen begannen und durch die Fenster nach Damien riefen? Damals kam mir das ein wenig eigenartig vor, aber als ich noch einmal darüber nachdachte, wurde mir klar, daß Rachel dadurch sichergehen wollte, daß keine Spuren mehr davon zu sehen waren, wie sie die Kirche verlassen hatte. Und als wir uns schließlich in der Kirche befanden, wollte sie uns unbedingt bei unserer Suche nach geheimen Gängen oder Türen zur Hand gehen. Ich erinnere mich, daß sie sich nahe bei einem der Fenster aufhielt. Ich bin mir sicher, daß sie bei dieser Gelegenheit den inneren Riegel herunterschnappen ließ oder, falls er schon von selbst heruntergefallen war, nachprüfte, ob er richtig saß.«

»Aber der Schnee?« unterbrach Mandeville. »Ihr habt doch gesagt, jemand, der im Schnee unterwegs gewesen war, hätte in der Nische der Kirche gestanden?«

»Ja, aber das war nur ein geschickter Schachzug, um

uns zu verwirren. Rachel konnte den Schnee leicht hineingebracht haben, um ihn auf den Steinplatten schmelzen zu lassen und unsere Aufmerksamkeit von ihr abzulenken. Sie hatte offenbar den gesamten Tag im Haus verbracht.«

Benjamin legte eine Pause ein, und wir alle starrten die junge Frau an, die sich nun auf ihrem Stuhl zurückgelehnt hatte und zur Decke hinaufschaute, auf den Tisch klopfte und eine leise Melodie vor sich hinsummte. Sie war eine der seltsamsten Mörderinnen, die mir jemals untergekommen sind. Benjamin hatte die allerschwersten Beschuldigungen gegen sie vorgebracht, aber sie hatte nicht ein einziges Mal protestiert, Widerspruch erhoben oder ihn unterbrochen. Sogar mein Meister schien durch ihr unterkühltes Verhalten irritiert zu sein.

»Tochter«, bellte Sir John, »was hast du dazu zu sagen?«

»Ich bin nicht deine Tochter«, erwiderte sie kurz angebunden. Dann setzte sie sich auf und schaute meinen Meister an. »Wo sind Eure Beweise dafür, daß ich die Zündschnur angesteckt habe? Wo ist der Beweis, daß ich in London zwei Männer und eine alte Frau erdrosselt habe? Wo ist der Beweis, daß ich mich in einer Kirche auf die Lauer gelegt und Mandevilles Gehilfen mit dem Bolzen einer Armbrust getötet habe? Oder daß ich eine halbverrückte alte Hexe umgebracht und verstümmelt habe?«

Benjamin verzog das Gesicht. »Ja, Mistress, Ihr habt recht. Auch jemand anderer hätte die scharlachroten Kordeln kaufen können. Auch jemand anderer hätte all diese scheußlichen Verbrechen begehen können. Aber denkt einmal nach. Es mußte jemand sein, der wußte, wo man auf Templecombe Schießpulver, Öl und eine Zündschnur herbekommen konnte. Jemand, der wußte, wo man in der Kirche von Templecombe sich selbst und eine

Sturmleiter verstecken konnte, und wie man sich diese Hexe zunutze machen konnte, zuerst als Botin und dann, um uns einzuschüchtern, als Mordopfer.«

»Dasselbe gilt für Bowyer und Southgate«, unterbrach ich. »Ihre Pferde hatten Hafer und Kleie zu fressen bekommen, um sie aufzustacheln. Wer außer einem Bewohner von Templecombe hätte dies zuwege bringen können? Und schließlich habt Ihr auch noch ihre Steigbügel manipuliert und die Sporen ihrer Reitstiefel mit Quecksilber getränkt?«

»Dann war Bowyers Tod also kein Unfall?« fragte Mandeville dazwischen.

»Natürlich nicht«, erwiderte Benjamin und erklärte kurz, was wir im Stall und in Southgates Kammer entdeckt hatten. Rachel hörte ihn an. Dann setzte sie ihre Ellbogen auf den Tisch, legte ihr Gesicht zwischen ihre Hände und nickte zustimmend, als sei Benjamin einer ihrer Lieblingsschüler, der ein Gedicht auswendig gelernt und es fehlerfrei vorgetragen hatte.

»Aber Ihr habt keine Beweise«, wiederholte sie. »Hier ist der Beweis!« schnarrte ich und zeigte auf ihre blaßgesichtige Mutter und den verhärmten Sir John. »Sie wissen es! Sie haben Euch immer schon verdächtigt!«

Die junge Frau zuckte mit den Schultern.

»Dann gibt es noch die Bediensteten«, fuhr ich fort. »Jene, die Eure Anordnungen ausgeführt haben. Ihr habt sie alle mit Euch ins Verderben gerissen.«

Rachel hob anmutig eine Augenbraue, als hätte ich davon gesprochen, ihre Bediensteten zu irgendeiner Festlichkeit einzuladen. Benjamin beobachtete sie neugierig.

»Ihr habt also keine Angst vor dem Tode, Mistress?«

»Warum sollte ich vor etwas Angst haben, das unvermeidlich ist?« erwiderte sie. »Und weshalb droht Ihr mir mit dem Tode? Wie ich schon sagte, Ihr habt keinerlei Beweise.«

»Die Folterknechte des Königs im Tower werden schon Beweise finden!« rief Mandeville.

Benjamin trat vor Rachel hin und musterte sie eingehend. Ich beobachtete ihn fasziniert, denn dies war das erste Mal, daß er eine Mörderin zwar mit einer plausiblen Erklärung ihrer Taten konfrontierte, aber keine Beweise präsentieren konnte. Die Morde an den beiden Agenten, an Cosmas, Damien und Bowyer sowie die schlimmen Verletzungen, die sich Southgate zugezogen hatte, würden bei einer Gerichtsverhandlung jeder Jury zu denken geben. Sie würde weitere Aufklärungen verlangen und danach fragen, wo denn die Beweise seien. (Allerdings, Mandeville hatte durchaus recht. Heinrich VIII. scherte sich wenig um Beweise oder um juristische Finessen. Ich erinnere mich immer noch daran, wie er sich mit Thomas Cromwell über einen Abt unterhielt, der sich geweigert hatte, ein Ergebenheitsgelübde abzulegen. »Macht ihm einen fairen Prozeß«, dröhnte der verkommene Schweinehund, »und dann hängt ihn an seinem eigenen Klostertor auf!«)

Benjamin winkte Rachel zu. »Mistress, ein Wort unter uns, bitte?«

Sie erhob sich und trippelte um den Tisch, als habe Benjamin sie zu einem Tanz gebeten. Sie gingen die Halle hinunter und blieben neben dem Kamin stehen. Benjamin flüsterte ihr etwas zu, und ich hörte, wie sie zischend antwortete und dann verstummte. Sie spreizte die Hände, und Benjamin führte sie zum Tisch zurück, wo sie sich herausfordernd vor Mandeville hinstellte.

»Master Daunbey hat recht«, sagte sie mit leiser Stimme, »ich bin ein Mitglied des geheimen Templerordens. Ich bin verantwortlich für die Morde, die Master

Daunbey aufgeführt hat.« Sie lächelte liebenswürdig. »Ich zolle seiner Brillanz und seinem Scharfsinn Respekt, aber ich bin stolz auf das, was ich getan habe. Der Tod von Mylord Buckingham ist gerächt. Alle, die dafür verantwortlich waren, mit Ausnahme von Euch, Sir Edmund, haben ihre gerechte Strafe erhalten.« Sie senkte ihre Stimme. »Aber wiegt Euch nicht in Sicherheit, Mandeville, auch Ihr kommt noch an die Reihe. Seht Euch vor, wenn Ihr eine Gasse durchquert, wenn Ihr Speis und Trank zu Euch nehmt, wenn Ihr ein Pferd besteigt, wenn Ihr einem Fremden begegnet, denn irgendwann, wenn Ihr es am wenigsten erwartet, werden andere Templer das zu Ende führen, was ich begonnen habe!«

»Und was ist mit uns?« rief ich.

(War das nicht seltsam? Dieses blutjunge Mädchen war für mindestens sieben Morde verantwortlich. Eine Mörderin, die ihre Taten freimütig bekannte und uns auch in dieser Stunde, da sie wußte, daß sie ausgespielt hatte, noch durch eine Drohung in ihren Bann zu schlagen vermochte. Ihr kennt ja den alten Shallot, ich habe einen gut entwickelten Selbsterhaltungstrieb, und ich will aufrichtig zugeben, daß Rachel Santerre, oder besser gesagt, Rachel Mortimer meine Seele zutiefst erschauern ließ.)

Die junge Frau schaute mich an. »Ich mag Euch, Shallot«, murmelte sie. »Nein, im Augenblick seid Ihr sicher. Was gestern nacht geschehen ist, hätte eigentlich nie passieren dürfen.«

Jetzt stand Mandeville auf. »Rachel Santerre«, sagte er förmlich, »ich verhafte Euch wegen Verrats und heimtückischen Mordes. Ihr werdet nach London gebracht werden und Euch vor dem königlichen Gericht in Westminster zu verantworten haben. Sir John und Lady Beatrice, Ihr werdet sie begleiten.« Mandeville ging zur Türe und rief einen von Bowyers Soldaten herein. »Bringt diese Frau auf ihre Kammer«, sagte er und deutete auf Rachel. »Ein Mann soll in der Kammer Wache stehen, zwei davor! Sie soll an Händen und Füßen in Ketten gelegt werden. Los!« befahl er dem verblüfften Soldaten.

Der Mann ergriff Rachel, die keinen Widerstand leistete, und schob sie aus der Halle. Mandeville faßte wieder Santerre ins Auge.

»Ich werde jetzt dieses Haus durchsuchen«, bellte er, »und dabei mit der Kammer Eurer Tochter anfangen!« Er stampfte aus dem Raum.

»Roger«, flüsterte Benjamin mir zu, »komm mit!«

Er eilte aus der Halle. Die Soldaten waren bereits damit beschäftigt, Ketten an Rachels Handgelenke anzulegen. Ihr Gesicht war weiß wie Marmor. In diesem Augenblick wußte ich, daß sie entschlossen war, sich nicht zum Spielzeug des Londoner Mobs machen zu lassen.

»Mistress Rachel«, fragte Benjamin und ignorierte Mandevilles Protest, »kann ich noch irgend etwas für Euch tun?«

Sie zwang sich ein Lächeln auf die Lippen und schüttelte den Kopf. Mandeville stieß sie weiter die Galerie entlang.

»Sir«, griff Benjamin ein, »die Frau ist Eure Gefangene. Es besteht kein Grund für eine derart rüde Behandlung.«

Rachel schüttelte Mandevilles Hand ab und schaute Benjamin noch einmal an.

»Immer ganz ein Gentleman, Benjamin Daunbey. Ich bedaure, was letzte Nacht geschehen ist. Ich hatte den Befehl, Euch nicht zu behelligen.« Und ohne diese rätselhafte Bemerkung noch näher zu erläutern, erlaubte sie den Soldaten, sie wegzubringen.

Benjamin und ich kehrten in die Halle zurück. Lady Beatrice schluchzte hysterisch. Sir John Santerre sah wie ein alter, vom Schicksal geschlagener Mann aus.

»Master Daunbey«, jammerte er, »was sollen wir nur tun?«

Benjamin stieg auf das Podest und beugte sich über den Tisch. »Ihr habt Interessen im Ausland, Sir John?«

Santerre nickte.

»Und Gold bei den Bankiers in Antwerpen?«

Er nickte abermals.

Benjamin schaute Lady Beatrice an. »Ihr habt es gewußt, nicht?«

Das schmale Gesicht der Frau war eine schmerzverzerrte Maske. »Ich konnte sie nicht aufhalten«, wisperte sie heiser. »Als ich meinen Mann heiratete, kannte ich schon all die Legenden, Geschichten und Gerüchte.« Sie ließ ihre Augen durch die leere Halle wandern und schaute dann zu Santerre. »Ich hasse diesen Ort!« Sie spuckte die Worte förmlich aus. »Ich habe Sir John gebeten, das Haus niederzubrennen, aber Rachel ist es gelungen, ihn um den Finger zu wickeln. Das hat sie immer wieder getan! Templer, Geister, Verwünschungen – und jetzt werden wir mit unserem Leben bezahlen müssen.«

»Sir John«, sagte Benjamin, »es gibt geheime Türen und Gänge, die aus Templecombe hinausführen, habe ich recht?«

Sir John nickte. »Ja, ja«, murmelte er geistesabwesend.

»Dann, Sir«, fuhr Benjamin fort, »würde ich an Eurer Stelle die Dinge, die besonders wertvoll sind, eiligst zusammenraffen und sofort dieses Haus verlassen, mich zur Küste begeben und mich soweit wie möglich vom Zorn des Königs entfernen. Das ist Eure einzige Chance«, beharrte er. »Andernfalls werden die Juristen des Königs ihre Netze spinnen und Euch in Tyburn an den Galgen bringen. Am besten, Ihr verschwindet unverzüglich.«

Benjamin setzte sich auf, als würde er auf etwas lauschen. »Eure Bediensteten scheinen nicht auf den Kopf gefallen zu sein, Sir John. Sie sind schon weg. Ich empfehle Euch, es ihnen gleichzutun.«

Kapitel 14

Wir verließen die Halle, und mir wurde bewußt, wie recht Benjamin gehabt hatte. Wir wanderten in die Spülküche. Die Feuer waren gelöscht worden, und nur noch ein halbverrückter Küchenjunge saß neben dem Herd. Draußen auf dem gepflasterten Hof bot sich uns dasselbe Bild: Alle Stallknechte und Bediensteten waren geflüchtet. (Rückblickend muß ich sagen, daß dies eigentlich gar nicht so außergewöhnlich war. Ich habe schon oft erlebt, wie Herren eines großen Anwesens beim König in Ungnade fielen, und es war immer wieder verblüffend, wie schnell sich die Nachricht verbreitete. Die Wirkung war stets dieselbe: Die Bediensteten dieser Häuser flüchteten Hals über Kopf.) Die einzigen Geräusche, die wir noch vernahmen, kamen von den Soldaten, die über die Gänge eilten.

Sir John und Lady Beatrice traten aus der Halle und schwebten wie Schatten die Treppen hinauf. Benjamin hatte die Lage richtig eingeschätzt. Im Augenblick hatte Mandeville mit Rachel alle Hände voll zu tun, aber wenn weitere Soldaten eingetroffen sein würden, dann würde man Sir John und Lady Beatrice verhaften. Der Feiste Heinrich würde wenig Mitleid mit ihnen zeigen.

»Komm«, sagte Benjamin, »gehen wir in deine Kammer und lassen wir dort den Sturm vorüberziehen.«

Wir stiegen die Treppe hinauf. Die Soldaten drangen schon vereinzelt in Kammern ein, die Plünderung hob an. Auch die Hausdiener waren verschwunden, und ich wunderte mich, wie schnell dieses alte herrschaftliche

Haus im Chaos versank. Ich platzte fast vor Neugier, aber Benjamin weigerte sich, irgend etwas zu sagen, bevor wir die Kammertüre hinter uns verriegelt hatten.

»Habt Ihr schon länger gewußt, daß es Rachel war?« fragte ich.

»Nein. Ich hatte mehrere Verdächtige im Auge, Mandeville und Southgate ebenso wie Sir John und seine Frau. Aber ich weiß, daß der Mord seine eigene Logik besitzt, und schließlich deutete alles auf Rachel.« Er zählte die einzelnen Punkte an den Fingern auf. »Die scharlachroten Kordeln, die Zugangsmöglichkeiten zu dem Schießpulver im Keller von Templecombe, die Geschmeidigkeit und Gelenkigkeit des Mörders in der Templerkirche und das Verhalten der jungen Frau sowohl in der Nacht, in der Cosmas starb, als auch in der Situation, in der wir den toten Damien in der Kirche entdeckten.«

»Aber wie habt Ihr sie dazu gebracht, es zu gestehen?«

»Ah!« Benjamin legte sich auf das Bett und starrte an die Decke. »Das, mein lieber Roger, hat Zeit, bis wir wieder zurück in London sind. Im Augenblick müssen wir uns in Geduld üben und eine Weile hier abwarten.«

Er schloß die Augen, und mir blieb nichts anderes übrig, als Däumchen zu drehen, während rings um uns her Türen splitterten und die Soldaten über die Gänge trampelten. Mandeville kam zu uns herauf, um uns einige Worte des Dankes zu sagen, aber er wirkte wie ein rachsüchtiger Jäger.

»Ich kann Sir John und Lady Beatrice nicht finden«, sagte er.

Benjamin rührte sich nicht.

»Wißt Ihr, wo sie sind, Master Daunby?«

»Oh, gütiger Herr, Sir Edmund, Ihr habt Euer Wild erlegt, und der König wird das Gut mit seinen Ländereien erhalten. Wenn die Santerres geflohen sind, dann laßt sie laufen!«

Mandeville trat von einem Bein auf das andere. »Davon wird der König erfahren.«

»Seine Gnaden der König wird auch von unserem großen Einsatz in dieser Angelegenheit erfahren«, gab ich zurück. »Wäre Master Daunbey nicht gewesen, wer weiß, wie die Sache ausgegangen wäre.«

»Wie verhält sich Mistress Rachel?« fragte Benjamin.

»Sie ist kalt, unzugänglich und zeigt keine Reue.«

Benjamin rollte sich im Bett herum und legte den Kopf auf eine Hand. Er schaute zu Mandeville hinauf.

»Ihr soll kein Leid zugefügt werden. Sie soll nicht mißhandelt oder verletzt werden.«

Mandeville schaute weg.

»Sir Edmund, ich möchte euer Wort darauf, andernfalls könnt Ihr versichert sein, daß der Lordkardinal davon erfahren wird! Sir Edmund«, beharrte Benjamin, »Ihr schuldet mir etwas.«

»Ihr habt mein Wort«, knurrte Mandeville. »Sie wird etwas zu essen und zu trinken bekommen. Morgen werden wir sie nach London bringen.« Er ging auf die Türe zu, drehte sich dann aber noch einmal um. »Southgate wird mit einigen Soldaten hierbleiben, bis ich zurückkomme, und dann werde ich dieses Verräternest hier ausräuchern!« Er schlug die Tür krachend hinter sich zu.

Den größten Teil des Tages verbrachten wir in der Kammer. Ein Soldat brachte uns am Abend miserabel gekochtes Fleisch und einen Krug Wein herauf, und nach dem Essen wanderte ich auf der Galerie umher. Die Vorhänge und Teppiche waren von den Wänden gerissen worden, während unten aus der Halle alle Wertgegenstände verschwunden waren. Die Küchen hatte man geplündert, die Soldaten verrichteten ihre körperlichen

Bedürfnisse einfach in den Ecken der Kammern, und irgendein herzloser Bastard hatte zwei der Windhunde erschossen. Templecombe sah aus, als hätten die Franzosen es überfallen und geplündert.

Ich ging nach draußen in die kalte Nachtluft und überlegte, ob ich Rachel Santerre einen Besuch abstatten und mich vergewissern sollte, ob Mandeville Wort gehalten hatte. Hinter mir hörte ich das Krachen von Möbelstücken, das Gelärme der Soldaten, und ich vernahm den Geruch von Holzfeuern. Sogar einen Dieb und Schurken wie mich erschreckte dieser ungezügelte Vandalismus. Ich hatte schon den halben Weg zwischen dem Herrenhaus und der Kirche zurückgelegt und wollte gerade wieder umkehren, da trat eine dunkle Gestalt aus dem Gebüsch.

»Master Shallot! Master Shallot! Bitte, auf ein Wort!«

Ich schaute mich um. Es waren keine Soldaten in der Nähe, also schlurfte ich zu Mathilda in den Schatten.

»Ist alles vorbei?« fragte sie.

»Ja. Die Santerres sind geflohen. Mistress Rachel ist in Mandevilles Gewahrsam.«

Das Mädchen unterdrückte ein Schluchzen. Ich erinnerte mich an das eiskalte Wasser im See und packte sie an den Schultern.

»Du hättest uns fast umgebracht!« zischte ich.

Sie blickte verängstigt auf. An ihrem blassen Gesicht und ihren aufgerissenen Augen erkannte ich, daß sie nicht wußte, was passiert war.

»Was meint Ihr damit?« flüsterte sie.

»Nichts«, erwiderte ich und ließ meine Hände heruntergleiten. »Hast du gewußt, daß Rachel Santerre die Anführerin des Templerzirkels war?«

Das Mädchen zuckte mit den Achseln.

»Wir haben es vermutet, aber wir waren nicht sicher. Manchmal haben wir uns auf der Insel getroffen, aber der Meister war immer unter einer Kapuze verborgen. Wir haben dort immer Befehle und Anweisungen bekommen.« Sie biß sich auf die Lippen und blickte ängstlich über meine Schulter zum Haus.

»Man hat uns gesagt, daß Ihr eigentlich nicht unser Feind seid, Master Shallot. Mich hat man beauftragt, mich mit Euch einzulassen und mehr über Euch herauszufinden.« Sie rückte näher. »Was wird mit uns geschehen?« fragte sie.

»Sir John und Lady Beatrice sollten mittlerweile schon auf einem Schiff sein, das sie ins Ausland bringt«, erwiderte ich. »Mistress Rachel wird nach London gebracht werden.«

»Und wir?«

»Sag deinen Leuten, sie sollen fliehen. Sie sollen versuchen, soweit wie möglich von Templecombe wegzukommen, insbesondere dein Vater.«

»Wo sollen wir denn hingehen?« jammerte sie.

Ich bemerkte die Angst, die im Gesicht dieses armen Mädchens stand, und erkannte, daß sie einfach nur als ein Werkzeug gedient hatte. Sie alle waren von Rachel Santerre und ihrem Geheimbund als Werkzeuge benutzt worden. Ich löste meinen Geldgürtel (o ja, ich hatte ihn stets bei mir, wo immer ich auch hinging) und zählte zehn Goldmünzen ab, ein hübsches kleines Vermögen, zog dann noch einen kleinen juwelenbesetzten Ring von meinem Finger und drückte dies alles Mathilda in die Hand.

»Nimm dein Kind und deinen Vater mit«, sagte ich, »und folge Sir John und Lady Beatrice ins Ausland. Mehr kann ich nicht für dich tun.«

Ich ging zurück zum Haus und fühlte mich dabei so tapfer und mutig wie Hektor.

»Roger!«

Ich drehte mich um und erblickte wieder Mathildas blasses Gesicht.

»Du sollst doch abhauen«, wiederholte ich.

»Sie haben gesagt, daß Ihr ein Schurke seid, aber Ihr habt mehr Ehrgefühl als jeder andere. Auf Wiedersehen, Roger Shallot!«

Ich schaute ihr nach, wie sie im Schatten verschwand, und kehrte ins Haus zurück. Nun, nachdem hier schon so viele Langfinger am Werk waren, dachte ich mir, es könnte nicht schaden, wenn auch ich mich für die Ausgaben, die ich durch Mathilda gehabt hatte, schadlos halten würde. Ich raffte alles zusammen, was mir gefiel, und entriß den Händen eines betrunkenen Soldaten am Ende auch noch einen juwelenverzierten Trinkbecher. Schließlich verdient jede Mühe eine entsprechende Belohnung, und ich wollte hier nicht ganz leer ausgehen.

Benjamin lag in meinem Bett und schnarchte wie ein Kind, daher setzte ich meine Wanderung über die Galerien fort. Mandeville versuchte verzweifelt, die Ordnung im Hause wieder herzustellen, während er gleichzeitig Vorbereitungen traf, um am nächsten Tag zeitig nach London aufbrechen zu können.

»Reist Ihr und Daunbey mit uns zurück?« fragte er kurz angebunden.

»Müssen wir?«

Er zuckte mit den Schultern. »Das bleibt Euch überlassen. Es ist wichtig, daß ich meine Gefangene möglichst schnell nach London schaffe und dem König Bericht erstatte.«

»Kann ich Mistress Rachel sehen?«

»Warum?«

»Ich möchte mich von ihr verabschieden.«

Mandeville beäugte mich mißtrauisch.

»Mein Meister hat es mir aufgetragen«, log ich.

(Ihr müßt wissen, in meinen jungen Jahren wirkte ich immer dann am unschuldigsten, wenn ich ganz unbekümmert log.)

»Sie ist aus ihrer Kammer weggebracht worden«, erwiderte Mandeville, »in das Kellergewölbe unter der Halle. Sie wird gut versorgt.«

»Mein Meister ist der Neffe des Kardinals«, fügte ich hinzu.

Mandeville verzog das Gesicht und zuckte die Achseln. »Kommt mit! Ich bringe Euch zu ihr!«

Die Gänge unter der Halle wurden von Fackeln erhellt und von Bowyers Soldaten bewacht. Wir gelangten zu einer eisenbeschlagenen Türe.

»Öffnet sie!« befahl Mandeville.

In dem Kellerraum roch es muffig, doch auch an diesem dunklen, verbotenen Ort konnte ich den Geruch von Rachels Parfüm wahrnehmen. Die junge Frau saß auf einer Pritsche. Sie wirkte sehr gefaßt, fast heiter, und sie lächelte, als ich eintrat.

»Guten Abend, Master Shallot. Seid Ihr gekommen, um Euch an meinem Unglück zu weiden?«

Mandeville schlug die Türe hinter mir zu und drehte den Schlüssel im Schloß um.

»Ein schöner Ort für eine Prinzessin, nicht wahr, Shallot?«

Ich blickte mich in dem kahlen Raum um. Hoch an der Wand flackerte eine Fackel, und einige Talgkerzen ließen ihre Tropfen auf den schäbigen Tisch fallen.

»Aus den Ställen gestohlen«, sagte Rachel, die meinem Blick gefolgt war.

Ich zog einen Schemel unter dem Tisch hervor und setzte mich ihr gegenüber. Obwohl sie blaß und müde war, versicherte sie mir schnell, daß man sie gut behandelte. Sie hatte zu essen bekommen und wurde nicht behelligt. Mandeville hatte sogar den Wärter abgezogen, der in der Kammer neben ihr gesessen war.

»Sie schauen immer wieder herein.« Sie lachte. »Aber ich kann doch gar nichts unternehmen. Interessant wird es nur, wenn ich auf den Abort gehe, aber die Soldaten sind viel zu sehr mit ihren Plünderungen beschäftigt, als daß sie sich um mich kümmern könnten. Ich nehme an, meine Mutter und Sir John sind geflohen?«

Ich nickte.

»Das habe ich gehofft.«

»Warum habt Ihr es getan?«

Sie zuckte die Achseln und blickte über meine Schulter zu den Flammen der Kerzen.

»Die Templer existieren schon immer«, sagte sie. »Und Templecombe ist ihre Heimat. Hier drinnen, Roger, fühle ich, daß ihre Geister sich an mich drücken, mir Beifall spenden für das, was ich getan habe. Mandeville und diese Bastarde haben Buckingham ermordet, und der fette Dickwanst in Westminster streckt seine schmierigen Finger nach den kostbarsten Reliquien der Christenheit aus.« Sie schüttelte den Kopf. »Es war alles nur eine Frage der Planung.«

»Aber all diese Morde?«

»Sie hatten den Tod verdient. Euer Master ist wirklich sehr klug. Bei Calcraft und Warnham war es am einfachsten: zwei Agenten, die bis oben hin voll waren, mit Bier ebenso wie mit Gedanken an die Verbrechen, die sie begangen hatten. Cosmas und Damien?« Sie lächelte. »Sie waren schlauer, als Ihr vielleicht denkt. Sie haben die Briefe gefälscht, die angeblich von Buckingham stammten.«

»Und Mistress Hopkins?«

Sie schaute zur Seite.

»Und die alte Hexe?«

»Sie hatte ihren Zweck erfüllt. Wenn ich sie kaufen konnte, dann auch Mandeville. Sie mußte zum Schweigen gebracht werden.« Rachel kicherte wie ein junges Mädchen, das sich irgendeinen kindischen Streit geleistet hat. »Ich habe versucht, sie zu warnen. Ich habe wirklich gedacht, Mandeville würde in Panik geraten und wieder abreisen. Aber er tat es nicht, daher kamen Bowyer und Southgate als nächste an die Reihe.«

»Und was ist mit dem Gral und dem Schwert Excalibur?«

Sie schüttelte den Kopf. »Nur Gott weiß, wo sie sich befinden.« Sie schaute mich unter ihren gesenkten Augenlidern hervor an. »Vielleicht wird Euer Master sie finden?« Sie faßte meine Hand. »Was auch immer geschieht, Heinrich Tudor darf sie nicht in die Finger bekommen! Versprecht Ihr mir das?«

Was sollte ich tun? Das Mädchen blickte so hilfesuchend, daß ich vergaß, eine welch heimtückische Mörderin sie war, und ihr mein Wort gab, alles zu tun, was in meinen Kräften stehe.

»Was wird aus Templecombe werden?« murmelte Rachel.

»Es ist alles vorbei«, antwortete ich. »Der König wird das Gut beschlagnahmen und es einem seiner Günstlinge anvertrauen. Wer weiß? Vielleicht kehrt Sir John auch zurück und erkauft sich seine Begnadigung?«

»Das glaube ich nicht«, erwiderte Rachel. »Sie werden nicht hierher zurückkehren.«

Sie schwang ihre Beine vom Bett und setzte sich nahe zu mir, so daß unsere Knie sich berührten. Ich starrte in diese eigenartigen Augen und wußte, ungeachtet ihrer kühlen Gelassenheit, ihrer weibliche List und ihrer bezaubernden Schönheit, daß sie von einem kranken Geist beherrscht wurde. Bald erhielt ich die Bestätigung dafür.

»Weder Santerre noch meine Mutter werden hierher zurückkehren«, wiederholte sie und drückte meine Hand. »Ich spaße nicht. Roger, Ihr wißt, mein Vater war ein Templer. Er liebte Templecombe und gab das geheime Wissen des Ordens an mich weiter. Sir John war sein Freund. Er besuchte uns oft hier. Meine Mutter, die meinen Vater wegen seiner eigentümlichen Einstellung und seiner engen Beziehung zu mir fürchtete, ließ ihn ermorden.«

»Wie?«

»Mein Vater kam bei einem Reitunfall ums Leben. Erinnert Ihr Euch, daß meine Mutter, als Bowyers Leichnam zurückgebracht wurde, einen hysterischen Anfall bekam? Mein Vater war auf dieselbe Weise umgebracht worden. Ich ahmte einfach nur nach, was sie damals getan hatte. Die Pferde wurden besonders aufgestachelt und die Sporen mit Quecksilber bestrichen ... Euer Master hat so etwas vermutet. Darüber sprach er mit mir, als er mich in der Halle von den anderen wegführte. Er hat gesagt, wenn ich gestehe, dann würde er dafür sorgen, daß Lady Beatrice und Santerre für ihr Verbrechen büßen würden.« Sie lachte und rieb ihre Hände aneinander. »Ins Ausland vertrieben zu werden ist schon Strafe genug.«

»Und was hat mein Master sonst noch gesagt?« fragte ich.

»Ah!« Rachel stützte sich auf dem Bett ab. »Das soll Master Daunbey Euch selber erzählen.«

Ich stand auf und schob den Schemel beiseite. Sie blickte zu mir herauf.

»Was wird in London mit mir geschehen?«

»Wollt Ihr die Wahrheit hören?« fragte ich schroff.

»Ja, die Wahrheit.«

»Man wird Euch foltern, um die Namen der übrigen Templer zu erfahren, um herauszufinden, ob Ihr das Rätsel von Hopkins entschlüsseln könnt, und vor allem, um den Namen Eures Großmeisters zu erhalten.«

»Den kenne ich nicht. Und danach?«

Ich kauerte mich neben sie und strich ihr zärtlich über die Wange. »Der König ist ein Tyrann. Ihr werdet in Smithfield den Feuertod sterben.«

Ich sah das Flackern der Angst in ihren Augen, aber ihr Blick hielt dem meinen stand.

»In diesem Fall werde ich beten müssen«, sagte sie. »Bitte, Master Shallot, fragt Sir Edmund, ob ich meinen Rosenkranz bekommen kann. Die Soldaten werden ihn nicht angerührt haben. Er ist schon alt und verschlissen, ein Geschenk von meinem Vater. Bitte, ich muß ihn haben.«

Ich versprach es ihr und ging zur Tür.

»Roger.«

Ich blickte über die Schulter und mußte die Tränen unterdrücken, die in meine Augen traten: Rachel sah so wunderschön, so verletzlich aus. Es wollte mir einfach nicht in den Kopf, daß sie für so viele fürchterliche Verbrechen verantwortlich war. In gewisser Weise war eigentlich ihre Mutter dafür verantwortlich, denn sie hatte sie auf diesen Weg gebracht.

»Adieu, Master Shallot.«

Ich klopfte an die Tür, und Mandeville ließ mich hinaus.

»Was wollte sie?« fragte er.

»Nichts«, erwiderte ich. »Sie hat sich mit ihrem Schicksal abgefunden. Sie möchte beten und hat nach ihrem Rosenkranz verlangt.«

Mandeville machte ein Gesicht, als wolle er ihn ihr verweigern.

»Oh, kommt schon!« beharrte ich. »Das ist doch nicht zuviel verlangt.«

Sir Edmund brüllte einen Befehl, ein Soldat eilte zu Rachels Kammer und kam nach wenigen Minuten mit einer ganzen Sammlung von Rosenkränzen zurück, die er sich um die Hand gelegt hatte. Mandeville untersuchte sie sorgfältig. Die Rosenkränze waren alle schon stark verschlissen, und die Ketten bestanden aus billigem Kupfer.

»Wovor habt Ihr Angst?« spottete ich. »Damit wird sie sich schwerlich selber aufhängen können.«

Mandeville ballte die Rosenkränze zusammen, wog sie in seiner Hand und schaute den Wärter an.

»Du wirst sie die ganze Zeit beobachten?«

Der Wärter zeigte zu einem kleinen Guckloch, das hoch oben in der Türe eingelassen war.

»Die ganze Zeit, Sir Edmund«, antwortete er.

Mandeville warf ihm die Kränze zu. »Gib sie ihr, aber laß sie nicht aus den Augen.«

Ich kehrte zu meiner Kammer zurück.

Benjamin schlief immer noch, daher machte ich es mir in einem Stuhl bequem, wickelte mich in eine Decke und schlief, bis Benjamin mich im Morgengrauen weckte. Wir machten uns nicht die Mühe, uns zu rasieren oder zu waschen. In der Kammer war es kalt geworden, weil aufgrund der Flucht der Bediensteten kein Nachschub an Holzscheiten mehr heraufgebracht worden war, und das Wasser im Lavarium war nun mit einer dünnen Schicht aus schmutzigem Eis bedeckt.

Wir gingen nach unten, und ich staunte darüber, wie gut es Mandeville gelungen war, die Ordnung wieder herzustellen. Er hatte die Soldaten die ganze Nacht hindurch beschäftigt. Alle Kammern bis auf die unsrigen waren durchsucht worden. Alle Kleider und Habseligkeiten, alles, was sich bewegen ließ – Truhen, Stühle, Matratzen, Nackenrollen, Kanapees, Vorhänge, Becher und Tablette – war in der Halle aufgestapelt worden, und die

Türen zu den Kammern hatte man versiegelt. Mandeville, der zufrieden war mit dem, was er erreicht hatte, führte uns in die Küche, wo es uns schließlich gelang, ein hartes Brot und einen Krug wässrigen Weins aufzutreiben.

»Alles ist bereit«, informierte er uns, während er sich Brot in den Mund stopfte. »Southgate wird mit ein paar Männern hierbleiben, bis die anderen Soldaten eintreffen. Wenn er transportfähig ist, wird man ihn in die Krankenstation der Abtei von Glastonbury und dann nach London bringen. Alle beweglichen Güter dieses Hauses sind in der Halle zusammengetragen worden, und die Türen sind versiegelt, um weitere Plünderungen zu unterbinden. Es werden Beauftragte des Königs eintreffen, die dafür Sorge tragen werden, daß alles, was der Krone zusteht, beschlagnahmt wird.«

(Verdammt gut gemacht, dachte ich bei mir. Die Beauftragten Heinrichs VIII. galten als eine besonders herzlose Bande von Bastarden. Sie hätten sogar einem sterbenden Kind noch die letzte Scheibe Brot entrissen.)

»Und Mistress Rachel?« fragte mein Meister.

»Sie hat ein Frühstück eingenommen, und man hat ihr erlaubt, sich zu waschen und sich umzuziehen. Ich werde mit ihr binnen einer Stunde nach London aufbrechen.«

Auf Mandevilles Aussagen konnte man sich verlassen: Schon kurze Zeit später verabschiedete er sich lautstark und ging hinaus in den Hof, wo die Soldaten des toten Sheriffs, von denen die meisten ihren Rausch noch gar nicht richtig ausgeschlafen hatten, ihre Pferde sattelten.

Wir erblickten Mistress Rachel mitten unter ihnen, angetan mit einem Umhang und einer Kapuze, die Hände an den Sattelknauf gebunden und die Beine mit einem Strick gefesselt, der unter dem Bauch des Pferdes hindurchlief. Sir Edmund stieg auf, und mit viel Gebrüll und

Geklapper setzte sich die Gruppe in Bewegung und ritt aus dem Hof des Herrenhauses hinaus. Rachel zeigte keine Regung, schaute nicht nach links und nicht nach rechts und auch nicht zurück zu Templecombe, das ihr soviel bedeutet hatte. Gott lasse sie in Frieden ruhen, ich habe sie danach nicht mehr gesehen.

Benjamin und ich streiften durch das Haus, das nun verlassen war und friedlich wie ein Grab. Nur zwei oder drei Soldaten waren unter dem Kommando eines stämmigen Sergeants zurückgeblieben. Wir statteten Southgate einen Besuch ab, aber er war immer noch in Verbände gewickelt und befand sich in der Obhut der alten Frauen, welche der Tumult um sie herum völlig unbeeindruckt gelassen zu haben schien und die von Mandeville gut entlohnt wurden dafür, daß sie sich um seinen Stellvertreter kümmerten.

Es war wie der Besuch in einem Geisterhaus. Man konnte sich kaum vorstellen, daß noch vor wenigen Tagen Lady Beatrice hier wie eine Herzogin umhergeschwebt war, daß Sir John den jovialen Gutsherrn gespielt und daß Mistress Rachel hier ihre Ränke geschmiedet hatte hinter der Maske eines jungen Mädchens, das aussah, als könne es keiner Fliege etwas zuleide tun.

Nun, wie ich schon sagte, Euch jungen Menschen mögen diese furchtbaren Vorkommnisse bisweilen kaum glaubhaft erscheinen, doch im Laufe der Regierungszeit des Feisten Heinrich häuften sich derartige Ereignisse. Immer öfter suchten die Agenten und die Schergen des Königs eines der großen Herrenhäuser des Landes heim – die Häuser von Thomas More, von Wolsey, von Cromwell, von Boleyn, von Rochford, von Howard –, und das Ergebnis war stets dasselbe.

Heute noch herrschten Frohsinn und Ausgelassenheit in den Häusern, morgen schon tiefste Verzweiflung.

Ja, und bei Templecombe verhielt es sich nicht anders. Benjamin hing seinen Gedanken nach. Nur als ich ihm berichtete, daß Mistress Rachel nach ihrem Rosenkranz verlangt hatte, lächelte er einmal kurz. Ich versuchte erneut, aus ihm herauszubekommen, wie er die junge Frau dazu gebracht hatte, ihre Taten zu gestehen.

»Später«, murmelte er. »Alles zu seiner Zeit, Roger.«

Er wirkte rastlos und sagte, er wolle sich vergewissern, daß Mandeville wirklich abgereist war. Dann, um die Mittagszeit, als die Soldaten damit beschäftigt waren, ein neues Faß Bier anzustechen, holte er einen großen Holzhammer aus dem Keller und zog mich aus dem Haus. Wir eilten zur Templerkirche.

Benjamin war aufgeregt, sein Gesicht gerötet, und nachdem wir die Kirche betreten hatten, verriegelte er die Türe hinter uns und überprüfte auch, ob die Fenster geschlossen waren.

»Was ist denn los, Master?«

Er wendete sich zu mir, den Hammer fest mit beiden Händen umklammert.

»Du erinnerst dich doch an Hopkins' rätselhaften Spruch? ›Unter den Wassern des Jordan ruht der Kelch Christi, und über der Arche des Moses das Schwert, das unvergleichliche‹.«

»Glaubt Ihr, daß die Gegenstände sich hier befinden?«

Benjamin ließ den Hammer sinken und ging das Kirchenschiff entlang, unter dem Lettner hindurch in den Altarraum. Er deutete zu dem alten Chorgestühl, in dem die Templer gestanden und ihre Kirchenlieder gesungen hatten, und zu den Miserikordien mit den kunstvollen Schnitzereien an der Unterseite der hochgeklappten Sitze.

»Was siehst du hier, Roger?«

Ich ging die Stuhlreihen entlang und beschrieb ihm die einzelnen Darstellungen: einen Bullen, eine Frau, einen Hasen, etc. Dann blieb ich stehen. Auf einer der Schnitzereien trugen Männer, die in wallende Gewänder gekleidet waren, eine kleine Truhe zwischen sich.

»Was ist das?« fragte ich.

Benjamin kam zu mir. »Das ist die Bundeslade, Roger. Die kleine Truhe, die Moses am Fuße des Berges Sinai fertigte, um darin die Tafeln mit den Zehn Geboten zu befördern.«

»Die Arche des Moses!« stieß ich hervor. »Ihr meint also, hier liegt das Schwert Excalibur?«

»Nun, in Hopkins' Spruch heißt es, daß das Schwert über der Arche liegt.« Benjamin blickte hinauf zu den schweren Deckenbalken. »Zuerst dachte ich, es würde dort oben sein, aber ich bin schon auf den Chorboden hinaufgegangen und habe festgestellt, daß das nicht möglich ist. Also laß uns den Sitz selbst untersuchen.«

Er zog seinen Dolch, ging an den Stühlen entlang und beklopfte jeden von ihnen mit dem Griff des Dolches. Jedesmal erklang ein dumpfer Ton, doch als er den Stuhl erreichte, dessen Miserikordie die Bundeslade zeigte, tönte es hohl. Benjamin untersuchte den Klappsitz sorgfältig.

»Die obere Platte scheint zusammengesteckt worden zu sein. Ich kann die verbindende Linie nachverfolgen.« Er seufzte. »Aber es hilft nichts.«

Er holte den schweren Holzhammer und ließ ihn auf den Sitz krachen. Das Holz war alt und verwittert und zersplitterte daher schon beim ersten Schlag. Benjamin schlug sich eine Öffnung frei, die groß genug war, um mit der Hand hineinzugreifen, aber als er hineinfaßte, wich das triumphierende Lächeln aus seinem Gesicht.

»Nichts!« rief er. »Überhaupt nichts!«

Benjamin nahm eine Fackel von der Wand. Beide blickten wir in die leere Aushöhlung, aber es war nichts darin zu entdecken.

»Wahrscheinlich ist das Schwert früher hier verborgen gewesen«, meinte Benjamin. »Aber vielleicht haben die Templer es sich anders überlegt und es weggebracht.« Er schlug mit der Faust auf den Sitz. »Ich vermute, es gibt einen geheimen Hebel, mit dem man die Platte öffnen konnte.« Er seufzte und stellte den Hammer auf den Boden. »Vielleicht haben sie Excalibur herausgenommen und in den See geworfen, wo es immer noch ruht.«

»Und was ist mit dem Gral?« fragte ich.

Benjamin setzte sich auf einen der Chorstühle und zeigte die Kirche entlang. »Erinnerst du dich daran, Roger, wie ich gesagt habe, daß das Taufwasser häufig auch als Jordanwasser bezeichnet wird? Nun, in jeder Dorfkirche gibt es ein Taufbecken. Aber weshalb auch hier, in einer Kapelle der Templer, zu denen keine Frauen oder Kinder zugelassen waren?« Benjamin sprang auf. »Auch wenn wir vielleicht noch mehr zerstören müssen, aber ich vermute, dieses Taufbecken ist niemals benützt worden, sondern wurde einzig und allein zu dem Zweck aufgestellt, einen Aufbewahrungsort für den Gral zu schaffen.« Er ging müde zum Taufbecken hinüber, und ich folgte ihm. Ich spürte, wie enttäuscht er war, denn wenn die Templer Excalibur aus seinem Versteck genommen hatten, weshalb hätten sie dann den Kelch Christi hierlassen sollen?

Wir untersuchten sorgfältig die Pflastersteine, auf denen das Taufbecken errichtet worden war, und schabten mit unseren Dolchen an den Kanten herum. Offenbar waren die Steinplatten noch niemals verschoben worden, seit man sie zusammengefügt hatte, daher richteten wir unsere Aufmerksamkeit auf das Becken selbst. Es war eine einfache runde Schale, die auf einer kleinen, gedrungenen Säule ruhte. Wir hielten nach einem verborgenen Hebel oder Griff Ausschau, aber es gab nichts dergleichen, und als wir den Stein mit unseren Dolchen bearbeiteten, erwies er sich als sehr solide. Dann entdeckte ich die dünne Zementschicht zwischen dem Becken und der Säule, auf der es lag.

»Gebt mir den Hammer.«

Benjamin reagierte aufgeregt, als er erkannte, was ich gesehen hatte.

»Nein, das machen wir anders«, sagte er.

Wir arbeiteten ungefähr eine Stunde lang mit unseren Messern, bis die Zementschicht zu bröckeln begann und die Schale sich lockerte. Der Maurer der Templer war sehr geschickt zu Werke gegangen. Als wir schließlich die Schale herunterhoben, sahen wir, daß die Steinsäule, deren Durchmesser mindestens sechs Inches betrug, in der Mitte ausgehöhlt war. Benjamin fuhr mit der Hand hinein und brachte einen fleckigen schwarzen Lederbeutel zum Vorschein, der oben zusammengebunden war. Wir kauerten uns nebeneinander auf den Boden, als er die Schnur lockerte.

Der Beutel, der schon ziemlich verrottet war, fiel auseinander, und ich starrte fassungslos auf den Gegenstand, der sich unseren Blicken darbot – Benjamin und ich hatten den Heiligen Gral vor uns, den Kelch, aus dem Jesus Christus beim Letzten Abendmahl getrunken hatte. Ich, Roger Shallot, habe diesen Kelch gesehen. Ich habe sie in meinen Händen gehalten, die wertvollste Reliquie der Christenheit!

Wir hörten keine Engel singen, und es ertönten auch keine silbernen Trompeten aus dem Himmel. Was wir vor uns sahen, war ein einfacher hölzerner Kelch, flach und mit grobem Stiel und Fuß. Das Holz war von den vielen

Händen blank poliert worden, die ihn in den letzten eineinhalbtausend Jahren gehalten hatten, und als ich daran roch, nahm ich einen harzartigen Duft wahr, als habe man ihn mit einer besonderen Substanz eingerieben, um seinen Verfall aufzuhalten.

Wir setzten uns hin und betrachteten den Kelch. Benjamin hob ihn hoch, dann reichte er ihn mir. Nun, Ihr wißt, der alte Shallot ist ein Spötter. Ich habe schon so viele Splitter vom Kreuze Jesu Christi gesehen, daß man, würde man sie alle zusammenfügen, daraus eine veritable Schiffsflotte bauen könnte. Ich habe Federn gesehen, die angeblich von den Flügeln des Erzengels Gabriel stammten. Man hat schon von mir verlangt, einen Fetzen von Jesu Gewändern zu küssen oder ein Stück des Schleiers der Jungfrau Maria oder den Hammer des Heiligen Josef, sogar ein Taschentusch, das Moses benutzt haben soll. Derartiges habe ich stets als Humbug abgetan und lauthals darüber gelacht, doch mit dem Gral verhielt es sich anders.

Als ich ihn in den Händen hielt, empfand ich Wärme, ein Gefühl der Macht, und wenn ich die Augen schloß, dann befand ich mich nicht mehr in dieser eiskalten Templerkirche, sondern in den warmen, lieblich duftenden Bergen von Galiläa. Es war wirklich ein mystischer Kelch. Kein Wunder, daß Artus nach ihm gesucht und die Templer ihn aufbewahrt hatten und daß der fette Misthund Heinrich bereit gewesen war, dafür zu morden!

Wir erwiesen dem Gral unsere Reverenz, dann packte Benjamin ihn in seinen Umhang und ging hinaus, nachdem er mir noch aufgetragen hatte, auf ihn zu warten. Kurz darauf kehrte er mit Zement und Gips zurück, und wir besserten das Taufbecken wieder soweit aus, daß zumindest einem ungeschulten Auge nicht auffallen würde, daß sich jemand daran zu schaffen gemacht hatte.

»Was ist mit dem Chorstuhl?« fragte ich.

»Laß ihn«, antwortete Benjamin. »Das können wir den Soldaten in die Schuhe schieben.«

Wir kehrten in das Haus zurück, um unsere Habseligkeiten zu packen. Am nächsten Morgen sattelten wir unsere Pferde und verließen Templecombe, das herrschaftliche Haus, in dem so viele schreckliche Morde stattgefunden hatten. Wir schlugen den Weg nach Glastonbury ein. Das Land lag noch immer im eisigen Griff des Winters, aber es war kein frischer Schnee mehr gefallen, und die Wolkendecke begann aufzubrechen.

Benjamin und ich hatten uns schon über unsere nächsten Schritte verständigt. Wir trafen Bruder Eadred im Gästehaus. Benjamin erzählte ihm in knappen Worten, was auf Templecombe vorgefallen war. Eadred versuchte zwar, sein Entsetzen zu verbergen, doch die Verhaftung von Rachel, die Flucht der Santerres und die Zerstörung von Templecombe war für ihn offensichtlich ein Tiefschlag. Er ließ sich auf einen Stuhl fallen, schlang die Arme um seinen Körper und beugte sich nach vorne, als leide er fürchterliche Schmerzen.

»Oh, die arme Rachel!« keuchte er.

»Ihr gehört auch zu ihnen, nicht wahr, Bruder?« fragte ich.

Er blickte auf mit seinen dunklen Augen, die in einem aschgrauen Gesicht standen.

»Ihr seid ein Templer?« wiederholte ich.

Er nickte. »Wie auch einige andere Mönche hier«, erwiderte er. »Wir sind die Wächter des großen Schreins, wir bewahren die Geheimnisse, und, ja, in gewisser Weise rächen wir auch jene Templer, die gefangengesetzt und getötet worden sind.«

»Gibt Euch das das Recht zu morden?«

»Wenn es darum geht, das geheime Wissen zu bewahren und weiterzutragen, ja. Aber Rachel ist zu weit gegangen. Sie hegte einen persönlichen Groll, vielleicht sogar einen mörderischen Haß gegen Leute wie Mandeville und gegen ihre eigene Familie.« Er holte tief Luft und stand auf. »Was wird jetzt mit Templecombe geschehen?«

»Es wird vollständig ausgeräumt werden.«

Ich sah die Angst im Gesicht des Mönchs.

»Sie werden nichts finden«, sagte Benjamin lächelnd. »Sie werden weder Excalibur noch den Gral finden.«

Eadred zuckte mit den Schultern. »Die Reliquien waren nie auf Templecombe.«

»Aber Ihr habt vermutet, sie wären dort? Schließlich haben mehrere Äbte von Glastonbury immer wieder behauptet, daß sich diese Gegenstände nicht hier im Kloster befinden.«

Eadred starrte uns an.

»Excalibur bleibt verschwunden«, erklärte Benjamin, »aber der Gral . . .« Er machte eine seiner Satteltaschen auf, nahm seinen Umhang heraus und legte den kleinen Holzkelch auf den Tisch. In Eadred vollzog sich eine unglaubliche Veränderung. Er fiel auf die Knie, faltete die Hände und starrte wie gebannt den heiligen Kelch an.

»Ihr habt ihn gefunden!« murmelte er.

»Und an seinen rechtmäßigen Ort zurückgebracht«, setzte Benjamin fort. Er nahm seine Satteltaschen auf, nickte mir zu und ging die Treppe zu unserer Kammer hinauf. Eadred blieb mit dem anbetungswürdigen Kelch alleine zurück.

Am nächsten Morgen, nach einer kurzen Begegnung mit Eadred, brachen wir nach London auf. Eadred begleitete uns zum Haupttor der Abtei. Erst als wir uns verabschiedeten, ergriff er Benjamins Hand und dankte ihm stumm mit den Augen. Mein Meister beugte sich zu ihm hinunter.

»Erzählt niemals jemandem etwas davon«, flüsterte er. »Wir sind nicht hier gewesen. Wir haben Euch nichts übergeben. Wir werden auch nicht zurückkehren.«

Eadred trat zurück, machte ein segnendes Zeichen in die Luft, das Tor öffnete sich, und wir ritten hinaus.

Wir brauchten acht Tage, um in die Hauptstadt zu gelangen, die ebenfalls noch unter der Eiseslast des Winters ächzte. Die Themse war zugefroren, während der Schmutz und der Abfall der Stadt von einem Tuch aus Schnee und Eis bedeckt wurden, welches zumindest den fürchterlichen Gestank vertrieben hatte. Wir stiegen im Baynards Castle in der Nähe der Kathedrale von St. Paul ab und schickten eine Botschaft nach Hampton Court, wo sich Heinrich und der Kardinal eingefunden hatten, um sich auf das Weihnachtsfest vorzubereiten. Wir warteten geduldig auf das, was geschehen würde.

Drei Tage nach unserer Ankunft suchte uns Doktor Agrippa auf. Er war wie üblich ganz in Schwarz gewandet und sah wie ein wohlgemuter kleiner Mann aus, wären da nicht seine eigenartigen, farblosen Augen gewesen. Er stampfte mit den Füßen auf und rieb sich die Hände, um die Kälte zu vertreiben, und verlangte nach einem Glühwein. Erst als er mit uns alleine in der Kammer war, ließ er seine gespielte Höflichkeit fallen.

»Der König ist nicht zufrieden«, warf er uns vor. »Und auch der Lordkardinal nicht.«

»Ach, wie schade«, gab ich zurück. »Ist das der Dank dafür, daß wir uns den Arsch abgefroren haben und um ein Haar umgebracht worden wären, ganz zu schweigen davon, daß wir uns die ganze Zeit mit solchen Bastarden wie Mandeville und Santerre herumschlagen mußten?«

Agrippa grinste. »Oh, der König ist nicht verärgert über Euch. Habt Ihr die Neuigkeit schon erfahren?« Er schaute mir in die Augen. »Rachel Santerre starb auf ihrer Rückreise nach London. Offensichtlich war ihr Rosenkranz präpariert: Zwei der Perlen enthielten eine giftige Substanz, die binnen Sekunden zum Tode führt. Ihr Leichnam liegt im Krankenhaus Maria von Bethlehem, im Norden der Stadt.« Agrippa verzog das Gesicht. »Der König ist wütend. Sie hätte so viele Informationen liefern können.«

Benjamin rieb sich die Wange. »Aber Seine Gnaden der König sollte doch erfreut sein. Lord Buckingham ist ausgelöscht. Die Frau, die für so viele Morde verantwortlich war, ist ihrer gerechten Strafe zugeführt worden, und der König kann sich alle Schätze sowie das Gut von Sir John Santerre und seiner Gemahlin aneignen. Es tut mir nicht leid um sie, denn sie haben verdient, was sie bekommen haben. Ein geheimer Templerzirkel in Somerset ist ausgehoben worden. Und schließlich«, sagte Benjamin und warf mir einen warnenden Blick zu, »haben wir den Gral zurückgebracht, auch wenn Excalibur wahrscheinlich für alle Zeiten verschollen bleiben wird.«

Ich habe gelernt, meine Gesichtszüge unter Kontrolle zu halten, und Ihr dürft mir glauben, dies war das einzige Mal, daß ich Agrippa überrascht sah. Seine Wangen röteten sich, und seine Augen begannen zu glänzen.

»Wo ist er?« rief er.

Benjamin ging zu seiner Satteltasche, nahm einen angeschlagenen silbernen Kelch heraus und reichte ihn Agrippa. Der Magier musterte ihn eingehend.

»Wo habt Ihr ihn gefunden?«

»Auf Templecombe.«

Agrippa betrachtete den alten Kelch, den papierdünnen Silberbezug in seiner Schale und die Juwelen, mit denen sein Stil besetzt war. Seine Augen schossen Pfeile auf uns ab.

»Dieser Kelch«, hob er an, »ist zweifellos sehr alt, aber

ich kenne die Wahrheit, und ich glaube, Ihr auch, Master Daunbey. Und irgendwann wird sie vielleicht auch der König erfahren.«

Benjamin grinste jungenhaft. »Aber Ihr werdet ihm sagen, daß es der Gral ist«, verkündete er, »denn das möchte er glauben, und das möchtet Ihr ihn glauben machen, Doktor Agrippa, habe ich recht?«

Der Magier schaute uns streng an. »Was meint Ihr damit?« flüsterte er.

»Oh, kommt, Doktor Agrippa«, entgegnete Benjamin. »Ihr seid doch selbst ein Templer, nicht? Mehr noch, ich glaube, Ihr seid der Großmeister der Templer. Ihr wollt genauso wenig wie ich, daß Heinrich den Gral in die Hände bekommt. Ihr *müßt* ganz einfach der Großmeister sein. Ihr hattet Rachel Santerre schon im Verdacht, bevor wir London verließen, und deshalb auch habt Ihr uns das Motto *Age circumspecte*, handelt umsichtig, mit auf den Weg gegeben. Zuerst hielten wir es für einen Ratschlag an uns, aber es ist natürlich das Familienmotto der Mortimers, Rachels Familie väterlicherseits. Ihr wolltet uns warnen. Ihr habt gewußt, daß sie zu den Templern gehörte, daß die Mortimers von Templecombe seit zweihundert Jahren Templer waren. Nur der Großmeister selbst konnte das wissen. Das ist doch richtig, oder? Die Templer sind in Geheimzirkeln organisiert, aber nur der Großmeister kennt sie alle?«

Agrippa setzte sich auf die Bettkante und wiegte den Kelch in seinen Händen.

»Möglicherweise habt Ihr recht, Master Daunbey.« Er schaute uns an. »Nehmen wir einmal an, daß es diesen Großmeister gibt. Nehmen wir weiterhin an, daß er fürchtet, Heinrich könnte der Maulwurf, der Dunkle Prinz sein, den die Magier der Templer als den Großen Zerstörer bezeichnet haben. Und nehmen wir an, daß einige Mitglieder des geheimen Templerordens, Männer wie Buckingham und Hopkins, die Befehle ihres Großmeisters mißachteten und nach Reliquien zu suchen begannen, die man am besten in ihren Verstecken belassen sollte.«

Agrippa machte eine Pause und biß sich auf die Lippen. »Und nehmen wir darüber hinaus an, daß der Großmeister es zuließ, daß diese unfügsamen Templer von der Gerichtsbarkeit des Königs bestraft wurden. Damit hätte diese Angelegenheit ihr Bewenden haben können, doch einige andere Templer rührten, von Rachegedanken beseelt, den Schlamm ein weiteres Mal auf. So kommen wir zu Rachel Santerre. Sie hatte kein Recht, Warnham und Calcraft hinzurichten oder einen Privatkrieg mit Leuten wie Mandeville und Southgate zu beginnen. Sie erhielt den Befehl, sich ruhig zu verhalten, doch sie verschlimmerte alles nur noch, als sie Männer wie Euch angriff, Freunde des Großmeisters. Ah, ja.« Er rollte den Kelch in seinen Händen umher. »Wo ist nun der richtige Gral?«

»In sicheren Händen, wir Ihr feststellen werdet!«

Agrippa seufzte, nahm den Kelch und ging zur Türe.

»Dann hoffen wir, daß er dort auch bleibt.« Er drehte sich um und legte eine Hand auf den Türknauf. »Rachel Santerre hätte natürlich nicht solange gelebt, um dem Verhör und der Folter unterzogen werden zu können. Ich hätte sie als ein ungehorsames Mitglied getötet, so wie Buckingham und Hopkins.« Er spielte mit dem Kelch. »Aber ich danke Euch für das, was Ihr getan habt. Ihr könnt versichert sein, ich werde Eure Leistung in meinem Bericht an den König und den Lordkardinal gebührend zu würdigen wissen.«

Der Magier schlüpfte aus der Kammern. Benjamin ging zur Türe und verriegelte sie.

»Damit habt also Ihr Rachel dazu gebracht, alles zu gestehen, nicht?« fragte ich.

»Ja, ich habe ihr gesagt, der Großmeister würde mit ihr sehr unzufrieden sein, und ihre fortgesetzte Unbotmäßigkeit würde auch andere Mitglieder des Ordens in Gefahr bringen. Ich belog sie und sagte ihr, der Großmeister habe mir vor unserer Abreise aus London ihren Namen genannt.«

»Und sie hat Euch geglaubt?«

»Ja, ich denke schon.«

»Und was ist mit diesem zweiten Kelch?«

»Agrippa hat recht. Er stammt aus der Abtei von Glastonbury. Eadred hat ihn mir gegeben. Ich glaube, er gehörte früher dem Vater von Kaiser Konstantin, der hier als General tätig gewesen ist.«

»Wird der König nicht mißtrauisch werden?«

»Mit der Zeit wahrscheinlich schon, wenn der Kelch nicht die erwartete magische Wirkung entfaltet.« Benjamin faßte mich an der Schulter. »Aber wir kennen die Wahrheit, Roger, und wir müssen sie für uns behalten. Wenn der König auch nur eine Sekunde lang an unserer Geschichte zweifelt, werden wir denselben Weg gehen wie Buckingham. Aber jetzt komm, packen wir unsere Sachen und kehren wir nach Ipswich zurück, bevor es meinem Onkel einfällt, uns eine neue Aufgabe zu geben.«

Das taten wir denn auch. Es wurde die fröhlichste Weihnachtszeit seit langem, und wir amüsierten uns köstlich, wenn wir uns vorstellten, wie der Große Mörder seinen Wein aus dem Kelch süffelte, den er für den Heiligen Gral hielt.

Der Lordkardinal sandte uns überschwengliche Dankesbriefe und schwere Beutel voller Gold, aber Heinrich vergaß nicht, und ebensowenig die Templer. Sir Edmund Mandeville kam im darauffolgenden Frühling bei einem

Bankett im Palast von Sheen unter mysteriösen Umständen ums Leben. Ich glaube, auch Agrippa war damals zugegen. Southgate erholte sich nicht mehr richtig von seinen Verletzungen, und obwohl man ihn in die Obhut der Nonnen von Syon gab, starb er kurze Zeit später.

Ich kann mich nicht mehr an alle Einzelheiten erinnern, aber ich glaube, am Nachmittag des vorhergehenden Tages war Doktor Agrippa in das Kloster gekommen und hatte sich nach seinem Befinden erkundigt. Die Santerres warteten ein Jahr ab und baten dann um Begnadigung, wobei sie dem König eine beträchtliche Menge Goldes anboten, doch seltsamerweise lehnte Heinrich es ab, sich von ihnen bestechen zu lassen, und sie kamen eines Tages irgendwo im Ausland unter rätselhaften Umständen zu Tode.

Templecombe wurde von der Krone eingezogen, das Gebäude gründlich auf den Kopf gestellt und in eine Ruine verwandelt, doch der König konnte nichts finden. Jahre später, als Heinrich seinen Großangriff auf die Abteien und Klöster begann, ließ er Glastonbury eine Sonderbehandlung zuteil werden. Abt Bere war 1524 gestorben, sein Nachfolger war Richard Whitting. Der Feiste Heinrich entsandte Spezialagenten, welche die Schätze von Glastonbury beschlagnahmen sollten, doch Whitting war schlau genug gewesen, die kostbaren Gegenstände hinauszuschmuggeln und zu verstecken, und dafür mußte er grausam büßen. Man brachte ihn nach London und ließ ihn foltern, doch er gab nichts preis. Schließlich wurde er nach Somerset zurückgeschafft und im November 1539 nach einer inszenierten Gerichtsverhandlung zusammen mit drei anderen Mönchen – einer von ihnen war der gelehrte Eadred – auf einem Gerüst durch Glastonbury geschleift und auf dem Gipfel des Hügels öffentlich gehängt. Mit den Mönchen starben auch die Geheimnisse von Glastonbury, und nur der gütige Herr weiß, wo der Heilige Gral geblieben ist.

Damit ist diese blutige Geschichte zu Ende. Ich starre durch das Fenster und beobachte, wie die silberne Sichel des Mondes den verkrusteten Schnee in ein schimmerndes Licht badet. Alle sind sie verblichen. Manchmal träume ich noch von Rachel, wie sie kühl und gelassen in ihrem Kellergefängnis saß, von Mandeville und Southgate, den ebenso mächtigen wie arroganten Agenten des Königs, und von ihren unheimlichen Gehilfen Cosmas und Damien, die ihnen so ergeben dienten und so fürchterlich zu leiden hatten. Der Kreis hat sich geschlossen. Mathildas Sohn ist zu mir gekommen, um mir den Ring zurückzugeben, den ich vor einer kleinen Ewigkeit seiner Mutter auf Templecombe schenkte. Oh, man bringe mir einen Becher Roten, damit es mir wieder ein wenig warm ums Herz werde und ich nicht anfangen muß zu weinen! Sogar mein kleiner Schreiber schnieft. Ich weiß, er möchte gerne hierbleiben, um sich an Phoebes drallen Titten zu ergötzen. Er schüttelt den Kopf, während er am Fenster steht und auf den winterlichen Himmel hinausblickt.

»Glaubt Ihr eigentlich, Sir«, winselt er, »daß es wirklich ein höheres Wesen über uns gibt? Eine weise Macht, die unser Schicksal lenkt?«

»Ich hoffe es inständig, denn hier unten gibt es wahrlich Scheißkerle genug!«

Nachwort des Autors

Ich habe gerade die Lektüre von Sir Roger Shallots nächstem Journal beendet, in dem er von seiner turbulenten Reise in das Florenz des sechzehnten Jahrhunderts berichtet. Es ist schwierig, diese unglaublich klingende Geschichte zu akzeptieren, aber genauso ist es mir ergangen, als ich das erste Mal seine Erinnerungen an jene Morde las, die im Zusammenhang mit der Suche nach dem Gral verübt wurden.

Sir Roger mag zwar sparsam mit den Tatsachen umgehen, doch es steckt viel Wahrheit in seinen Journalen. Lord Buckingham wurde aus den Gründen und in der Art hingerichtet, die im Buch beschrieben werden, und auch das Fortleben des geheimem Templerordens ist eine wohl belegte Tatsache, auf die sich in jüngster Zeit etwa Graham Hancock in seinem Buch *Die Wächter des heiligen Siegels* bezogen hat.

Die Ruinen von Templecombe und Glastonbury kann man heute noch besichtigen. Auf Templecombe wurde in den sechziger Jahren ein bis dahin unbekanntes Bild von Jesus Christus entdeckt, das möglicherweise von dem Grabtuch abgemalt wurde, das früher im Besitz der Templer gewesen sein soll. Dies gab Legenden und Gerüchten Nahrung, welche besagten, die Templer hätten ein abgeschlagenes Haupt als Quelle ihrer großen Macht angebetet.

In Glastonbury wurden die Gebeine von König Artus aufbewahrt, auch sein Grab kann man besuchen. Die Ursprünge und die Geheimnisse, die diese Abtei umgaben und von denen auch Shallot spricht, sind in zahlreichen Büchern abgehandelt worden. Excalibur war von Anfang an verschollen, doch der Gral wurde möglicherweise tatsächlich von den Mönchen von Glastonbury versteckt gehalten, was eine Erklärung liefern könnte für die besonders unerbittliche Verfolgung des Abtes und der Klostergemeinschaft durch Heinrich VIII., als die Abtei in den dreißiger Jahren des sechzehnten Jahrhunderts aufgelöst wurde.

Der Abt und einige seiner Mitbrüder wurden auf dem Gipfel des Tor barbarisch hingerichtet, so wie Shallot es beschreibt. Den Gral hat man möglicherweise in die Abtei Strata Florida in Wales geschmuggelt. Eine Quelle besagt, daß er das letzte Mal in den zwanziger Jahren unseres Jahrhunderts in einem Banktresor in Nateos gesehen wurde, drei Meilen von Aberystwyth entfernt. Sir Roger Shallot ist also gewiß nicht jener große Lügner, für den wir ihn bisweilen zu halten geneigt sind.

ENDE

Band 13 470

Michael Clynes

Im Zeichen der weißen Rose

Deutsche Erstveröffentlichung

Sir Roger Shallot, Abenteurer und Bonvivant, liegt nun, in seinem neunzigsten Jahr, mit der molligen Margot im Bett, läßt sich von ihr und vom Claret-Wein wärmen und erinnert sich an sein bewegtes Leben.
In seiner Jugend, als er sich noch des schnellsten Geistes und der schnellsten Beine der ganzen Christenheit rühmen durfte, geriet er in schlechte Gesellschaft. Erst die Freundschaft mit dem naiven Neffen des mächtigen Kardinals Wolsey rettet ihn – nur um ihn in noch tödlichere Gefahren zu stürzen. Denn gemeinsam sollen sie eine unheimliche Mordserie aufklären, der die Hofleute Margarets zum Opfer fallen, der Schwester Heinrichs des VIII. Will gar eine Geheimgesellschaft die Tudor-Monarchie stürzen? Und wer läßt die weiße Rose bei den Mordopfern zurück? Derselbe, der nun auch Shallot eine solche Rose schickt?

BASTEI LÜBBE

Sie erhalten diesen Band im Buchhandel, bei Ihrem Zeitschriftenhändler sowie im Bahnhofsbuchhandel.

Band 13 515

Michael Clynes

Das Mysterium des vergifteten Kelches

Deutsche Erstveröffentlichung

Kardinal Wolsey, der Minister Heinrichs VIII., hat erneut einen heiklen Auftrag für seinen Neffen Benjamin Daunby und dessen treuen, aber leichtfertigen Gefährten Roger Shallot. Der Erste Sekretär der englischen Botschaft in Paris wurde ermordet – im Land der traditionellen Feinde und Unruhestifter. Und das gerade jetzt, wo offensichtlich ein Spion an empfindlicher Stelle sitzt, der höchst brisante Informationen an die Franzosen liefert und damit das Reich in seinen Grundfesten erschüttert. Hier sind Daunbys Kombinationsgabe und Takt gefragt – und Shallots Talent, noch in der aussichtslosesten Situation ein Hintertürchen zu entdecken . . .

MICHAEL CLYNES und seine fiktiven Memoiren des Sir Roger Shallot, des Bonvivants mit dem messerscharfen Verstand und den schnellsten Beinen der Christenheit: das ist Historie, Krimi und Lesevergnügen pur.